AKIF PIRINÇCI

Francis

Buch

Gerade döste Kater Francis noch auf seinem Gobelinsofa friedlich in den Strahlen der Frühlingssonne und träumt von den bevorstehenden Sommerabenteuern, da bricht die Katastrophe über ihn herein. Sie heißt Francesca, ist Gustavs, seines »Dosenöffners«, neue Freundin und zieht mit Sack und Pack in die Wohnung ein. Systematisch vergiftet sie die häusliche Atmosphäre, bis Francis nur noch die Flucht bleibt. In einer stürmischen Regennacht macht er sich auf den Weg, um sein Glück auf dem Lande zu suchen.

Die Reise aber findet schon ein paar Straßen weiter ein vorläufiges Ende: Francis wird von einer Flutwelle erfaßt und in die Kanalisation gespült. Als gleichsam zur Begrüßung ein kopfloser Katzenkadaver auf ihn zutreibt, ist das die erste Station einer wahren Schreckensodyssee. Denn unter dem Katzenvolk wüten mörderische Bestien.

Wer wäre besser als Francis, der Klugscheißer, dazu in der Lage, das grausame Rätsel der Morde zu lösen? Die Spuren führen hinaus aufs Land, und die Idylle, die sich Francis erträumt hat, entpuppt sich schnell als grün angemalte Geisterbahn. Er muß all seine grauen Zellen aktivieren, um dem unbekannten Widersacher Paroli zu bieten, aber der Tod hat einen langen Atem...

Autor

Akif Pirinçci, geboren 1959, legte bereits mit zwanzig seinen ersten Roman vor, »Tränen sind immer das Ende«. Mit dem Bestseller »Felidae«, dem »wohl exquisitesten Krimi des Jahres« (stern), gelang ihm der große Durchbruch. Das Buch wurde in alle wichtigen Sprachen übersetzt und war Vorlage eines großen Kinofilms. Pirinçci lebt heute als freier Autor in Bonn.

Von Akif Pirinçci außerdem als Goldmann Taschenbuch:

Felidae (9298)
Tränen sind immer das Ende (6380)
Der Rumpf (42366)

Als Herausgeber:
Lesebuch der Schreibtischtäter (42736)
Akif Pirinçcis großes Katzenlesebuch (42735)

Zusammen mit Rolf Degen:
Katzensinne (43204)

AKIF PIRINÇCI

Francis

Felidae II

Roman

GOLDMANN

Umwelthinweis:
Alle bedruckten Materialien dieses Taschenbuches
sind chlorfrei und umweltschonend.
Das Papier enthält Recycling-Anteile.

Der Goldmann Verlag
ist ein Unternehmen der Verlagsgruppe Bertelsmann

Genehmigte Taschenbuchausgabe 5/96
© 1993 by Wilhelm Goldmann Verlag, München
Umschlaggestaltung: Design Team München
Umschlagmotiv: Jim Warren
Druck: Elsnerdruck, Berlin
Verlagsnummer: 43372
Ge · Herstellung: Sebastian Strohmaier
Made in Germany
ISBN 3-442-43372-X

3 5 7 9 10 8 6 4

Den Katzen gewidmet –
ob Tier oder Mensch.

»Ich will die Erde nicht wieder um des Menschen willen verfluchen, denn das Gedankengebilde des Menschenherzens ist böse von Jugend an. Nicht noch einmal will ich alle Lebewesen vertilgen, wie ich es getan habe.«

Genesis, 8, 21. Die Sintflut

Erstes Kapitel

Sie nennen es Evolution... Auf diesem Planeten, sagen sie, arbeitet eine unsichtbare Mechanik, die den Stärkeren befähigt, immer stärker zu werden, und den Schwächeren dazu zwingt, sich dem Stärkeren bedingungslos zu unterwerfen. Das ist ein Naturgesetz, sagen sie, und jeder Widerstand dagegen töricht. Der Starke wird überleben, der Schwache früher oder später vom Erdboden getilgt – das nennen sie Evolution.

Doch wer sind all diese Schwachen und zum Untergang Verurteilten? Wie lauten ihre Namen? Welchem Geschlecht gehören sie an? Sind sie nicht ebenso ein Teil dieser Erde wie die Auserwählten? Oder sind sie nur namenlos, gattungslos und am Ende bedeutungslos, Zwischenwesen auf dem Weg zu der endgültig seligmachenden Perfektion? Ist das die traurige Wahrheit, die sich hinter dem Begriff Natur verbirgt? Ist das das ewige Gesetz?

Sie nennen es Evolution... Ich nenne es ein Verbrechen!

Von eben diesem immerwährenden Verbrechen sollte ich in den folgenden Wochen ausführlich erfahren. Doch zuvor lag ich noch nichts ahnend im Frühling dieses Jahres auf dem gelben Gobelinsofa im Wohnzimmer. Die Fassade des renovierten Altbaus war während der letzten Jahre mit einem größenwahnsinnigen Efeudickicht zugewachsen, das sich anschickte, allmählich auch die Fenster zu okkupieren. Wie gleißende Speere drangen zwischen den Blättern deshalb nur vereinzelte Sonnenstrahlen in den Raum, von denen einer in diesem seligen Augenblick der Harmonie wie ein Spotlight meinen Schädel traf. Ich lag majestätisch ausgestreckt auf dem Sofa, halb dösend, halb über den wundersamen Weltenlauf philosophierend, und mir war zum Überschnappen behaglich zumute. Wahrhaftig, ich habe es gut getroffen im Leben, dachte ich in meiner grandiosen Einfalt. Hier liege ich nun, in Wärme und Geborgenheit, und harre der aufregenden Abenteuer des nahenden Sommers, die sich allesamt in den verschlungenen Gärten an der Rückfront des Hauses abspielen werden.

Diese grüne Oase hatte ihre Gartenzwerggemütlichkeit längst zugunsten eines Design-Babylons aus japanischen Zierbrücken über Kunstbiotopen und eigenhändig gepflasterten Natursteinwegen abgetreten. Kurzum, die einstigen Studentengreise und Frührentner waren aus der Idylle restlos vertrieben worden, und an ihre Stelle waren müllsortierende und gegen alles und jeden Unterschriften sammelnde Individuen mit bizarr anmutenden Doppelnamen getreten. Obgleich sie während ihrer Gartenarbeiten wie halbverhungerte Asiaten zerfranste Strohhüte trugen, war keineswegs darauf zu schließen, daß sie am Hungertuch nagten. Das Gegenteil war der Fall. Ihre feiste Saturiertheit hatte lediglich ausgefallenere Blüten getrieben, und sie waren massenhaft in diese altmodischen Refugien einmarschiert und in ihrer Begleitung natürlich *wir*, deren Abbilder heutzutage in den Entwürfen von Innenarchitekten als I-Tüpfelchen der Wohnherrlichkeit bereits obligatorisch auftauchen.

Ich hätte es also in der Tat nicht günstiger treffen können, auch wenn mein Lebensgefährte Modetrends mit derselben Intensität wahrnimmt wie ein Pavian die Schwankungen des Dow-Jones-Index.

Von diesem sogenannten Lebensgefährten – Gustav Löbel heißt er – ist zunächst eigentlich nur das eine Gute zu sagen, nämlich, daß er nicht das gleiche Futter wie ich verzehrt und daß ich infolgedessen von irgendwelchen entwürdigenden Verteilungskämpfen am Napf verschont bleibe. Der Mann ist eine exzentrische Mischung aus dem Elefanten Benjamin Blümchen und Doctor Doolittle. (Letzteres bezieht sich auf sein Beharren darauf, daß es sich bei seinen wirren Selbstgesprächen um »Unterhaltungen« mit meiner Wenigkeit handle). Allein das Betrachten dieses Heißluftballons auf zwei Beinen bei ganz gewöhnlichen Hausverrichtungen kann zu Heiterkeitsausbrüchen führen. Die schlagen jedoch schnell in Ärger um, da man so viel Blödheit bei einem neunundvierzigjährigen Kerl von zweihundertachtzig Pfund Gewicht kaum vermuten würde. Oder haben Sie schon mal jemanden getroffen, der sich beim Zubereiten von Spaghetti das Nasenbein gebrochen und beide Handteller verbrannt hat? Einer ausführlichen Schilderung bedarf der Zwischenfall nicht. Man möge sich lediglich eine x-beliebige Szene aus einem Slapstickstreifen in Erinnerung rufen: Tückische Alltagssituationen werden zu einer choreographischen Inszenierung des Chaos, das bei schlichten Gemütern wie Gustav leicht zu Fällen für die Sendung »Notruf« ausarten kann.

Bis vor ein paar Jahren bestand seine Haupteinnahmequelle aus dem Abfassen von Schmonzetten für Frauenjournale unter dem Namen »Thalila«, ein Pseudonym, das in Anbetracht des Schunds, der da fabriziert wurde, fürwahr eine schiere Explosion von Kreativität bedeutete. Das Muster derlei Dummacher war stets dasselbe: Unter mysteriöser Frigidität leidende Mutter von acht Kindern vertraut sich einem Gynäkologen mit dem Erscheinungsbild von Bela Lugosi an, der sie unter dem Vorwand einer gründlichen Untersuchung narkotisiert, mehrmals vergewaltigt, ihr das Geschlecht umwandelt und später vor Gericht empörenderweise behauptet, er habe unter dem Einfluß von Lachgas gestanden, damit auch noch auf Bewährung davonkommt und einen Tag später den Nobelpreis erhält. Alles klar? Fairerweise sei gesagt, daß Gustav weit davon entfernt war, irgendeine Erfüllung in dieser Tätigkeit zu finden. Sie diente lediglich dem Broterwerb. Als Professor für Ägyptologie erwarb er sich parallel zu der elenden Federfuchserei den Ruf einer Koryphäe in seinem Fach. Dies schlug anfangs kaum wahrnehmbar, dann aber durch sensationelle Veröffentlichungen immer ansehnlicher zu Buche. Schließlich konnte er die von ihren Schwiegermüttern drangsalierten Neuverheirateten ganz fahrenlassen und sich ausschließlich seinen geliebten Mumien und mir widmen.

Das heißt nicht, daß unsere Beziehung dadurch irgendwie entspannter wurde. Erlöst von dem folternden Gedanken, ob das Honorar des soeben verbockten Machwerkes die nächste Stromrechnung begleichen würde, behandelte er mich wegen des Überflusses an Zeit und Muße erst recht wie ein neuzeitlicher Vater, der mittels eines Gebräus aus tarifrechtlichen Finten und obskuren Appellen aus der Feministinnenfront seinen schönen Beruf aufgibt, um die Rolle der Mutter auszuprobieren. Seine früheren Fürsorgeattacken hatten mich schon oft darüber sinnieren lassen, warum er sich ausgerechnet mich anstatt einer Kuscheldecke angeschafft hatte. Doch nun ging mir das andauernde Babyplappern und das Locken mit immer exquisiteren Leckereien wirklich auf den Geist. Ein Ersatz, jawohl, nichts anderes als ein Ersatz war ich für diesen Lebensversager, der die Rundungen von Frauen nur aus nudismuslastigen Videos kannte und ihre Psyche aus genau den Zeitschriften, für die er einmal geschrieben hatte. Ein Liebesersatz für einen Eremiten, den sein schrulliges Dasein zu den absonderlichsten Ritualen verleitete – wie dem nervtötenden Getue mit seinen tausend Pfeifen und Tabaken – und für den jeder Tag mit mindestens zwei Flaschen französischem Rotwein ausklang, da die Nacht die Selbsterkenntnis besonders schmerzhaft förderte. Ein Ersatz für Kinder, die nie gezeugt wurden, und für Freunde, die nie an die Tür klopften.

Fast glatzköpfig, geschlagen mit dem bösartigsten Krummrücken der Orthopädiegeschichte und einem Blick, der melancholischen Flußpferden in den Wechseljahren nicht unähnlich ist, wurde dieser Streichelterrorist nach seinem Abtritt als Karl May der sexuell belästigten Sekretärinnen für mich immer mehr zu einer Plage. Ich habe nichts gegen maßvolle Fellpflege, aber das beständige Gefühl, nur ein Ausgleich für die verpfuschte Existenz eines alten Professors zu sein, machte mich traurig und zornig zugleich. Völlig zu Recht schwebt jetzt die Frage im Raum, weshalb ich es bei soviel erdrückender Zuneigung eigentlich nicht vorzog, eines Nachts meine sieben Sachen zu packen und ein paar Türen weiter zu dem schwerbeschäftigten Yuppie zu ziehen, bei dem mir lediglich die Aufgabe zufallen würde, während seiner Champagnerparties als Präsentierstück auf seiner Le-Corbusier-Chaiselongue zu hocken.

Nun, es gab wenige, wenngleich gewichtige Gründe zu bleiben. Zunächst einmal war da die Sache mit dem hohen Bildungsniveau. Gustav mochte menschlich ein Volltrottel sein, aber sein intellektueller Horizont stand für Kultur und

Wissenschaft weit offen, bisweilen auch für die Philosophie, wobei er sich allerdings im Gegensatz zu mir niemals in die finsteren Abgründe eines Schopenhauer hinabbegeben hatte. Selbstverständlich gibt es auch Artgenossen, die es, vorsichtig ausgedrückt, deftig mögen. Doch ich erinnere mich noch gut an das Entzücken, das ich als Kind empfand, wenn ich auf seiner Schulter saß, in die Bücher, die er las, spähte, mir so das Lesen selbst beibrachte und schließlich ebenso von dieser süßen Pest angesteckt wurde. Oder an die Mahler- und Wagnerorgien, welche wir mit seinem alten Dual-Plattenspieler feierten, wenn wir an fröstelnden Winterabenden vor dem Kamin saßen. Genaugenommen war es also eine Kombination aus intellektuellem Gleichklang und Gewohnheit, was uns verband. Beide verehrten wir die geistigen Wunder, die die Zivilisation hervorgebracht hatte, und beide verabscheuten wir alles Häßliche, das vor unserer Tür von Teufeln in mannigfaltiger Gestalt täglich neu geschaffen wurde. Natürlich heißt Gewohnheit auch Stillstand. Doch wer von uns möchte ernsthaft bestreiten, daß der Hang zur Spießigkeit wie ein hartnäckiger Virus nach der Jugend jede einzelne Zelle unseres Wesens befällt.

War da noch etwas, das das Zusammenleben mit diesem Oliver Hardy des Bildungsbürgertums rechtfertigte? Vielleicht Liebe? Tja, schwierig, darauf eine klare Antwort zu geben. Es gibt diese geistreichen Sinnsprüche, die mit »Liebe ist...« anfangen, dann den vermeintlichen Beweis in der Art von Phrasen wie »...wenn man trotzdem lacht!« liefern und gleich darunter mit der Karikatur eines händchenhaltenden Nacktpärchens in zum Erbrechen niedlicher Pose aufwarten. Doch ich glaube kaum, daß man dem Phänomen der Liebe so beikommen kann. Sie scheint ein steter Lavastrom unter der Erdkruste zu sein, dessen wir nicht gewahr werden können, bis er plötzlich aus längst totgeglaubten Vulkanen eruptiert und uns mit seiner unvorstellbaren Macht überrascht. Doch ich schweife in Metaphern ab, von denen ich nicht einmal weiß, ob sie die problematische Beziehung zwischen mir und meinem »Herrchen« Gustav verdeutlichen können. Jedenfalls sind sentimentale Analysen in Sachen Liebe über ein so altes, wohl auch verbrauchtes Paar, wie wir es waren, an diesem Abschnitt der Geschichte noch kein Thema.

In der Liebe kommt es meist anders, als gedacht. Wie fast immer im Leben. Und hätte ich an diesem denkwürdigen Nachmittag gewußt, wie mein Leben sich in den nächsten Sekunden ändern würde, hätte ich mich wahrscheinlich kaum in kritischen Anschauungen über Gustav ergangen, sondern in purer Nostalgie. O ja, ich sollte meinen einfältigen Gustav noch vermissen. Mehr noch, ich sollte ihn noch derart lieben lernen, daß ich ohne Umschweife einen Zehnjahresvertrag als sein Schmuseopfer unterzeichnet hätte. Denn das einzige, was ein mit Vernunft begabtes Lebewesen zur Besinnung bringt, ist der Verlust seiner im Laufe der Zeit erwirtschafteten Annehmlichkeiten. Kurzum, mir ging's einfach noch zu gut.

Bevor ich auf die radikale Wende zu sprechen komme, sei mir ein letzter Hinweis zu den unmerklichen Veränderungen in dem oben beschriebenen Paradies gestattet. Bei aller satten Zufriedenheit spürte ein so sensitiver Geist wie der meinige sehr wohl, daß sich das Klima in der Stadt seit geraumer Zeit gewandelt hatte. Immer öfter hatte ich von Wohnungseinbrüchen in unserem Viertel gehört oder von sinnlosen Gewaltexzessen, die sich auch mal in der Villa des hochangesehenen Zahnarztes aus der Nachbarschaft ereignen konnten. Schäbig gekleidete Gestalten in angesoffenem

Zustand und mit Plastiktüten in den Händen streiften um unsere Festungen des Wohlbehagens, klopften an unsere originalgetreu rekonstruierten Nußbaumtüren und bettelten. Und wer weiß, was sie mit meinesgleichen anstellten, wenn sie uns zwischen die Klauen bekamen, da stark davon auszugehen war, daß ihre einzige Lektüre aus Ratgeberbüchern bestand mit so verlockenden Titeln wie »Kleines Einmaleins des Haustierkochens.«

Eine andere Zumutung kam aus dem Reich des Nichtorganischen. Es stimmt nicht, daß Kaninchen die fruchtbarsten Geschöpfe dieser Welt sind. Schon längst haben ihnen Monster aus Stahl und Kunststoff in puncto Vermehrung den Rang abgelaufen. Kaum war es mehr möglich, wie in alten Zeiten gemütliche Runden durch das Revier zu drehen, hier ein nettes Kämpfchen mit dem Großmaul von Gegenüber auszutragen oder dort für eine alte, moosbewachsene Mauer mittels ein paar umweltfreundlicher Spritzer aktive Denkmalpflege zu leisten, ohne permanent Gefahr zu laufen, jäh zur aktuellen Kühlerfigur eines Autos auserkoren zu werden, allerdings nicht am Kühler, sondern weiter unten.

Dieser Rückgang der Lebensqualität war offenbar nicht nur mir, sondern auch denen, die ihn verursacht hatten, aufgefallen, so daß das verheißungsvolle Wort »Country« immer eindringlicher die Runde machte. Der City entfliehen hieß die Devise, wobei man sich gern von Fernsehspots für Cornflakes aufputschen ließ, in denen das Landleben in den wärmsten Weizenfarbtönen als eine Art nie endendes Picknick mit mindestens acht Sonnenauf- und -untergängen am Tag dargestellt wurde. Selbst ich wurde langsam ein Geschädigter von derlei Illusionen. Ich sah mich schon im Geiste in aller Herrgottsfrühe durch fruchtbare Wiesen streifen und im Akkord die Bestände irgendwelcher undefinierbarer Fische am Flußufer dezimieren, die ich mit einer Riesenschüssel von Gustav eigenhändig gemolkener Milch verschlang. Und nichts als frische Luft, frische Eier von nistenden Vögeln (sicherlich direkt auf den Schornsteinen unseres Gehöftes) und ewig frische Kolleginnen in nymphomanischem Wahn gab es in meinem Disney-Farmland der Hirngespinste, nur keine Mickymäuse, denn die zu fressen bereitete mir selbst im Traum Übelkeit. Mit diesen Schwärmereien wappnete ich mich gegen Horrormeldungen, die aus der bösen Stadt zu mir drangen und von Schwestern und Brüdern handelten, denen humorvolle Burschen einen Eisenstab in den After gerammt hatten.

»Der Wunsch ist seiner Natur nach Schmerz: die Erreichung gebiert schnell Sättigung: das Ziel war nur scheinbar: der Besitz nimmt den Reiz weg: unter einer neuen Gestalt stellt sich der Wunsch, das Bedürfnis wieder ein: wo nicht, so folgt Öde, Leere, Langeweile, gegen welche der Kampf ebenso quälend ist wie gegen die Not.« Hier irrte Schopenhauer! Denn als mein Wunsch, der Urbanität Lebewohl zu sagen, endlich in Erfüllung ging, stellte sich keineswegs Öde, Leere und Langeweile ein, sondern nacktes Entsetzen. Voilà! Dies ist die wahre Geschichte eines Traumes, aus dem ein Alptraum wurde...

Der Schlaf, der bei mir entgegen dem Augenschein weniger Qualität besitzt als beim Menschen (1), war vorübergezogen wie ein schwüler Wind, der uns einerseits in wohliger Wärme wiegt und andererseits sachte zu ersticken droht. Krause Gedanken über meine kleine Welt und die darin doch so groß scheinenden Probleme hatten das Dösen verseucht und daraus, wie gewöhnlich beim Mittagsnickerchen, einen sauren Trunk der zwanghaften Schwarzmalerei destilliert. Ich war aber trotzdem ausgeruht und konnte einen ersten Blick in die helle Welt riskieren. Vielleicht sollte ich gleich zum Kühlschrank laufen, die Krallen der linken Pfote im weißen Abdichtgummi versenken, langsam rückwärtsgehen, auf diese Weise die Tür aufschnappen lassen und mich dann ausgiebig an der frischen italienischen Baguettesalami gütlich tun. Auf den Trick des Kühlschranktüröffnens kann man nicht oft genug hinweisen, da viele Berufsgenossen in ihrer Gier aufgeregt an der Tür kratzen oder zerren und dabei vollkommen außer acht lassen, daß die Muskelkraft eines kleinen Ärmchens kaum ausreicht, einen derart fest zusammengepappten Sesam zum Öffnen zu bringen. Um Erfolg zu haben, verwende man ganz simpel die Klauen als Enterhaken, den gesamten Körper als Zugmaschine und die Pfote als Übertragung der Zugenergie. Ach ja, Türzuschlagen nicht vergessen!

Ich öffnete also die Augen.

Direkt vor meiner Nase sah ich ein Gesicht. Manchmal besitzt der Schlaf die heimtückische Eigenschaft, daß man glaubt, man sei aufgewacht, obgleich in Wirklichkeit das Gaukelspiel des Träumens weiterläuft. Daran glaubte ich auch jetzt. Denn das, was ich erblickte, gehörte weder in meine Erfahrungswelt noch zu Welten, in denen ich irgendwelche Erfahrungen sammeln wollte. Man hat mir oft vorgeworfen, daß ich Leute mit schillernden Figuren aus der Populärkultur, vornehmlich aus der Filmkunst, vergleiche, und so das Objekt der Beschreibung für den Außenstehenden effekthascherisch, das heißt letztlich falsch reflektiere. Nun, ich gelobe Besserung – aber ein letztes Gleichnis der hollywoodschen Art sei mir noch gestattet, da es den Nagel diesmal wahrhaftig auf den Kopf trifft. Das Gesicht der zu mir bis auf dreißig Zentimeter Entfernung hinuntergeneigten Frau war eine richtiggehende Kopie der Schauspielerin

Joan Crawford. So wie bei der Diva bestanden ihre Augenbrauen aus wülstigen, kohlschwarzen Halbovalen, die maskenhaft und bedrohlich wirkend über den ins Uferlose getuschten Wimpern und tischtennisballgroßen Augäpfeln lasteten. Die ganze Miene mit der kantigen, offensichtlich einem Ingenieurbüro für Schwermaschinenbau entsprungenen Kinnlade konzentrierte sich auf die feuerwehrrot gefärbten Lippen. Diese waren mittels des Konturenstiftes beinahe um das Doppelte ihres Umfangs vergrößert worden, was ihr das Aussehen eines Düsenbombers verlieh, auf dessen Bug gelangweilte Soldaten ein furchteinflößendes Haifischmaul gepinselt hatten. Der einzige Unterschied zu dem Star war ihr stark angegrautes, allerdings wie beim Original durch Spraytornados in Betonfasson eingefaßtes Haar.

Sie schaute mich nicht an, sie funkelte mich an, und es kam mir so vor, als schossen aus ihren eisgrauen Augen tausend Blitze in meine Richtung. Herablassend, irgendwie angeekelt und abwägend, was sie wohl mit mir anstellen solle, beobachtete sie meine ungläubigen Reaktionen wie der Gepard das zwischen den Felsen eingekeilte Antilopenkalb. Langsam dämmerte es mir, daß diese groteske Fremde, die problemlos eine nach Vergeltung kreischende Göttin aus einer antiken Oper hätte abgeben können, blanke Realität war. Und mit der Gewißheit eines Propheten wußte ich auf einmal, daß sie auch meine künftige Realität von Grund auf verändern würde. Die guten alten Tage waren vorbei, leidvolle brachen an.

Wo war Gustav? Was war geschehen? Wer war dieses monströse Nikotingebiß mit ein bißchen Weib drum herum, das in einem unaussprechlichen arabischen Altfrauenparfüm gebadet zu haben schien? Eine Hexe, die mich gerade hypnotisierte, um mir später das Fell über die Ohren zu ziehen und sich daraus einen aparten Hut im Stile der Vierziger zu schneidern? Während all diese Eindrücke mich in wilde Konfusion stürzten und die Rückenhaare zum Aufrichten, die Schnurrhaare wiederum zum Vibrieren brachten, schüttelte sie ganz unmerklich und voller Abscheu den Kopf und tat den entscheidenden Ausspruch:

»Er haart!«

Das war das Signal. Es bestätigte – als hätte es einer Bestätigung bedurft – all meine Vorahnungen und Befürchtungen über die schlangenhafte Person, gerade wie der nahende Schatten des Priesters, der auf den in der Todeszelle sitzenden armen Teufel fällt. Doch es hatte keinen Zweck, in Schock und Verzweiflung zu verharren; es galt den Anfängen zu wehren und dem ersten Eindruck, den der Gegner von mir erhalten hatte, eine neue Nuance beizufügen. Es stimmte, der alte Francis haarte ein wenig. Aber das war noch gar nichts gegen den spektakulären Haarausfall, der ihr nun bevorstand.

Wie ein Stahlkatapult schmetterten mich meine kräftigen Hinterbeine vom Sofa ihr frontal ins Gesicht. Sie machte den Eindruck, als wäre sie von einer Kanonenkugel getroffen worden, und taumelte kreischend zurück. Ich hatte erwartet, daß die Gesichtshaut in Anbetracht des Alters ihrer Trägerin spröde ausfallen würde. Doch ich war höchst überrascht und erfreut, als sich die Krallen beider Vorderpfoten so leicht wie die Zinken einer großen Chromgabel tief in sie eingruben, was das schrille Geschrei um einige wohltuende Dezibel erhöhte. Und dann tat sie mir auch noch den Gefallen, den Kopf zurückzureißen, so daß ich nun auf ihrer Fratze regelrecht stehen und die eigentliche plastische Operation in Angriff nehmen konnte.

Meine Gegnerin war allerdings auch nicht ohne. Sei es durch eine panische Reaktion, sei es, weil derartige Griffe zum Repertoire ihrer Ausbildung als Schlammcatcherin gehört hatten, packte sie mich blitzschnell an beiden Flanken, quetschte meine Rippen zusammen und versuchte so, mir die Luft abzudrehen. Doch ich flutschte flink unter ihren Fingern weg, verfing mich fauchend in ihrer klebrigen Frisur und zerrupfte sie wie eine verrückt gewordene Entkörnungsmaschine für Baumwolle. Während Blutspritzer emporstießen, nahm ich mit einem Auge wahr, daß Gustav an der Tür stand und, einem Erstickungsanfall nahe, hilflos mit den Armen ruderte. Sein rotangelaufener Kopf, die in Katastrophenangst geweiteten Augen und der stumme Schreie ausstoßende Mund irritierten mich. Es hatte den Anschein, daß seine Sorge keineswegs mir galt. Mein Gott, ich modellierte doch nicht gerade am Kopf seiner Frau Mama herum!

Die Hexe tat in diesem Tohuwabohu das einzig Richtige: Sie ließ sich mit einem gurgelnden Hilferuf nach Polizei, Feuerwehr und einem Beschluß des Weltsicherheitsrats für eine militärische Intervention nach hinten fallen. Ich dagegen war dermaßen verwirrt, daß ich erst einmal das Weite suchen und mir den Kopf etwas abkühlen wollte. So ließ ich von der theatralisch und bei Licht betrachtet verdächtig zur rechten Zeit in Ohnmacht Gefallenen ab und rannte in Richtung der Unterführung, die die gespreizten Beine meines traumatisierten Lebensgefährten bildeten. Danach brauchte ich nur noch am Türpfosten eine scharfe Linkskurve in den Flur einzuschlagen und konnte durch die hoffentlich offenstehende Wohnungstür ins Freie fliehen.

Wir sind wahrscheinlich die besten Beschleuniger der Welt. Proportional zu Körpergröße und -gewicht kommt da nicht mal der flotteste Ferrari mit. So legte ich einen Höllenstart hin, der alles sich Bewegende um mich herum wie die schlappeste Zeitlupenaufnahme erscheinen ließ. Aber Geistesblitze sind bekanntlich etwas schneller. Und während der Millisekunde, die ich für die Strecke bis zu Gustavs Beinen brauchte, blitzten in meinem Gedächtnis ein paar aufschlußreiche Schnappschüsse aus der jüngsten Vergangenheit auf, und wie Schuppen fiel es mir von den Augen...

Die Hexe war nicht Gustavs Mutter. Auch nicht die Preisrichterin für »Die Kralle des Jahres«, die gekommen war, um mir einen Pokal zu überreichen. Erinnerungen, Erinnerungen, Erinnerungen... War nicht mein ach so vereinsamter Freund vor einigen Wochen zu unchristlicher Nachtzeit aus der eine Straße weiter gelegenen Weinpinte zurückgekehrt, sternhagelvoll, rücksichtslos laut einen schwülstigen Walzer vor sich hinträllernd, natürlich vollkommen falsch, und, sieh an!, nach Spuren eines ekelerregenden schweren Frauenparfüms riechend? Sonst besuchte er das Lokal selten, und wenn, dann kehrte er stets vor Mitternacht zurück, da der traurigste Trinker der einsame Trinker ist. Diesmal war er außerdem so merkwürdig durch die ganze Wohnung stolziert, irgendwie schwärmerisch, und hatte das schwebende Gehen einer Primaballerina nachgeahmt, was mich angesichts seiner faßartigen Statur beinahe in einen Lachkoller getrieben hatte. Bevor er ins Bett sackte und wie ein morphiniertes Baby mit seligem Lallen einschlummerte, entkleidete er sich in der Manier von größenwahnsinnigen Baronen, indem er die Brust schwellte und Hemd, Hose, ja selbst Unterkleidung im Zimmer umherwarf (die Unterhose landete auf dem Gipsabguß von Nofretete). Ich hatte dieses Verhalten dem Teufel Alkohol zugeschrieben, obwohl Gustav solcherlei Selbsterniedrigungen nie derart auf die Spitze getrieben hatte.

Und hatte er nicht während der folgenden Wochen mit weltentrücktem Blick und unter Begleitung von sehnsuchtsvollen Seufzern stundenlang in seinem Arbeitszimmer gehockt und Briefe auf handgeschöpftem Büttenpapier entworfen? Ich hätte mich fragen sollen, an wen diese Briefe adressiert waren. Denn nachdem er sie in Kuverts gesteckt hatte, leckte er die Gummierung mit solcher Andacht, als wolle er den Dingern Leben einhauchen. Es hatte auch Telefonate gegeben, o ja. Aber wie üblich hatte ich weggehört, da mich seine widerliche Angewohnheit, während des Telefonierens alle naselang die Füllausrufe »Ach was!« und »Oha!« kundzutun, an den Rand eines Mordes brachte. Trotzdem hätte es mich beunruhigen sollen, daß bei einigen dieser Gespräche seine Stimme Kapriolen machte, die den gewohnten Brummton ins lachhaft Samtene, ja Schmachtende veränderten, und daß Wörter wie »du« oder »wir« unheilschwanger gedehnt über seine Lippen kamen. Und als Krönung meiner Ignoranz wäre da die augenfälligste Veränderung zu erwähnen, nämlich Gustavs vollkommen neue Gewandung, die ich irrtümlich als die Verschärfung seiner bereits seit 1985 spürbaren Senilität interpretierte. Mal handelte es sich um einen kanariengelben Sommeranzug, mal um Seidenhemden mit Puffärmeln – gewiß allesamt denkwürdige Höhepunkte der Geschmacklosigkeit, aber gerade die Vernachlässigung dieser Indizien war ein Armutszeugnis für meinen als analytisch gerühmten Verstand.

Jetzt hatten wir den Salat: Der alte Esel hatte sich verliebt! Und nicht genug damit: Er ließ es sogar zu, daß diese Schlampe den Tempel unserer einst scheinbar ewig währenden Zweisamkeit entweihte. Eifersucht? Keine Spur! Doch erkannte ich in diesem trostlosen Augenblick, daß es zwischen uns nie wieder so wie früher sein würde.

Gustav versuchte verzweifelt, mich zu fangen, als ich unter seinen Beinen hindurchschlüpfte. Das war wohl kaum ernst gemeint, da sein gigantischer Bauch, der ihn bei jeder Havarie als Rettungsblase garantiert über Wasser halten würde, solch fixe Reaktionen unmöglich zuließ. Ich bin ihm entwischt, huschte es mir durch den Kopf, bevor ich um die Ecke bog, und weiter, traurigerweise für immer und ewig.

Das Letzte, was ich dann sah, war ein leuchtender Berg. Er bestand aus aufeinandergestapelten Aluminiumkoffern mit Welterfahrenheit suggerierenden Aufklebern wie »Kennedy Airport« oder »Sidney«. Sie reflektierten das aus dem Arbeitszimmer hereinflutende Sonnenlicht. So war das also! Es handelte sich keineswegs um den Einstandsbesuch im Hause Romeo, nein, Julia wollte gleich den ganzen Laden übernehmen. Für einen Wutausbruch allerdings blieb keine Zeit. Fluchtreflex und Enttäuschung hatten mich in einen derartigen Geschwindigkeitsrausch versetzt, daß ich bei dem selbstmörderischen Affentempo glattweg eine Mauer hätte durchbrechen können, wäre sie plötzlich vor mir aufgetaucht. Phantasievolle Vergleiche ersinnen ist jedoch eine Sache, sich ihnen stellen, wenn sie Wirklichkeit geworden sind, wiederum eine ganz andere. Die Mauer war nämlich in Gestalt des Koffergebirges schon längst da. Eine Vollbremsung versuchte ich erst gar nicht, und bevor ich die Schicksalswendung noch ausführlicher verarbeiten konnte, knallte ich mit dem Schädel frontal gegen den mächtigsten und längskant aufgerichteten der abgestellten Koffer. Dieser ließ als die letzte wache Tätigkeit meines Hirns nur mehr die Assoziation eines Grabsteins aufkommen, nämlich meines eigenen, auf dem Schopenhauers vortrefflichster Ausruf eingraviert stand: »Die Wahrheit ist: wir sollen elend sein – und sind's!«

Zweites Kapitel

Ich hätte in meiner Ohnmacht verweilen sollen, denn keine noch so tiefe Besinnungslosigkeit kann schlimmer sein als die schlagartige Entwöhnung von allen liebgewonnenen Alltagsroutinen. Und nichts kann mehr verheerenden Schaden anrichten als ein weibliches Wesen, das in das genaugenommen nur paradiesisch zu nennende Leben eines eingefleischten Junggesellen einbricht wie eine biblische Heimsuchung. Um es wie ein Staatskundler auszudrücken, wurde Gustavs und mein auf Freiheit, Gleichheit und Brüderlichkeit, eher jedoch auf vollkommene Gemütlichkeit beruhender Bund von einem totalitären Usurpator mit allen dazugehörigen administrativen Schreckensmaßnahmen zerschlagen, und es wurde ein Terrorregime errichtet, das kleinste Vergehen erbarmungslos ahndete. Die eigentliche Tragödie lag jedoch darin, daß mein nun im Zenit seiner Debilität stehender Lebensgefährte zum Widerstand wenig taugte.

Gerade war ich wieder zu Bewußtsein gekommen – es wunderte mich, daß die beiden mich im Schlafzimmer auf das Bett gelegt und nicht gleich in die Mülltonne geschmissen hatten –, da hörte ich wie von fernen Schlachtfeldern unsere neue Generalin mit einer hundsgemeinen Strategie bereits die Macht an sich reißen. Sie fand alles wundervoll, einfach wundervoll, so drang ihre an das nicht enden wollende Schockbremsen eines Güterzugs erinnernde Stimme an meine Ohren – aber sei Gustav überhaupt aufgefallen, wie steril der weiße Anstrich die Wohnung erscheinen lasse? Typisch Mann! Von der psychosomatischen Wechselwirkung zwischen Wandfarbe und persönlichem Wohlbefinden keinen Schimmer. Nie könne sie es in einem Heim aushalten, das nicht apricot-rosa angestrichen wäre. Und die Nachbildung des mit Blattgold verzierten babylonischen Frieses an der Wand – meine Güte, lebten wir in einem Museum? Ein »Lichtenstein« sei zwar kostspielig, aber gleichzeitig auch eine Geldanlage. Über Geschmack ließe sich ja streiten, doch das Arbeitszimmer strahle ja wirklich den Charme eines Pfandleihhauses in Kalkutta aus. Das Wort Chaos sei noch zu geschmeichelt dafür. Am besten laufe er gleich in die Stadt und besorge einen Stapel Aktenordner, damit sie seine Unterlagen systematisieren könne. Wenn er denke, daß sie das halbaufgegessene Kotelett im Spülbecken übersehen habe, sei er falsch gewickelt. Wisse er überhaupt, daß Fleischnahrung einen *umbringen* könne! Nun ja, jetzt würden sich nicht nur die Eßgewohnheiten ändern. Und was dieses Vie... Tier anginge, so müßten auch einem Lebewesen mit »extrem niedriger Intelligenz« gewisse Dinge andressiert werden. Nein, sie hege wegen der Szene von vorhin keinen Groll, aber schließlich sei Gustav nicht Tarzan und sie noch weniger Jane, und keineswegs gedenke sie ihr künftiges Leben als eine Art Mutter Theresa der Haustiere zu verbringen. Ganz im Vertrauen, sie stehe eigentlich auf Hunde...

Bedurfte es weiterer Drohungen, um mir begreiflich zu machen, daß meine Tage im Garten Eden gezählt waren? Offenkundig schon! Denn mit der Erkenntnis des Unheils wird meist auch der faule Kompromiß geboren. Das Hirn von Säugetieren scheint derart konstruiert zu sein, daß es selbst der ausweglosesten Situation etwas Gutes abzugewinnen vermag. Immer spielen wir dann den optimistischen Clown, obgleich man statt Augen Kartoffelknollen besitzen muß, um den Schlamassel, in dem man bis zum Hals steckt, zu übersehen. Man beginnt sich selbst zu belügen und Übereinkünfte mit dem Desaster zu schließen. So auch ich. Es wird alles nicht so heiß gegessen, wie es gekocht wird, dachte ich – ein verblüffendes Schlittern ins Volkstümliche, das meinen ersten Niveauverlust einleitete. Ja, ich machte mir sogar die Mühe, mich in ihr Gefühlsleben hineinzuversetzen, obwohl ja Kampfroboter gar keins besitzen. Eine Frau ist nun mal kein Mann, stellte ich grausam logisch fest, und wäre sie nicht eine erbärmliche Vertreterin ihres Geschlechts, wenn sie ihren Muffelkopf von Lebensgefährten nicht in die wunderbare Welt der Blumen auf dem Eßtisch, der gemeinsamen Osterspaziergänge und der erst am Grab endenden Kritteleien über Kleidung und Haarschnitt hineinziehen würde? Zugegeben, Gustav war kein von Hormonschauern geschüttelter Twen, der in seiner Studentenbude zwischen Aluminiumverpackungen von Fertiggerichten und giftige Gase ausdünstenden Schmutzsocken hauste wie der erste Mensch. Trotzdem hatte sich im Laufe der Jahre selbst in unser kultiviertes Zusammenleben eine gewisse Farblosigkeit eingeschlichen, wie es bei verkrusteten Männergesellschaften häufig der Fall ist. Würde die Hand einer liebenden Frau in diese zwar reibungslos funktionierende, aber durch die tausend Riten der Einsamkeit allmählich versteinernde Tretmühle nicht etwas Frische und Sonnenschein hineinbringen? So fragte ich mich allen Ernstes... Und schrie mir im nächsten Moment selbst zu: Neiiiiiin! Herr im Himmel, weitete sich der Fluch, den diese garantiert Mundspray benützende Schreckschraube über meinen armen Freund ausgesprochen hatte, jetzt auch noch auf mich aus? Wie kam ich eigentlich dazu, einen griesgrämigen Drachen, der ganz offensichtlich meine standrechtliche Erschießung im Sinne hatte, zu einer aufopferungsvollen Frischverheirateten zu stilisieren?

Meine Befürchtungen sollten sich in den folgenden Tagen bestätigen, ja sie sollten sogar weit übertroffen werden. Hier Auszüge aus meinem imaginären Tagebuch des Zorns, welches mit freundlicher Unterstützung meines fotografischen Gedächtnisses entstanden ist.

1. Tag

Habe die ganze Nacht kein Auge zugekriegt, weil boshafte Frau beim Schlafen Geräusche von sich gibt, die sich anhören wie gequälte Laute aus dem Käfig von King Kong. Habe überlegt, ob sie das Schnarchen nur grotesk persifliert, um mich zu ärgern. Zu keinem Schluß gekommen. Dummer Mann schnarcht auch. Aber seine Interpretation ähnelt eher den behaglichen Blähungsentladungen von Grizzlybären während des Winterschlafs, so daß ich immer etwas Beruhigendes daran fand, das die Schlafqualität sogar anhob. Nun jedoch vereinigen sich diese beiden Gerassel zu einem unheilvollen Duett, zu einer Symphonie des Horrors, die selbst dem Brunftgebrüll von Auerochsen Konkurrenz macht.

Boshafte Frau ist dogmatische Frühaufsteherin – ein Erkennungszeichen des boshaften Menschen schlechthin –, und sobald ihr feuerwehrroter alter Wecker wie der Ruf des Satans nach immer neuen Freveltaten zu rasseln beginnt, steht sie schon senkrecht im Bett. Auch das Erwachen fängt also mit einer Menge Krach an. Ihre Figur ist nicht übel, dennoch wirkt sie ziemlich verbraucht, ein notdürftig kaschiertes Wrack zahlloser Crashdiäten. Zwingt dummen Mann, ebenfalls früh aufzustehen und mit ihr zu frühstükken, was so ehrfurchtsvoll zelebriert wird wie die Himmelfahrtsmesse im Vatikan und ebenso lange dauert. Dummer Mann gibt sich dabei alle erdenkliche Mühe, wach zu wirken. Ihm bleibt auch keine andere Wahl. Bei dem Nonstopgeschnatter, welches Archäopteryx über uns ergießt, ist an eine Morgenmeditation ohnehin nicht zu denken.

Wehmütiges Schwelgen in Erinnerungen. Früher, vor der Zeitrechnung der finsteren Macht, brach der Tag mit Bräuchen der Liebe an, eine Liebe, die allein zwischen sich gegenseitig achtenden und inspirierenden Partnern zu blühen vermag. Da wurde zunächst für mich die Dose Naßfutter geöffnet, als Zugabe wurden ein paar Leberstückchen gebrutzelt und mit in den Napf gelegt oder Fisch nebst einem Extratellerchen geschlagenem Ei serviert. Der Duft frischgebrühten Kaffees erfüllte unsere heimelige Küche, und während er sein üppiges Frühstück vertilgte, sprang vom Tisch vollkommen *unbeabsichtigt* so manch eine Delikatesse geradewegs in mein weit aufgerissenes Maul. Dies waren Tage der Freude und der Zärtlichkeit. Doch heute... Mußte mehrmals würdeloses Miauen ausstoßen, um auf mich aufmerksam zu machen. Entweder hat ihn das hypnotisierende Gesülze der boshaften Frau pflichtvergessen gemacht, oder er traut sich nicht, mich wie früher in den Mittelpunkt seines Lebens zu stellen, da gemeingefährliche Eifersucht die Folge wäre. Wenn das letztere zutrifft, habe ich mich in ihm nicht nur jahrelang getäuscht, sondern ich habe mich selbst betrogen. Und das ist viel, viel trauriger.

Ein Herz zerbricht...

2. Tag

Dummer Mann tagsüber geschäftlich außer Haus gewesen. Dadurch Gelegenheit gehabt, boshafte Frau bei Intimitäten zu beobachten. Fühle mich als Einstein der Menschenkenntnis, denn sämtliche meiner Einschätzungen haben ins Schwarze getroffen. Zwar gibt sie sich als fanatische Vegetarierin aus (der Grund bleibt allerdings ein Rätsel; sie haßt Tiere mehr als ihre Runzeln, gegen die sie jede Gemüse- und Obstart auf Gottes weiter Flur als Gesichtsmaske mißbraucht), doch ertappte ich sie mittags dabei, wie sie sich von einem Imbißservice fünf Schaschlikspieße kommen ließ und die Dinger mit der bestialischen Gier eines Kannibalen verschlang. Als sie merkte, daß ich sie dabei beobachtete, schmiß sie vor Wut ihre Megadose Schaumfestiger nach mir.

Sie frißt auch Schokolade. Zwar verwendet sie viel Zeit darauf, auf strenge Kalorientabellen abgestimmte Pygmäengerichte zuzubereiten, doch wird sie des öfteren von Anfällen akuter Süßigkeitsgeilheit heimgesucht. Wie Tretminen oder besser gesagt wie Schätze eines heimlichen Alkoholikers schlummern die Schokotafeln in der ganzen Wohnung in den raffiniertesten Verstecken, und diese steuert sie zielstrebig an, wenn obenerwähnte Gelüste sie überwältigen. Nebenbei ein Kompliment an ihr Gedächtnis; nicht einmal ein genialer Hund könnte sich an so viele vergrabene Knochen erinnern. Der Ausdruck auf ihrem Gesicht, wenn sie ihre Hauer in die unschuldige Schokolade rammt, steht ihrer Fratze während der Schaschlikorgien in nichts nach.

Der abstoßenden Angewohnheiten kein Ende: Seriöse Historiker wissen heutzutage, daß das Telefon speziell für die menschliche Frau erfunden worden ist. Das nahezu erotische Verhältnis des Weibes zu dieser Errungenschaft der Kommunikationstechnik bietet ein fruchtbares Wissenschaftsfeld für jeden Verhaltensforscher. Aber auch unter den Studienobjekten gibt es richtige Olympioniken. Boshafte Frau schlägt sämtliche Konkurrentinnen um Längen. Was Wettquasseln betrifft, ist ihr eine Goldmedaille gewiß. Denn das wahllose, aus reiner Langeweile geborene Nummernpicken aus dem Adreßbuch, die bodenlose Schwachsinnigkeit des geführten Gesprächs und dessen in umgekehrter Relation stehende Dauer macht ihr niemand so leicht nach. Hierbei werden alltägliche Begebenheiten wie zum Beispiel der Erwerb eines Ohrclips aus Kunststoff für fünf Mark achtzig bis in ihre metaphysischen Aspekte zerlegt oder harmlose Begegnungen mit Männern zu Scheherazaden um König Artus und die Ritter von der Tafelrunde aufgeblasen. Der geduldige Gebührenzähler, der in meiner Phantasie längst das Aussehen von Onkel Dagobert angenommen hat, dürfte an diesem Tag das Erfolgserlebnis seines Lebens gehabt haben. Denn eines der vielen Gespräche wurde mit einer Freundin in Florida über eine Stunde hinweg geführt. Alles auf Kosten des dummen Mannes, der ja nicht umsonst so genannt wird.

Mordpläne nehmen Gestalt an...

3. Tag

Zwei Beobachtungen gemacht, die im krassen Gegensatz zueinander stehen. In der Nacht ein verstohlenes Geraschel und Gegluckse, daß ich dachte, der Schöpfer hätte uns zum Überfluß neben dieser Bestie auch noch mit Gespenstern geschlagen. Weit gefehlt. Sie machten Liebe! Ich sofort auf die Wäschekommode im Schlafzimmer, um das einzigartige Ereignis genauer unter die Lupe zu nehmen. Von der bizarren Anatomie des dummen Mannes her betrachtet gewiß kein unproblematischer Vorgang. Baff erstaunt; klappte scheinbar ganz vorzüglich, wenngleich durch die vieles verhüllende Daunendecke kein eingehendes Studium möglich war. Dennoch hier die wichtigsten Fakten: 1. Nach den unrealistischen Trieblauten zu urteilen, wurde während des gesamten Ablaufs tiefe Anteilnahme von der boshaften Frau simuliert und der Höhepunkt an der Grenze zu Clownerie fingiert. Die echte Variante eines solchen Stöhnfeuerwerks mögen vielleicht die Ohren von Herrn Richard Gere vernehmen, die des dummen Mannes jedoch nicht mehr in diesem Leben. 2. Obgleich vom Schauspiel fasziniert, bestand berechtigter Anlaß zur Sorge, daß dummer Mann jede Sekunde einen Herzschlag erleiden könnte. Schon einige Male (wenn dummer Mann sich mit der Fernbedienung versehentlich in einen dieser niveaulosen Kommerzkanäle geswitscht hatte) hatte ich dem Gegrunze von Homo masculinus während des Paarungsaktes beiwohnen dürfen, so daß ich mit der Materie etwas vertraut war. Aber jenes euphorische Röcheln, welches der kugelrunde Deckende ausstieß, erinnerte mich doch eher an das lautstarke Winseln eines Operationsopfers, bei dem man schlichtweg die Narkose eingespart hat. Kaum unterscheidbar, ob während des ganzen Theaters Laute der Lust oder der Pein vorherrschend waren. Alles in allem eine widerwärtige Angelegenheit, auch wenn es angeblich um Liebe ging! Wie nonchalant dagegen meinesgleichen die Arterhaltung handhabt. *Sie* lernen es nie! Als Dank für meine rein wissenschaftliche Neugierde wurde ich von boshafter Frau erneut unter Beschuß genommen. Als sie meiner lernbeflissenen Blicke nach der einseitigen Erlösung gewahr wurde, ergriff sie kreischend den Chrom-Kleenex-Behälter und schleuderte ihn nach mir mit der Brachialgewalt einer gedopten rumänischen Kugelstoßerin. Auch diesmal verfehlte sie mich, allerdings knapper als beim letzten Mal; lediglich der hinter mir befindliche antike Spiegel auf der Kommode ging zu Bruch. Kleine, hysterische Idiotin!

Gleich am Morgen dann das Kontrastprogramm. In welchem Mißverhältnis doch Liebesschwüre einer Frühlingsnacht zu den Ernüchterungen des Alltags stehen. Jedenfalls bestätigt sich ihr Ausharren in meinem Territorium immer deutlicher. Dummer Mann scheint den Kardinalfehler seines Lebens allmählich einzusehen – aber zu spät, zu spät! Der dritte Weltkrieg brach während des hochherrschaftlichen Frühstückskrampfes aus. Sie ist wildentschlossen, ihre »Ideen«, die Einrichtung, finanzielle Investitionen und Lebensart betreffen, erbarmungslos in die Tat umzusetzen. Angeblich sei sie früher einmal Innenarchitektin gewesen. Und Psychologin. Und Künstlerin. Und ... Frage mich, was sie wohl jetzt ist. Wahrscheinlich geschieden! Dummer Mann wurde mit derselben schrillen Stimme, die im Garten die lieben Vögelein stets in dem Moment aufzuschrecken pflegt, in dem ich zum Sprung ansetze, aufgefordert, die gesamte Wohnung von Grund auf nach ihrem Geschmack zu renovieren. Als er Widerworte gab – seine degenerierten Zellen scheinen wohl noch ein paar männliche Hormone zu beinhalten –, wurde das Gekeife zu einem Brüllorkan, der uns hinwegzufegen drohte. Natürlich besitzt sie keine Waffen, sagen wir mal einen Raketenwerfer oder etwas Ähnliches, mit dem sie ihn in seine Atome sprengen könnte. Deshalb griff sie zum zuverlässigsten Kampfgerät ihrer Gattung: Sie begann zu weinen. Er parierte prompt darauf und unterschrieb in dem imaginären Vertrag, den Paare nun mal miteinander im Geiste abschließen, sein Todesurteil. Alles, alles werde er ihr erfüllen, so der Gelackmeierte, sie solle bloß mit diesem herzzerreißenden Heulen aufhören. Und da sie durch die Flennerei schon so prächtig am Zuge war, ratterte sie zwischen diesem Stoßseufzer und jener Schluchzattacke noch schnell ein paar andere Wünsche herunter, was kurioserweise damit anfing, daß er seine alten weißen Baumwollunterhosen wegwerfen und bitte, bitte sich diese modischen bunten besorgen solle. Tja, wenn das alles nicht so traurig wäre, wäre es in der Tat urkomisch. Das Lachen bleibt mir jedoch im Halse stecken, wenn ich darüber spekuliere, welche Rolle sie in ihrem Teufelsschach *mir* zugedacht hat. Denn nach der abgekarteten Versöhnung, die damit endete, daß die beiden besinnlich ihre Frühstückseier verspeisten (wobei sie ihn gemahnte, das Ei in Zukunft mit einem sauberen Messerhieb zu enthaupten, anstatt es am oberen Pol abzupellen), drehte sie ihren Kopf ganz langsam zu mir und lächelte mich so bitter-zärtlich an wie der Henker den Hauptdarsteller des Spektakels. Und da wurde mir plötzlich klar, daß die Schlacht längst geschlagen war und ich das Gelobte Land für immer verlassen mußte.

Ende des Tagebuchs.

Vielleicht eins noch. Wie sie geheißen hat? Ich wage den Namen kaum auszusprechen, doch ich muß, ich muß: Francesca!

Den Anstoß zu der Auswanderung lieferte eine infame Lüge. Während Gustav und, ähm, *diese Person* Möbelstücke ausmusterten, die dem Sperrmüll anvertraut werden sollten, und auch sonst allerlei törichte Dinge taten, um die Bude auf den Kopf zu stellen, hörte ich aus ihrem Mund immer wieder die rätselhafte Bemerkung: »Die Nüsse müssen weg!« Zunächst konnte ich unmöglich damit etwas anfangen, schon gar nicht eine Verbindung zu mir herstellen. Soweit ich wußte, aß Gustav nie Nüsse, von mir ganz zu schweigen. Welche Nüsse meinte sie bloß? Besorgniserregende Dimensionen begann der sich immer öfter wiederholende Ausspruch anzunehmen, als ich registrierte, daß er stets in meiner Gegenwart getan wurde. Und unmittelbar schaurig wurde es, wenn sie langsam, aber sicher dazu überging, ihre Oberlippe gegen die Nasenwurzel zu kräuseln, mich anklagend anzustarren, theatralisch irgendwelche eingebildeten ekligen Gerüche aus der Luft zu erschnuppern und gekünstelt zu seufzen (na?): »Die Nüsse müssen weg!« Das Geheimnis der Nüsse beschäftigte mich besonders, da der Bezug zwischen »Nüsse« und meiner Wenigkeit von Tag zu Tag unmißverständlicher wurde. Wie dieser Bezug aber aussehen sollte, wurde mir nicht klar. So hockte ich mich in einer ruhigen Minute, als die beiden außer Haus waren, in der Toilette auf den Waschbeckenrand, betrachtete mich selbst im Spiegel und überlegte mit der ganzen Schärfe meines Verstands. Ich hielt Ausschau nach etwas Nußartigem an mir, präziser gesagt nach etwas »Nüsse«-artigem, denn sie sprach ja andauernd in der Mehrzahl. Nein, da war nichts zu sehen im Spiegelbild, jedenfalls nichts, was mit Nüssen zu vergleichen gewesen wäre. Außer vielleicht – aber das war ja völlig weithergeholt, das war absurd, lachhaft, nicht nur lachhaft, das war... (2)

Ich sah sie dort im Spiegel zwischen meinen Oberschenkeln baumeln wie heilige Früchte im Gefilde der Seligen, wie Offenbarungen der Kraft und der Herrlichkeit, meine *Nüsse!*, Genesismaschinen von der Gnade des Allmächtigen! Und gleichzeitig sah ich wie bei einer Doppelbelichtung aus diesem imposanten Stilleben die Erscheinung eines Chirurgen auftauchen, dessen Hand aber makabrerweise das Werkzeug eines Friseurs umklammert hielt: das Rasiermesser! Wie ein furchteinflößendes Zerrbild seines Berufsstandes war er mit einem scharlachroten Kittel bekleidet, und auch die Haube und der Mundschutz, die das Gesicht unkenntlich machten, trugen die Farbe des Blutes. Die Gruselgestalt kam immer näher, ohne wirklich einen Schritt nach vorne zu tun, bis ihre Fratze den gesamten Spiegel einnahm. Mir stockte der Atem. Plötzlich fuhr die Hand mit der scharfen Klinge hoch und riß den Mundschutz vom Gesicht. Jesus Christus und Maria Magdalena!, zum Vorschein kam Francesca, deren Blicke sich wie aus einer Harpune abgeschossene Eiszapfen in mein unschuldiges Wesen bohrten. Sie, die Hexe, die boshafte Frau, die Bestie wollte mir an die Nüsse!

Vom Schreckgespenst geschockt, sprang ich vom Beckenrand herunter und lief in das vom Sonnenlicht durchflutete Wohnzimmer. Dort stieg ich auf mein geliebtes Gobelinsofa, das erst in den folgenden Tagen auf Francescas Geheiß entsorgt werden sollte, und schüttelte mich kräftig, um einen klaren Kopf zu bekommen. Während ich es mir mit wild pochendem Herzen auf den Kissen gemütlich machte, begann ich zu kombinieren, wie sie wohl vor Gustav solch eine barbarische Verstümmelung zu rechtfertigen versuchte. Sicherlich lebte ich nicht auf dem Mond und wußte sehr gut, daß etwa neunzig Prozent meiner Berufskollegen ganz und gar nußlos durch das Revier zottelten. Nach dem Eingriff schmückte ihre Gesichter zumeist jener verzückte Ausdruck, der asketischen Jüngern eines indischen Hochstaplers zu eigen ist, welcher seinerseits aber sein Domizil vorsichtshalber zu einem einzigen Hurenhaus ausgebaut hat. Nicht nur ihre Hoden, sie schienen irgendwie auch ihren Mumm und ihre Abenteuerlust verloren zu haben, schlimmer noch, ihr Herz. Dessenungeachtet brachen bei ihnen bisweilen ohne ersichtlichen Grund furchtbare Aggressionen hervor, geradeso, als hätten sie erst beim Wasserlassen auf der Spiegelung der Pipilache den ungeheuerlichen Verlust bemerkt. Doch erfahrungsgemäß bestand ihr einziger Lebenssinn darin, auf Fensterbänken und Mauern zu hokken, wie pensionierte Grenzsoldaten der Vergangenheit nachzutrauern, die Territorien im Auge zu behalten und ansonsten Gott einen guten Mann sein zu lassen. Und wenn doch der Fall eintrat, daß eine Königin in Hitze sich einmal zu ihnen verirrte und sich vor ihren matten Augen wollüstig jammernd rollte, so gerieten sie in kindliche Aufregung, als hörten sie plötzlich Echos eines längst verstummten Rufes aus finsterer Vorzeit. Um mit dieser Elendsbeschreibung keine wichtigtuerischen Proteste heraufzubeschwören, möchte ich pflichtschuldigst hinzufügen, daß es auch unter den gewichtreduzierten Kameraden Ausnahmen geben mag. Aber mit Verlaub, die Amputierung von Geschlechtsorganen ist schließlich keineswegs mit dem Ziehen eines faulen Zahnes gleichzusetzen.

Nun, wie sah der ruchlose Plan aus? Mit welcher Arglist genau wollte die Hexe Gustav dazu veranlassen, seinen geliebten Francis in einem Korb einzukerkern und zum Pferdedoktor zu verfrachten, damit dieser gegen ein fürstliches Honorar zwischen Francis und seinen Nüssen den im wahrsten Sinne des Wortes final cut vollzog? Denn Gustav selbst hatten die Dinger ja bis jetzt nie gestört. Im Gegenteil, er sah es gern, wenn ich in den Gärten meinen Verpflichtungen als Kämpfer gegen das Aussterben unserer Rasse nachkam, wahrscheinlich als Kompensierung für sein eigenes Versagen auf dem Gebiet der Fortpflanzung. Die Antwort war ganz einfach. Offensichtlich hatte Francesca dem Trottel die alte Mär aufgetischt, daß unsereiner die Wohnung mit flüssigen Stinkbomben belegte, wenn er in amouröse Stimmung geriet. Da jedoch nichts zu riechen gewesen war, hatte sie bestimmt an seinen Geruchsnerven gezweifelt und ihre eigenen dagegen als eine preisverdächtige Anomalie hervorgehoben. Die Konsequenz war folgerichtig wie $1 + 1 = 2$: Nüsse weg!

Über diesen trüben Perspektiven nickte ich ein. Ein bleierner Schlaf legte sich auf mich, und als ich aufwachte, war es bereits Nacht. Ich fühlte mich, als sei ich mit knapper Not einer defekten Druckkammer entronnen. Anfangs dachte ich, ich könne nicht einmal die Schwanzspitze bewegen, derart war jedes Glied von Taubheit befallen. Nur mühsam löste ich mich aus meiner Paralyse, kam auf die Beine und produzierte den steifsten Buckel meiner Laufbahn. Draußen hatte inzwischen ein Frühlingsregen eingesetzt, dessen Plätschern beruhigend wirkte. Aber dann kam mir wieder alles in den Sinn, und ich warf einen panischen Blick zwischen meine Beine. Wegen der Dunkelheit im Zimmer konnte ich die Kronjuwelen im ersten Moment nicht erkennen und befürchtete für den Bruchteil einer Sekunde, verrückt zu werden. Doch dann spürte ich ihre Wärme, ihr Gewicht, ja ihre königliche Pracht und faßte mich wieder.

Die Zeiger der Wanduhr zeigten drei Uhr zwanzig. Die entsetzlichen Erkenntnisse vom Nachmittag hatten mich offenbar regelrecht anästhesiert, so daß ich weder das Liebespaar hereinkommen gehört noch das Bedürfnis nach dem Abendmahl verspürt hatte. Aber trotz der späten Stunde drangen Stimmen aus dem Schlafzimmer. Lautlos wie ein Tuch, das auf dem Boden fallen gelassen wird, sprang ich vom Sofa herunter und näherte mich der Schlafzimmertür. Davor blieb ich stehen und lauschte. Es war kein Streit, der da drin stattfand, sondern eher die Art von gespenstischer Konferenz, die zwischen Sieger und Besiegtem nach der Beendigung eines Krieges zur Praxis gehört. Es ging gerade um einen interessanten Passus, anscheinend um den letzten, und zwar um das Pro und Contra der Kastrierung von Haustieren. Die Siegermacht betete noch einmal die Vorzüge einer solchen »Heilbehandlung« herunter, aber keineswegs um den Verlierer zu überzeugen, sondern weil das Aufzählen der schon vor der Schlacht bezogenen Standpunkte einfach zu den politischen Gepflogenheiten gehörte. Gustav mußte das Ergebnis akzeptieren, ob es ihm paßte oder nicht. Ihrem Mund entströmte all jener krause Mist, der in jedem barmherzig daherkommenden Sachbuch über unsere Art zu finden ist. Vordergründig ging es ausschließlich um unser Wohl; sozusagen *nur* als Nebeneffekt sprang für den Menschen eine blitzsaubere Wohnung, die Verschonung vor stundenlangem, nächtlichem Lustgejaule und dem unappetitlichen Ersäufen von unwillkommenem Nachwuchs in der Badewanne heraus. Bei soviel Verlogenheit hätte ich mich vor Ekel beinahe übergeben. Gustav, der in der Dunkelheit dalag wie König Dickbauch im Sterbebett, brachte litaneiartig ein müdes Wenn und Aber heraus, bis Francesca, die Eiskönigin, seine Bedenken mit einem funkelnagelneuen Totschlagargument abwürgte. Sie visionierte sogar noch weiter und sah in der Ferne schon eine wunderbare Neue Welt heraufziehen, in der mir die Krallen amputiert werden sollten, damit die frischbestellten, exquisiten Möbel keine häßlichen Kratzspuren davontrugen (3). Himmel, welche Martern standen mir noch bevor?

Ich muß gestehen, daß ich die Reise nicht angetreten hätte, jedenfalls nicht in jener Nacht, wenn Gustav ehrenhalber noch eine ernstzunehmende Opposition bezogen, wenn er die Dinge zumindest noch ein Weilchen in der Schwebe gehalten hätte. Schließlich waren wir jahrelang, um genau zu sein, seit meiner Geburt, treue Freunde gewesen, hatten so manch eine schwere Stunde gemeinsam überstanden und so manch ein freudiges Ereignis zusammen gefeiert. Liebe... Gab es denn keine Liebe mehr in dieser schwarzen Welt? Und kein Vertrauen? Er hatte mich doch einmal *wirklich und wahrhaftig* über alles geliebt...

Aber bevor sie sich aneinanderschmiegten und – man glaubt es kaum – ausgerechnet nach diesem Thema auf ihre abscheuliche Art *Liebe* zu machen begannen, sagte er lediglich »In Ordnung« und »Gleich morgen«. »Verräter!« wollte ich ihm daraufhin entgegenschreien, »du elender Verräter!« Ich tat es nicht. Warum? Nun, was hatte man schon von Kreaturen zu erwarten – individuelle Ausnahmen spielten keine Rolle –, die Hunde so abrichten, daß sie einander zerfleischen, die einem Bären einen Ring durch die empfindliche Nase ziehen und daran unter dem frenetischen Gegröle des Publikums wie wild zerren und die das öffentliche Abstechen eines desolaten Rindes als Gipfel der Männlichkeit betrachten? Etwa Vertrauen? Mitleid? Respekt? Selbst der Teufel pflegt seine mit Blut unterschriebenen Verträge einzuhalten. Der Mensch jedoch hat bisher keinen einzigen Punkt des Kontraktes erfüllt, den wir mit ihm in der Urzeit, als er auf uns in jeder Beziehung angewiesen war, geschlossen haben. Oder um wiedermals meinen guten alten Lehrmeister Schopenhauer zu bemühen: »Der Mensch ist im Grunde ein wildes, entsetzliches Tier. Wir kennen es bloß im Zustand der Bändigung und Zähmung, welcher Zivilisation heißt: daher erschrecken uns die gelegentlichen Ausbrüche seiner Natur. Aber wo und wann einmal Schloß und Kette der gesetzlichen Ordnung abfallen und Anarchie eintritt, da zeigt sich, was er ist.« Und nicht nur dann, mochte ich dem hinzufügen.

Ich wandte mich von den wilden Tieren ab, die sich ungerührt von der bevorstehenden Verstümmelung ihres kleinen

Freundes weiter balzten, durchlief die Küche und die Toilette und sprang auf die Fensterbank. Vor mir breiteten sich die dunklen, verregneten Gärten aus wie eine unheilvolle Drohung. Hinter mir lag eine Welt, die mir einst trotz gelegentlicher Ärgernisse als die beste aller möglichen Welten erschienen war. Wenn die Stunde einmal gekommen wäre, hätte ich in dieser Welt sterben wollen. Vergilbte Bilder, die ich aus den Erinnerungsrinden meines Hirns längst gelöscht zu haben glaubte, stiegen vor meinem geistigen Auge auf wie Blüten aus einem nach oben gerichteten Füllhorn, begleitet von einer süßlichen Leierkastenmusik. Ich ließ unsere glücklichen Tage im Gedächtnis Revue passieren, einschließlich der Episode, als ich Gustav meine erste selbsterlegte Maus aus reiner Hochschätzung gleichsam als Opferlamm nur halbangefressen auf den Schreibtisch gelegt hatte. Ja, es hatte auch Zeiten der Verzweiflung gegeben. Doch war ich für ihn nicht *das* ideale Therapeutikum gewesen, indem ich mich in schwärzester Nacht unter seine Decke gekuschelt und seine Tränen in meinem Fell aufgefangen hatte? Und hatte er mich nicht seinen wenigen Freunden gegenüber zwar als Scherz getarnt, in Wahrheit aber in vollem Ernst immer als seinen »Sohn« bezeichnet? Welcher Fluch hatte meinen Vater so verzaubert, daß sein Herz plötzlich in Granit verwandelt schien?

Tränen fluteten in meine Augen, rannen in Richtung des Maules und perlten dann vom Unterkinn hinab. Das Prasseln des Regens bildete eine schwermütige Begleitmusik zu meiner trostlosen Stimmung, und mit einem Mal wurde mir kristallklar bewußt, daß ich alles würde aufgeben müssen, wenn ich nun wegging. Es verstand sich von selbst, daß ich auf keinen Fall in den Nachbarvierteln eine neue Heimstatt auskundschaften durfte, da Gustav bestimmt am nächsten

Morgen eine Suchaktion starten würde. Nein, ich mußte weit, weit weg, mit Sicherheit sogar aus der Stadt hinaus, dorthin, wo auf Baumstämme gepinnte Steckbriefe und Suchinserate in Zeitungen ihre Wirkung verlieren würden. Hast du dich nicht in letzter Zeit so ekstatisch für das Landleben entflammt? fragte der Optimist in meinem Kopf, kein besonders vertrauenerweckender Bursche. Hier ist deine Chance! Es war schwer zu sagen, ob er das ernst meinte oder im geheimen vor Lachen losprustete. Dir ist hoffentlich klar, daß du dann, vorsichtig ausgedrückt, deine Freßgewohnheiten etwas ändern müßtest, schaltete sich daraufhin der Pessimist ein. Vor allem, was die Menge der Nahrung angeht – gesetzt den Fall, du findest überhaupt welche! Dieser Kerl wirkte extrem seriös, doch haftete ihm etwas Apathisches, ja Behäbiges an, als ließe er die Dinge am besten, wie sie sind.

Bevor in der Diskussion das Problem einmal mehr zerredet zu werden drohte, blinkte vor mir das Porträt meiner bedrohlichen Nußknackerin im scharlachroten Chirurgenoutfit auf, und die Entscheidung fiel mir leicht. Die Schläge des Schicksals mußte man entweder einstecken, oder man mußte für den Abwehrpanzer einiges auf dem Altar der Bequemlichkeit opfern, einschließlich sich selbst. »Es gibt nur *einen* angeborenen Irrtum, und es ist der, daß wir da sind, um glücklich zu sein.« Wer hatte das noch einmal gesagt? Na wer wohl!

Ein letzter Blick voll Sehnsucht in die Wohnung zurück, in der man künftig auf mein Schnurren würde verzichten müssen, eine letzte Abschiedsmeditation über meinen geliebten Edelstahlnäpfen, die mir bisweilen verheißungsvoller erschienen waren als die Zitzen meiner nie gekannten Mutter, und ein letztes Ade im Geist an den grandiosen Einfaltspinsel Gustav (an den Gustav vor der Gehirnwäsche), und los ging's mit der Flucht. Ich wischte mir mit der rechten Vorderpfote die Tränen vom Gesichtsfell, unterdrückte das Schluchzen und tat den ersten Schritt in die Freiheit (4).

Meine Exkursion ins Herz der Finsternis begann mit einem simplen Sprung. Ich ließ mich vom Fenster auf den Balkon und von dort auf das niedriggelegene Terrassengeländer fallen. Über Zickzackrennpisten oberhalb der Mauern und geheime, nur mir bekannte Löcher in den Eingrenzungen der Gärten gelangte ich schnell in den gepflegten Dschungel aus Rhododendronsträuchern und Zierstauden. Von hier aus fand ich wie im Schlaf den über eine Baulücke führenden Weg auf die Straße. Ein kleiner Sprint auf dem Bürgersteig parallel zu der Strecke, die ich eben über den Umweg der Gärten genommen hatte, und schon stand ich innerhalb von Sekunden wieder vor dem Haus, das ich soeben verlassen hatte. Menschen sind auf Türen, Stufen und gerade Wege angewiesen, da ihr Knochenbau und ihre Muskulatur, die auf einer bedauernswerten Flexibilitätsstufe zurückgeblieben sind, ihnen scheinbar nur die Möglichkeit lassen, sich wie eine vorsintflutliche, unter ihrem Gewicht ächzende Lokomotive auf geregelten Bahnen zu bewegen. Hochpeinlich wird die ganze Angelegenheit allerdings, wenn sie ihr athletisches Unvermögen auf den vielen Olympiaden dieser Welt mittels modernster Meßinstrumente akribisch registrieren, ja sogar live im Fernsehen übertragen und schließlich die kläglichen Ergebnisse mit Pokalen und Medaillen prämieren. Wenn ich's mir recht überlege, sind wir ihnen eigentlich nur in einer Disziplin unterlegen, nämlich in der Ausdauer. Aber wahrscheinlich braucht man die, um so viel Versagen im Bereich der Physis zu ertragen.

Durch den immer stärker werdenden Regen war ich inzwischen ganz schön naß geworden. Als ich den Kopf zu der Hochparterrewohnung des Altbaus streckte, stellte ich erstaunt fest, daß bereits jetzt eine Entfremdung stattgefunden hatte. Denn wie das mächtige Gebäude in der Finsternis so gen grollenden Himmel ragte, der Fassadenanstrich wie die Haut eines Verwesten bis zum fleckigen Grau der Steine abgeblättert, die Giebelfenster wie ausgestochene Augen in einem ausgemergelten Kopf, da empfand ich kein Gefühl der Vertrautheit mehr. Es war, als hätte ich nie in diesem Haus gewohnt, nie einen Freund darin gehabt, nie Freud und Leid mit ihm geteilt. Plötzlich war es ein oller Kasten wie jeder andere, der nach einer Luxussanierung lechzte. Gut so, denn nun brauchte ich nicht auch noch den wunderbaren Zwiebelerkern und den unter dem Kranzgesims wachsenden und garantiert alle bösen Geister dieser Welt fernhaltenden Dämonenköpfen aus Basalt eine Träne nachzuweinen. Offenkundig hatte ich die Bude und mein spießiges Leben darin sowieso satt gehabt.

Ich trippelte auf dem Trottoir weiter, einfach geradeaus, während der Frühlingsregen mir einen ersten Vorgeschmack auf ein sommerliches Geplansche gab. Es stimmt nämlich keineswegs, daß wir wasserscheu sind. Wir wollen nur nicht gebadet werden, weil wir im Gegensatz zu Menschen *immer* sauber sind. Natürlich kannte ich mich in der näheren Umgebung aus, da ich schon oft Ausflüge im Revier unternommen hatte. Diesmal jedoch schien mir der Ort ganz und gar nicht vertraut. Im Gegenteil, er wirkte geradezu exotisch und bedrohlich. Die alten, malerischen Straßenlaternen glichen absurd schlaksigen Spionen mit undurchsichtigen Absichten. Und der Asphalt mit dem wogenden Wasserfilm darüber war eine Rampe ins Ungewisse, die den Eindruck machte, als würde sie jeden Augenblick aufhören und einen in die tiefsten Abgründe des Grauens befördern. Warum nur erschien mir das Milieu, in dem ich mich eigentlich auskannte wie in meiner Westentasche, auf einmal so duster? Es hatte doch nicht etwa mit dem Wissen zu tun, daß es kein Zurück mehr auf das flauschige Schafsfell vor dem knisternden Kaminfeuer gab? Schäbig, schäbig, schimpfte ich mich daraufhin selber aus, du bist noch keine hundert Meter von der Hölle entfernt, da lockt dich schon wieder der ganze bürgerliche Schmus. Du verweichlichter Dummkopf, konzentriere dich lieber auf deine Nüsse, die im Sommer aufgehen werden wir strahlende Zwillingssonnen vor einem brennenden Firmament!

Solcherart motiviert, tapste ich meinen Weg mechanisch weiter, während das Gewitter allmählich in einen bösartigen Sturm umschlug. Dabei fragte ich mich, ob ich den Nobelpreis erhalten würde, wenn ich die simple Tatsache zu einem Naturgesetz erklärte, daß man mit den Annehmlichkeiten des Lebens bis zum Überdruß verwöhnt wird, solange es einem ohnehin an nichts mangelt, wogegen sich sämtliche Widrigkeiten prompt und gehäuft einstellen, wenn man gerade in der Klemme steckt? Denn warum mußte ich ausgerechnet jetzt, zu Beginn meiner glorreichen Flucht, in den Drehort eines schlechten Seefahrerfilms geraten? Optisch hatte ich mich bereits um die Hälfte meiner üblichen Erscheinung reduziert, da das Fell sich gänzlich mit Regenwasser vollgesogen hatte und die nassen Haare wie bei einem Marder eng am Körper klebten. Wenn mich jemand in diesem Aufputz gesehen hätte, hätte er vermutlich nicht einmal bestimmen können, welcher Art ich angehörte. Komplizierte Blitzverästelungen zuckten am Himmel und gaben durch ihr flüchtiges Schlaglicht das ganze Ausmaß der Sintflut preis. Die Schauer waren nun dazu übergegangen, in

Gestalt von ausschweifend wallenden Schleiern niederzuge-hen. Der Wasserspiegel auf der Straße stieg merklich und erreichte bald das Niveau eines kleinen Stromes. Überall schlugen mit ohrenbetäubendem Knall ungeschlossene Fen-sterläden gegen Mauern, brachen Äste von Bäumen ab und stürzten auf die Straße, kippten durch kräftige Windstöße Mülleimer um, wobei das durchdringende Prasseln der Re-gentropfen auf den Autodächern zu diesen herausragenden Soli die passende rhythmische Grundlage lieferte.

Ich blieb stehen und überlegte. Konnte ich mir für meinen Aussteigerstart keinen günstigeren Zeitpunkt aussuchen? Vielleicht war es ratsam, sich in einem Hauseingang unter-zustellen, bevor man das Aussehen jener Zeitgenossen an-nahm, die mit Vorliebe in Waschmaschinentrommeln schla-fen und, falls sie jemals wieder aufwachen, sich in einer faszi-nierenden Unterwasserwelt voller Sockenaale und Schlüp-ferquallen wiederfinden. Noch besser war es freilich, rasch in das Gustavsche Anwesen zurückzusprinten, dort eine Trocknungspause einzulegen und, nachdem das Unwetter abgeklungen wäre, mit frischen Kräften erneut einen Aus-bruchsversuch zu wagen. Obwohl es gegen die guten Vor-sätze verstieß, entschied ich mich für die letztere Möglich-keit. Doch das war leicht gesagt, denn als ich den Rückzugs-plan in die Tat umsetzen wollte, bekam ich es mit einem neuen Problem zu tun: Ich hatte mich inzwischen hoff-nungslos verlaufen. Die Straße, in der ich mich befand, un-terschied sich kaum von den anderen in dem Altbaugebiet. Außerdem ließ der Regenvorhang jedes Haus, jeden Vorgar-ten mit den verschnörkelten Gittern und jede antiquierte Straßenzeile wie durch eine beschlagene Taucherbrille ver-schwommen aussehen. Ich hätte mir während meiner frühe-ren heimlichen Ausflüge die Straßennamen auf den Schildern merken sollen. Doch leider hatte ich aus stumpfsinniger Gewohnheit stets die artspezifische Technik bevorzugt und anhand der von Kollegen hinterlegten Duftmarken einen Geruchsstadtplan im Kopf erstellt. Kunststück, daß diese spezielle Art der Kartographie bei solch einem gründlichen Vollwaschgang versagte. Zwar konnte ich mich noch vage an dieses und jenes außergewöhnliche Gebäude erinnern und mir ein paar wichtige Abzweigungen vergegenwärtigen, doch verschmolzen nun selbst diese wenigen Orientierungsrudimente zu einem einzigen Geknäuel beliebiger Straßenansichten.

Innerhalb weniger Minuten hatte sich meine euphorische Aufbruchstimmung in nackte Panik verwandelt. Das tosende Gewitter hatte nicht nur den Schmutz von den Alleen fortgespült, sondern auch all die Traumtänzerei über den Wilden Francis, der in Gottes freier Natur aufgenommen werden würde wie in Mutters Schoß. Mein sehnlichster Wunsch war es, so schnell wie möglich nach Hause zu kommen und zwischen die Rippen der Heizung zu kriechen, und zwar so lange, bis man mich als Schmorbraten zum Mittagsmahl servieren konnte. Mal ehrlich, erwies sich die Sexualität nicht immer wieder als eine verdammt nerven- und kräftezehrende Angelegenheit, die den Aufwand im Vergleich zu der erzielten Wonne nur selten lohnte? Und war die Welt nicht überbevölkert genug? Geschlechtsverkehr gehörte doch eher zum Vergnügungsrepertoire gewöhnlicher Zeitgenossen, die einfach zu blöd und zu faul waren, um ein gescheites Buch zu lesen, und sich statt dessen zwanghaft mit ihren Genitalien und dem daraus entspringenden hirnlosen Amüsement beschäftigten. Ja, so war es, ich würde auf meine Nüsse verzichten und bis an mein Lebensende gescheite Bücher lesen. Und jetzt nichts wie weg hier!

Ein Blitz, ein Donnerknall, und durch eine Laune des Sturmwindes sah ich im grellen Licht, wie eine Regengardine in der Mitte zerriß und die Sicht auf die Einmündung einer dunklen Gasse mit Kopfsteinpflaster freigab, von der ich gekommen zu sein glaubte. Sie stieß direkt auf eine Kreuzung, ebenso wie die etwas abschüssige Straße, in der ich mich befand. Ich schaute gebannt in Richtung der Gasse, bis das Leuchten des Blitzes erlosch. Es konnte eine Einbildung gewesen sein, doch vermeinte ich tatsächlich einen vertrauten Ort wiedererkannt zu haben. Da die Gasse von meinem Aufenthaltspunkt aus gesehen auf der entgegengesetzten Seite lag, war es das Effektivste, die Straße in einer Diagonalen zu überqueren und dann an der Kreuzung rechts abzubiegen. Hierbei würde ich zwar im pfotentiefen, wie ein flacher Bach den Asphalt herunterfließenden Wasser waten, aber die Mühe würde sich letztendlich lohnen.

Ich stieg in den schuppenförmig zerfließenden Strom hinein und eilte zur Straßenmitte. Dadurch kam ich zwar endgültig in den Genuß eines Totalbades, aber das spielte bei meinem Zustand auch keine Rolle mehr. Je mehr ich mich dem Ziel näherte, desto deutlicher sah ich im schummerigen Schein der Eckstraßenlaterne, daß im Nabel der Kreuzung der Gullydeckel wie von Geisterhand zum Erzittern gebracht wurde. Die Ablaufroste auf beiden Seiten der Straße schluckten sicherlich keinen geringen Teil der Flut, doch mußten in der Kanalisation bei solch einer gewaltigen Niederschlagsmenge katastrophale Zustände herrschen, so daß hier und da plötzliche Abwassereruptionen drohten und die Kanaldeckel unter dem immensen Druck weggesprengt werden konnten. Es war also ratsam, einen Zahn zuzulegen und die Gasse zu erreichen, bevor ich mit einer derartig unliebsamen Situation konfrontiert wurde. In dem Moment, in dem mir dieser Gedanke durch den Kopf schoß, hörte ich hinter mir ein Brausen und Branden, als wenn der Atlantik höchstpersönlich Einzug in die Stadt halten würde. Ich riß mich herum und hielt Ausschau nach der Ursache des Getöses. Fassungslos sah ich, wie eine die gesamte Straßenbreite einnehmende, zirka einen halben Meter emporragende Hochwasserwelle schäumend und tosend um die Ecke bog und mit rasender Geschwindigkeit auf mich zuwälzte. Verflixt und zugenäht, hatten denn alle Naturkatastrophen dieses Universums nur darauf gewartet, bis ich den ersten Schritt in die Selbständigkeit tat! Nein, nicht alle – einige standen noch bevor. Als ich nämlich den Kopf wieder nach vorne wandte, um die beste Ausweichmöglichkeit abzuchecken, wurde ich voll Entsetzen gewahr, wie der Gullydeckel auf der Kreuzung durch eine Brachialfontäne aus dem Untergrund nach oben geschleudert wurde. Die Lähmung, die diese Schrecksekunden auslösten, wurde zu meinem Verhängnis. Ich hatte mit der Betrachtung des Schauspiels zu viel Zeit vergeudet, und ehe ich mich versah und von der Straßenmitte wegkommen konnte, erwischte mich die Welle von hinten und schmiß mich zu Boden. Ich versuchte wieder irgendwie Halt zu bekommen, aber die Wucht des wilden Wassers krümmte meinen Leib fix zu einer kreisförmigen Haltung und trieb mich wie einen losgelösten Autoreifen in einem Affentempo vor sich her. Jetzt war der Vergleich mit den bevorzugt in Waschmaschinentrommeln pennenden Artgenossen perfekt, sah ich mich doch außerstande, in dieser mißlichen Lage irgend etwas anderes zu tun, als Wasser zu schlucken, hilflos mit allen Vieren zu zappeln und zu hoffen, daß die Welle bald über ihr Opfer hinwegrollen und es sozusagen als Treibgut zurücklassen würde.

Obwohl ich mich bei den vielen zirkusreifen Salti mortali

im Bauch der Welle auf nichts anderes als auf das pure Überleben konzentrieren konnte, sah ich aus den Augenwinkeln, wie gefährlich nah ich inzwischen auf den deckellosen Einlaufschacht zugetrieben worden war. Letzterer hielt für mich noch eine besonders pikante Überraschung parat. Hatte er nämlich eben noch seinen bräunlich matschigen Mageninhalt in Form eines flüssigen Atompilzes auf die Kreuzung erbrochen, so imitierte er jetzt einen Strudel auf stürmischer See und saugte mit irrsinniger Sauflust alles ringsum befindliche Wasser in sich hinein. Nicht, daß ich ein besonders ängstlicher Typ wäre. Aber der Grund, weshalb meine Blase bei diesem Anblick eine Spontanentleerung erfuhr und damit die um mich schäumende Brühe bereicherte, hing einfach damit zusammen, daß ich mir mein Ende nicht einmal im Traum als Ersoffener in den Stinkstrudeln der Kanalisation vorgestellt hatte. Ich dachte immer, ich würde als Greis auf einem Samtkissen an einem handgroßen Stück Leber ersticken oder mir während der Vereinigung mit der Nachbarssiamesin vor schrillen Lustschreien den Adamsapfel brechen. Das alles im strahlenden Sonnenschein und untermalt von Mahlers »Kindertotenliedern«, versteht sich. Doch warum so defätistisch? Es mußte ja nicht so schlimm kommen. Die Hochwasserflut mußte mich ja nicht unbedingt bei so einer ausgedehnten Kreuzung ausgerechnet in dieses kleine Loch da hineinspülen. Nein, mußte sie ja nicht...

Nach der, wie mir schien, dreihundertelften Rolle vorwärts sah ich die Schleusenöffnung in ihrer ganzen Herrlichkeit direkt vor mir auftauchen wie eine gruselige Prophezeiung, die wahr geworden ist. Der ungeheure Sog aus ihrem Innern verursachte am Abfluß einen gemächlich kreisenden, gleichwohl unbeirrbar alles Wasser und Unrat in ihren Bann ziehenden Spiralwirbel, der das glühende Auge des Zyklopen leibhaftig zu sein schien. Gern hätte ich noch ein letztes Gebet an meinen Erschaffer gerichtet, der aus einem kuriosen Grund offenbar entschieden hatte, daß ich durch die Einnahme menschlicher Ausscheidungen in eine bessere Welt wechseln sollte. Doch bevor es dazu kommen konnte, schmetterte mich die Welle an den Rand des Strudels. Dieser demonstrierte seine Kraft prompt und zog mich mit aller Gewalt in seine Umlaufbahn. Ich schrie, schlug mit den Pfoten um mich und probierte ein paar lächerliche Schwimmbewegungen, um dieser höllischen Anziehungskraft zu entrinnen. Aber alle Mühe war umsonst. Ich wurde in dem wirbelnden Wasser wie eine Ameise am Abflußloch einige Male im Kreis geschleudert und schließlich endgültig in den Orkus gezogen.

Im Rückblick sehe ich meinen unfreiwilligen Wasserspaß wie durch eine schmutzige, verkratzte Folie vor mir. Ich weiß noch, wie ich das unvorstellbar große Bedürfnis nach Sauerstoff verspürte und das Maul weit aufriß, sobald ich in den abwärts schießenden Strom hineingeriet. Das war so ziemlich das Dämlichste, was ich tun konnte, denn sofort wurde das bißchen Luft in meinen Atmungsorganen gegen Wasser ausgetauscht. Noch mehr als der körperliche K. o. machte mir das Gefühl zu schaffen, daß ich sehr nahe daran war, vor Hilflosigkeit und Verzweiflung endgültig in die geistige Umnachtung abzudriften. Obendrein schlug ich, der lebendige Torpedo, mit dem Körper immer wieder gegen die Eisensprossen des Schachtes, die in die zylindrische Schale einbetoniert waren. Doch obgleich ich kurz davor stand, das Bewußtsein zu verlieren, und in der Röhre tiefste Finsternis herrschte, konnte ich dank meines hochempfindlichen Sehvermögens erkennen, wie zunächst eine Serie von tennisballgroßen Luftblasen an mir vorbeisprudelte und anschließend unten so etwas wie eine durch die Geschlinge der Kanalisation verlaufende Stange aufschimmerte. Dann endete der Fall auch schon, und in dem Augenblick, in dem ich die Stange als ein Geländer identifizierte, prallte ich mit der Bauchseite dagegen und blieb wie ein vom Wasser durchweichter Fuchsschwanz hängen. Der plötzliche Aufschlag bewirkte wiederum, daß aus meinem Innern all die geschluckte Flüssigkeit wie bei einer Erste-Hilfe-Pressung herausschoß. Offensichtlich hatte es sich bei dem Schwall, in dem ich mich befunden hatte, um die letzte Ladung von oben gehandelt, denn nun spürte ich nur noch, wie auf meinen Rücken ein Resterguß niederging, der dann den Steinboden umspülte.

Zu arg vom Schicksal gebeutelt, um irgendeine Regung von sich zu geben, pendelte nun mein am Eisengeländer hängender Körper beschwingt hin und her, bis er schließlich powärts zu Boden rutschte. Schlangengleich kringelte er sich unten zu der Andeutung einer Spirale zusammen, und das Restwasser in meinen Lungen sickerte aus meinen Mundwinkeln. Obgleich mit dem aufwendigsten optischen System der Welt ausgestattet, das sogar Restlichtkameras für Nachtaufnahmen im wahrsten Sinne des Wortes in den Schatten stellt, nahm ich in meiner neuen Umgebung zunächst nichts als überwältigende Schwärze wahr. Durch den offenen Gully plätscherte der Regen weiterhin auf mein Fell, doch schloß ich aus der geringen Trefferquote der Tropfen, daß er an Stärke abgenommen haben mußte. Typisch, war der Schaden erst einmal angerichtet, verdrückten sich die Urheber in Windeseile. Mein geschundener Leib sandte von jedem Meldeposten die beunruhigendsten Schmerzenssignale aus; gleichwohl konnte ich kaum bestimmen, ob ich mir bei dem

Sturz etwas gebrochen hatte. Mich zu rühren wagte ich allerdings ebenfalls nicht, aus Angst, zur ewigen Bewegungsunfähigkeit verdammt zu sein. Welch perverser Tod stünde mir dann bevor? Außerstande, vom Fleck wegzukommen, würde ich von Mäusen, wahrscheinlicher jedoch von Ratten, die mit meiner Körpergröße durchaus konkurrieren konnten und von denen hier, in dieser klammen Gruft, bestimmt nicht wenige ihren stinkigen Geschäften nachgingen, ganz langsam und genüßlich in Stücke gerissen werden. Und das alles bei vollem Bewußtsein, sämtliche Verstümmelungen bis ins letzte Detail erfassend mit dem *aufwendigsten optischen System der Welt!*

Einer altehrwürdigen Gewohnheit folgend, die aus den Tagen des glücklichen Erwachens stammte, ließ ich schließlich in einer Anwandlung von Tapferkeit doch noch eine Kralle aus der Hautfalte über dem Fußballen der rechten Vorderpfote hervorblitzen. Dann fuhren nach und nach alle Krallen wie Springmesser en miniature heraus. Ein intensives Schütteln erfaßte meinen nassen Körper, daß es nur so spritzte, und bevor weitere Mätzchen zur Erlangung der Starttemperatur erfolgen konnten, gab ich mir einen Ruck und sprang gleich auf die Beine. Schmerzfluten durchrauschten meine Eingeweide wie entfesselte Dämonen. Ich hielt den Atem an, weil die Qual mich kurzzeitig zu überwältigen drohte. Derart teuflisch pochten und hämmerten die eingehandelten Blessuren in jeder einzelnen Faser meines Körpers, daß ich laut aufschrie. Doch ich hatte Glück im Unglück gehabt. Soweit ich es nach ein paar zwar schmerzhaften, aber erträglichen Testverrenkungen feststellen konnte, schien ich mir nichts gebrochen zu haben, und auch die Prellungen, die die vielen Stöße hervorgerufen hatten, hielten sich in Grenzen. Kurzum, ich ordnete meine Knochen und

Sehnen neu und dankte dem Sensenmann, weil er anscheinend abermals ein Auge zugedrückt hatte.

Nun konnte es nur noch darum gehen, diesem fauligen Ort der Verdammnis so rasch wie möglich zu entfliehen. Langsam und etwas gehandikapt durch ein nervtötendes Knacksen am Nacken, bewegte ich den Kopf nach oben und blickte zu dem Höllenschlund, durch den ich in die Unterwelt gelangt war. Die Kanalschachtöffnung erlaubte die Sicht auf den Himmel, in dem unheilschwangere Wolkentürme weiterhin mächtig rumorten. Aber bisweilen durchbrach das dunkelblaue Morgenfirmament die Dunkelheit, so daß trübe Schimmer sich in den Schacht stehlen konnten. Diese diffuse Helligkeit verhieß jedoch für mich keineswegs ein Happy-End. Sie schien eher genau das Gegenteil zu bedeuten. Denn jetzt wurde erkennbar, daß die einzelnen Eisensprossen zu weit voneinander entfernt waren, um sich an ihnen hochzuhangeln. Selbst wenn ich mich auf einer der Sprossen auf die Hinterpfoten stellte, was aus Gründen der Balance schon ein Ding der Unmöglichkeit darstellte, würde meine Körperlänge nicht ausreichen, um an die nächste, höhergelegene heranzureichen. So wie es aussah, blieb mir wohl keine andere Wahl, als in dieser Krypta so lange herumzuirren, bis irgendwo ein Schlupfloch nach draußen auftauchte. Wer weiß, vielleicht hatte ich dem Sensenmann zu früh gedankt, denn der Sturz hatte mich zwar nicht umgebracht, aber es war zu befürchten, daß der mit dem Zurückweichen der Schmerzen immer penetranter wahrnehmbare Fäkaliengestank es irgendwann mit absoluter Sicherheit tun würde.

Ich drehte mich um und erlebte eine zweite Überraschung. Meine Augen hatten sich inzwischen an die dürftigen Lichtverhältnisse gewöhnt, und ich konnte den fragwürdigen Reiz meines gegenwärtigen Aufenthaltsorts nun in vollen Zügen genießen. So wie es aussah, befand ich mich am Ufer eines etwa drei Meter breiten und unbestimmt langen Kanals, eines malerischen Urin- und Kotflusses, umgeben von einem altehrwürdigen, halboval gekrümmten Gemäuer, auf dem sich die schelmischen Reflexionen der ruhig vor sich hinfließenden Suppe spiegelten. Es war schwer auszumachen, wo die Abwasserstraße ihren Anfang nahm und wo sie aufhörte, denn das kalte Licht, das durch den Schacht einfiel, tauchte lediglich die nähere Umgebung in einen matten Glanz. Mein mit einem rostigen Geländer versehener Hafenkai war in Wirklichkeit die Einstiegsnische für die Kanalarbeiter, die von hier aus zu ihren Wanderungen aufbrachen. Zu beiden Seiten der Kanalisation verlief ein etwa ein Meter breiter, ebenfalls aus Stein gehauener Gehweg. Wo dieser Pfad mich hinführen würde, war ungewiß, doch es mußte mit dem Teufel zugehen, wenn ich unterwegs nicht auf eine Verbindung zu der Sonnenwelt stoßen würde. Nach solch einer geballten Aneinanderreihung von Mißgeschicken geboten es allein die Regeln der Wahrscheinlichkeit, daß mir wieder etwas Erfreuliches über den Weg lief.

Obwohl der schwindelerregende Gestank und die muffelige, klaustrophobische Enge nicht gerade venezianische Gefühle aufkommen ließen, strahlte der düstere Ort auf seine Weise einen morbid romantischen Charme aus. Bevor ich das Gedärm der Stadt mit meiner Glorie beehrt hatte, mußten die Gewitterfluten in ihm eine infernalische Verstopfung angerichtet haben. Nach dem Rückgang des Hochwassers träufelten nun Wasserperlen von der Decke wie von den Stalaktiten einer Tropfsteinhöhle unter hundertfachem Echo in den Kanal und sorgten so für bizarre Klänge. Die gespiegelten Muster der Wellen an den Mauern bildeten das entsprechende visuelle Pendant zu der schrägen Akustik, und das stete leise Rauschen des Hauptstroms lieferte eine tröstliche Untermalung und rundete das Bild einer schauerlich schönen Grotte ab. Teils um in dem erlösenden Gefühl der wiedererlangten Unversehrtheit zu schwelgen, teils weil mich dieses Schattenreich plötzlich tatsächlich faszinierte, stellte ich mich breitbeinig an den Rand des Steinweges und sog die skurrile Szenerie in mich auf. Das hypnotische Wiegenlied des unendlich widerhallenden Tröpfelns und die besondere Atmosphäre des unwirklichen Platzes lullten mich irgendwie ein und riefen in mir einen seltsamen Frieden hervor. Wie idyllisch dieses Flüßchen vor sich hinfloß und wie besinnlich es einen doch stimmte, am Ufer zu stehen und den Blick einfach über die sanften Wogen gleiten zu lassen. Und siehe da, in der Ferne schwamm sogar ein Schwan...

Ein Schwan? Quatsch, es gab keine Schwäne in der Kanalisation, Krokodile vielleicht, aber keine Schwäne. Doch da schwamm wirklich etwas in der Kloake, etwas Weißes, trieb auf mich zu, aufgebläht und sich immer wieder majestätisch um seine eigene Achse drehend. Es tauchte aus der Finsternis so unversehens auf wie ein leuchtendes Raumschiff aus dem Bauch des Universums. Zunächst war es nur ein winziger, weißer Fleck, der in den rabenschwarzen Weiten des Gewässers dahinschunkelte und mir allein durch seine starke Leuchtkraft ins Auge sprang. Doch je näher es kam, um so klarer konnte ich seine Umrisse ausmachen. Jetzt, da es zirka zwanzig Meter von mir entfernt war, sah es wie ein flaumiger, aufgeblasener Mehlsack aus. Das Harmoniegefühl von vorhin wich schleichend einer unbestimmten Beklemmung, die wie eine Eisenmanschette meine Kehle festzuzurren begann. Ich vermochte den Blick von der gespenstischen Boje nicht abzuwenden, zumal sie direkt auf mich zudümpelte. Nach und nach wurde erkennbar, daß die Erscheinung ganz und gar nicht so strahlend weiß war, wie es am Anfang den Anschein gehabt hatte: Es handelte sich um den milchighell bepelzten und mittlerweile stark verschmutzten Leib eines Tieres, der durch den langen Aufenthalt im Wasser wie ein vollgesogener Wattebausch um das Doppelte seines Volumens aufgequollen war. Ich hatte es also mit einer Wasserleiche zu tun. Der Nachtmahr war aber durchaus noch steigerungsfähig. Der leblose Körper wies faustgroße, sehr tief ins Fleisch gehende und an Bombentrichter in Kleinformat erinnernde Wunden auf, die einfach zu zahlreich waren, um sie zu beziffern, und die vermutlich von Bissen herrührten. Da sich die Leiche in einem sehr fortgeschrittenen Verwesungsstadium befand und aus den dunkelrosa bis violett schimmernden Verletzungen kein Blut mehr floß, vermutete ich, daß der Tod bereits vor mehreren Tagen eingetreten sein mußte. Ergo hatte der Selige seinen Ausflug von einem sehr entfernten Punkt der Kanalisation, wahrscheinlich von außerhalb der Stadt, angetreten und war danach in den Verzweigungen des Labyrinths endlos herumgeirrt.

Dann passierte das, was ich schon seit geraumer Zeit befürchtet hatte. Wie bei der eleganten Geste einer Wasserballerina scherte plötzlich aus dem gepeinigten Korpus ein in der Mitte abgehackter Schwanz aus, und im gleichen Moment erkannte ich, daß es ein Vertreter meiner Gattung war, der da eine groteske Schwimmblase imitierte. Schauder und Panik explodierten in mir wie defekte Äderchen im Hirn. Unheimliche Mutmaßungen, durch welche Mißhandlungsmethode der Artgenosse eine Wandlung vom feingliedrigen Athleten zu einem aufs schwerste verstümmelten Fleischklops vollzogen hatte, beanspruchten mein ganzes Denken, und vergessen waren schlagartig alle meine eigenen Schmerzen. Mehr Aufschluß vor allem über die Rasse des Toten erwartete ich mir in Bälde, weil er unmittelbar an den Rand des Steinweges trieb, so daß die Möglichkeit bestand, im Verlauf seiner gemächlichen Rotation sein Gesicht zu sehen.

Dies entpuppte sich jedoch als der eigentliche Horror. Ja, die Leiche kam immer näher, streifte beinahe den Pier, kam so nah, daß ich sie fast berühren konnte. Und ja, sie drehte sich jetzt graziös wie eine losgelöste Seerose um ihre eigene Achse und offenbarte dabei ihre Vorderansicht, auf welche ausreichend Helligkeit fiel, um alles genau erkennen zu lassen. Aber Grauen über Grauen, da gab es nichts mehr zu sehen! Das, was wie ein über alle Erwartungen hinaus aufgegangener Kuchenteig aussah, besaß nämlich überhaupt keinen Kopf mehr. Das teure Stück war ihm einfach abgerissen worden, und aus dem Hals hingen jetzt nur noch schwarz gewordene Fleischfransen heraus, gleich Pflanzenarmen, die sich pittoresk ins Wasser neigten. Die Drehung der Leiche setzte sich fort, und ich erblickte das ganze Ausmaß der Greueltat. Es war von vornherein ein ungleicher Kampf gewesen, sozusagen der Kampf Davids gegen Goliath mit unbiblischem Ausgang. Der Überlegene hatte keinen Augenblick daran gedacht, dem Unterlegenen einen Gefallen zu tun und ihn nach guter alter Jägertradition mit einem einzigen Gnadenbiß zu exekutieren. Mit soviel Haß oder besser gesagt mit soviel perverser Lust am Quälen war der Schlächter aufgeladen gewesen, daß er sich einen Spaß daraus gemacht hatte, mit seinen Hauern ganze Stücke aus dem Opfer herauszuschnappen. Der Arme hatte vor Schmerzen und vollkommener Irritation gar nicht mehr gewußt, wie er sich verteidigen sollte. Das Ungeheuer sprang ihm dann an die Kehle und grub die Zähne tief hinein. Es riß mit derartiger

Wucht daran, daß der Kopf schließlich, losgelöst von der Wirbelsäule, nach hinten klappte und nur mehr wie ein Dekkel am rostigen Scharnier herabhing. Danach hatte der Mörder aus was für mysteriösen Gründen auch immer die Kostbarkeit entfernt und es irgendwie geschafft, den leblosen Leib der Kanalisation zuzuführen.

Angesichts so viel unvorstellbarer Bestialität blieb mir buchstäblich die Luft weg. Puuuh, dies Schreckensbild übertraf wahrhaftig all die Amputationsvisionen, die mir im Zusammenhang mit Francescas Nüsseprojekt vorgeschwebt hatten. Während die kopflose Leiche an mir vorbeikreiselte und wieder in die Dunkelheit hineinglitt, fragte ich mich, wer so etwas mit einer wehrlosen Kreatur angestellt haben könnte – und vor allen Dingen, warum. Wenn auch das Opfer seines Hauptes verlustig gegangen war und mir dadurch die Identifizierung seiner Rasse erschwerte, so konnte mein fachmännischer Blick doch anhand des außerordentlich deformierten Körpers erkennen, daß es sich bei ihm um ein gewöhnliches Europäisch-Kurzhaar-Exemplar gehandelt hatte. Die Vertreter dieser Art waren nicht gerade für ihre unverhältnismäßige Aggressionsbereitschaft bekannt. Schon gar nicht legten sie sich mit Witzbolden an, denen vor Mordgier der Sabber von den Reißzähnen träufelte. Aber kam als Mörder allein ein monströses Tierwesen in Frage? Der Homo sapiens war doch für solcherlei blutigen Schabernack, für einfach sinnlose, auf Spaß am Leiden basierende Gewalt eher bekannt. Dieser Theorie widersprach wiederum, daß Menschen bei der Ausübung ihrer Folterpraktiken gern irgendwelche Instrumente benutzten. Sie waren Symbole ihrer Macht und wurden in ihrer Kultur sogar wie Fetische glorifiziert. Soweit ich beurteilen konnte, rührten jedoch die hier präsentierten Verletzungen auf keinen Fall von Messern, Skalpellen oder Spießen her. Nein, sie waren das Werk elementarer, unverfälschter Gewalt, geboren aus spontanem, unersättlichem Blutdurst. Es bereitete mir Schwierigkeiten, es mir selbst einzugestehen, aber das Ganze sah verdammt nach den unergründlichen Ausbrüchen von Brutalität aus, denen meine Pappenheimer bisweilen anheimfallen.

Das Objekt des Entsetzens trieb immer weiter fort, verwandelte sich in meiner Vorstellung in einen mit Blumen geschmückten schwimmenden Sarg, mit dem man in einigen exotischen Kulturen heute noch die Toten zu bestatten pflegt. Schließlich schluckte ihn die Finsternis. Ich schaute ihm noch eine ganze Weile nach, wie hypnotisiert und von einer tiefen, aufrichtigen Trauer erfüllt. Dabei stellte ich mir vor, wie der Artgenosse wohl lebendig ausgesehen haben mochte. So blendend wie Schnee hatte sicher das blütenweiße Fell in der Mittagssonne geglänzt; und die saphirenen Augen drohten den zufälligen Betrachter zu durchbohren, wenn ihre Blicke sich kreuzten. Und wenn er an einem frostigen Winterabend neben einem glühenden Ofen schlief und sich dabei wie in Trance reckte und streckte, betrug seine Körpergröße bestimmt mehr als einen Meter. Er war unzweideutig eine seltene Perle seiner Art gewesen, unfaßbar schön, und für jeden ein Quell der Faszination. Um so erschütternder war es, daß er ein so abscheuliches und würdeloses Ende gefunden hatte. »Goodbye, weißer Fremder«, sprach ich schließlich laut aus, »ich seh' dich im Himmel.«

Verdammt noch mal, was tat ich eigentlich da? Hatte ich denn nichts Gescheiteres zu tun, als einen unbekannten Toten zu beweinen und schwermütige Grabreden zu halten? Wer sagte mir denn, daß der Gourmet, der den Betrauerten als Knabbergebäck kennen und lieben gelernt hatte, nicht gerade in diesem Augenblick ganz in meiner Nähe hockte, schmunzelnd meine Untersuchung verfolgte und sich beim Grummeln seines Magens in kulinarischen Phantasien erging? Schließlich befand ich mich in einer Art Vorhölle, in welche die da oben all ihre Häßlichkeiten und Schlechtigkeiten abluden und sie dem Prozeß der Fäulnis anheimstellten. Hier gab es keine Gustavs, die im letzten Moment dazwischenfuhren, wenn irrsinnige Kannibalen meine Gurgel umfaßten, und keine Büros mit Nostalgietelefonen, wohin sich der Philip Marlowe der Spitzohrigen nach erledigter Detektivarbeit zurückziehen konnte. Hier gab es nur Düsternis, Feuchtigkeit und Dreck – und unheimlich aufgeblasene Leichen. Und wer weiß, vielleicht gab es auch wirklich jene, sagen wir mal possierlichen Kloakenkobolde, die Scheiße fraßen und ihren Durst an Industrieabflüssen löschten, sich jedoch liebend gern eine Abwechslung von ihrem herkömmlichen Speiseplan gefallen ließen, wenn es einen kleinen Burschen auf Wanderschaft in ihr Reich verschlug. Dabei stellte ich sie mir als geifernde Horrorversionen von ALF vor...

Als hätte ich durch meine negativen Gedanken das Böse erst heraufbeschworen, hörte ich plötzlich ein verstohlenes Rascheln. Es hallte lange in dem Tunnel nach und vermischte sich dann mit den Echos der Tropfen und der anderen gespenstischen Geräusche, die ihren Ursprung wohl in dem unmerklichen »Atmen« einer solch umfangreichen steinernen Anlage besaßen. Bevor ich vor Angst meine Rückenhaare stachelgleich aufrichten und einen Abwehrbuckel zustande bringen konnte, folgte ein erneutes Rascheln, diesmal etwas näher. Ich versuchte zu bestimmen, aus welcher Richtung es kam, was mir jedoch nicht gelang. Wie eine ratternde Motordrivekamera fixierten meine Augen in rasanter Folge sämtliche lichtlosen Winkel, aus denen jeden Moment ein

Monster hervorzuspringen schien, sowie die mannigfalti-
gen, tänzelnden Schatten am Gemäuer. Resigniert mußte ich
feststellen, daß nichts zu sehen war. Dennoch spürte ich instinktiv, daß diese flüchtigen Geräusche weder auf mein
überhitztes Einbildungsvermögen noch auf zufällige lauter-
zeugende Aktivitäten zurückzuführen waren. In solchen
spannungsgeladenen Momenten dackelte in Filmthrillern
gewöhnlich ein schwarzer Artgenosse aus der Dunkelheit,
worauf der Held beruhigt aufatmete, weil dies das gänse-
hauterzeugende Knarren der Tür erklärte. Ich war mir nicht
sicher, ob mich nun diese Variante besonders beruhigt hätte.
Deshalb entschloß ich mich in einem Anflug von Rationalität, meinen vorgefaßten Plan zu verwirklichen und den
Randstreifen so lange abzutrippeln, bis sich mir eine Aus-
reißmöglichkeit aus der Kanalisation böte, gleichgültig, wie
oft Gespenster mich mit ihrem Kettenrasseln noch necken
würden.

Ganz lässig, geradeso, als wäre ich einer atemberaubenden
Naturkulisse überdrüssig geworden, wandte ich mich vom
Kanal ab und spazierte direkt in die Schwärze hinein. Es war
so, als tauchte ich in eine amorphe, lebendige Masse ein, mit
der schrecklichen Gewißheit, nie mehr herauszukommen.
Hin und wieder linste ich unauffällig zurück, etwa so unauffällig wie ein Ladendieb mit einem Kühlschrank unter dem
T-Shirt. Dabei glaubte ich zu bemerkten, daß der vom
blauen Licht erfüllte und nun immer kleiner werdende
Schachtausstieg von noch mehr dubiosen Schatten umspielt
wurde. Erzeugte die Paranoia, die sicherlich von den klau-
strophobischen Verhältnissen in dieser Katakombe her-
rührte, bereits handfeste Halluzinationen? Gern hätte ich in
diese Theorie meine ganze Überzeugungskraft investiert,
hätte zähneklappernde Angst und Verfolgungswahn auf den

Schock beim Auffinden der Leiche abgewälzt, wenn ...
Wenn das enervierende Rascheln sich nicht wieder gemeldet
hätte. Aber diesmal war es gar kein Rascheln. Es war ein
Schlurfen und ein klammheimliches Hasten und ein Knurren und ein Kratzen. Und es ertönte auf einmal aus jeder
Ecke, nicht nur hinter meinem Rücken, sondern ich hörte es
von überall her. Während ich meine Schritte beschleunigte,
ja einen wilden Galopp hinlegte, riskierte ich erneut einen
Blick zurück. Diesmal konnte ich mich nicht hinter optischen Täuschungen und durch Furcht verursachter Nervo-
sität verstecken. Denn jetzt erkannte ich klare, bewegliche
Silhouetten, die sich vor dem hellen Hintergrund deutlich
abhoben. Was mein Herz nun im Rhythmus eines Techno-
Songs hämmern ließ, war die Tatsache, daß *sie*, wer auch immer sie waren, wie auf ein verabredetes Signal in solcher
Überzahl aus ihren Löchern rauskrochen. Eine gigantische
Armee der Schatten klebte plötzlich an meinen Fersen. Und
obwohl es unmöglich war, in der Finsternis etwas auszumachen, konnte ich geradezu körperlich spüren, daß sich mir
eine ebenso umfangreiche Truppe von vorne näherte. Großer Gott, wo kamen diese Bastarde auf einmal alle her, und
wer waren sie?

Ratten! Natürlich, eine Kanalisation ohne Ratten war wie
ein Friedhof ohne saturierte Würmer, die beim Eintritt ins
Rentenalter sogar unverschämt hohe Ablösesummen für ihren Grababschnitt von ihren Nachfolgern verlangen konnten. Der niedliche Unterschied lag nur darin, daß diese Sorte
offenkundig meinesgleichen auffraß. Ich behielt vorsichtshalber meine hohe Geschwindigkeit bei, in der Hoffnung,
daß das ersehnte Türchen aus dem kruden Alptraum jeden
Augenblick vor mir auftauchen würde wie die Oase vor dem
Verdurstenden in der Wüste. Der Mob an meinen Hacken

schien ebenfalls fabelhaft motiviert und verkürzte die Distanz zusehends. Ein letzter Blick zurück ließ mich regelrecht erschauern. Wie eine an exzessivem Übergewicht leidende schwarze Schlange wand sich eine endlos scheinende Legion von undefinierbaren Kreaturen hinter mir her, wobei das Wort »Legion« den Nagel wahrhaftig auf den Kopf traf, da die Hatz offenbar in geordneten Bahnen verlief und von einer kopflosen, die einzelnen Häscher gegenseitig behindernden Überstürztheit keine Rede sein konnte. Es war eine auf leisen Pfoten marschierende, ja bedächtige Streitmacht, die mich da in die Enge trieb, ihres Sieges schon von vornherein sicher, wohl deswegen, weil ihre Strategie der leisen Attacke nicht nur einmal Erfolg gezeitigt hatte. Der durch das Gegenlicht hervorgerufene Schimmer auf den Rücken der vielen Soldaten ließ Haarkonturen erkennen, woraus ich folgerte, daß sie wie ich mit Fell ausgestattet sein mußten. Doch ungewöhnlich für Säuger meiner Kategorie, hatten sie die Eigenart, daß ihre Augen im Dunkeln nicht aufleuchteten. Dieser Effekt beruht bei meinesgleichen auf der Reflexschicht in den Augen, einer spiegelartigen Struktur, die über den größten Teil der Retina ausgebreitet ist. Sie ist auch bei den meisten anderen Nachttieren vorhanden und reflektiert das Licht, das nicht beim ersten Eindringen in das Auge von der Retina absorbiert wird. Hierdurch bekommt die Retina einen zusätzlichen Lichtreiz, der die Empfindlichkeit des Sehvermögens in der Dämmerung erhöht. Selbstverständlich war die Helligkeit hier drin gering, so daß diese Wirkung nicht zwingend zur Geltung kommen mußte, aber ich hätte wetten können, daß meine eigenen Glubscher momentan strahlten wie elektrische Haltesignale an einem Bahnübergang. An der Hypothese von den bestienhaft mutierten ALFs schien vielleicht doch etwas dran zu sein.

Das Wunder geschah! In zirka zwanzig Meter Entfernung erspähte ich tatsächlich den Strahl einer Lichtquelle, der am unteren Rand rechts von der Mauer herausschoß und in einer diagonalen Linie wie eine blendende Lanze geradewegs den Abwasserkanal traf. Vermutlich handelte es sich dabei um die Mündung eines Nebenrohrs, das schräg von der Straße abfiel und Regenwasser auffangen sollte. Da in der Zwischenzeit draußen längst der Morgen angebrochen sein mußte, drang durch das Rohr jetzt Licht in die Kanalisation. Mit ein bißchen Glück konnte ich mich vielleicht durch diesen Schlauch in die Tageswelt emporrobben und so meinen Verfolgern entkommen. Wie ein Tausendmeterläufer im Endspurt legte ich in ungezügelter Euphorie den Turbogang ein und preschte los, was die müden Gelenke hergaben. Die grelle Lichtlanze, die an Leuchtkraft von Sekunde zu Sekunde zunahm und den trüben Wassergraben in zwei Teile zu schneiden schien, rückte unfaßbar schnell näher, und von dem mich verfolgenden Gesindel war erfreulicherweise bald nichts mehr zu hören. Noch zehn Meter, noch fünf Meter, noch zwei Meter; das illuminierende Loch an der Wand erschien mir immer mehr wie eine magische Pforte, hinter welcher der nackte Wahnsinn aufhören und solche zu Unrecht geschmähten Dinge wie Fernsehsucht, Sonntagsdepression, morgendliche Verstopfung, kurz die Normalität des Alltags beginnen würden. Endlich erreichte ich den ersehnten Durchlaß in die Freiheit und machte Anstalten, eine scharfe Rechtskurve einzuschlagen. Nun konnten die Monster sich in bitterer Frustration üben oder sich von mir aus gegenseitig auffressen...

Der Koloß stürzte so abrupt aus der gleißenden Mauerluke hervor wie ein gigantischer Tanker aus der Nebelbank kurz vor einer Kollision. Während ich Hals über Kopf eine

Vollbremsung versuchte, dachte ich noch, daß ich einem verdammten Hund in die Arme gelaufen wäre, allerdings einem stark verwahrlosten, der sich in der Phase der Verwahrlosung in ein Ungetüm verwandelt hatte. Etwa einen Meter vor seiner imposanten Erscheinung stolperte ich, verlor das Gleichgewicht, stürzte zu Boden, überschlug mich einmal der Länge nach und landete schließlich vor seinen prankenartigen Zottelpfoten. Darauf gefaßt, daß er sich bereits zu mir heruntergebeugt hatte und nun im Begriff war, mir die Birne zu tranchieren, öffnete ich aus reinem Masochismus die Augenlider einen Spalt und blickte ihm unmittelbar ins Gesicht. Vom Boden aus gesehen wirkte er tausendmal gefährlicher und freakiger als aus der Bauchperspektive, was übrigens wortwörtlich zu verstehen ist, da ich ihm selbst stehend nur bis zum Bauch reichte. Trotz seiner monströsen Größe sah ich sofort, daß er keineswegs ein Hund, sondern ein Kartäuser (5) war. Der Kerl nannte dieses spezielle, beneidenswert dichte, blaurauchfarbene Kurzhaarfell sein eigen, das jedoch vollkommen von Kloakenschlamm durchdrungen war, so daß die flaumweiche Struktur kaum mehr zur Geltung kam. Zwar zeichnete sich die bodenständige Art ebenfalls durch eine gesunde Kompaktheit aus, die von Laien fälschlicherweise oft als dick interpretiert wird, aber bei diesem Burschen waren Muskel- und überbordendes Fettgewebe eine solch glückliche Ehe eingegangen, daß man nur darüber rätseln konnte, ob man einem schlappen Schmerbauch oder einem vor Spannkraft und Elastizität strotzenden Kraftprotz gegenüberstand. Jedenfalls war er unglaublich groß, ja geradezu gewaltig, vor allen Dingen absolut furchteinflößend. Drei Abweichungen vom herkömmlichen Tyrannen, wie er in jedem Revier zu finden ist, waren es, die das Blut in meinen Adern einem Gefriertrocknungsverfahren unterwarfen. Der erste Punkt erschien im Vergleich zu den anderen noch recht harmlos. Der Riese dünstete einen derart widerlichen Geruch aus, daß der Verdacht nahe lag, er tauche jeden gottverdammten Tag nach irgendwelchen Schätzen in der Kanalisation. Ich überlegte, ob ich gleich kotzen oder erst abwarten sollte, bis er meine Speiseröhre durch seinen ganz speziellen operativen Eingriff freigelegt hatte. Der nächste Unterschied war besorgniserregender. Er hatte keine Augen. Das heißt, Augäpfel besaß er wohl, aber diese waren wie bei einer helleren Variation des Grauen Star von einem milchigen Film bedeckt. Da die weißlichen Sehorgane jedoch in einem graublauen Gesicht steckten, stachen sie besonders grotesk hervor und verliehen ihrem Träger den nicht mehr zu überbietenden Schauerausdruck eines finsteren Okkultisten aus dem Mittelalter. Mein Mörder in spe war blind wie ein Maulwurf. Was ihn aber vom Menschen unterschied, war die Kleinigkeit, daß er nicht unbedingt Augen brauchte, um sich zu orientieren – und schon gar nicht um zu töten! Und schließlich folgte da die Sache mit den Ohrringen; goldene, vom Schmutz und Kot seltsam reingebliebene Ringe, die im gespenstischen Licht funkelten und die die Ohrlöcher in schlimme Fetzen gerissen hatten, weil sie wahrscheinlich hin und wieder irgendwo festhakten und sich so immer mehr Freiraum verschafften.

Der Vollstrecker meines Schicksals stand in der Lichtflut da, mächtig, nein, allmächtig, so unwirklich erscheinend wie eine wiederauferstandene Horrorweihnachtsgans bei geöffneter Kühlschranktür, und er starrte mit seinen Nebelschleieraugen andächtig auf mich herab, als zerbreche er sich gerade den Kopf darüber, welches meiner Organe ihm wohl am besten munden würde. Sein glänzender, von Dreckkru-

sten und kahlen Rattenbißschmissen gemusterter Pelz verlieh seinem voluminösen Körper das Aussehen eines ver-
schlissenen Bärenkostüms, das arbeitslose Schauspieler auf
Kindergeburtstagen zu tragen pflegen. Geradezu grazil hob
er nach einer Weile den Kopf und schaute um sich. Ich tat es
ihm gleich und folgte seinem blinden Blick. Angesichts dessen, was ich daraufhin sah, fühlte sich meine Blase erneut zu
einer Schockentleerung genötigt, doch war sie leider schon
leer. Die Armee, die mich verfolgt hatte, hatte mich inzwischen eingeholt und eine dichte Traube um mich gebildet.
Jeder der Gaffer schien ein unverhohlenes Abbild des Ober-
zampanos zu sein. Natürlich waren nur die wenigsten von ihnen Kartäuser, soweit man es bei diesem Zwielicht überhaupt unterscheiden konnte, und keiner von ihnen trug goldene Ohrringe, was darauf schließen ließ, daß es sich bei
meinem Gegenüber um einen ganz ausgefallenen Knaben
handeln mußte. Aber alle stanken zum Herrgotterbarmen.
Und allesamt steckten sie in diesen vernarbten, vom Fäka-
lienmatsch verknäulten Fellen. Und alle, aber auch wirklich
alle waren blind und glotzten mich mit diesen milchigen,
nutzlosen Augen an.

Hinter der ersten Reihe des Kreises kam Unruhe auf. Anscheinend hatte jemand die Glocke zum Frühstück gebim-
melt, und die hinten stehenden Hundertschaften drängte es
an den Futtertrog. Der ehrfurchtgebietende Alte mit den total verklebten Schnurrhaaren beugte sich zu mir herab, und
ein sardonisches Lächeln umspielte seine verschorfte, feiste
Visage.

»Das ist dein Ende, Kleiner!« sagte er in einem sehr tiefen
Baß, der mich an das Gebrumm schwarzer Schauspieler in
Drogenmafia-Filmen erinnerte.

Statt ihm eine Antwort zu geben – vielleicht: »Ich kann

euch zeigen, wo es sagenhaftes Dosenfutter zu kaufen gibt!«
– fragte ich mich nun zum x-ten Mal, weshalb ich diese blöd-
sinnige Flucht angetreten hatte. Ich hätte jetzt schon längst
aus der Narkose aufgewacht sein können, hätte im Spiegel
meine neue windschnittige Anatomie bewundern, danach
ein herzhaftes Mahl einnehmen und ein neues Dasein ohne
lästigen Sexterror beginnen können. Verflucht, ich hätte
weiterleben können! Doch vor allen Dingen hätte ich mich
an meinen wohlbewährten Schopenhauer halten können,
der die Brisanz von unüberlegten Lebensentscheidungen
vortrefflich durchschaut und solche Minderbemittelten wie
mich schon vor mehr als einem Jahrhundert ermahnt hatte:
»Wenn auch die schlechten Streiche erst in jener Welt ge-
büßt werden, so doch die dummen schon in dieser...«

Drittes Kapitel

»...wiewohl hin und wieder einmal Gnade für Recht ergehen mag«, sei vollständigkeitshalber der Rest des Spruchs
wiedergegeben. Aber von einer Horde Kannibalen Gnade zu
erwarten, glich so ungefähr dem Wunsch, daß Wohnungs-
makler drei Viertel ihrer Einnahmen für den sozialen Woh-
nungsbau aufwenden sollten. So wie mich diese blinden Re-
staurantkritiker – vermutlich von der Zeitschrift »Aas vi-
vendi« – anstarrten, konnte man ja schon von einem Akt des
Erbarmens sprechen, wenn sie mir zunächst den Kopf abris-
sen und sich erst dann an den Filetstücken meines Körpers
gütlich taten.

Hinter Papa Goldener Ohrring kam ein gazellenhaftes Geschöpf zum Vorschein, das es offenkundig gar nicht mehr
abwarten konnte, das Schlachtbüfett zu eröffnen. Doch da
sauste die Hammerpfote des Alten pfeilschnell empor,
schlug mit einem dumpfen Laut gegen die Brust der Voreili-
gen und brachte sie jählings zum Stehen. Es war eine drahtige Heranwachsende, und ihr stumpfes Fell war noch
schwärzer als diese schwarze Hölle es je sein konnte. Ihre
einst hochempfindlichen Horcher hatten ihre ursprüngliche
Trichterform längst verloren. Sie waren entweder durch die

zahllosen Schlachten mit anderen Kriegern oder durch die rabiate Gegenwehr der gejagten Ratten zu zerfledderten Fetzen verkümmert. Ein jahrelang von Motten bewohntes Tuch in der Truhe hätte keinen schlimmeren Eindruck erwecken können. Schräg über das Gesicht erstreckte sich eine häßlich zusammengewachsene Narbe, die ein hübsches Andenken vom spitzen Eisen eines erschrockenen Kanalarbeiters sein mochte. Ihre außerordentlich muskulöse Figur glich der eines hochgezüchteten Windhundes; es schien sich bei ihr zweifellos um eine Orientalin zu handeln. Trotz des Punkerlooks verrieten aber die eisig wie Neon irisierenden Augen und die aus den Hautfalten der Pfoten wie mörderische Sicheln lugenden Krallen, daß ich ein Duell mit der drahtigen Lady nur als Gehacktes verlassen würde. Kurzum, ich hatte es mit einer jungen Hexe zu tun, die sich bisweilen gern ein Blutsüppchen kochte.

»Na, Kleiner, willst du nicht fliehen?« fragte der Abt der Düsternis gespielt besorgt, und in seinen Augen schienen Dampfschwaden zu brodeln. Sieh an, er war ein Mann des Humors. Da ich ebenfalls kein Kind von Traurigkeit war, erwiderte ich:

»Kein Gedanke, Gevatter! Man ist doch froh, wenn man an einem solch einsamen Ort vertrauenserweckenden Standesgenossen begegnet.«

»Du hättest aber eine Chance. Immerhin sind unsere Augen außer Betrieb, und wir geben dir noch ein bißchen Vorsprung, damit es lustiger wird.«

»I wo, ich wollte euch schon immer kennenlernen. Als ich hörte, daß ihr vor lauter Reinlichkeit gleich im Klosett haust, habe ich sofort mein Bungeejumping-Training abgebrochen und bin hierhergeflitzt.«

Dem Powerweib platzte ob meiner Frechheiten endgültig

der Kragen. Sie legte zornig die Ohren eng an den Kopf, so daß dessen keilförmiges Design perfekt zur Geltung kam, und riß die Augen weit auf. Dann hechtete sie vor die versammelte Mannschaft und zielte mit den Skalpellkrallen beschwörend auf meine Wenigkeit. »Schluß mit den dummen Witzen! Wir müssen ihn kaltmachen, sonst wird er uns verraten, wie alle anderen es auch getan haben.«

»Wenn's nur das ist, Gnädigste, müßte es doch eigentlich eine Zungenamputation auch tun«, provozierte ich kleiner Schelm selbstmörderisch weiter.

Plötzlich verlor der Chef seinen Mutterwitz. Das Milchige seiner Augäpfel schien sich wie mit einer dunklen Flüssigkeit zu trüben, und der Spott in seiner Bulldoggenvisage wich schlagartig einer besorgniserregenden Ernsthaftigkeit. Das Monstergesinde wurde daraufhin mucksmäuschenstill und verharrte in Reglosigkeit, als wolle es den Kloakenimperator von seiner Entscheidungsfindung nicht mit solch lästigen Geräuschen wie Magenknurren ablenken. Was soll ich sagen, trotz der brandgefährlichen Situation konnte ich es mir nicht verkneifen, die Typen irgendwie niedlich zu finden. Das Licht aus dem Abflußrohr bedachte ihre zerlumpten Felle mit einer silbrigen Aura, so daß sie wie Fans einer für ihre Bühnenexzesse berühmten Heavy-Metal-Band aussahen. Ihre aus der Finsternis hundertfach hervorstechenden weißen Augen mochten dabei die angesteckten Wunderkerzen beim Vortragen der ersehnten Hymne sein und die zerbissenen Ohren die Beschädigungen symbolisieren, welche man sich beim übermäßigen Konsum solcherlei Dröhnmusik zuzog. Sie waren Kinder der immerwährenden Nacht, im Grunde die Überspitzung unserer eigenen Natur, stellvertretend für uns alle lautlos in den dunklen Gefilden unserer Seele wandelnd.

Gewiß hätte es nicht geschadet, in dieser mißlichen Lage ein paar Gedanken an eine Fluchtmöglichkeit zu verschwenden. Aber wieder fuhren mir mein Grübelhirn und die verfluchenswerte Neugierde dazwischen und zwangen mich zu ein paar Überlegungen. Welcher kuriose Umstand zum Beispiel hatte alle diese Biester in die Unterwelt verschlagen? Und aus welchem Grund waren sie mit Blindheit geschlagen? Oder waren sie schon immer blind gewesen? Weshalb brachten sie ihre Artgenossen um? Weil die Kanalisation arm an Beutetieren war? Aber warum fraßen sie dann den erlegten Kollegen nicht zur Gänze auf? Und die Preisfrage lautete schließlich: Wenn sie sich ständig hier unten aufhielten, ohne jemals das Tageslicht zu sehen, warum litten sie dann nicht an Rachitis? (6)

Gott sei's gedankt, hatte es jedoch den Anschein, als würde ich von der Krankheit der zwanghaften Wißbegierde bald endgültig kuriert. Denn nachdem der Alte mit den wenigen grobschlächtigen Gesichtsverrenkungen, die ihm zur Verfügung standen, eine Weile in sich gegangen war, schüttelte er sich kräftig (wobei eine Vielzahl Schlammklumpen umherflogen) und gab feierlich seine weise Entscheidung preis.

»Sie hat recht, Brüder und Schwestern«, sagte er und deutete auf die mich weiterhin anklagend anvisierende Amazone. »Er muß eliminiert werden. Die Zahl der Schwachköpfe, die die Katakomben der Barmherzigkeit aufsuchen, wird von Tag zu Tag größer. Die Sensationslust treibt sie zu uns, wobei sie sich geschickt unsere Schwäche zunutzemachen. Wir sind inzwischen zu Attraktionen in einem verdammten Monstrositätenkabinett verkommen! Es bleibt aber leider nicht beim heimlichen Beobachten. Wenn sie wieder oben sind, geben sie ihre ängstlichen Erkundungen als waghalsige Abenteuer aus und protzen mit ihnen herum. So stacheln sie wiederum andere an, ihrem Beispiel zu folgen. Doch gerade mit diesem verwerflichen Verhalten lenken sie nur die Aufmerksamkeit der Menschen auf uns. Irgendwann werden auch diese hinter unser Geheimnis kommen und dann einen Desinfektionstrupp in die Kanalisation schicken, der, wie sie sich gerne ausdrücken, Nägel mit Köpfen machen wird. Daß wir dem Tod geweiht sind, wissen wir und fürchten uns nicht davor, geliebte Brüder und Schwestern. Aber die Mission, unsere heilige Mission, wer sollte sie dann erfüllen? Wer sollte dann all die verlorenen Seelen, die Seelen, die gestorben und dann wiederauferstanden sind, retten? Wer sollte dann die Kinder retten, Brüder und Schwestern?«

»Die Kinder retten! Die Kinder retten! Die Kinder retten!« erschallte es aus der Meute wie aus einem Mund. Ich erhob mich aus der Rückenlage, hockte mich auf die Hinterbeine und studierte voll Verwunderung die Folgen, die die gewandte Demagogie des Oberpriesters gezeitigt hatte. Wie Blinde es in Erregung oft tun, wiegten die Schmutzfinke ihre Köpfe in einem gleichförmigen Bewegungsmuster hin und her. Dabei beschworen sie, begleitet von spastischen Zuckungen, unentwegt die Errettung dieser ominösen Kinder, die ihnen offenkundig sehr am Herzen lag. Ich war gerade dabei, Hypothesen über den Sinngehalt des Klagerufes aufzustellen, als ich sie plötzlich tatsächlich sah: die Kinder. Wie Pinguinjunge kauerten sie zwischen den Vorderbeinen alter Vetteln, dicht eingekuschelt in das zottelige Bauchfell und von den herabhängenden Brusthaaren halb verdeckt. Deshalb waren sie mir nicht gleich aufgefallen. Ihrer Iris haftete noch ein bißchen Farbe an, woraus ich schloß, daß sie den hohen Grad der Erblindung noch nicht erreicht hatten.

Im Vergleich zu den Erwachsenen strotzten ihre Felle geradezu vor Sauberkeit, ein Hinweis, der auf eine tadellose Pflege deutete. Etwas machte mich allerdings stutzig. Beschützerinnen und Beschützte gehörten stets jeweils einer verschiedenen Rasse an. Eine Bambino-Siam hatte zum Beispiel unter den Fittichen einer fetten Maine-Coon Zuflucht gefunden, und scheinbar war die Betreuung einer jungen Birma von einem Mau-Weibchen mit nur einem einzigen Reißzahn übernommen worden. Selbst wenn man das Vermischungsroulette bei der Paarung berücksichtigte, waren die sichtbaren Unterschiede zwischen Müttern und Kindern derart frappant, daß man hier von Adoptivverhältnissen ausgehen mußte.

»Wir wissen um unsere leidvolle Vergangenheit, kennen unser Schicksal, Brüder und Schwestern«, nahm der Alte den Faden wieder auf und winkte mit den Pfoten den Aufruhr symbolisch auf einen erträglichen Pegel herunter. Dabei stierten mich die matronenhaften Ammen so boshaft an, als hätte ich dem soeben Verkündeten widersprochen.

»Und weil wir unser Schicksal so gut kennen, sind wir ihm verpflichtet. Aber wie können wir unserer Aufgabe genügen, wenn ständig irgendwelche Dummköpfe verantwortungslose Artgenossen und am Ende gar die Menschen auf unsere Fährte locken, frage ich euch? Deswegen ist es an der Zeit, endlich ein Exempel zu statuieren.«

»Wenn ich darauf hinweisen darf, daß ich unter starkem Gedächtnisschwund leide«, versuchte ich verzweifelt einen Aufschub zu erreichen. »Zum Beispiel habe ich schon wieder meinen Namen vergessen. Verdammt, war es Mimi oder Pussy? Nein, ich glaube, es war doch Pinky...«

Nanu, kein Applaus? Keine Lachsalven von der Sorte, die in Fernsehkomödien nach dem Abschießen eines Gags vom

Tonband ertönen? Offenkundig war ich der einzige in der Runde, der meinen Faxen etwas Amüsantes abgewinnen konnte. Begreiflich, man verlor halt schnell den Frohsinn, wenn man den Witzeerzähler, in brüderlich geteilte Portionen zerhackt, bereits als Mittagsmahl vor dem geistigen Auge sah. Der Kartäuser richtete erneut seinen blinden Blick auf mich, und es war so, als träfe mich der rotierende Scheinwerferstrahl eines gruseligen Leuchtturms.

»Tut mir leid, Kleiner«, bedauerte er in einem Tonfall, als wäre er ein untröstlicher Vater, der seinem Sohn die leergeschlemmte Bonbontüte vor die Nase hält. »Aber es ist nicht persönlich gemeint. Wir müssen ein Zeichen setzen, um unser Werk und uns selbst zu schützen. Du warst eben zur falschen Zeit am falschen Ort.«

»Und traf auf die absolut falschen Brüder und Schwestern«, ergänzte ich überflüssigerweise.

»Rhodos!« brüllte plötzlich der Kapitän der tausend Kanäle, ohne auf mein Hosenscheißer-Angst-Geplapper weiter einzugehen.

Rhodos?... Hm, eigentlich gar keine schlechte Idee. Sicherlich besaßen meine gewaltig zur Piratenseligkeit neigenden Verwandten irgendwelche Boote, sagen wir mal drollige Dampfer, die mit ihrem eigenen, gewiß im Übermaß vorhandenen Biogas betrieben wurden, und wir würden gleich in See stechen, über das Abwässersystem ans Meer gelangen und dann in Richtung Rhodos tuckern, um dort Ferien zu machen. Ihre in der Tat recht beunruhigenden Bemerkungen von vorhin waren in Wahrheit nichts als rüde Späße gewesen, Begrüßung und Mutprobe zugleich für den Neuankömmling, wie es bei Piraten halt so Sitte ist. Mannomann, diese Stinker hatten mir wirklich einen Mordsschrecken eingejagt...

Der Pulk, der mich mit der Schaulust von einstigen Kolosseumsbesuchern umlagerte und trotz totalem Optikausfall angespannt anglotzte, begann sich im Mittelabschnitt zu teilen, so daß zwischen den Gaffern auf dem Steinweg allmählich eine enge Gasse entstand. Und durch diesen Akt der kollektiven Zuvorkommenheit dämmerte es mir langsam, daß es sich bei Rhodos weder um die sagenumwobene Mittelmeerinsel noch um ein ungefähres Reiseziel handelte. »Rhodos« mußte jenseits alles Vorstellbaren liegen, so wie gewisse Dinge hinter den allerletzten Stahlpforten des Unbewußten schlummern, Dinge, die sogar die Inszenatoren von Alpträumen nicht herauszulassen wagen. Ein banges Tuscheln ging durch die Menge der Dreckspatzen, und ein unheilvoller Schatten wurde nun am Ende des von ihnen gebildeten Korridors wahrnehmbar. Dieser Schatten kam immer näher, wälzte sich geradezu durch den Gang wie eine Flut aus einer schleimigen Materie, und gleichzeitig mit seinem Nahen erklang ein furchterregendes Stampfen, das die ganze Anlage zum Erbeben zu bringen schien. Nach und nach wurde eine unförmige, die Umstehenden mindestens um eine ganze Körpergröße überragende Gestalt sichtbar, deren Bewegungen etwas Ochsenhaftes hatten. Plump und mit eiserner Wucht trat der Schatten auf, und bei jedem Schritt, den er tat, schunkelte seine gesamte unglaubliche Leibesfülle zeitlupenartig in Form von aneinander stoßenden Fettwellen. Doch noch verdeckte die Dunkelheit den ungeheuerlichen Riesen, und ich blieb über seine wahre Erscheinung allein auf Vermutungen angewiesen.

Je näher er kam, desto mehr schwoll das ehrfurchtgebietende Raunen der Kanalmonster an, als fürchteten sie selbst den Geist, den sie gerufen hatten. Dann trat er ins Licht, und hätte nicht die morbide Faszination dieser irrwitzigen Kreatur von meinem ganzen Wesen Besitz ergriffen, ich wäre gewiß augenblicklich in Ohnmacht gefallen. Er war der gigantischste Rote Perser, den ich je gesehen hatte, ein Titan, ein Saurier aus dem Märchenreich, wo man es mit den Dimensionen von Tieren nicht allzu genau nimmt. Auch er besaß keine Augen. Doch diesmal entsprach der Befund der buchstabengetreuen Wahrheit. Beide Augäpfel waren ihm von einem noch schlimmeren Ungeheuer ausgestochen worden. Aber statt zusammenzuschrumpfen, hatten sich die Augenhöhlen noch weiter ausgedehnt, so daß sie wie von Schlagschatten umspielte Krater auf einem gespenstischen Planeten wirkten. Der linke, total vernarbte Maulwinkel lag im Bereich des Jochbeins, da er durch eine perverse Operation, höchstwahrscheinlich durch einen Messerschnitt, bis zum Anfang des Oberkiefers nach oben hin erweitert worden war. Aufgrund dessen hing ihm der Unterkiefer schief herunter, und der stets offene, Sabbersturzbäche produzierende Rachen entblößte zwar ein vollkommen ramponiertes, nichtsdestoweniger die Gefährlichkeit von Schlachtbesteck ausstrahlendes Gebiß. Der für den Perser typische Langhaarpelz wies großflächige kahle Stellen auf, wo die Haut eingeschrumpelt war, vermutlich die Folge von schweren Verbrennungen. Rhodos war eindeutig das Opfer barbarischster Mißhandlungen, die von der niedrigsten Tierart auf Erden begangen worden waren, welche sich jedoch rätselhafterweise selbst immer als die höchste einstufte. Dessenungeachtet schien das erlittene Martyrium seiner Charakterbildung eine verblüffende Wendung gegeben zu haben. Anstatt nämlich die Haltung eines einsichtigen Pazifisten einzunehmen, zog er lieber die stumme Rolle des Scharfrichters vor. Denn wenn dieses bestialisch stinkende, ganz offensichtlich hochgradig verrückte und den Liebreiz einer

Planierraupe ausstrahlende Fleischgebirge kein eiskalter Killer war, dann war ich ein schneeweißer Pudel mit kahlrasiertem Arsch.

Rhodos durchtrampelte die freigemachte Bahn bis zum bitteren Ende, verriet dabei immer erschreckendere Details seiner vielfältigen Deformationen und machte dann schließlich vor mir halt. Die unbeholfene Bremsung rief auf seinem Walroßkörper einen letzten konfusen Wellengang des Fettgewebes hervor, so wie die Brandung auseinanderbirst, wenn sie sich an den Felsen bricht. Ich sah nun geradewegs zu den kohlschwarzen Fleischhöhlen in seinem zerschundenen Gesicht auf, die an prähistorische Grabkammern erinnerten. Diese Abgründe schienen meinen ganzen Verstand in sich aufzusaugen. Gleichzeitig hatte ich irgendwie das Gefühl, als bestaunte ich eine verfallene Kathedrale aus der Sicht eines kleinen Touristen, der ich in einem verdrehten Sinne ja auch war.

»Sieh dir gut an, was die Menschen aus ihm gemacht haben!« sagte der Alte, dessen Erscheinen ich Minuten zuvor für den nicht mehr zu übertreffenden Horror gehalten hatte. Im Vergleich zu dem Mammut vor meiner Nase wirkte er jetzt jedoch wie ein possierliches Stofftier für das Kinderprogramm.

»Und sieh dir an, was sie aus uns gemacht haben. *Wir* können leider nicht mehr sehen. Aber man braucht keine Augen, um zu erkennen, daß weder der Löwe noch der Gepard die gewalttätigsten Tiere in dieser Welt sind. Dann kannst du vielleicht verstehen, weshalb wir mit allen Mitteln verhindern müssen, daß sie uns entdecken. Sieh ihn dir gut an, mein Freund, denn ich fürchte, es wird das letzte sein, was du je sehen wirst.«

Also gut, die Typen meinten es ernst. Wenn dem jedoch

so war, was hatte es dann für einen Sinn, weiterhin in Furcht zu verharren? Sie würden mich so oder so abschlachten. Doch Sterben ohne Gegenwehr, das Ertragen der eigenen Hinrichtung in Demut und Angst, das war die wahre Schmach, eines Francis' unwürdig. Nein, ich wollte sterben wie ein Mann mit eisenharten Nüssen, nicht wie eine schlotternde Memme, deren letzte aggressive Tat das Abfeuern eines säuerlichen Furzes in die Erdatmosphäre sein würde. Und ganz realistisch betrachtet, standen die Karten für mich gar nicht mal so schlecht. Immerhin waren die Mistviecher blind, und bei einer unerwarteten mutigen Reaktion meinerseits bestand durchaus die Möglichkeit, daß sie sich in wilder Verwirrung verloren. Außerdem mochte ich vielleicht mit ihrer Mordlust nicht Schritt halten können, doch war ich ihnen zweifelsohne athletisch überlegen. Mannigfaltige Krankheiten und Gebrechen zeichneten sie; durch minderwertige und einseitige Ernährung litten viele von ihnen an Übergewicht, und was ihre Reaktionsschnelligkeit anbelangte, so würde die Mehrheit arge Schwierigkeiten haben, es mit meinen hypergeschärften Sinnen aufzunehmen. Bei Licht besehen existierte eigentlich nur ein einziger lächerlicher Nachteil für mich. Ich war allein, und sie waren – vielleicht tausend?

Zumindest aber wußte ich inzwischen, wie ich meine Haut vor dem Henkersknecht retten konnte. Es würde grausam werden. Doch sie ließen mir keine andere Wahl…

»Es ist soweit, Kleiner«, stellte der Häuptling gravitätisch fest. »Schließe am besten die Augen. Glaub mir, es ist leichter so. Und wie du schon vorhin sagtest: Good bye, Fremder, ich seh' dich im Himmel!«

Ein vulgäres Lächeln flog über die schiefe Fratze des Persers, als hätte man ihm die Erlaubnis erteilt, die Geburtstagstorte ganz allein aufschlingen zu dürfen, und er neigte sich ein wenig zu mir herab. Die altehrwürdige Sitte, daß unsereiner eine Menge ritualisierter Handlungen wie offensives Fauchen, mit dem Schwanz peitschen, sich frontal Anstarren und Schnurrhaaresträuben absolvieren muß, bevor er einen Angriff durchzieht, schien er gar nicht zu kennen. Statt dessen tat er etwas, das wie ein roter Pfeil direkt auf seine Achillesferse hinwies. Er schwang das Vorderbein aus und schlug mit dem Pfotenballen gegen die linke Seite meines Kopfes. Diese seltsame Geste stellte jedoch, wie ich vermutete, keineswegs eine mutwillige Provokation dar, sondern erfolgte aus einem vollkommen simplen Motiv heraus. Da Rhodos blind und wegen seiner erbärmlichen Konstitution wohl auch kaum mehr im Besitz eines hervorragenden Orientierungssinnes war, benutzte er den Trick, um den Standort des Gegners erst einmal auszukundschaften. Er ließ in dessen Umkreis zunächst einfach einen Rundumschlag vom Stapel, und traf die Pfote den Rivalen, so wußte er, wo dieser sich aufhielt. Dann konnte er zur Tat schreiten. Das Ganze sah ein bißchen nach dem für Menschenaugen abscheulich wirkenden »Herumgespiele« aus, das wir mit Mäusen veranstalten, bevor wir ihnen den Garaus machen. Dabei vergessen die Herren der Schöpfung völlig, daß unsere ursprüngliche Nahrungsquelle aus Ratten bestand und wir gezwungen waren, die relativ große und gleichfalls mit gefährlichen Hauern ausgestattete Beute erst einmal bewußtlos zu prügeln. Leider hat sich diese rabiate Taktik auch auf die verhältnismäßig risikolose Mäusejagd übertragen.

»Keine Bange, Freund«, krächzte Rhodos nach dem Hieb mit einer scheppernd rostigen Stimme, als bestünden seine Stimmbänder aus Altmetall. »Du wirst es nicht einmal spüren.«

Es war unmißverständlich, daß er meine Kehle aufzuschlitzen beabsichtigte.

»Wenn du das noch mal tust, bring’ ich dich um!« versprach ich.

Die Zuschauer stöhnten auf. Sich Rhodos zu widersetzen, kam offenbar einer Blasphemie gleich. Aus den Augenwinkeln registrierte ich, wie sich die Lippen von Papa Goldener Ohrring zu einem entzückten Lächeln kräuselten. Er genoß das fragwürdige Spektakel, wobei er allerdings über dessen Ausgang keinen Zweifel zu hegen schien. Was Rhodos persönlich anging, so hatte er diesen Fall einfach nicht einkalkuliert und bot ein Bild beispielloser Fassungslosigkeit. Er grölte in einer Mischung aus Hohn und Unglauben, doch zwischendurch hielt er für Momente inne und machte ein bedeppertes Gesicht, als suche er angestrengt nach einer Interpretation meiner Widerworte. Dann wieder schüttelte er vehement den Kopf, was darauf schließen ließ, daß die Suche zu keinem Ergebnis geführt hatte, und nahm sein dröhnendes Gelächter wieder auf.

»Umbringen willst du mich, Freund?« grollte er schließlich mit der Überlegenheit einer Schuhsohle, die über der Küchenschabe schwebt. Das Publikum hielt jetzt den Atem an.

»Das ist aber sehr anstrengend. Man kommt schnell ins Schwitzen dabei, weißt du.« Sprachs und versetzte mir mit der anderen Pfote einen erneuten Bums auf den Schädel, diesmal mit ausgefahrenen Krallen und mit schmerzhafter Härte. An meinem rechten Ohrsegel entstand ein tiefer Riß, aus dem Blut hervorblubberte.

Ich ließ die Krallen der Vorderpfote rausklacken, griff blitzartig in seine linke leere Augenhöhle, stieß die Klauen durch das gummiartige Fleisch hindurch und formte sie bei

der Berührung des Hirns zu tödlichen Haken. Rhodos'
schräg hängender Unterkiefer klappte ein Stück weiter herunter; sein Wassermelonenkopf zitterte in meiner Pfote wie
ein überhitzter Teekessel kurz vor der Explosion, und aus
seinen Nasenlöchern stürzte eine Blutfontäne. Dann zog ich
die Pfote wieder heraus, und er sackte wie ein angeschosse-
ner Elefant auf dem Boden zusammen. Dabei stieß er ein
markerschütterndes Geheule aus, das in diesem steinernen
Labyrinth unendlich weiterhallte. Es hörte sich wie ein
Tanklastzug an, der, während er einen Abgrund hinab-
stürzt, unter metallenem Kreischen ganz langsam auseinan-
derbricht.

»Aaaaaiiiiihhhhh!« stimmte die umstehende Menge einen
gänsehauterzeugenden Chor an, als übertrage sich Rhodos'
letzter Schmerz mittels telepathischer Wellen auf ihr eigenes
Nervensystem. Es lag mehr Ehrfurcht vor dem erlösenden
Moment als Anteilnahme mit dem Sterbenden in diesem
Aufschrei; eine befremdliche Affinität zur Befreiung durch
den Tod hörte man hier heraus, welche auch in mir eine ver-
borgene Saite zum Klingen brachte. Obgleich sie außerstande gewesen waren, meiner Tötungsaktion optisch beizu-
wohnen, spürten scheinbar alle, daß Rhodos als Henkersknecht für die Katakomben der Barmherzigkeit unwieder-
bringlich verloren war.

Das durchdringende Heulen wich einem kläglichen Röcheln, und aus dem Röcheln wurde schließlich ein verzwei-
feltes Ächzen, das eine Weile noch nachhallte und dann
gänzlich erstarb. Dann kippte der Kopf zur Seite, und die
Lungen taten den letzten Atem. Ich betrachtete den leblosen
Koloß voller Mitleid und allmählich einsetzender Gewis-
sensbisse. In Verbindung mit dem sanft rauschenden Strom
im Hintergrund sah er jetzt wie der typische fette Mann am

Strand aus, der ein Nachmittagsnickerchen hält. Rhodos lag mit allen von sich gestreckten vieren auf dem Rücken, und wäre da nicht die dünne Blutspur unter seiner Nase gewesen, hätte man ihn tatsächlich für einen Schlafenden halten können. In weniger als einer Stunde wurde ich also schon der zweiten Leiche ansichtig. Dennoch durfte ich nun auf keinen Fall Skrupel zeigen, wenn ich die eiskalte Mickey-Rourke-Nummer nicht der Unglaubwürdigkeit preisgeben wollte.

»Hab' ich doch gesagt, ich bringe ihn um, wenn er das noch mal tut«, sagte ich im gelangweilten Tonfall und wandte mich dem Publikum zu. »Noch jemand Lust auf ein Lifting?«

Während die anderen mit sperrangelweit offenen Mäulern weiterhin damit beschäftigt waren, ihre Verblüffung abzuschütteln, stürmte die Orientalenlady aus ihrer Deckung hervor, die sie bei Rhodos' Auftritt hinter dem Chef bezogen hatte. Im ersten Moment dachte ich, ich müsse meine Kräfte nun auch noch mit diesem Wildfang messen, was meiner nur mühsam aufrechterhaltenen Coolness-Fassade beachtliche Risse versetzte. Aber Entwarnung war gegeben, als Naomi Campbell in Fell an mir vorbeirauschte und den Toten intensiv zu beschnüffeln begann. Dann legte sie den Kopf an dessen wie eine Wanderdüne emporragenden Bauch und lauschte. Die Diagnose lief ihren Erwartungen sichtlich zuwider.

»Er hat ihn umgebracht!« schrie sie. »Der Scheißkerl hat Rhodos wirklich die Luft abgedreht!«

Der Tatbestand sprengte offenkundig ihr Fassungsvermögen, und sie konnte gar nicht mehr aufhören, über das Unabänderliche kreischend zu lamentieren. Der Rest des Rudels stimmte in die Klage ein, stieß lauthals wirre Empörungsäußerungen und Flüche aus und überschlug sich mit Empfehlungen über adäquate Vergeltungsmaßnahmen. Dabei wiegten sie wieder gleichförmig ihre Köpfe. Schließlich sah sich der Alte genötigt, sich mit dem griesgrämigen Gehabe eines Dorfrichters, der das kleinliche Gezänke der Bauern satt hat, von seinem Platz zu erheben und ein herzerfrischendes »Maulhalten!« zu brüllen. Es verfehlte nicht seine Wirkung und brachte den nach Lynchjustiz lechzenden Mob schlagartig zum Schweigen. Eine beklemmende Stille trat ein, die allein von dem Kratzen der Krallen auf dem Steinboden unterbrochen wurde, als der Patriarch behäbig zum Tatort schlurfte.

»Da hast du ja eine schöne Scheiße angerichtet, Kleiner«, sagte er irgendwie traurig, während er mit der Nase umständlich die Leiche inspizierte.

»Wenn ich's nicht getan hätte, hätte er mich in Scheiße *verwandelt*!« verteidigte ich mich. »Außerdem müßtet ihr mir eigentlich dankbar sein. Endlich habt ihr ein Frühstück, das für alle ausreicht. Mich könnt ihr ja fürs Erntedankfest aufheben oder so.«

»Was faselst du da für ein dummes Zeug, Mann? Du bist wohl auch so ein Oberschlauer, der unheimlich was auf seine Kombinationsgabe hält. Das Denken wird dir noch vergehen, wenn du den Kopf gleich zwischen deinen Arschbacken wiederfindest. Vielleicht bist du so fix, einem armen alten Kerl, der kaum noch aufrecht stehen konnte, die Lebensglühbirne auszuknipsen. Aber willst du die Show bei jedem einzelnen von uns abziehen?«

»Nun ja, ich dachte, wir halten uns dabei an die tariflichen Pausenregelungen.«

»Todesstrafe, sage ich!« plärrte Ladyboss und zischte mit den Krallen um Haaresbreite an meiner Nase vorbei. »Erledigen wir den Hundesohn schleunigst, bevor er weiteren Schaden anrichten kann.«

»Sachte, sachte«, beruhigte Ohrring. »Bis eben hatten wir einen lästigen Zeugen, den wir schmerzlos um die Ecke bringen wollten. Jetzt hat sich die Situation jedoch grundlegend geändert. Denn jetzt steht einer vor uns, der einen der Unsrigen über den Jordan geschickt hat. Deshalb müssen wir seinen Tod genüßlich zelebrieren. Schon um Rhodos posthum eine Ehre zu erweisen. Wie heißt du denn, mein Kleiner?«

»Francis«, antwortete ich.

Die drahtige Hexe fror geradezu in ihren fahrigen Bewegungen ein. Der Kartäuser hob ruckartig den Kopf und rastete in dieser Positur ebenfalls ein. Ein aufgeregtes Tuscheln erwuchs aus der Mitte der versammelten Gesellschaft und breitete sich in Windeseile bis in ihre entlegendsten Winkel aus. Nach einer Weile startete Majestät eine Reihe von sogenannten Ersatzhandlungen, da er offenkundig die Konfusion seiner Leidensgenossen teilte. Er leckte sich wie besessen an der Schwanzwurzel, kratzte sich aufgeregt hinter den Ohren und schleckte sich allen Ernstes die Eier. Solcherlei Ersatzhandlungen werden bei uns spontan ausgeführt, wenn es gilt, schwierige Entscheidungen zu treffen oder aber einer ungewohnten Situation mit gebührendem Augenmaß zu begegnen. Auch Menschen vollführen, ohne daß sie sich derer bewußt sind, etliche Ersatzhandlungen, indem sie sich nämlich bei kniffligen Angelegenheiten zum Beispiel am Ohr reiben, wie unter Schmerzen die Stirn massieren, mit der Zunge außerhalb des Mundes schier akrobatische Verrenkungen veranstalten und last not least rauchen und rauchen und rauchen.

»Francis?« fragte der Alte mehr sich selbst. »Doch nicht etwa *der* Francis?«

»Weder der Seefahrer noch der Filmregisseur. Einfach nur Francis«, sagte ich und zuckte die Achseln. Vielleicht dachten sie an eine bestimmte Fleischsorte.

»Der Francis, der den kompliziertesten Kriminalfall in unseren Reihen gelöst hat? Der Francis, dessen Taten Legende sind? Francis, das Genie?«

»Ja, es gab da eine finstere Zeit in meiner Vergangenheit und einen Herrn der Finsternis, der sich die Existenz des Lichtes nicht mehr vorstellen konnte. Doch gegen euch wirkt er nun auf einmal so diabolisch wie ein Balljunge von Steffi Graf.«

»Warum hast du das nicht gleich gesagt?«

»Ich hasse Starkult – besonders dann, wenn man den Star zum Fressen gern hat.«

»Ich fürchte, du hast einen völlig falschen Eindruck von unserer Gemeinschaft bekommen, Francis. Daran sind wir vermutlich nicht ganz unschuldig. Aber weil die Umstände unserer Begegnung so unglücklich verliefen, mußtest du ja wohl einige Dinge mißverstehen und den Kern unserer Natur verkennen. Wir werden dir eine lange Geschichte erzählen müssen, damit du die ganze Wahrheit über uns erfährst. Darf ich mich vorstellen: Ich bin Safran.«

»Und du heißt Kardamon, nehme ich an«, wandte ich mich an die Kriegerin an meiner Flanke, welcher der Sinn so gar nicht nach Versöhnung stand. Im Gegenteil, mit der Kundgabe meines Namens schien ich ihr eher das Spiel verdorben zu haben. Argwöhnisch und weiterhin jeden Moment zum Zuschlagen bereit, bewegte sie ihren Kopf mit zu Schlitzen verengten Augenlidern hin und her und verwendete so einen Ortungskunstgriff, um über meinen genauen Standort weiterhin hübsch im Bilde zu bleiben. Dadurch nämlich setzte sie den Radareffekt ihrer vibrierenden

Schnurrhaare ein, die selbst feinste Veränderungen in der Luftzirkulation registrierten. Das so »abgelesene« Ergebnis versorgte dann ihr räumliches Vorstellungsvermögen mit einem dreidimensionalen Diagramm der Gegenständlichkeit, das quasi ein Sehen ohne Augen ermöglichte.

»Falsch geraten, Sherlock. Man nennt mich einfach Niger. Früher trug ich den Namen Cindy, genauso wie die Tochter des Mannes, die sich etwas Kuscheliges zu Weihnachten wünschte. Am zweiten Weihnachtstag verlor sie das Interesse an mir, und der Mann schmiß mich in einer Plastiktüte in den Fluß. Zum Glück hatte die Tüte einen Riß, und ich konnte bis zum Ufer schwimmen und mich in ein Abflußrohr retten. Glaub aber ja nicht, daß ich mir diesen Namen zugelegt habe, weil ich mich mit einer unterjochten menschlichen Rasse identifiziere. Der Name paßt zu mir, weil er mein Wesen am besten trifft. Es ist nämlich das lateinische Wort für...«

»...schwarz«, sagte ich.

»Was beweist, daß man dich nicht von ungefähr als einen Klugscheißer bezeichnet«, fuhr Safran dazwischen. »Aber Schluß jetzt mit den Anfeindungen. Wir haben schon sehr lange auf einen wie dich gewartet. Wir haben nämlich einen Auftrag für dich, Francis.«

»Auftrag? Mit Verlaub, Durchlaucht, aber die Detektei hat schon vor Jahren Konkurs angemeldet. Mr. Marlowe klärt nur noch Fälle auf, die im Zusammenhang mit dem Verschwinden von geräuchertem Lachs aus der Speisekammer stehen.«

»Du sollst auch keinen Fall klären, sondern jemanden finden. Doch bevor wir ins Detail gehen, müssen wir, glaube ich, noch einen Ehrendienst leisten.«

Bevor ich Protest einlegen und ihnen versichern konnte,

daß das einzige, was ich zu finden gedachte, der gottver-
dammte Ausgang aus diesem feuchten Schattenreich sei, trat
Safran ganz nah an Rhodos' Leiche, reckte den Kopf gen Ge-
wölbedecke und intonierte das wohlbekannte euphonische
»Aaaaaiiiiihhhhh«. Doch diesmal währte der bizarre Ruf
über die Dauer eines kurzen Gestöhns hinaus, weil er von
den uns umringenden Blinden kanonartig aufgenommen
und fortgesetzt wurde, so daß ein nimmer endendes Klage-
lied entstand. Mußte einer der Sänger nach angestimmter
Tonfolge wieder Luft holen, war er bereits vom Nachbarn
gleich einem musikalischen Staffelläufer abgelöst worden.
Auf diese Weise erklang ein herzbewegender Lautteppich,
der sich schließlich vollends in dem uns eigenen, bei beson-
derer Erregung intonierten, schrillen Gejaule auflöste. Kein
Zweifel, es war eine Trauermusik, die da geheult wurde, ein
Requiem für einen Artgenossen, den ich getötet hatte.

Safran senkte den Kopf und gab Rhodos mit der Nase einen leichten Stoß. Und als sei dies lediglich eine symbolische
Geste wie die eines Politikers, der einen Kranz niederlegt,
stürmten daraufhin von allen Seiten etliche seiner Unterta-
nen herbei und schubsten mit ihren Nasen den Toten vor
sich her. Die Leiche wurde so weit über den Boden gerollt,
bis sie schließlich über die Kante des Steinweges kippte und
in den Kanal fiel. »Aaaaaiiiiihhhhh«, sang das Volk der Blinden noch ein letztes Mal ihrem Kameraden zum Abschied,
als Rhodos wie ein steuerloses Floß im Strom davontrieb;
und obwohl ich inzwischen einen Kloß im Hals hatte, sang
ich nun mit ganzer Inbrunst mit.

»Es war nicht deine Schuld, Francis«, sagte Safran leise.
»Oder besser gesagt, die Schuld trifft uns in demselben Maß
wie dich. Gewiß, an Rhodos' Pfoten klebte mehr Blut als an
den Händen von Charles Manson. Sein IQ war nicht gerade

guinnessbuchverdächtig, und wir verwendeten ihn gern als Mann fürs Grobe. Außerdem wäre er in ein paar Wochen sowieso an den Folgen seiner Verwundungen und Deformationen gestorben. Dennoch müssen wir uns vor Gott selbst wegen des Todes dieser blutdürstigen Kreatur rechtfertigen. Weshalb, frage ich mich, ist unsere Art dazu verdammt, Fremden ihresgleichen stets abweisend, ja mit brutaler Gewalt zu begegnen? Ist es wegen unserer Herkunft, weil wir einst Jäger in riesigen Territorien waren, wo schon ein einziger Konkurrent das Überleben in Frage stellen konnte? Nein, wissenschaftliche Spitzfindigkeiten erklären gar nichts. Mißverständnisse, Mißverständnisse. Und immer wieder Gewalt. Die Gewalt scheint in der Tat unsere wahre Natur zu sein.«

Nachdem die Trauernden mit Tränen in den Augen ihren entschlafenen Todesengel in den abgründigen Kanalschlund geschickt hatten, bildeten sie erneut eine Traube um uns. Ich spürte jetzt unter ihnen eine unbestimmte Spannung aufkommen, als stünde in Kürze ein freudiges Ereignis bevor. Niger, die ich während der Trauerzeremonie aus den Augen verloren hatte, drängte sich nun wieder aus der Menge hervor und begab sich schnurstracks zu Safran.

»Ist der Kundschafter eingetroffen?« fragte er, als sie neben ihm stand.

»Ja. Diesmal ist es Hauptsammler vierunddreißig im Westteil der Stadt. Sammler achtundsiebzig ist dichtgemacht worden, weil die Reparaturarbeiten beendet sind.«

»Dann haben wir aber eine weite Strecke vor uns. Du kommst mit, Francis. Unterwegs erkläre ich dir die Gründe, warum du unsere Bitte nicht abschlagen darfst.«

»Aber können wir das alles nicht hier besprechen, Safran? Wohin gehen wir?«

»Von der Finsternis ins Licht – etwas für die Gesundheit tun...«

Bevor er den Satz beendet hatte, brach er mit entschlossenem Trippeln auf, und als hätten alle nur auf diesen Startschuß gewartet, entstand unter den Anwesenden, die bis dahin die vorbildliche Disziplin von Konsumenten vor sozialistischen Nahrungsmittelläden an den Tag gelegt hatten, ein heilloses Chaos. Sogleich sprangen ein paar der Blinden wie Lachse gegen den Strom über unsere Köpfe hinweg, um in der hektischen Prozession einen der vorderen Plätze zu ergattern, und es entstand ein aufgeregtes Gedränge auf dem für diese große Masse viel zu engen Steg, als wäre ganz in der Nähe ein Feuer ausgebrochen. Es war jedoch eine fröhliche Aufgeregtheit, allein durch Vorfreude motiviert, und deshalb stand trotz allem Zuvorkommenheit und Rücksichtnahme im Vordergrund. Jeder achtete darauf, daß niemand hart angefaßt oder gar zu dicht auf die linke Seite des Weges abgedrängt wurde und in den Kanal stürzte. Vor allen Dingen aber paßte man sorgsam auf die Kinder auf, die sozusagen den flauschig mobilen Unterbau dieses Gewühls bildeten. Ich konnte mir die plötzliche Unrast nur durch die Aussicht auf ein entfernt liegendes Nahrungsreservoir erklären.

Safran, Niger und ich fanden uns bald am Ende der Kolonne wieder, was dem Häuptling offenbar ganz behagte, da er so in Ruhe zu seinen Erklärungen ansetzen konnte. Durch den langen Aufenthalt in der Dunkelheit war die Lichtempfindlichkeit meiner Augen bis zum äußersten geschärft, und ich vermochte die Verschlungenheit der Anlage nun genauer zu erkennen. Zu meinem Erstaunen sah ich zum Beispiel in der Ferne eine Dreiergabelung, in die unser Abwassertunnel mündete. Drei Kanäle, die genauso aussahen wie der, an dem wir uns befanden, führten von dort aus wer weiß wohin, und diese wiederum stießen bestimmt in krakenhaften Verästelungen auf andere Abzweigungen und machten das unterirdische Wirrsal komplett. Allmählich wurde ich mir klar darüber, daß mein anfänglicher Plan, dem Irrgarten auf eigene Faust zu entfliehen, eine Illusion gewesen war und daß ich ohne die Hilfe des blinden Volkes das Tageslicht nie wieder würde erblicken können.

»Du fragst dich bestimmt, warum wir blind sind, Francis«, sagte Safran im bedächtigen Ton, während wir der begeisterten Karawane hinterhertrotteten. Niger, die zu meiner Linken trabte, lauschte aufmerksam mit gesenktem Kopf, obgleich sie die Geschichte sicherlich schon kannte. »Ganz einfach. Weil wir uns permanent in der Dunkelheit aufhalten und unsere Sehnerven daher im Laufe der Zeit verkümmert, ja sogar nutzlos geworden sind. Aber du wirst es nicht für möglich halten, dieses Manko nehmen wir mit Freuden in Kauf, wenn wir dafür nur von einem Zusammenleben mit Menschen verschont bleiben dürfen. Jeder von uns hat nämlich früher einmal ihre Gastfreundschaft genossen. Auch ich. Mein Halter war ein angesehener Maler und galt in Künstlerkreisen als der Ästhet schlechthin. Mein Zwillingsbruder und ich rundeten quasi als lebendige Blickfänger das düstere Ambiente seiner Wohnung ab. Der Künstler besaß eine Vorliebe für Leder- und Sadomasosex und war ein Anbeter der schlanken Figur. Allein beim Betrachten von irgend etwas Gutgenährtem bekam er schon Würgkrämpfe. Deshalb gab er uns manchmal tagelang kein Futter, damit auch wir seinem körperlichen Ideal genügten. Bei einem seiner verlängerten Wochenendausflüge, wo wir wie üblich in der Wohnung eingesperrt waren, verdurstete mein Bruder, da das Herrchen nicht einmal an ein Schälchen

Wasser gedacht hatte. Ein andermal urlaubte er in Ägypten, und die einzige Inspiration, die er von dort mitbrachte, war die der Göttin Bast, die als Statue Ohrringe trägt. Er fand diese Idee geradezu genial und durchbohrte gleich am nächsten Tag auch meine Horcher mit den Dingern. Ich konnte mich danach nie mehr hinter den Löffeln kratzen, ohne daß sich die Krallen in den Ringen verfingen und die Ohrlöcher zum Bluten brachten. Doch immerhin war ich von da ab *der* Hit auf seinen Parties. Ziemlich unappetitlich wurde die ganze Angelegenheit, als der Künstler in eine Schaffenskrise geriet oder besser gesagt schlicht und einfach den Verstand verlor. Um kreative Eingebungen zu erzwingen, fing er an, mir Wunden zuzufügen und dabei genüßlich meine Reaktionen zu beobachten. Zu diesem Zweck zog er sich stets sein Lederkostüm und die Ledermaske an und benützte bei seinen Experimenten einen Fonduespieß, den er vorher auf der Herdplatte zum Glühen gebracht hatte. Nach einem der Exzesse brannten meine Wunden so sehr, daß ich vor unerträglichen Schmerzen jaulend durch die Wohnung rannte und mich fieberhaft nach einer Abkühlung umsah. In meiner Verzweiflung sprang ich schließlich in den Lokus und tauchte kopfüber mit dem ganzen Körper ins Wasser ein. Jetzt gaben die Brand- und Stichverletzungen Ruhe, doch stellte ich im nächsten Moment fest, daß ich in dem engen Abflußrohr eingeklemmt war. Nicht vor und nicht zurück – was nun? Da erwies sich meine aufgezwungene Magersucht zum ersten Mal als Vorteil. Ich spürte, daß ich mich durch das schmierige Rohr vorwärtswinden konnte, wenn ich mit den Vorderpfoten etwas nachhalf und nicht in Panik geriet. Halb ersoffen gelangte ich nach einer Weile endlich in die Hauptleitung, und als irgend jemand die Wasserspülung betätigte, wurde ich durch den gewaltigen Schub in die Kanali-

sation befördert. Hier unten traf ich rasch auf Leidensgenossen, die ein ähnliches Schicksal teilten. Seitdem war ich
nicht mehr oben.«

Seitdem hat er auch noch ein paar Gramm zugenommen,
fügte ich im Geiste hinzu. Zum Lachen war mir allerdings
kaum zumute. Ich hatte schon immer gewußt, was hinter
Gustavs beschützenden Wänden in der Welt vor sich ging.
Mir war schmerzlich bewußt, daß die Menschen zwar die
Greueltaten unter ihresgleichen minuziös in ihren Medien
dokumentierten und ob der vielen Scheußlichkeiten bei einem guten Essen und einem teuren Wein geradezu gebets-
mühlenartig wahre Krokodilstränen vergossen, den alltäglichen Holocaust an Tieren jedoch totschwiegen, weil er im
Grunde niemanden interessierte. Das ehrfurchtgebietende
Wort »Kreatur« war inzwischen zu einem Schimpfwort per-
vertiert.

Der Troß war mittlerweile an der Gabelung eingetroffen,
und die Blinden hechteten mit artistischer Leichtigkeit paar-
weise über die Wassergräben. Da die erstaunlich präzise Ak-
tion in rasantem Tempo ablief und die Springer unmittelbar
nacheinander hinübersetzten, entstand aus der Ferne der
Eindruck, als krümmten sich über den drei Kanalarmen auf-
und abwogende Brücken, welche obendrein beständig ihre
Farbe wechselten. Am Endpunkt unseres Weges, der das
Eckstück zweier spitzwinklig aufeinander zulaufenden Ab-
wasserstraßen bildete, katapultierten sich schließlich auch
Safran und Niger in die Höhe, flogen mit fledermausartig
ausgestreckten Gliedern durch die Lüfte und landeten so ele-
gant wie Greifvögel auf der anderen Seite. Als die Reihe jedoch an mir war, gesellte sich zu der Bewunderung die
nackte Furcht, da ich nun auf einmal sah, daß die Distanz
zum gegenüberliegenden, ebenfalls an einem Winkel begin-

nenden Steg mindestens zweieinhalb Meter betrug. Zudem war es wirklich zappenduster, was die Berechnung schon einfachster Sprünge erschwerte. Gleichzeitig aber schämte ich mich meiner Schlußlichtposition, und nach einigem Zaudern zog ich letztendlich mit meinen Vorgängern gleich. Das Ergebnis war im wahrsten Sinne des Wortes niederschmetternd. Denn während die Vorderpfoten drüben planmäßig aufsetzten, griffen die Hinterpfoten ins Leere. Mit panischer Tretelei versuchte ich den Fehler wieder wettzumachen, und als die Krallen die Längsseite der Steigkante berührten, schien es für einen kurzen Moment so, als würde die peinliche Akrobatik doch noch ein gutes Ende finden. Der glitschige Schmierbelag auf dem Stein aber machte mir endgültig einen Strich durch die Rechnung. Ich rutschte ab und plumpste in die Brühe. Praktischerweise befand sich gleich neben der Tauchstelle eine Art Poolleiter, und ich konnte daran wie das Monster aus der Lagune emporkraxeln. Was für ein Glück, daß ich bei dieser slapstickreifen Operation nicht beobachtet werden konnte, hätte doch sonst die hehre Legende von Ninja Francis mehr als einer Revision bedurft.

Als die Exkursion wieder fortgesetzt wurde und wir der Herde auf einem neuen namenlosen Steinpfad nachtigerten, hatte ich kurz das Gefühl, daß selbst Safran die Nase rümpfte. Ich schüttelte mich wie von tausend Flöhen attakkiert, da das recht eigenwillig riechende Badewasser im Haarkleid meinem schon krankhaft zu nennenden Sauberkeitstick entschieden gegen den Strich ging. Immer wieder blieb ich stehen, leckte wie besessen mein Fell und kämmte mit den Zähnen die Haare nach kleinen Klumpen durch. Bei dem Gedanken an die unaussprechlichen Substanzen, die ich dabei schluckte, zog sich mir der Magen schmerzhaft zusammen. Während ich also trotz fanatischem Selbstreinigungseifer mit meinen Begleitern Schritt zu halten versuchte, ergriff Niger das Wort.

»Wir sind das Gewissen unserer Art, Francis«, sagte sie kämpferisch. »Mehr noch, wir gewähren das letzte Asyl, die allerletzte Rettung vor den Folterqualen und dem Tod. Denn wir sind die wahren Barmherzigen. Weißt du, mein Freund, die Ungleichheit, die Menschen in Sonnenkinder und arme Teufel unterteilt, macht erst recht nicht vor den Tieren halt. Trotzdem wäre es eine Überlegung wert, ob der Vollblutaraber im königlichen Gestüt, der nach verheerenden Stürzen im Derby schon zwölfmal an den Beinen operiert wurde, es tatsächlich besser hat als das täglich gegen den Hunger ankämpfende Eichhörnchen im Wald. Im Leiden sind wir alle gleichberechtigt, fürchte ich. Dir, Francis, hat sich das Leben bis jetzt bestimmt allein von der Schokoladenseite gezeigt. Aber nur wenige von uns liegen auf Samtkissen, dösen sich in sonnendurchfluteten Wintergärten besoffen und philosophieren über die ideale Zusammensetzung von Dosenfutter. Safrans Flucht durch den Lokushals mag sich besonders tricky anhören, doch auch Menschen benützen inzwischen diese Methode, um sich ihrer lästig oder zu zahlreich gewordenen Lieblinge zu entledigen. Einen ganzen Wurf in der Badewanne zu ertränken, ist eine ziemlich eklige Angelegenheit für den praktisch denkenden Menschen von heute. Deshalb spült er die Kleinen kurz und, wie er glaubt, schmerzlos das Klo herunter. Nach einer alptraumhaften Reise durch das Röhrensystem erhalten sie durch uns eine neue Lebenschance – wenn sie nicht vorher ertrunken sind. Oder aber der Mensch züchtet unsere Art zu einer unansehnlichen, allein wegen ihrer deformierten Extravaganz geschätzten Rasse, so wie es bei den armen Sphinx-Verwandten der Fall ist. Die nicht ins Zuchtschema passenden Exemplare jedoch schmeißt er halb totgeschlagen in den Müllcontainer. Manche der schwerverletzten Opfer können mit letzter Kraft ihren stinkenden Särgen entfliehen und finden durch die Spalten der Straßenablaufroste doch noch den Weg zu uns. Wir selbst sind durch den fortwährenden Aufenthalt in der Finsternis unfruchtbar geworden und können keine eigenen Kinder gebären. Um so intensiver kümmern wir uns um die an Kindes Statt Angenommenen und um die alten, geflüchteten Brüder und Schwestern aus den Tierversuchslaboren, die in den Katakomben einen unbeschwerten Lebensabend verbringen können. Die größte Gefahr geht von einer Entdeckung durch die Kanalarbeiter aus, die ihren unglaublichen Fund sofort an die Behörde weitermelden würden. Und die sähe sich daraufhin gezwungen, hier unten ein rigoroses Reinemachen zu veranstalten. Wir ernähren uns von Ratten, gegen die der Mensch zum Glück noch immer kein probates Mittel gefunden hat. Die Jagd ist ziemlich riskant, und es kommt hin und wieder zu blutigen Zwischenfällen, weil die Biester durch die hiesigen Schlaraffenlandverhältnisse an Größe und Kraft abnorm zugelegt haben. Doch alles in allem können wir mit der Verwirklichung unserer Mission ganz zufrieden sein – wären da nicht seit geraumer Zeit Schatten aus der Vergangenheit aufgetaucht...«

»Schatten aus der Vergangenheit?« Ich stutzte. Die ganze Rede hatte sich eigentlich schon nach dem ultimativen Horror angehört. Gab es noch eine Steigerung?

»So kann man es bezeichnen«, meldete sich Safran knatternd wieder. Die sich vor uns windende Kolonne der gräulichen Rücken und erwartungsvoll emporgestreckten Schwänze beschrieb eine Rechtskurve.

»Es handelte sich damals eigentlich um nur einen einzigen

Schatten. Aber die Vergangenheit wäre natürlich nur halb so interessant, hätte sie keine Auswirkungen auf die Gegenwart. Ich glaube, dir ist etwas Wunderliches begegnet, nachdem du unser Reich betreten hast, Francis.«

»Wasserleiche. Vermutlich Europäisch Kurzhaar. Kopf vom Hals getrennt und nicht mehr vorhanden. Wies zahlreiche, extrem große Bißwunden am Körper auf. Trieb wahrscheinlich mehrere Tage im Wasser, was die außergewöhnliche Aufblähung des Leibes verursachte. Anzunehmen, daß der Tötung kein artüblicher Kampf mit Droh- und Verteidigungsritualen vorausgegangen ist und der gebräuchliche Genickbiß seitens des Täters nicht zur Anwendung kam. Resümee: Das Opfer muß sich zur Tatzeit in einem Schockzustand befunden haben, der jede Gegenwehr lähmte, so daß der Mörder leichtes Spiel hatte. Anders ist das Ausmaß der Brutalität kaum zu erklären.«

Ein Gerichtsmediziner, dachte ich nicht ohne Stolz, hätte die wesentlichen Punkte kaum besser zu erfassen vermocht. Safran und Niger schienen von der Blitzanalyse ebenfalls beeindruckt und verlangsamten für Momente ihre Schritte. Gleichwohl weigerte sich der Boß beharrlich, seinen Respekt vor meinen grauen Zellen offen zum Ausdruck zu bringen, da er wohl seine Autorität von niemandem verwässern lassen wollte. Er zog ein teilnahmsloses Gesicht.

»So was Ähnliches haben wir uns auch schon gedacht«, sagte er barsch und ließ darauf ein falsches Gähnen folgen. »Was du jedoch nicht wissen kannst, ist, daß es sich bei dieser um die fünfzehnte oder zwanzigste Leiche handelt, die uns bis zum heutigen Tag die Ehre erwiesen hat.«

Das Grauen senkte sich auf mich wie schwarzer Trauertüll. Ich glaubte, stolpern zu müssen, weil ich vor Entsetzen vorübergehend das Gleichgewicht verlor. Großer Gott, welches Ungeheuer wollte hier auf Teufel komm raus seine Metzgermeisterprüfung ablegen? Was war das Motiv? Freude an Mißhandlungen? Hunger? Wahnsinn?

»Die zwanzigste Leiche?« murmelte ich ungläubig, weil etwas in mir sich weigerte, das Unfaßbare anzuerkennen.

»Oder die dreißigste. Wir haben nach einer Weile aufgehört, die verstümmelten Kadaver zu zählen.« Safran unterließ es allmählich, sich in weiteren Autoritätsspielchen zu ergehen, und zeigte wahre Betroffenheit. Gesichtsausdruck und bedächtige Gangart verrieten, daß ihm die Sache unter das Fell ging, ja, daß er sich richtiggehend damit quälte.

»Die Beschaffenheit unseres Lebensraumes macht es unumgänglich, daß wir gelegentlich durch die Abwässer schwimmen müssen. Zwar sagt man unserem Geschlecht nach, daß es das Wasser meidet wie der Teufel die geweihte Variation davon, aber das gilt nicht für alle Abkömmlinge, vieles basiert auf Aberglaube, und schließlich macht Übung den Meisterschwimmer. Wie dem auch sei, bei unseren Wassereinsätzen passiert es immer wieder, in letzter Zeit übrigens immer häufiger, daß uns so eine entstellte Leiche zwischen die Pfoten treibt. Unserer Meinung nach ereignen sich die Morde in der Nähe der Wälder außerhalb der Stadt, weil in den Wunden der Toten häufig Tannennadeln kleben. Es existieren dort draußen einige Rinnen und Bäche, die direkt in die Kanalisation münden. Außerdem wird die Kloake der umliegenden Bauernhöfe ebenfalls hier reingeleitet. Insofern wäre es auch denkbar, daß die Ermordeten unter bäuerlicher Obhut lebende Schwestern und Brüder waren.«

»Und ich soll jetzt hinausziehen in die weite Welt und den Mörder demaskieren«, sagte ich etwas widerborstig.

»Du brauchst nichts dergleichen zu tun, lieber Francis. Wir wissen, wer er ist.«

»Ihr wißt, wer... Aber warum, zum Henker, macht ihr euch dann nicht auf die Socken und schnappt ihn euch?...«

Ich hielt inne. Den letzten Satz hätte ich mir besser verkniffen. Manchmal besaß ich in der Tat die Sensibilität eines Baseballschlägers.

»Eure Augen«, druckste ich herum. »Die werden euch wohl draußen einige Schwierigkeiten bereiten.«

»Ja, das ist ein gewisses Problem«, ging Safran zum Glück über meinen Fauxpas hinweg. »Komplizierter ist es jedoch, ihn erst einmal zu finden. Denn er ist überall und nirgends. Ja, strenggenommen gibt es ihn gar nicht: Er ist eine Legende, ein Schatten aus der Vergangenheit...«

Mit einem Mal stoppte Safran abrupt und verharrte in angespannter Konzentration. Die funkelnden Goldringe an den zur höchsten Aufnahmebereitschaft gespitzten Ohren pendelten leise; der Kopf schwenkte wie der Turm eines zielsuchenden Panzers hin und her, und die Schnurrhaare zitterten emsig, als wären sie informationsverarbeitende Fühler eines Insektes. Dann kam der unstete blinde Blick an einem bestimmten Punkt im Abwasserkanal zur Ruhe.

»Niger, erzähle du ihm, was es mit dem Schwarzen Ritter auf sich hat«, flüsterte der Kartäuser kaum hörbar und sprang dann mit einem gewaltigen Satz kopfüber in den Graben. Während ich noch damit kämpfte, aus dem Erstaunen herauszukommen, tauchte er schon mit einem wild zappelnden Etwas zwischen seinen Zähnen aus der Brühe hervor. Augenscheinlich kämpfte er mit einer Ratte, die er so zu seinem Frühstück zähmen wollte. Ich hatte bereits die unglaublichsten Geschichten über die akustische Empfindlichkeit von Blinden gehört, doch schoß diese Episode zweifellos den Vogel ab.

Ohne dem Vorfall weitere Aufmerksamkeit zu schenken, setzte Niger ihren Marsch fort, was ich als Aufforderung verstand, ihr zu folgen. So überließ ich den braven Fischer seiner Passion und heftete mich an die Fersen meiner Begleiterin. Natürlich konnte ich der Versuchung nicht widerstehen, noch einige Male über die Schulter zurückzuschauen, um die absonderlichen Jagdaktivitäten weiter zu verfolgen. Doch außer einem chaotischen Geplansche, währenddessen entweder der Jäger das Wild oder das Wild den Jäger unter Wasser zu ziehen versuchte, konnte ich nicht viel erkennen.

»Es gab einmal eine Zeit, Francis, da herrschte das Böse in der Unterwelt.« Niger schloß jetzt ihre Augenlider und streckte den Hals teleskopartig ganz nach vorne, als dringe sie damit durch eine imaginäre Wand in vergangene Gefilde ein. Vor ihrem geistigen Auge schien das Unsägliche wieder zum Leben aufzuerstehen.

»Wir wußten nicht, was es war, aber wir wußten, *daß* es da war. Jedenfalls schien es wie wir ein Geschöpf der Dunkelheit zu sein, und es konnte jederzeit hinter jeder Ecke unvermittelt hervorpreschen. Und wenn es mit der Plötzlichkeit eines Springteufels erschien, so griff es sich einen der Unsrigen und zerhackte ihn im Bruchteil einer Sekunde zu einem blutigen Fleischfetzen. Gewöhnlich gerieten wir dann in Panik und flohen kopflos. Und wenn ein Mutiger dem Opfer zu Hilfe eilte, wurde er im Handumdrehen ebenso zu Hackepeter verarbeitet, so daß von seinem Mut später bloß ein paar seiner abgerissenen, vom Phantom verschmähten Gliedmaßen zeugten. Es war vollkommen unberechenbar und ein Ausbund an Bestialität, und es entwickelte sich zusehends zu einer fürchterlichen Heimsuchung, die uns alle auszurotten drohte. Wir schlichen zähneklappernd die Mauern entlang, vernachlässigten notgedrungen die Jagd, weil wir uns keine Ablenkung von der Bedrohung leisten konnten, und sahen allmählich den Tag heraufziehen, an dem es uns nicht mehr geben würde. Das Phantom indessen spulte sein Vernichtungsprogramm mit der Unbeirrbarkeit einer feingeeichten Kreissäge ab und vertraute stets auf seine heimtückischen Überraschungsattacken. Mal lag es in einem geheimen Loch oberhalb des Gemäuers auf der Lauer, sprang dann jäh auf eine unten vorbeiziehende Gruppe von Brüdern und Schwestern und richtete unter ihnen ein unbeschreibliches Massaker an. Ein andermal schoß es wie ein außer Kontrolle geratener Mähdrescher durch ein Nebenrohr heraus und vertilgte einen der Unsrigen mit nur zwei, drei Bissen. Immer hörten wir dann die entsetzlichen Schreie; sie klangen wie das obszöne Gebrüll von Wahnsinnigen, die außerstande sind, den unfaßbaren Schauder ihrer lichtlosen Einbildungswelt in Worte zu fassen. Und wir hörten das Hallen grauenerregender Geräusche: das zischende Eindringen von Reißzähnen in lebendiges Fleisch, das trockene Knacken von Knochen und das Schmatzen, das vulgäre, irgendwie alles verhöhnende Schmatzen.«

Niger hielt inne, und mit einem Seitenblick gewahrte ich, daß sich in ihren erloschenen Augen, die nichtsdestoweniger anmutig wie von Dunstwolken umlagerte Fjorde aussahen, Tränen gesammelt hatten. Der Schrecken schien sich in ihr Erinnerungsvermögen unauslöschlich eingeätzt zu haben, und wie bei den meisten Zeugen gewaltsamer Ereignisse wiederholte sich die Hölle dort unablässig. Ich wollte ein paar tröstende Worte sprechen, doch hielt ich dies gleich im nächsten Moment für plump und überflüssig. Ich konnte niemandem Trost zusprechen, dessen Leid ich nicht geteilt hatte.

Unversehens stieß von hinten Safran in unsere Mitte. Er

war patschnaß und hielt in seinem Maul die fetteste und häßlichste Ratte, die ich je gesehen hatte. Um ehrlich zu sein, hatte ich bis dahin die Bekanntschaft nur weniger dieser unsympathischen Zeitgenossen gemacht, schon gar nicht solcher, die nischenbedingt um das Doppelte ihres Körpervolumens aufgequollen waren. Denn der Bursche, den Safran zwischen seinen Zähnen wie ein apportierender Jagdhund schleppte, entsprach von seiner Stattlichkeit her eher einem wohlbeleibten Kaninchen. Der Jäger indes trug die an der Genickgegend von mehreren tiefen Bissen verunstaltete Trophäe so selbstverständlich, als habe er sie soeben im Supermarkt an der Fleischtheke erstanden.

»Hah ihm dah mih deh vehückheh Huho ehählh?« lallte er, weil ihm die Beute im Maul keine präzisere Artikulation ermöglichte. Die offenen, toten Augen der Ratte stierten mich von der Seite vorwurfsvoll an, als nehme sie es mir übel, daß ich mich in so einer miesen Gesellschaft aufhielt.

»Darauf wollte ich gerade zu sprechen kommen«, sagte Niger mit einem unterdrückten Schluchzer und entledigte sich ihrer Tränen, indem sie kräftig den Kopf schüttelte.

»Inmitten dieser Not wuchs Hugo auf. Er gehörte dem Geschlecht der Tiffany an: seidig zobelbraunes, sehr langes und hoffnungslos zerzaustes Fell; Augen, die wie aus hochkarätigem Gold gegossen zu sein schienen, buschiger Schwanz, muskulöser Körperbau, runder Kopf. Er war in einem erbarmungswürdigen Zustand, als er in die Kanalisation gespült wurde. Das änderte sich schnell, denn sehr bald merkten wir, daß es sich bei ihm nicht nur um den schönsten Jungen, den wir je aufgezogen hatten, handelte, sondern auch um den einzigen von uns, der merkwürdigerweise nicht erblindete. Doch es zeigte sich schon früh, daß er unter starken Verhaltensstörungen litt. Bereits die kindlichen Spielereien arteten bei ihm rasch zu rüden Tätlichkeiten aus, von denen seine verdutzten Kameraden erhebliche Verletzungen davontrugen. Als er älter wurde, legte er sich mit jedem an, sogar mit seiner Ziehmutter, und verletzte sie ebenfalls schwer. Zugleich zog er sich von uns immer mehr zurück, wurde zu einem Eigenbrötler und tauchte nur noch auf, um einen rabiaten Streit vom Zaun zu brechen. Irgendwann brach er das Tabu und tötete während einer Rauferei einen der Unsrigen. Für diesen Frevel stießen wir ihn aus der Gemeinschaft aus und nannten ihn fortan nur noch den verrückten Hugo. Wie das grausame Phantom umgab ihn nun ebenso die Aura eines Gespenstes, das zwar selten in Erscheinung trat, dessen wachsame Augen uns jedoch stets heimlich beobachteten. Ab einem gewissen Zeitpunkt allerdings begannen wir den verrückten Hugo zu vergessen, da wir zu sehr mit unseren eigenen Sorgen beschäftigt waren. Ja, der Ausgestoßene avancierte hinter vorgehaltener Pfote sogar zu einer sagenumwobenen Gestalt, von der man sich die wunderlichsten Geschichten zu erzählen wußte.

Eines Tages – unser Volk war bereits infolge der Terroranschläge des Monsters deutlich dezimiert – gerieten wir bei einem Jagdausflug in einen Kanalabschnitt, der uns bis dahin verborgen geblieben war. Als wir in das Gebiet immer tiefer und tiefer eindrangen und plötzlich vor einer Mauer standen, erkannten wir zu spät, daß es sich hierbei um eine Sackgasse handelte. Doch da saßen wir schon längst in der Falle. Denn im gleichen Moment erklangen die widerlichen Schlurfgeräusche des Phantoms, das uns offenbar den ganzen Weg bis hierhin gefolgt war. Nun bezog es hinter unseren Rücken Stellung und versperrte den einzigen Fluchtweg. Wir waren ihm alle ausgeliefert. Es stand einfach da und wartete geduldig darauf, mit seinen mörderischen Hauern unser Fleisch und unsere Knochen in eine blutige Paste zu verwandeln. Und nach den Beschreibungen der noch sehenden Jugendlichen konnten wir nun endlich das Geheimnis seiner Identität enthüllen.«

»Es war ein verrückter Mensch, stimmt's?« klugscheißerte ich.

Safran ließ die stinkende Ratte aus dem Maul fallen und kickte sie mit einem kräftigen Pfotenstoß rechterhand in eine Luke, welche aus einem herausgebrochenen Mauerstein bestand.

»Irrtum. Es war ein Hund!« sagte er, hob unvermittelt den Kopf und schnupperte intensiv, als habe er eine neue Fährte aufgenommen. Ich war derart in Nigers Erzählung vertieft gewesen, daß ich erst jetzt den gleißenden, an die blendend helle Landung eines UFOs erinnernden Megastrahl bemerkte, der in weiter Ferne aus der aufgerissenen Gemäuerdecke brach. Ich taumelte von einer Überraschung zur nächsten. Die Meute vor uns sprintete los und begab sich zu der scheinbar alles erlösenden Helligkeit, während wir unseren gemächlichen Gang beibehielten.

»Ja, es war ein verdammter Hund, eine riesenhafte, schwarze Dogge«, fuhr Niger fort. »Unter normalen Umständen – was immer die auch sein mögen – hätte uns Mitleid beschleichen sollen, weil sie erwiesenermaßen wie wir eine ausgestoßene Kreatur war, die nur danach trachtete, ihren Hunger zu stillen. Und genau wie wir zog sie offensichtlich dieses karge Leben der Gesellschaft von Menschen vor, die für sie sowieso nur die Rolle des ewigen Knechts vorgesehen hatten. Aber Solidarität war in dieser Situation, wie gesagt, sicher die falscheste Regung, die sich denken läßt. Dieser Hund war unser Feind, das Monster, und so sicher wie das heuchlerische Amen in den menschlichen Kirchen würde er uns in wenigen Sekunden allesamt zerfleischen. Er machte ein paar Schritte auf uns zu, wir wichen erschrocken zurück. Doch gleich darauf hörten wir ein erbärmliches Jaulen. Es kam ohne Zweifel von ihm, denn es klang einfach zu hündisch, um von einem von uns zu stammen. Rasch ließen wir uns den Hergang des Geschehens von den Sehenden berichten. Der verrückte Hugo war plötzlich aus der Dunkelheit aufgetaucht und wie ein fliegender Vampir an den Hals des Hundes gesprungen. Er muß uns die ganze Zeit beschattet haben und schlug zu, als er uns in echter Gefahr wähnte. Jedenfalls besaß der Hund überhaupt keine Chance, irgend etwas gegen ihn auszurichten, da Hugo von seinem Hals nicht abließ, wie oft er sich auch in unerträglichem Schmerz hin- und herwand. Schließlich drang der Verrückte mit seinen Reißzähnen bis in die Speiseröhre des anderen Verrückten ein, bis dieser hinfiel und nur noch kläglich wimmerte. Wir beteten geradezu, daß er ihn richtig in die Mangel nahm, ihn unter denselben barbarischen Qualen, die wir einst erlitten hatten, meuchelte. Er sollte spüren, was Angst, echte Todesangst bedeutete, bevor er den Todesstoß erhielt. Aber statt dessen passierte etwas unerhört Bizarres. Es muß an dem gelegen haben, was man gemeinhin als Geistesverwandtschaft bezeichnet oder als die richtige Wellenlänge. Der Hund röchelte wie um Gnade, er hatte sich längst geschlagen gegeben, weil Hugo an seinem Lebensnerv haftete wie eine bösartige Zecke; die winzigste Abwehrbewegung konnte für ihn die Reise zum Schafott bedeuten. Endlich hatte der Drache einen ebenbürtigen Ritter gefunden. Da trafen sich ihre Blicke. Doch dieser Blickaustausch unterschied sich vollkommen von dem üblichen Haßstarren, das zwischen Sieger und Besiegtem stattfindet. Es war ein Strom des Einandererkennens, des Verständnisses für die begangenen Greueltaten des anderen, die perfekte Spiegelung des eigenen Wesens im Antlitz des Gegenübers, das Verschmelzen zweier Formen des Wahnsinns zu einem einzigen, noch monströseren Wahnsinn. Ja, der verrückte Hugo hatte uns aus einem unerklärlichen Grund gerettet und von dem Fluch, der uns auszumerzen drohte, erlöst. Allerdings hatte er mit diesem Akt seine bis dahin uns immer noch verwandte Seele endgültig verscherbelt, war quasi einen Teufelspakt eingegangen. Er ließ von der Dogge ab, die trotz ihrer schlimmen Verletzung auf die Beine kam und ihren Bezwinger wie hypnotisiert ansah. Dann bestieg Hugo seinen Drachen und trabte auf ihm wie ein Cowboy gegen den Sonnenuntergang davon. Seitdem haben wir die beiden nie mehr gesehen. In unseren Sagen jedoch leben sie immerfort.« (7)

»Wiedergesehen haben wir das Duo nicht mehr, aber gelegentlich Gespenstisches über sie gehört.« Safran blieb stehen, leckte sich gedankenverloren die Vorderpfote und streifte sie dann über den Kopf. Auch er schien sich mit Grauen an diese Zeit zu erinnern.

»Ihr glaubt, daß sie für die Morde verantwortlich sind?« fragte ich, obwohl ich es eigentlich gar nicht so genau wissen wollte. Denn was sollte an der Hypothese, daß ein verrückter Hund und ein noch verrückterer Hugo eine Mordserie angezettelt haben sollten, falsch sein? Nach all den unfaßbaren Dingen, die ich in den letzten Minuten erfahren hatte, hätte ich mittlerweile auch an die Existenz von den Sieben Zwergen geglaubt.

»Die Nachrichten von draußen dringen spärlich zu uns.« Safran brach wieder auf, und Niger und ich folgten ihm in Richtung der wie vom Flutlicht bestrahlten Stelle, wo sich die anderen allmählich einzufinden begannen.

»Es heißt, daß Hugo die Kanalisation mit seinem Mörderrappen für immer verlassen hätte und nun sein Unwesen in den umliegenden Wäldern treibe. Man nennt ihn dort den Schwarzen Ritter, weil er bei seinen zwar seltenen, dafür jedoch um so spektakuläreren Auftritten stets auf dieser meschuggenen Dogge gesichtet wurde. Er soll auf dem Hund aufrecht gesessen haben wie ein richtiger menschlicher Reiter, sagt man, und jedesmal löste der Anblick der beiden bei den Betrachtern geradezu mystische Gefühle aus. Sie sind Außenseiter par excellence, daher erscheint es logisch, daß sie diejenigen tyrannisieren, die ein erfülltes Leben in menschlicher Geborgenheit führen. Das Leben als Ausgestoßene und die Einsamkeit haben sie endgültig verrohen lassen, und sie morden nun aus reinem Haß und Neid – mal abgesehen davon, daß sie natürlich vollkommen übergeschnappt sind.«

»Für die Theorie spricht die ungeheuerliche Dimension der Bestialität, die einen Einzeltäter mehr oder weniger ausschließt«, stellte ich fest. »Aber was macht euch so sicher, daß ausgerechnet die beiden die Mörder sind?«

»Nun, wir können uns einfach nicht vorstellen, wer im Tierreich sonst für eine solche Riesensauerei in Frage käme. Außerdem tragen die Vorfälle dieselben Spuren, die wir aus der Vergangenheit kennen.«

»Fein. Und was soll ich tun, wenn ich Hugo nebst Rosalinde bei frischer Tat ertappe? Ihnen Handschellen anlegen und sie zur Polizeiwache schleppen?«

»Kehre einfach hierher zurück und berichte uns, wo sie sich aufhalten. Um den Rest kümmern wir uns schon. Unsere jetzige Situation unterscheidet sich radikal von der früheren. Wir sind zahlreicher als damals und besitzen viel mehr Jagderfahrung. Doch zunächst muß ein schlauer Kopf mit Mumm hinaus und ihren exakten Aufenthaltsort auskundschaften. Wir haben einen großen Fehler gemacht, als wir die beiden ziehen ließen. Es war unverantwortlich. Jetzt wüten sie da draußen wie Kettensägenpsychopathen im Film und richten ein unglaubliches Gemetzel unter der Landbevölkerung an. Du mußt den Schwarzen Ritter finden, Francis, denn er ist eine Schande für unser Geschlecht, mehr noch, er ist eine eiternde Wunde, die schleunigst ausgebrannt gehört.«

Gut gebrüllt, Löwe! Aber wie stellte sich der Kerl das eigentlich vor? Weder taugte ich zum indianischen Fährtenleser, noch stand ich in Kontakt mit irgendwelchen Aufklärungssatelliten. Erschwerend kam hinzu, daß ich die sogenannte Wildnis, um bei der Wahrheit zu bleiben, lediglich aus der Fernsehserie »Lederstrumpf« kannte. Gewiß kannte ich den Unterschied zwischen Busch und Baum, doch allein bei dem Gedanken an einen Wald, in dem es von Bäumen und Büschen nur so wimmeln soll, kam ich mir wie Hänsel und Gretel gleichzeitig vor. Und im übrigen, wer sagte denn, daß die Morde ausgerechnet von diesen zwei Durchgeknallten begangen wurden? Okay, die Grausamkeit, mit der die Leichen zugerichtet worden waren, paßte in der Tat auf einige Aspekte der beschriebenen Täterprofile. Aber schließlich gab es ja außer den beiden noch ein paar Wahnsinnige mehr auf der Welt; las man so wie ich regelmäßig die Zeitung, konnte man sogar leicht zu der Überzeugung gelangen, daß die Welt eine einzige Klapsmühle sei. Eingedenk solcher und ähnlicher Überlegungen rang ich mich schließlich zu einer, wie mir schien, genialen Lösung durch. Ich würde den Blinden zwar meine detektivische Mitarbeit zusichern, doch in Wirklichkeit nach der Freilassung schnurstracks die nächstbeste Notrufsäule ansteuern und das verdammte Ding so lange malträtieren, bis eine Division von

Polizisten zu Hilfe eilte, mich anhand der Tätowierung an meinem Hintern identifizierte und zu meinem geliebten Gustav zurückverfrachtete. Schändlich genug, irgendwie freute ich mich sogar auf Francesca.

Zu meiner Erleichterung standen Schwüre und dergleichen auch nicht mehr auf der Tagesordnung. Meine Begleiter wurden nämlich immer einsilbiger, je mehr wir uns dem hellen Zirkel näherten. Schleichend gerieten sie in einen Zustand, der mir sehr bekannt vorkam: Die Augenlider wurden zugekniffen, die Köpfe zu flauschigen Ovalen gespitzt und die Felle wie durch eine intensive Shampoobehandlung in hochwertigen Samt verwandelt. Diese Anwandlung mit all ihren lieblich anzuschauenden Begleiterscheinungen rührte jedoch keineswegs von der Erwartung gnädiger Streicheleinheiten her. Nein, die Ursache für den abrupten Wechsel in die tranceartige Stimmung war die Vorfreude auf etwas, ohne das unsere Art kläglich verenden würde: nämlich Sonnenlicht! Aber hatte Safran nicht davon gesprochen, daß sie deshalb erblindet wären, weil sie sich immer in der Finsternis aufhielten? Eine Erklärung war fällig.

Wir stießen alsbald zu den anderen, die in engem Körperkontakt regungslos inmitten des von Menschenhand geschaffenen Kraters standen und sich von den blendenden Strahlen der Vormittagssonne durchdringen ließen. Allesamt hielten sie die Augen geschlossen und wirkten entrückter denn je, als sei über sie ein Zauber ausgesprochen worden. Auch bei mir stellte sich schlagartig Glückseligkeit ein, da ich nach so vielen dunklen Stunden endlich wieder einen strahlenden Himmel über mir sah und wohltuende Wärme auf meinem Pelz spürte. Wie ich später erfuhr, waren wir zu der Baustelle eines sogenannten Hauptsammlers gepilgert, von wo aus die einfließenden Abwässer eines Viertels in die verschiedenen Kanalarme umgelenkt werden. Der Schauplatz war im Grunde ein kreisförmiger, aus Beton gegossener Schacht von gewaltigem Durchmesser und schwindelerregender Tiefe. Überall lagen Baugeräte, Gasflaschen zum Schweißen und jede Menge Stahl- und Holzmaterial verteilt; die Arbeiter schoben wohl gerade Frühstückspause. Die Sonne stand genau über dem Schlund und sorgte so für optimale Bestrahlung. Safran erzählte mir nach der Zeremonie, daß das blinde Volk einmal am Tag solche offenen, zwischenzeitlich menschenleeren Bauplätze aufsuche, um Sonnenenergie zu tanken, da selbst Geister der Finsternis auf das lebenswichtige Elixier namens Tageslicht nicht verzichten könnten. Somit war also das Geheimnis, weshalb die Brüder und Schwestern unter Tage von Rachitis verschont blieben, gelüftet.

Allerdings gab es schon einige makabre Unterschiede zu uns Normalsterblichen, was das Suhlen im Sonnenschein betraf. Der Grund, weshalb die Blinden ihre Augen während des Sonnens bedeckt hielten, war sicherlich auf den Umstand zurückzuführen, daß ihre welken Sehnerven beim geringsten Kontakt mit der Helligkeit in furchtbare Schmerzen explodieren würden. Zudem aber hatten sie die Vitamin-D-Aufnahme, die bei uns Sehenden mit sich Rollen und Reiben auf dem Boden einhergeht, zu einem festlichen, um nicht zu sagen religiösen Akt kultiviert. Als nämlich Safran, Niger und ich uns in das Zentrum der Andächtigen, die aus der Vogelperspektive den Eindruck eines düsteren Patchworks erwecken mußten, hineingequetscht hatten, passierte etwas sehr Ungewöhnliches. Wie auf ein Zeichen wurde erneut das schrille »Aaaaaiiiiihhhhh« angestimmt, erst leise, dann mehr und mehr anschwellend, schließlich in einem symphonischen Orkan kulminierend. Auf dem Höhepunkt des frohlockenden Geschreis hoben sie die Vorderpfoten, stellten sich völlig auf die Hinterbeine und reckten sich mit dem ganzen Körper der Länge nach empor, so daß sie Männchen machenden Hunden glichen. Dann öffneten alle gleichzeitig die Augen. Das grelle Licht, das auf ihren Netzhäuten denselben Effekt verursachen mußte wie Säurespritzer, durchflutete jeden einzelnen von ihnen mit stechenden Qualen, und das ergreifende »Aaaaaiiiiihhhhh« erhielt so eine urwüchsige, ins Herz gehende Note. Nun erst verstand ich den Sinn dieses Rufes in seiner ganzen Tragweite. Safran und sein Volk waren mit dem Phänomen des Schmerzes so dicht verwoben wie Fledermäuse mit der Erscheinung des Echos. Von früh an war ihnen Gewalt angetan worden; statt Lebensfreude waren die elementarsten Erfahrungen, die sie als Kinder gemacht hatten, die der Schmerzen und der Trostlosigkeit gewesen. Und auch später, hier in der Kanalisation, war ihnen nicht die erhoffte Erlösung, sondern eine schwere und leidvolle Existenz zuteil geworden. Unter vieler Mühsal und größter Gefahr mußten sie ihre Nahrung erbeuten, sie mußten Dreck, Krankheiten, Verkrüppelungen und die immerwährende Dunkelheit in Kauf nehmen. Das sogenannte Monster hatte sie abermals gelehrt, was Todesangst und Schmerz bedeuteten. So wurde ihr ganzes Dasein mit dem niemals aufhörenden Schmerz verquickt, und der Schmerz entwickelte sich nach und nach zu einem Bestandteil ihres Gefühlslebens, schließlich sogar zum ritualisierten Zwang. Jeden Tag wanderten sie zu solchen Durchbrüchen, um ihre Felle mit dem unentbehrlichen Sonnenlicht zu versorgen. Aber Notwendigkeit und Seelenknacks waren hier eine außergewöhnliche Verbindung eingegangen und schließlich in ein groteskes Zeremoniell ausgeartet. Nun, so schien es, brachten sie dem Gott des Schmerzes ein Opfer dar, indem

sie ihre verwundbarsten Stellen, ihre wunden Augen, bloß-
legten und ihn auf diese Weise gnädig zu stimmen versuchten. Sie ließen sich inzwischen freiwillig martern, denn ein
Leben ohne Schmerzen schien für sie undenkbar geworden
zu sein.

Für einen Moment huschte mir der Gedanke durch den
Kopf, daß sie mir mit der Geschichte von Hugo & Co. einen
Bären aufgebunden haben könnten. Wahrscheinlich begingen sie die Verbrechen doch selber, weil diese den Höhepunkt ihrer Schmerzmessen darstellten. Ich sollte draußen
bei den anderen Artgenossen die Schwarzer-Ritter-Mär verbreiten, damit der Verdacht von den wahren Tätern abgelenkt wurde. Alle sollten in der Gemeinschaft der Barmherzigen einen Bund edler Ritter sehen, nicht einen Haufen
Verrückter, die sich in Gewaltexzessen ergingen, es dabei
hin und wieder mal arg übertrieben und einen der Ihrigen
über die Klinge springen ließen. Denn nüchtern betrachtet,
hatte die Vorstellung, daß der kleine Sherlock in der Wildnis
zwei Ungeheuer aufspürte, etwas recht Lächerliches an sich
– aber gleichzeitig etwas äußerst Werbewirksames für die
Freunde der Kloake.

Trotz dieser Vermutungen schob ich alle Zweifel einstweilen beiseite, weil die um mich herrschende Stimmung jedes
klare Denken unmöglich machte. Jawohl, auch ich war jetzt
ergriffen von der sakralen Atmosphäre und dem Gesang des
Leidens, welcher ein musikalisches Äquivalent für das Weinen war. Und auch ich stellte mich schließlich auf die Hinterbeine, streckte mich empor, tretelte mit den Vorderpfoten euphorisch in der Luft und schrie mit tränenerstick-
ter Stimme: »Aaaaaiiiiihhhhh! Aaaaaiiiiihhhhh! Aaaaaiiiiihhhhh!...«

Nachdem der befremdliche Akt, der zirka zehn Minuten

gedauert hatte, mit dem Nahen des ersten Bauarbeiters abrupt beendet wurde, zog sich die Gruppe in die Kanalisation zurück und fiel dort zu meiner Überraschung auseinander. Jeder schwirrte in eine andere Himmelsrichtung, geradeso wie die Teilnehmer eines Sonntagsgottesdienstes nach der Predigt. Erst als Safran und Niger mich zu der in der Luke versteckten Ratte zurücklotsten, begriff ich, daß nun endlich die Frühstückszeit angebrochen war und ein jeder sich auf die Suche nach etwas Eßbarem gemacht hatte. Wir drei vertilgten das üppige Mahl genüßlich schmatzend, obgleich ich offen gestehen muß, daß Rattenfleisch für unseren Gaumen wirklich nicht als lukullische Krönung bezeichnet werden kann. Sobald der erste Heißhunger gestillt war, ertappte ich mich dabei, wie ich aufs neue von Sehnsuchtswellen nach Gustav und seiner beinahe zärtlich zu nennenden Art, Futterdosen zu öffnen, durchflutet wurde. Ach, das Rattern des Öffners klang schon in meinen Ohren wie ein vertrautes Kinderlied. Seltsam, aber ausgerechnet solche geschmacksbehinderten Lebewesen wie die Menschen verstehen von der Herstellung unserer Nahrung am meisten. Weshalb sie sich selbst aber ohne Murren mit den minderwertigsten Schnellgerichten buchstäblich abspeisen lassen, bleibt ein Rätsel. Zumindest bot mir das Dinner die Gelegenheit, meinen kulinarischen Erfahrungshorizont zu erweitern. Danach dirigierten mich meine blinden Auftraggeber durch ein kompliziertes Röhrensystem mit einer verwirrenden Anzahl von Abzweigungen. In dieser Hydra war ich trotz meiner intakten Augen wie sie in vollendeter Finsternis gefangen, da nicht einmal der leiseste Lichtstrahl eine Chance hatte, sich hineinzustehlen. Unterwegs kam ich auch endlich dazu, von den Umständen zu erzählen, die mich in die Unterwelt befördert hatten. Heuchler, der ich bin, beteuerte ich dabei natürlich, daß eine Rückkehr zu Überfluß und Dosenöffner ausgeschlossen sei. Schließlich endete die Reise vor einem Rohrloch, durch das wie eine Offenbarung grelles Sonnenlicht fiel. Hier hielten Safran und Niger an und machten nachdenkliche Gesichter.

»Es ist ungewiß, ob wir uns je wiedersehen, lieber Francis«, sagte der Herrscher der Dränage, und war dabei von unverblümter Traurigkeit erfaßt. Dagegen hielt seine sehnige Adjutantin den Kopf von mir abgewandt, damit ihre Gefühlsregungen verborgen blieben. Vielleicht wurde auch sie von einer gewissen Abschiedswehmut heimgesucht, aber zugleich schien sie mir die Sache mit Rhodos nicht verzeihen zu wollen.

»Doch manchmal genügt eine einzige Begegnung, um ein ganzes Leben zu verändern. Wir verlangen von dir nicht, dich zu ändern. Wir möchten nur, daß du dich weiter an uns erinnerst, wenn wir aus deinem Gesichtsfeld verschwunden sind. Denk immer daran, daß hier unten nicht allein der Ausfluß dieser ewig schwärenden Welt waltet, sondern auch eine unsichtbare Schar Barmherziger, die todgeweihten Brüdern und Schwestern ein neues Leben schenkt. Du hast da draußen eine verzwickte Aufgabe zu lösen, für die dich niemand entlohnen kann. Aber nichts Geringeres als der Fortbestand der Artgenossen auf dem Lande hängt von der Bewältigung dieser Aufgabe ab. Denn wenn der verrückte Hugo und der bestialische Hund ihr Schlachterhandwerk weiter betreiben, wird es zu weit schlimmeren Folgen kommen als bei einer Seuche. Auch wenn wir auf Außenstehende wie halbtote Spukgestalten wirken mögen, so ist uns das Leben doch das Heiligste. Für Junge, Unversehrte und Sorglose ist das Leben die selbstverständlichste Sache der Welt, dagegen für die, die dem Tod jeden Tag die Hand schütteln, eine seltene Ausnahme von der Regel. Wir kämpfen für diese Ausnahme, und ich hoffe, du kämpfst mit uns, lieber Freund.«

Während er diese mahnenden Worte sprach, hatte Safran den Kopf verdächtig schräg gehalten, so daß der von draußen in die Röhre schießende Sonnenstrahl geradewegs seinen rechten Ohrring traf. Das glühend leuchtende Gold reflektierte das Licht, welches mich stark blendete und in eine magische Versunkenheit versetzte. Ich vermochte ihm keine Absicht zu unterstellen, da er die exakte Position meiner Augen nicht kennen konnte. Aber andererseits hatte ich es hier nicht mit vollgefressenen Sesselfurzern zu tun, denen jeder instinktive Kniff abging. Wer in solch einer unwirtlichen Umgebung tagtäglich mit ungewöhnlichen Situationen fertig werden mußte, wußte sicherlich auch ungewöhnliche Methoden anzuwenden. Jedenfalls zeugte die Praktik, mich durch suggestives Blendwerk auf die detektivische Mission zu verpflichten, von einer nicht zu unterschätzenden Raffinesse.

Anschließend neigte sich der Schmuddel-Goliath zu mir und gab mir den Bruderkuß, indem er seine Nase zart gegen die meine rieb. Für eine dermaßen einzelgängerische Art wie die unsrige ist diese intime Geste das ultimative Zeichen von Vertrauen und Herzlichkeit und entspricht etwa, nun ja, sagen wir mal, dem Verleihen der Kreditkarte bei Menschen./

»Ich werde mir die größte Mühe geben, das blinde Volk nicht zu enttäuschen, Safran«, beteuerte ich. »Wenn der geniale Detektiv allerdings eines Tages in Fäkalia-Venezia ohne Kopf angespült werden sollte, wißt ihr, daß Hugo und Hund sich einer Inhaftierung durch unfaire Mittel entzogen haben. Gott schütze euch!«

Ich wandte mich ab und wollte aus dem Loch herauskriechen, als eine Pfote sanft meinen Rücken berührte. Daraufhin drehte ich mich wieder um und sah unmittelbar in Nigers strahlend weiße Augen. Man konnte ihrem zerknirschten Gesicht förmlich ablesen, daß sie sich damit quälte, mir im Moment des endgültigen Lebewohls doch noch einige versöhnende Worte zuzuflüstern. Aber bevor sie sich zu einem derartigen Gesichtsverlust herabließ, ergriff ich die Initiative und rieb meine Nase gegen die ihrige. Sie erwiderte die Zärtlichkeit, und parallel damit wurde mir schlagartig die Erkenntnis zuteil, wie sehr wir doch das Opfer von Umständen sind. In einer anderen Umgebung und unter anderen Gegebenheiten wäre unsere Begegnung radikal anders verlaufen, ja vielleicht hätten wir dann sogar ein Paar werden können. In einer anderen Zeit, in einer anderen Welt, Niger, sprach ich im Geiste zu mir selbst. Alles wäre anders gekommen... Und während ich noch mit der Bewältigung dieser unerträglichen Schwermut kämpfte, wußte ich plötzlich mit unerschütterlicher Gewißheit, daß ich sie, Niger, Safran und all die anderen Blinden sehr bald tatsächlich wiedersehen würde – doch in einer anderen Zeit, in einer anderen Welt...

Viertes Kapitel

Ein neues Leben, ein zweites Leben! Das alte, verbrauchte, schiefgelaufene hinter sich lassen und ein vollkommen neues beginnen: Wer von uns träumte nicht von solch einer großartigen Chance. In der Tat erlag auch ich dieser Illusion, als ich durch das Rohr in die Freiheit entschlüpfte. Das euphorische Gefühl des Neubeginns wurde dadurch verstärkt, daß die Szenerie, die mich empfing, an urwüchsiger Anmut ihresgleichen suchte. Der Rohrausgang lag am Fuße eines kleinen Erdhügels unmittelbar neben einem romantisch plätschernden Bach, über den eine umgestürzte Esche als natürliche Brücke gespannt war. Der Bach wand sich wie eine müßiggängerische Schlange durch einen atemberaubend schönen Auenwald. Das Unwetter der vorangegangenen Nacht schien auf einmal nur noch ein düsterer Spuk gewesen zu sein, denn die Sonne durchdrang mit ihren Strahlen so leuchtend und hell den dichten Blütenteppich, als sei sie zwischenzeitlich generalüberholt worden. Die Feuchtigkeit des Regengusses hatte hauchdünne Dunstwolken entstehen lassen, die einen Schleiertanz um die knospenden Äste veranstalteten. Myriaden von Schmetterlingen und Bienen schwirrten wie Konfetti eines Festgeflitters fröhlich durcheinander; Stare und Nachtigallen zwitscherten um die Wette, als qualifizierten sie sich für einen Plattenvertrag.

Wie betäubt taumelte ich in dieses Meer aus Licht, Chlorophyll und schwindelerregender Frischluft hinein, überwältigt von dem Gefühl, wahrhaftig wiedergeboren zu sein. Kein Wunder, war mir doch in den vergangenen Stunden so viel Aufregung widerfahren wie in dem ganzen zurückliegenden Jahr nicht. Mit dem Betreten des grünen Paradieses schien ich aber jetzt nicht nur alle körperlichen Gefahren und unappetitlichen Mordfabeln, sondern meine ganze muffelige Vergangenheit hinter mir gelassen zu haben. Ich verspürte plötzlich kein gesteigertes Bedürfnis mehr, in die Gustavsche Kuschelecke zurückzukehren und meine Libido zu Nußmus quetschen zu lassen. Andererseits hatte ich auch keine große Lust, meinen Beteuerungen nachzukommen und einer chronisch hungrigen Dogge und einem Standesgenossen mit dem einnehmenden Wesen eines Nosferatu ihre Rechte vorzulesen, bevor ich sie einer beidäugig blinden Justiz überstellte. Nein, meine Zukunft, das zweite Leben von Francis, sollte sich wie dieser glückliche Moment gestalten: licht, naturverbunden und unbeschwert.

Auf der gegenüberliegenden Seite des Baches erregte ein junger Baum meine Aufmerksamkeit, dessen Knospen bereits zur vollen Entfaltung gekommen waren. Seine rosaroten, glockenförmigen Blüten sandten Signale der puren Lebensfreude aus, und die filigranen Äste wippten im warmen Wind wie beschwörende Gesten von Engeln. Da ich in den Gewässern der Kanalisation unfreiwillig eine Überdosis Flüssigkeit zu mir genommen hatte, fühlte ich, der frisch gebackene Naturfreund, das dringende Verlangen, diesem Kleinod der Wildnis meine Ehre zu erweisen und seinen Fortbestand mittels biologisch abbaubarer Düngung zu sichern. Rasch trippelte ich über die moosbewachsene Esche zum anderen Ufer des Baches und eilte über Außenwurzeln jahrhundertealter Baummethusalems zur Bewässerungsstätte. Als ich endlich am Ziel eintraf, die Blase vor lauter Vorfreude bereits in vorzüglicher Entspannung begriffen – explodierte der Baum.

Zunächst glaubte ich an eine optische Täuschung, dann an ein Naturwunder und schließlich an irgendeinen inszenierten Hokuspokus, den Safran und Niger zur Belustigung aller veranstaltet hatten. Ich sah, wie der Mitteilteil des armdikken Stammes in tausend Splitter zerbarst, wodurch der Ästeschopf umknickte, seitlich heruntersegelte und so nur mehr einen dünnen Stumpf hinterließ. Phänomenal, der schöne Baum war regelrecht zerplatzt wie ein vielversprechender Traum nach dem Rasseln des Weckers. Eine Millisekunde später jedoch entsann ich mich, daß ich zwar das Zersplittern des Holzes unmittelbar, den Krach der Explosion aber von weit abseits vernommen hatte. Mir drängte sich ein beklemmender Verdacht auf...

Ich riß den Kopf zur Seite und blickte mich furchtsam um. Als seien es Schnappschüsse, registrierte ich in rascher Folge eine Reihe von Ansichten der unberührten Landschaft, in der es plötzlich von prähistorischen Riesenechsen und geheimbündlerischen Druiden zu wimmeln schien. Oder war alles bloß eine Fata Morgana, verursacht durch Ermüdung und Streß? Aber der Baum vor meiner Nase war *wirklich* explodiert, das konnte ich beschwören. Sollte ich andernfalls mitten am hellichten Tag von einem derart unmöglichen Gaukelbild genarrt worden sein, gehörte mein ach so begnadeter Verstand schleunigst entsorgt. Dessenungeachtet fahndete ich in fiebriger Erregung weiter nach einer rationalen Erklärung – bis ich sie endlich fand.

Der Hort des Bösen ragte in gebührender Entfernung hinter einem Tümpel empor. Er bildete zwar mit dem Licht-Schatten-Flickenteppich des Gehölzhintergrundes eine optimale Einheit, doch mußte er normalerweise selbst für jemanden mit mittelmäßiger Sehstärke noch gut erkennbar sein. Daß er mir nicht gleich aufgefallen war, lag einfach an meinen überhitzten Nerven, die wohl mit etwas total Übernatürlichem gerechnet hatten. Dabei handelte es sich bei meinem Fund lediglich um einen Klassiker der altehrwürdigen Pirscherei: ein Hochsitz, offiziell ein Turm zur Beobachtung des sogenannten Wildes, in Wahrheit jedoch ein gemeines Versteck für Hobbymörder. Auf diesem Hochsitz stand eine hochgewachsene Gestalt, die mich mit einem Feldstecher sehr konzentriert im Auge behielt. Unheilschwangere Schatten hüllten sie ein, durch die die Spiegelungen der Feldstechergläser wie die glühenden Augen eines Wolfes in der Nacht hervorstachen. Hätte aber nicht ein schwacher Lichtreflex meine Aufmerksamkeit erregt, hätte ich die Gestalt trotzdem übersehen. Das kurze Aufblitzen kam von dem Lauf des Gewehrs in der anderen Hand des Spähers, das, soweit ich es von dieser Entfernung beurteilen konnte, eine extravagante Spezialanfertigung war. Die konventionelle Holzschäftung war zugunsten eines einzigen Metallbügels, der sich lediglich am Umriß eines Gewehrs orientierte, abgeschafft worden. Darauf ruhte der matt silbern glänzende und einem Bolzen nicht unähnliche Lauf. Man mußte schon ein Champion-Pistolero sein, um mit solch einem massiven Apparat präzise zielen zu können. Der unheimliche »Flurpfleger« reihte sich mit seiner rotschwarzkarierten Holzfällerjacke und einer dazu passenden Wollmütze mit losen Fellklappen eher in die nordamerikanische Trachtenversion seiner Zunft ein. Um seine Säuberungspflichten wieder aufzunehmen, legte er jetzt, da ich ihn mit aufgerissenen Augen anstarrte, behende den Feldstecher beiseite, richtete das Schießeisen erneut auf mich und gab sich voller Hingabe dem Zielen hin. Dabei konnte ich für einen Moment sehen, daß auf seiner Nase eine Nickelsonnenbrille mit verspiegelten Gläsern saß. Die Vermutung lag nahe, daß er diesmal kaum vorbeiballern und den Baum treffen würde, weil der erste Fehlschuß ihn bestimmt zu einer Korrektur veranlaßt hatte. Mir wollte es einfach nicht in den Kopf, warum er auf mich anlegte. Eine solche Ähnlichkeit mit einem Kaninchen besaß ich doch gar nicht. Der Waidmann indes war offenbar anderer Meinung, und bevor ich Gelegenheit erhielt, mich ihm als ein Gentleman von Geist und Kultur vorzustellen, ballerte er erneut los.

Mit instinktiver Geistesgegenwärtigkeit machte ich den weitesten Satz meines Lebens nach vorne, während ich gleichzeitig hinter meinem Rücken das endgültige Auseinanderkrachen des Baumstammes vernahm und losfliegende Holzsplitter an mir vorbeizischen sah. Heiliger Bimbam, der Irre meinte es ernst! Die plötzliche Adrenalinüberflutung meiner Zellen reduzierte mich zu einem besinnungslos Handelnden, bei dem das Denken auf Heuschrecken-Niveau heruntergefahren wurde. Alles geschah automatisch, ohne jeden Plan, schier unbewußt. Wohin, wohin nur vor dem übermächtigen Artilleriefeuer? Dort – die Rettung! Wie eine Erleuchtung tauchte vor mir die Eingangsspalte eines hohlen Baumstamms auf, welcher ein idealer Zufluchtsort, zumindest eine provisorische Deckung zu sein versprach. Doch da schlug bereits die nächste Kugel nur ein paar Zentimeter vor meinen Pfoten in die Erde ein, riß dort einen kleinen Krater, so daß ich hasengleich einen scharfen Haken in die andere Richtung schlagen mußte. Wenn der Kanonier einen letzten

Zweifel über seine Kaninchentheorie gehegt hatte, wurde sie durch mein Verhalten ein für allemal weggewischt. Im entlegensten Winkel meines Oberstübchens meldete sich trotz größter Gefahr die Grübelei zu Wort, und ich stellte einen Vergleich zwischen der menschlichen und unserer Auffassung von der Jagd an. Während meinesgleichen sich nämlich auf die widerwärtige Sippe der Nager spezialisiert hat, vernichtet der Mensch aus Spaß an der Freud und ohne erkennbare Not alles, was ihm vor die Flinte läuft, bevorzugt sogar Vertreter seiner eigenen Spezies. Ein recht befremdliches Vergnügen. Kann es denn wirklich sein, so fragte ich mich, daß die Natur eine einzige Masche falsch gestrickt und ein Geschöpf hervorgebracht hat, dessen Neigung zur Allmacht es wie der hoffnungslose Fall eines Psychoanalytikers zur Ermordung seiner Urmutter treibt? Aber warum und weshalb? Um sich selbst als Gottvater zu feiern? Wie anders wären Millionen und Abermillionen von Tieren, die von Jägern gehetzt, verstümmelt und massakriert werden, zu erklären? Wie anders wären all die übrigen Monstrositäten, die Menschen anrichten, zu erklären? Aber dann hieße das ja, daß die Natur selbst nichts weiter als ein kaputtes Monstrum wäre.

Das Räsonieren fand ein jähes Ende, als eine weitere Kugel in einen herabschwingenden Ast, den ich bei meiner konfusen Flucht streifte, ein großes Loch sprengte, und die umherschießenden Splitter meinen Kopf trafen. Der grobkörnige Holzstaub geriet mir in die Augen und nahm mir die Sicht. Jetzt, da ich wie ein Clown mit grotesk großen Schuhen unbeholfen herumtapste, wurde nicht geschossen. Doch das konnte nur bedeuten, daß der Schütze gerade nachlud.

Nur schemenhaft erblickte ich in einiger Entfernung eine Buschmauer, welche durch eine Öffnung in ihrer Mitte mit

einem strahlenden Licht lockte. Während ich noch überlegte, ob ich dieses Schlupfloch ausprobieren sollte, fiel
schon der nächste Schuß. Das Projektil versengte diesmal
ein kleines Büschel Haare in meinem linken Flankenfell,
und bevor ich den Entscheidungsfindungsprozeß weiter ver-
tiefen konnte, rannte ich auf das hell leuchtende Loch zu, als
habe man mir rektal eine heiße Nadel eingeführt. Der Jäger
feuerte derweil ungerührt weiter, doch ich kümmerte mich
nicht mehr darum, war nur noch davon besessen, das Tor
zur lichten Rettung zu passieren.

Als ich endlich im Bauch des Busches verschwand und auf
der anderen Seite wieder herauskam, machte ich die Crash-
Bekanntschaft mit einer Realität, die mir bis dahin völlig
fremd geblieben war. Das heißt, selbstverständlich hatte ich
solche Beton gewordenen Torheiten des Homo sapiens
schon gesehen, aber niemals im wirklichen Leben, sondern
immer nur als behauptetes Schreckensszenario, das in ein-
schläfernder Regelmäßigkeit über die Mattscheibe geflim-
mert war. Eine sechsspurige, vor blitzblanker Sauberkeit
strotzende Autobahn war es, die nun meine allmählich wieder klarer werdenden Augen erblickten, ein metallener Fluß
ohne einen bestimmten Anfang und ohne ein bestimmtes
Ende, in sinnentleerter, zwanghafter Bewegung. Nanu,
wähnte ich mich nicht noch vor ein paar Minuten in Arka-
dien? Deprimiert mußte ich jetzt feststellen, daß im Garten
Eden eine fröhliche Schießstandatmosphäre herrschte und
daß, wollte man dieser entfliehen, gemeingefährliche Blech-
ungeheuer nur darauf warteten, jeden Deserteur platt zu machen. Eine Falle par excellence!

Ich stellte mich auf die Hinterbeine, lehnte mich gegen die
Leitplanke und betrachtete für einen Moment den dröhnen-
den Strom. Ganz offensichtlich hatten die Erbauer dieses

Machwerks auch nicht für einen Augenblick in Erwägung gezogen, daß sich in dieser wundervollen Landschaft außer Autofahrern auch mal andere Lebewesen aufhalten könnten. Denn wie ein Vierbeiner diese Höllenstraße mit den konstant hin- und herschießenden Brummern überqueren sollte, ohne sich in rotschimmernde Eingeweidenpastete zu verwandeln, war ein Rätsel und deutete auf einkalkulierten Massenmord hin. Ich fragte mich, wo diese Wagen alle hinfuhren – oder kamen sie gerade von irgendwoher zurück? Dabei fiel mir ein blöder Spruch ein: »Überall ist was los, wo wir nicht sind.« Nach dem Motto handelten die Menschen wohl, und wie hypermobile Sisyphusse fuhren sie dem Glück immer und immer wieder hinterher, ohne es jemals auch nur zu streifen. Irgendwie glich es dem Unterfangen, den Regenbogen zu durchqueren.

Die folgende Kugel traf die Leitplanke und schmetterte mit einem nervenzerreißenden Kreischen ab. Der Busch hinter mir war für den Schützen demnach keineswegs – wie von mir erhofft – eine Sichtsperre, sondern im Gegenteil eine ideale Leinwand, auf der das Sonnenlicht mich als Silhouette abbildete. Aufgepeitscht durch den Schreck, sprang ich ohne nachzudenken auf die Straße und preschte los. Ich hatte kaum damit gerechnet, daß die rasenden Bestien meinetwegen anhalten und mich freundlich vorbeiwinken würden. Doch glaubte ich oft gehört zu haben, daß selbst der geschwindigkeitsberauschteste Motormacho beim Anblick eines plötzlichen Hindernisses rein reflexartig auf die Bremsen steigen würde. Alles Lüge! Ein Lastzug donnerte voll Karacho auf mich zu, und bevor ich überhaupt wußte, wie mir geschah, wälzte er sich schon mit seinen Hunderten von Tonnen über mich hinweg wie ein entgleister Güterzug. Den Körper platt wie eine Flunder auf den Asphalt gepreßt, verharrte ich in

Reglosigkeit, von der geistigen Umnachtung lediglich durch eine hauchdünne Membrane getrennt. Nach dem Wegrauschen des Kolosses versuchte ich in wildem Sprint auf das Mittelstück der Straße zu gelangen. Doch da überraschte mich ein »kleiner Flitzer«, der gerade im Begriff war, den Lastwagen zu überholen. Das Abbild dieses Ungetüms auf Rädern brannte sich in meine Netzhaut wie jenes des wutschnaubenden Stiers in das Auge des unvorsichtigen Toreros. Es war eine wunderschöne Maschine, blutrot, lackglänzend, voll unbändiger Kraft, geformt wie das Ei eines stählernen Sauriers. Und als ich so dastand, versteinert vor Schauder und Ehrfurcht, den Blick fest auf meinen Vollstrecker gerichtet, wußte ich plötzlich mit unerschütterlicher Gewißheit, daß dieses vollkommene Meisterwerk der Ingenieurskunst der leibhaftige gefallene Engel war, besessen davon, Gottes Schöpfung auf die brutalste Art und Weise zu vernichten. Ich hielt den Atem an, wohlwissend, daß ich gleich meinem Schöpfer gegenübertreten würde, um ihn höchstpersönlich nach dem Grund der Zerstörung zu fragen.

Gott aber macht offenbar Ausnahmen. Zumindest, was mich betrifft. Irgendwer, irgendwas schlug mich, ja ich spürte einen richtigen Schlag, der durch meinen ganzen Körper ging und mich nach vorne schleuderte und an den Rand des Autobahnmittelstücks warf. Bevor ich der roten Heimsuchung noch einen Abschiedsblick nachwerfen konnte, war sie schon wieder verschwunden, unterwegs zu neuen Opfern. Eine dumpfe Betäubung nahm allmählich von mir Besitz, und ich weiß nicht mehr genau, wie ich die Gegenfahrbahn überwand. Mit einem letzten preisverdächtigen Sprung kam ich jedenfalls über die Leitplanke.

Noch in der Luft erfaßte mich ein bizarres Zeitlupengefühl. Ich spürte, wie in mir eine Euphorieblase platzte und trotz der körperlichen Qualen Schauer des Glücks freisetzte. Wieder einmal hatte ich dem garstigen Schicksal eine lange Nase gezeigt. Ab jetzt konnte es eigentlich nur noch bergauf gehen. Doch als ich im freien Flug den Kopf nach unten senkte, um die Landung hinter der Leitplanke zu koordinieren, mußte ich zu meinem großen Kummer feststellen, daß es zunächst einmal enorm bergab ging. Wer hätte auch ahnen können, daß die metallene Abgrenzung der Straße ein steiles, fast abgrundartiges Gefälle von mindestens fünfzehn Metern Tiefe verbarg, das zwar durch einen Laubteppich abgepolstert war, dafür jedoch wie das Nagelbett eines Fakirs mit einer Unzahl von jungen Nadelbäumen aufwartete. 007 hätte in so einer mißlichen Lage sicherlich einen Fallschirm aus seinem Schuh gezogen, dagegen mußte meine Wenigkeit sich mit einem heiseren Hilfeschrei und dem fragwürdigen Vertrauen in das angeblich weltweit flexibelste Knochen- und Muskelkostüm begnügen. So schlug die Hochstimmung noch während des Fluges in nackte Panik um, bevor es in das Tal der Schmerzen hinabging.

Es war keine Überraschung, daß ich wie üblich auf meinen vier Pfoten landete, doch verschonte mich diese magische Naturgabe diesmal nicht von größerem Leid. Es war nämlich unmöglich, auf der Erde auch nur den notdürftigsten Halt zu erlangen, da die extreme Abschüssigkeit den Hang in eine Höllenrutsche verwandelte. So überschlug ich mich sofort, nachdem ich den Boden berührt hatte, und polterte die mörderische Schräge kreischend und Stoßgebete delirierend abwärts. Hierbei prallte ich gegen die Jungtannen, welche es sich natürlich kaum verkneifen konnten, ihre spitzen Nadeln und Äste in meinen Pelz zu pieksen, als wären sie angesoffene Soldaten des Mittelalters, die sich mit ihren scharfen Lanzen an dem Spießrutenläufer ergötzten.

Derlei Sadismus seitens Mutter Natur wird von Ökologen stets verschwiegen, war mein letzter Gedanke, bevor ich zerstochen und verbeult wie ein dilettantischer Imker in einem Farnbett zum Liegen kam und den Totstellreflex nicht nur ausübte, sondern ihm als dem einzig wahren Lebensstil huldigte. Himmel, hatten denn alle Waldbewohner solch einen aufregenden Alltag? Dagegen war ja meine ganze bisherige Existenz der reinste Tiefschlaf gewesen. Nicht zum ersten Mal seit meiner albernen Flucht überlegte ich, ob der Allmächtige meine Aversion gegen gewisse Amputationen wirklich derart hart bestrafen mußte und ob er mir zur Abwechslung nicht mal wieder etwas Nettes widerfahren lassen konnte, und sei es auch eine fünfminütige Verschnaufpause...

Er tat es, und zwar spektakulärer, als ich es in meinen kühnsten Träumen je zu hoffen gewagt hätte.

Ihre Stimme war der verhexende Choral der abgründigsten Verlockung, gerichtet von Venus an ihre immer gefügigen Diener. Oh, könnte ich nur diese süße Klage in Worte fassen. Ach, wäre es mir doch möglich, die elektrisierenden Gefühle wiederzugeben, die ich beim Vernehmen dieses betörenden Gesangs empfand! Ich lag in dem weichen Farnlager, alle Glieder von mir gestreckt wie das ausgestopfte Konterfei meiner selbst und wegen der furchtbaren Blessuren leise in mich hineinwimmernd, als die Eva meiner Sehnsüchte ihre verlangende Stimme erhob. Gleich am Anfang erkannte ich, daß diese Art des Jaulens unmöglich von meiner Art stammen konnte. Und doch existierte da eine vertraute Verbindung zum Lustgesang unserer Damen, eine unverkennbare Gleichartigkeit von Melodie und Couleur. Der Unterschied lag in der dunklen Tiefe des Jammerns, welches in Unterbrechungen mit einem ehrfurchtgebietenden Fauchen einherging und aus einer verheißungsvollen, nichtsdestotrotz vollends unberührten Welt zu stammen schien. Da war etwas Mystisches, Wildes in dieser Stimme und etwas sehr, sehr Forderndes.

Augenblicklich hatten meine vor Schmerz pochenden Glieder für mich den Aufmerksamkeitswert von Blähungsbeschwerden eines Regenwurms in Katmandu. Ich sprang auf die Beine und schaute mich suchend um. Der Farnendschungel wuchs mir jedoch über den Kopf und nahm mir die Sicht, so daß ich mit gebührender Vorsicht in die Richtung schlich, aus der ich die Stimme zu vernehmen glaubte. Der Wald, der sich diesseits der Autobahn vom Feuchtgebiet auf der anderen Seite ziemlich unterschied, war in eine abwechslungsreiche Eichen- und Hainbuchen-Mischflora übergegangen. Die Bäume hier waren rüstige Greise, deren Astwerk sich über die Jahrhunderte hinweg ohne irgendwelche Beschränkungen entfalten konnte. Das Liebesjaulen der Geisterdiva echote in diesem durch den unkontrollierten Wildwuchs relativ dunklen Labyrinth unendlich wider, und für einen Moment glaubte ich an einen phonetischen Streich von Elfen, die am Ende tatsächlich in den Wäldern hausten, wie die Märchenonkel immer behaupteten. Dann jedoch glitten zwei Farnblätter wie Theatervorhänge auseinander, und ich erblickte das begehrenswerteste weibliche Wesen, das die feline Schöpfung jemals hervorgebracht hat.

Der Zufall wollte es, daß die Bäume sich um die Laubschicht, auf der sie wie eine audienzgebende Herrscherin halbaufgerichtet lag, ringförmig zu einem natürlichen Pavillon gruppierten. Durch eine Lücke in der Kuppel dieses Dachs fiel ein einziger Sonnenstrahl, der meine Waldkönigin wie das Spotlight den Star traf und sie in eine unwirkliche Lichterscheinung mit einer grellen Aura verwandelte. Was mich aber in die Wirklichkeit zurückholte, war die Tatsache, daß ich hier zum ersten Mal einer Vertreterin der uns am nächsten stehenden Verwandten, nämlich der europäischen *Felis silvestris* (8), begegnete. Wir Domestizierten nennen sie ehrfürchtig »die Wilden«. Diese Wald-Felidae trägt von uns allen wohl das schwerste Kreuz, und es kursieren die wundersamsten Gerüchte über sie. Ihr außergewöhnlich heimliches Leben, welches sogar den Forschern eine kontinuierliche Beobachtung erschwert, macht sie tatsächlich zu den »grauen Gespenstern«, wie sie im Volksmund oftmals genannt werden.

Über die Wilden wußte ich deshalb so gut Bescheid, weil ich mich damit in der Vergangenheit anhand einschlägiger Fachliteratur beschäftigt hatte. Als ich mich nämlich während einer deprimierenden Lebenskrise, auch die Midlifecrisis genannt, meinen Wurzeln ziemlich entfremdet gefühlt hatte, wollte ich durch diese Art der Recherche wieder zu ihnen zurückfinden. Doch kein Buch der Welt hätte mir vermitteln können, welch eine überwältigende Pracht eine solche wilde Verwandte in Wirklichkeit entfaltete. Die Grundfarbe ihres flauschigen Fellkleides war ein marmoriertes Grau mit einem gelblichen Unterton. In dem mächtigen Kopf steckten zwei scharfe, weißlichgrüne Augen, die minimale Bewegungen in der Umgebung mit der Sensibilität eines Seismographen registrierten. Meine Belle du jour besaß etwa ein Viertel mehr Körpervolumen als ich und einen viel größeren und buschigeren Schwanz. Gegenwärtig wälzte sie sich wollüstig auf der Erde, leckte sich zwischendurch die Pfotenballen, bis sie ihren Lockgesang wieder fortsetzte. In diesen hocherregten Zustand war sie nicht rein zufällig geraten, vermutete ich. Um ihre Maulwinkel klebte nämlich etwas Blut und ein fast unscheinbares Büschel brauner Haare.

Es sah ganz so aus, als sei sie nach einer frustrierenden Jagd, bei der das Wild wahrscheinlich mit einer leichten Verletzung entrinnen konnte, nicht in den Genuß der ersehnten Streßentladung gekommen. Die feurigen Jagdgefühle waren daraufhin in drängendes sexuelles Verlangen umgeschlagen. Das unergründliche Wechselspiel zwischen Aggression und körperlicher Leidenschaft in unseren Reihen wurde mir so aufs neue vorgeführt.

Dann erblickte sie mich, und dieser Augenkontakt war wie das Zusammenprallen zweier durch das Weltall rasender Sonnen, die sich in ihrer siedenden Lava vereinigen. Kein Ausdruck der Überraschung huschte über ihr Gesicht, als sie meiner gewahr wurde, sondern ein überlegenes Lächeln, geradeso, als sei ihre Falle endlich zugeschnappt. Ich roch ihre lieblichen Ausdünstungen meterweit und glaubte, vor unbändigen Triebwallungen augenblicklich in Ohnmacht zu fallen. Ich mußte mich mit diesem grauen Gespenst auf der Stelle paaren, auch wenn ich mir dabei eine blutige Nase holte!

»Sei gegrüßt, mein kleiner Prinz!« eröffnete sie und kniff die Augen zu bloßen Strichen zusammen, durch die die Pupillen hindurchblitzten. Dann begann sie sich ganz langsam auf der Erde um ihre eigene Achse zu rollen, wobei sie mich sehr aufmerksam beobachtete.

»Hast du keine Angst im finsteren Wald, so allein und so weit von deinem Schloß entfernt? Oder mischst du dich nach alter Sitte unter das Volk, um die besten Töchter deines Königreiches auszuprobieren? Da hast du Glück, denn die treueste Untertanin steht dir zur Verfügung.«

»Erstens bin ich kein Prinz, und zweitens bist du keinem König untertan, Liebste«, sagte ich stockend. »Nein, du bist eine Wilde, die bezauberndste, die ich je gesehen habe – allerdings auch die erste.«

Sie lächelte schnurrend, und für einen Moment hatte es den Anschein, als würden sich Iris und Pupille ganz ausblenden und damit einem rauschenden, türkisen Meer Platz machen.

»Du dagegen scheinst mir so wild zu sein wie ein Dackel, mein kleiner Prinz. Wenn du nicht so süß wärest, hätte ich gute Lust, dir ein paar wilde Sitten beizubringen. Doch wie die Dinge liegen, erscheint es vernünftig, daß Natur und Kultur eine Verbindung eingehen sollten. Man nennt mich Alraune, und du heißt...?«

»Francis. Doch mein wahrer Name ist Leidenschaft. Und du wirst es nicht für möglich halten, Alraune: Aber der eigentliche Grund, weshalb ich überhaupt vor dir stehe, ist das Beharren auf meinen Nü..., ähm, auf der unausrottbaren Wildheit in mir. Du hast mein wildes Herz in Flammen gesetzt, Prinzessin, und all die Glut darin möge jetzt in dich hineinfließen...«

So süßholzraspelte ich wie ein öliger Latin lover, derweil mich meine Pfoten, ohne daß ich es gemerkt hätte, in einer vertrackten Anschleichprozedur zu ihr hinübertrugen. Ich wußte nicht, ob sie meine Starten-Bremsen-Taktik durchschaute, jedenfalls gab ich mir große Mühe, mich ihr stets zu nähern, wenn sie den Kopf gerade von mir abgewandt hielt. Ehe ich es so richtig mitbekam, stand ich neben meiner selbsternannten Untertanin und genoß die geballte Wucht der Eindrücke, welche sich aus Augenweide und Aroma zusammensetzten. Die Gerüche, die ihren Drüsen entstiegen, raubten mir vor Wollust schier den Verstand, und ihre schlangenhaften Bewegungen hätten mich um ein Haar wie ein blutiger Anfänger auf sie stürzen lassen. Nur das aggressive Fauchen und Knurren und das Schnappen nach ihrem Beglücker hinderten mich, die Kontrolle vollends zu verlieren und meinen Pelz mit einer Reihe schmerzhafter Liebestätowierungen veredeln zu lassen. Dieses Verhalten, das dem Begattungsakt scheinbar so zuwiderläuft, ist bei dem in Hitze geratenen felinen Weibchen normal, was ich im Hinblick auf das geradezu sklavisch anmutende Sexgebaren der Menschenfrau oft bedauert habe. Doch jene lebensbedrohenden Schwarze-Witwe-Allüren, die Alraune an den Tag legte, waren eine unkalkulierbare und für mich neue Steigerung. Was ich beabsichtigte oder, besser gesagt, was von mir Besitz ergriffen hatte, barg große Gefahr. Denn zum ersten Mal würde ich mich mit einer Schönen paaren, die nicht meiner Gattung angehörte und deren Gepflogenheiten mir in jeder Hinsicht unbekannt waren. Die fleischliche Lust aber ist ein abgeschossener Torpedo, den niemand mehr zurückzudirigieren vermag und der erst zur Ruhe kommt, wenn er sein Ziel erreicht hat, und sei es um den Preis der Selbstzerstörung. Auch wenn dies die Verschmelzung mit einem Todesengel hätte werden können, gab ich mir doch einen Ruck und stürzte mich entgegen aller Erfahrung in Liebeshändeln auf sie.

Mein Glück war es, daß ich sie erwischte, als sie gerade eine Rückenrolle vollführte und meinen Angriff nur mit einem Auge mitbekam – mein Pech, daß sie in der Rückenlage alle Pfoten frei hatte, um mit ihren Dornenkrallen mein Gesicht in einen furchenreichen, blutigen Acker zu verwandeln. Verdammt, ich hätte es besser wissen müssen! Sie hatte ja nicht einmal den Körper flach zu Boden gedrückt, geschweige denn den Schwanz zur Seite geschwungen und die glühende Pforte präsentiert. Vielleicht gehörte meine riskante Handlungsweise keineswegs unter die Kategorie Dummheit, sondern war schlicht und einfach Altersgeilheit. Einerlei, jetzt mußte ich die selbsteingebrockte Suppe auch auslöffeln. Wir krallten uns ineinander fest, aber obwohl brennende Stiche durch meinen Körper jagten, versetzte mich der erotische Rausch in einen Zustand ekstatischer Betäubung, in dem ich jeden Stich als scharfes Gewürz in einem exquisiten Mahl genoß. Dabei roch ich ihren heißen Atem, der zwischen ihren blitzenden Reißzähnen stoßweise hervorschnaubte. Er roch nach brennendem Schwefel, als würde ihre Begierde die ganze Welt mit Feuer bespeien, nach beißenden Winden der Savanne – und nach Blut. Anscheinend hatte sie ihrer entkommenen Beute mehr entreißen können, als ich dachte. Ineinander verhakt wie zwei Todesringer führten wir jetzt einen halsbrecherischen Tanz der dunklen Gelüste auf, in dem Liebe ihr wahres Gesicht zeigte: ein ewiger Kampf um Erlösung. Ich versuchte, mit den Zähnen an ihr Genick zu gelangen, um den Tragegriff anwenden zu können, damit sie in die Erstarrung verfiel. Nachdem jedoch Hiebe und Bisse überhandnahmen und mein Leib sich anzufühlen begann, als würde man ihn lebendig sezieren, packte mich die kalte Wut. Mit einem gellenden Schrei warf ich mich auf sie, zwang sie zu Boden und schlug meine Zähne in ihr Genick, natürlich nur so tief, daß sie sie lediglich schmerzhaft spürte. Sofort gab sie ein flehentliches Winseln von sich, hob das Hinterteil in die Höhe und zeigte mir durch das Wegschwingen des Schwanzes ihr kostbarstes Gut.

Unsere Vereinigung geschah unter den Augen der Urgötter, untermalt von Buschtrommeln und dem Klang grotesk gekrümmter Hörner. Sie, die keiner Kathedralen bedurften, um gehört zu werden, segneten uns mit einem Gefühl der absoluten Ganzheitlichkeit. Wir verschmolzen völlig miteinander, aber gleichzeitig verschmolzen wir auch mit dem Wald, dem Licht und dem Leben, das in jedem Atom dieser Landschaft steckte. All ihr hingebungsvolles Wimmern unter mir, all mein freudiges Stöhnen und all das Knackende, Zirpende und selbst das Schweigende, bloß Seiende um uns herum wuchs zu einem akustischen Strom, der unser Innerstes beben ließ. Die alten Götter, denen menschliche Züge fehlten, denen Hörner und Borsten wuchsen, die grunzten und quiekten, die wahren Götter der Wildnis feuerten unser beider Körper an: mehr, mehr! Schneller, schneller! Wir starben im Moment der Kulmination, wurden zu Erde, Pflanze und Wasser. Und doch wurden wir gleichzeitig durch das Wunder der Befruchtung mehrfach wiedergeboren als Wesen, die allen anderen Kreaturen überlegen waren, mit den stärksten Muskeln und straffesten Sehnen, den erlesensten Knochen und dem reinsten Blut. Wir wurden selbst zu Urgöttern, denen in Wahrheit die heilige Natur gehört (9).

Als ich von ihr abstieg und mich rasch in Deckung begab, stand mein Lebensspender vor Überlastung unmittelbar davor auseinanderzuplatzen. Die winzigen, scharfen Stacheln daran, die in ihrer Himmelsgrotte den Eisprung stimuliert hatten, hatten sie peinigenden Reizen ausgesetzt, so daß ihre Aggressionsbereitschaft inzwischen einem Faß Kerosin glich, das nach einem brennenden Streichholz bettelte. Wollust und Schmerz, die perfekten siamesischen Zwillinge! Später würde ich es noch mal versuchen, und sie würde es mir gewähren. Doch einstweilen mußten wir uns mit dem Reinigen unserer überhitzten Reproduktionswerkzeuge begnügen. Während ich mich mit meiner Sandpapierzunge an diese meditative Tätigkeit begab, nahm sie es mit der Sauberkeit nicht so genau. Sie mauzte fiebrig, ließ sich seitlich auf das Laub fallen und fing das Spiel des rhythmischen sich Wälzens von vorne an.

»Ist dir schon die Puste ausgegangen, mein kleiner Prinz?«
hauchte sie und krümmte die Pfoten sinnlich zu kleinen Haken. »Im Schloß klingelst du wohl nach einer solchen Kraft-
anstrengung nach dem Hofarzt, damit er dir ein Stärkungs-
zäpfchen einführt.«

Nun, da mein Verstand sich allmählich wieder aufzuklaren begann, fiel mir ihre ausgewählte Sprechweise auf. Arti-
kulierte die *Felis silvestris* ihre Sätze immer so raffiniert, oder
war ich nur den Klischeevorstellungen über den vermeintlichen Rüpelredestil der Landbevölkerung erlegen? Was die
Verständigung zwischen unseren verschiedenen Familien
anbelangt, so bestehen diesbezüglich keine Probleme; außer
bei den Verwandten, deren Zungenbein an der Zungenwur-
zel aus Knorpel besteht. Löwen, Tiger, Leoparden, Schnee-
leoparden, Nebelparder und Jaguare besitzen eine uns gänzlich fremde Sprache und können im Gegensatz zu uns brüllen. Natürlich ist jeder Gattung ein ganz spezieller Dialekt
eigen, doch ob alle Wilden so hochgestochen daherplapper-
ten, wagte ich stark zu bezweifeln. Durch die Irritation neugierig geworden, beschloß ich, ihr ein paar Fragen zu stellen.

»Mach dir über den Nachschub keine Sorgen, Alraune.
Da sind mehr Reserven vorhanden als auf der Bank, wo ker-
nigere Männer als ich um eine Probe ihres Könnens gebeten
werden. Doch vielleicht haben wir uns für unser genetisches
Experiment den falschen Platz ausgesucht. Bevor ich deine
Bekanntschaft machte, verfehlten mich nämlich die Kugeln
eines Jägers nur um Haaresbreite. Ich denke, daß ihr Wilden
oft solchen Gefahren ausgesetzt seid.«

»Das ist das Problem von euch Städtern: Ihr denkt zu viel
und benützt euren Instinkt bestenfalls, um vom Erscheinungsbild eines Menschen auf seinen Küchenabfall zu
schließen, damit ihr später gezielt nach etwas Freßbarem in

seiner Mülltonne wühlen könnt. Verweichlicht seid ihr, Bettler und Schmarotzer obendrein! Wenn du unser Geschlecht besser kennen würdest, wüßtest du, daß wir einem Jäger eher unbemerkt ein Häuflein auf den Kopf setzen können, als daß er irgendeinen von uns jemals zu Gesicht bekommt.«

»Der gebührende Respekt vor deinem kleinen Prinzen ist dir aber schnell abhanden gekommen, Liebste. Ganz nebenbei bemerkt, hört sich deine Ausdrucksweise auch nicht gerade an wie die von Cochises Tochter. Und wie meine verkümmerten Instinkte die Lage beurteilen, scheint es bei euch mit dem Jagdgeschick auch nicht sehr weit her zu sein. Wenn ich mich nicht irre, hast du von dem Wild, das du hetztest, außer einem Büschel Haare keine andere Trophäe erhascht.«

»Ach sieh mal an, mein kleiner Prinz entpuppt sich plötzlich als der geniale Spurenleser. Nun ja, es stimmt, dieses hinterlistige Kaninchen ist mir durch die Lappen gegangen. So was passiert gelegentlich. Doch sind derartige Fehlschläge mit mehr Würde zu verkraften, als das Aasfressen aus Dosen.«

»Nicht, wenn Philippe Starck die Dosen entwerfen würde. Doch lassen wir das. Alraune, ich möchte dir eine Frage stellen, die vielleicht etwas seltsam erscheinen mag. Ohne auf die Umstände näher einzugehen, die mich in diesen Dschungel verschlagen haben, möchte ich verraten, daß ich während eines Zwischenstopps in dunklen Gefilden über schauderhafte Dinge unterrichtet worden bin. Hier in der freien Natur sei auch nicht gerade die große Harmonie ausgebrochen, sagte man mir. Besonders Brüder und Schwestern meiner Gattung, die auf den Höfen leben, wären einem Terror ausgesetzt...«

»Ach, du meinst die Meucheleien des Schwarzen Ritters.«

Ich spürte, wie sich meine Konzentration von den Biosäckchen verabschiedete und wieder zum Kopf wanderte. Es war zum Heulen mit meinem verdrehten Naturell: Wenn ich vor der Wahl zwischen artgemäßer und intellektueller Zerstreuung stand, bevorzugte ich stets die letztere. Noch vor ein paar Minuten hatte ich mich von jeglicher detektivischen Verantwortung losgesagt, um ein neues Leben als Tiger light zu beginnen. Und nun befand ich mich bereits mitten in einem nur notdürftig kaschierten Verhör über eine Sache, die mich im Grunde gar nichts anging. Die Neugierde, meine alte Gebieterin, schien mein Hirn inzwischen so hoffnungslos zerfressen zu haben, daß es außer für das Lüften von Geheimnissen zu nichts mehr taugte. Ich spielte also nun im Mordfall Schwarzer Ritter den Oberkommissar, ohne die tödlichen Konsequenzen zu erahnen, die noch bevorstanden.

Ach ja, der Schwarze Ritter – offenbar war dieser Freak hier in der Gegend eine richtige Berühmtheit. Ein Wunder, daß ihn bis jetzt kein Tierschützer angezeigt hatte.

»Du kennst ihn?«

»Na ja, wir tauschen nicht gerade Kochrezepte miteinander aus, falls du das meinst. Aber daß er zusammen mit seiner meschuggen Dogge deine Freunde auf den Höfen anknabbert, ist hier jedem Kind bekannt.«

»Hast du ihn während einer seiner Taten beobachtet?«

»Nein.«

»Hat ihn dabei überhaupt jemand beobachtet?«

»Keine Ahnung. Doch er treibt in den Wäldern unbestritten sein Unwesen. Auch du wirst irgendwann über ihn stolpern, wenn du dich hier lange genug aufhältst. Das ist so unvermeidlich, wie wir solche verirrten Weicheier wie dich immer wieder vor dem Hungertod retten müssen.«

»So? Und ich habe geglaubt, was die Festigkeit der Eier angeht, hätten wir beide keinen Grund zur Klage. Wie dem auch sei, ich muß feststellen, daß du bei dem Gedanken an den Unhold nicht gerade vor Angst mit den Zähnen klapperst.«

»Scharf beobachtet. Denn wir sind immun gegen derlei Angriffe.«

»Wie meinst du das?«

»Das fragst du noch? Francis, Francis, die Metzgereiabfälle, die dir dein Herrchen als kulinarische Highlights darreicht, scheinen offenkundig deine Kombinationsgabe getrübt zu haben. Kannst du dir wirklich keinen Grund vorstellen, weshalb meine Art vor dem Horror des Schwarzen Ritters verschont bleibt?«

»Tja, so auf Anhieb...«

»Weil wir ihn in Stücke reißen würden, krümmte er uns auch nur ein Haar. Wir sind die Wilden, die wahren und einzigen Herrscher des Waldes! Wir tanzen zu seinem Lied, wenn der Wind über die Wipfel pfeift, wir verehren seine Häutungen, wenn er sich von der alten Jahreszeit in die neue schält, und wir hüten und pflegen ihn, indem wir jagend die Überpopulationen in ihm dezimieren. Wir sind seine ältesten Kinder und seine treuesten Wächter, so eng mit seinem Wesen verquickt, daß wir sogar seine Farbe angenommen haben. Niemand würde es an diesem Ort wagen, uns ein Leid zuzufügen. Täte er es, käme der Geist des Waldes über ihn und all die vielen Geister, die meinen Stamm ausmachen.«

»Solche Schnorrer wie ich sind ja schwer von Begriff, aber selbst auf die Gefahr hin, daß du mich für dümmer hältst, als ihr Waldpolizisten es erlaubt, muß ich dir erneut eine simple Frage stellen. Wenn ihr doch so unbesiegbar und furchtlos seid, warum macht ihr dann nicht kurzen Prozeß mit diesem Hundereiter und beendet das Morden auf den Höfen?«

»Erstens empfinden wir für die Opfer alles andere als Sympathie. Sie sind faul, und sie biedern sich bei den Menschen an. Anstatt sich die Nahrung auf ehrliche Art zu verdienen und auf die Jagd zu gehen, ziehen sie es vor, für den Zerstörer unserer Jagdgründe den Handschmeichler zu spielen. Gewiß, hin und wieder fangen sie ein paar Mäuse, was dem dummen Bauern vorgaukelt, die Investition in Milch und Speisereste sei gerechtfertigt. Aber in Wahrheit muß man hierzulande schon in einem luftdichten Zinksarg liegen, damit einem so ein Stinknager im Tran nicht geradewegs ins Maul hineinmarschiert. Du würdest dich mit diesen Nichtstuern bestimmt gut verstehen. Ihr könntet zum Beispiel abwechselnd Anekdoten zum besten geben, wie ihr eure Halter durch immer ausgefallenere niedliche Posen zum Abgeben ihres halbangegessenen Bissens ermuntert habt.«

»Und der zweite Grund? Ich meine, langsam bekomme ich tatsächlich eine ungefähre Ahnung davon, was Würde bedeutet, weißt du.«

»Der zweite Grund, weshalb wir uns einfach nicht aufraffen können, dem Schwarzen Ritter den Garaus zu machen, leitet sich unmittelbar aus dem ersten ab. Dieser Knabe und sein ihm dienender Hund haben schließlich beschlossen, wild und frei zu leben und die Brosamen, die der Mensch gegen Possierlichkeit herausrückt, für immer zu verachten. In dieser Beziehung gleichen sie uns.«

»Aber sie sind verrückt. Sie morden!«

»Tun wir das nicht alle? Was glaubst du, lieber Francis, woraus dein Dosenfraß hergestellt wird? Aus Altpapier? Glaub mir, Darling, auch deine hochgeschätzten Leckerbissen haben einmal geatmet und sich gemütlich die Sonne auf den Pelz brennen lassen und sich ihres Lebens gefreut. Der Starke frißt den Schwachen. Schon mal was davon gehört?«

»Dann sollten wir den Menschen als unseren Gott anbeten. Denn er ist nicht nur stark, sondern ultimativ.«

»Du und deinesgleichen tun es doch schon! Die Wahrheit ist aber, daß der Mensch im Gegensatz zu uns die Wahl hat. Apropos Wahl: Mit dir habe ich offenkundig die absolut falsche getroffen. Vor lauter Schwätzerei ist mir die Lust vergangen. Du scheinst ja ein ausgewachsener Quatschkopf zu sein.«

Quatschkopf, Weichei, Schmarotzer – dabei hatte unsere Liaison mit »mein kleiner Prinz« angefangen. Allmählich begann ich zu ermessen, wie heiße Liebschaften in apokalyptische Scheidungskriege umschlagen konnten. Wofür Menschen jedoch Jahre brauchten, schaffte meine Art binnen weniger Minuten. Wie von unsichtbaren Fingern gekniffen, sprang Alaune ruckartig auf die Füße und schüttelte sich kräftig. Die inbrünstige Wälzerei hatte ihr Fell mit vertrockneten Matschklümpchen beschmutzt, die nun wie bei einer Explosion in alle Richtungen auseinanderstoben. Nach der gründlichen Schüttelkosmetik stand sie abermals in ihrer ganzen strahlenden Schönheit vor mir, und ich bedauerte zutiefst, daß ich nach unserer Intimität nicht das Maul gehalten und prompt wieder dort angefangen hatte, wo wir aufgehört hatten. Während sie hingebungsvoll ihre delikaten Stellen sauberleckte, wurde ich von tiefer Traurigkeit erfaßt. Ich wußte, sie würde ihre Reise der Lust noch tagelang fortsetzen, bis ihre Leidenschaft wie ein auslaufendes Schwingrad erlahmen und endlich zum Stillstand kommen würde. Und sie würde unterwegs noch viele willige Opfer wie mich finden, die nichts lieber taten, als das Schwingrad immer wieder von neuem anzustoßen. Ich hatte die Chance zu einer tage- und nächtelang währenden Hochzeit vertan um den Preis meiner stumpfsinnigen Neugierde. Irgendwie sehnte ich mich nach dem Jäger zurück, der mir für meine bodenlose Dummheit den Gnadenschuß geben sollte. Bei Gott, ich hatte ihn verdient!

»Sei nicht gleich am Boden zerstört, Francis, weil deine Untertanin sich nun nach einem neuen Prinzen umsehen muß«, sagte sie leise, wandte sich ab und spazierte mit graziösem Hinternwippen in eine wildwuchernde Pilzkolonie hinein. Es war, als erklänge der Schlußakkord einer ergreifenden Oper, in der die bezirzende Hauptdarstellerin von den Theaterschwaden verschluckt wird. Eine getigerte, illuminierte Wolke, die sich im Firmament auflöst.

»Es mag dich trösten, daß unsere Begegnung nicht umsonst gewesen ist. Du hast mich zum Nachdenken gebracht. Man sollte die Schlachtereien des Schwarzen Ritters vermutlich doch nicht auf die leichte Schulter nehmen. Ich werde die Sache mit unserer Anführerin, meiner geliebten, hochgeschätzten Mutter Aurelie, besprechen. Wenn sie zu einer weisen Entscheidung gelangt ist, darfst du deine Ansichten im Kreise unserer Stammesangehörigen zum Vortrag bringen, und wir überlegen dann gemeinsam, wie wir Abhilfe schaffen können.«

»Aber wie finde ich euch?«

»Zerbreche dir darüber nicht den Kopf. Falls du noch im Wald weilen solltest, finden wir *dich*, mein kleiner Prinz!«, sprachs und entschwand zwischen den riesenknolligen Pilzen. Obgleich ich innerlich weiterhin mit Abschiedsschmerzen kämpfte, beschäftigte sich ein Teil meiner Ratio mit ihrem abrupten Sinneswandel. Hatte es wirklich nur eines Denkanstoßes bedurft, um ihr Rechtsempfinden zu beeinflussen? Oder sollten ihre letzten Worte lediglich als ein versöhnendes, gleichwohl unverbindliches Lebewohl gewertet werden? Kaum vorstellbar bei einer Vertreterin einer derart stolzen Rasse, die wunder was auf ihr großes Indianer-Ehrenwort hielt. Am Ende mußte ich mich mit der matten Erklärung zufriedengeben, daß ich ordentliche Überzeugungsarbeit geleistet hatte, ohne es beabsichtigt zu haben. Es war also in jeder Beziehung eine ungewöhnliche Begegnung gewesen – und eine in jeder Beziehung mißlungene.

Als ich über einen Ausweg aus der verfahrenen Situation zu grübeln begann, waren bereits fünf Minuten vergangen. Ich hatte einfach in der Lichtsäule unter dem Blätterdach gehockt und wie in Trance auf das Pilzemeer gestiert, in das sie eingetaucht war. Es kam mir so vor, als erschnupperte ich noch einmal ihren begehrlichen Duft aus der Luft, sähe ihr rauchfarben aufgeplustertes Fell und vernähme ihre dunkle Stimme wie den Nachhall von Prophezeiungen einer weissagenden Göttin. Verflucht und nochmals verflucht, so ein jämmerlicher Gedankenakrobat wie ich fiel immer wieder auf dieselbe Sorte Frau rein! Warum konnte ich mich nicht zur Abwechslung mal in eine mollige Perserin mit kaum meßbarem IQ vergaffen, die die Liebe mit der Raffinesse einer personifizierten Legebatterie handhabe und ansonsten am Futtertrog hing wie die Süchtige an der Nadel? Aber nein, es mußten ja unbedingt diese abweisenden Vielen-Dank-bin-selber-Hirnträgerinnen sein, die einem das Gefühl vermittelten, als sei man nur so lange unentbehrlich, wie man den Schnorchel ausgefahren hat. Danach konnte man getrost wieder in den Tiefen des Ozeans untergehen. Ich mochte gar nicht erst darüber nachdenken, welche Art von Nachkommen bei solchen Verbindungen gezeugt wurden. Wahrscheinlich trafen sich diese künftigen Generationen ausschließlich auf exklusiven Zuchtausstellungen und tauschten ihre Gene in vakuumverschweißten Plastikbeuteln aus.

Trotz der neuen Verhältnisse fühlte ich, wie der alte biologische Bedürfnisreigen seinen Tribut forderte und mich auf ein dringendes Manko aufmerksam machte. Den Hunger hatte ich in der Kanalisation einigermaßen zufriedenstellend gestillt und danach wider Erwarten auch jenen Appetit, den der Mensch aus unerfindlichen Gründen gern als tierisch zu titulieren pflegt, obgleich gerade er sich auf diesem Gebiet wie ein Berserker gebärdet. Als urbanes Weichei, dessen Ohren auf das Rattern des Dosenöffners geeicht waren, hatte ich also bis jetzt gar keine so schlechte Figur gemacht. Zu meinem Glück fehlte nur noch eine Mütze Schlaf. Es war nun später Nachmittag. Seit Beginn der Flucht waren demnach über fünfzehn Stunden vergangen, und ich hatte mich die ganze Zeit in einem Wachzustand unter höchster Anspannung befunden. Für Menschen wäre das eine anstrengende, aber zu bewältigende Übung, bei einem Feinsinnigen wie mir aber konnte der Dauerstreß schnell zum Totalausfall führen. Da wir höchst effiziente Jäger sind, die meist auf der Lauer liegen, benötigen wir im Gegensatz zu den nackten Affen dreiviertel des Tages für den Schlaf. Wird hier gespart, kommt es unvermeidlich zum Kollaps.

Die Sonne würde bald untergehen, und der lichte Dschungel würde sich in gespenstisches Feindesland verwandeln. Wer weiß, vielleicht würden mir dann sogar der verrückte Hugo und sein kläffender Adlatus höchstpersönlich die Ehre erweisen und meine Restzweifel über ihre Blutsünden kopfabreißenderweise endgültig aus dem Weg räumen. Wiewohl ich den Nachtwesen zugerechnet werde, bereitete mir der Gedanke, schutzlos im finsteren Dickicht schlafen zu müssen, mehr als Unbehagen.

Also wanderte ich einfach drauflos. Das Ziel meiner Suche war entweder eine enge Felsspalte oder ein schwierig zu erkletternder Baum, jedenfalls ein Refugium, dem zwar die Annehmlichkeiten der Präsidentensuite eines Waldorf Astoria abgingen, in dem ich mich jedoch zumindest in dem Glauben wiegen konnte, daß ich einen etwaigen Eindringling bereits von der Ferne bemerken würde. Meine Hoffnungen auf einen geeigneten Platz wurden weit übertroffen, als der Wald nach kurzem Marsch abrupt endete und den Blick auf ein Tal freigab. Inmitten dieser saftig grünen Landmulde lag ein heruntergekommenes Anwesen, das aus einem in romantischer Schäbigkeit schlummernden Wohngebäude, zwei Nebengebäuden aus Holz und einem großen Hof bestand. Der Bach, der mich willkommen geheißen hatte, streifte dieses Gehöft seitlich. Hinter der Siedlung wuchs der Waldteppich wieder an und kletterte einen steilen Hügel hinauf, so daß man dort unten von einer Schneise der Zivilisation sprechen konnte. Ganz offensichtlich lagen die Felder der Bauern weit außerhalb dieses Gebietes.

Beim Anblick der Oase vergaß ich auf der Stelle Felsspalte und Baum und war, wie um Alraunes Standpauke zu bestätigen, nur noch von dem Wunsch beseelt, mich bei den Menschen anzubiedern. Sie würden einen so schmucken Kerl wie mich bestimmt nicht zum Teufel jagen. Nein, höchstwahrscheinlich leisteten ihnen sogar ein paar der Unsrigen bereits Gesellschaft und befriedigten ihr Schmusebedürfnis im Austausch gegen Reste von dem, was auf dem Hof geschlachtet wurde. In Gedanken sah ich mich schon in einem dampfenden Berg von frischen Innereien wühlen und in Seen von Milch planschen. Noch mehr jedoch verschaffte mir die Gewißheit unendlichen Trost, daß ich die Nacht nicht mehr im Wald zu verbringen brauchte, sondern, wie es sich für einen kultivierten Siedler gehörte, im Fort, wo draußen am Tor für die bösen Indianer ein Schild mit der Aufschrift hing: »Wir müssen leider draußen bleiben!« Natürlich bestand die Gefahr, daß ein wichtigtuerischer Hofhund, der die Einöde des Hofes als geweihten Boden betrachtete und seinen bauerntölpeligen Halter als den wiederauferstandenen Heiland, irgendwie versuchen würde, mich zu verscheuchen. Oder vielleicht gäbe es mißliebige Kollegen, die die leidige Diskussion um Territorien neu entfachen würden. Aber dergleichen Widerstand glaubte ich dank einer Reihe von Techniken, die der Chirurgie entlehnt waren und die ich wie der Chefarzt persönlich beherrschte, brechen zu können.

Ich lief den Hügel jubelnd hinunter und erblickte zu meiner Freude an beiden Seiten der Wiese einträchtig grasende Ponies. Die Sonne ging hinter dem gegenüberliegenden Waldabschnitt mit Pauken und Trompeten unter, und die ganze Landschaft mit den Bretterverschlägen in der Mitte wurde von einem magischen Glanz überzogen, als würde exakt hier das äußerst seltene Erz namens Glück abgebaut.

Als ich das Anwesen beinahe erreicht hatte, konnte ich bereits von weitem drei Berufsgenossen ausmachen. Einer von ihnen, ein braunes, verblüffend fettes Exemplar, lag ausgestreckt im Zentrum des gitterlosen, in einem Halbkreis mit Pflastersteinen ausgelegten Hofes. Er hatte sich der untergehenden Sonne zugewandt, so daß ich lediglich in den optischen Genuß seines kolossalen Hinterns gelangen konnte. Scheinbar war er in der milden Wärme des Abendrotes eingeschlafen – oder durch die Folgen des üppigen Mittagsmahles einer grausamen Furzattacke erlegen. Ein Indiz dafür, daß es an diesem Ort auf ein zu stopfendes Maul mehr oder weniger nicht ankam. Der zweite vermeintliche Mäusetöter, ein Buntgescheckter, stellte für einen Bedürftigen wie mich eine einzige Provokation dar. Dieser lag nämlich auf einem riesigen, ausrangierten Weinfaß gleich neben dem Eingang des Bauernhauses auf dem Rücken, ebenfalls der Sonne entgegengewandt. Die Segnungen des Schlafes hatten ihn offenbar regelrecht besoffen gemacht, denn seine Pfoten waren halb angewinkelt emporgestreckt, wie es besonders Kindische unserer Art tun, wenn sie von ihren Besitzern am Bauch gekrault werden. Der Kopf war über den Rand des Fasses nach hinten gekippt, so daß er mir verborgen blieb. Von dem dritten Artgenossen konnte ich lediglich die Hälfte seines kohlschwarzen im Sphinxsitz ruhenden Leibes erkennen, da sein Vorderteil hinter dem rechts gelegenen Schuppen verschwand. Die Besitzer dieser idealen Werbeszenerie für Zigaretten mit dem Teergehalt einer Dampflokomotive schufteten offenbar noch auf ihren Feldern, denn außer einem zerrissenen Förderband für die Kartoffelernte war auf dem Hof kein anderes Landwirtschaftsgerät zu sehen. Die Gelegenheit war also günstig, die Gastfreundschaft der Landbevölkerung auf die Probe zu stellen, auch wenn hier und da ein paar wirkungsvolle Krallenhiebe nachhelfen mußten.

Als meine Pfoten auf die blankgewetzten Pflastersteine aufsetzten, witterte ich einen penetranten Geruch, den ich jedoch nicht wie üblich in Sekundenschnelle identifizieren konnte. Die Müdigkeit, die sich wie Brei in meinen Nervenbahnen ausbreitete, bewirkte die ersten Beeinträchtigungen des empfindlichen Sinnesapparates. Während ich mich en passant mit der Frage nach der Quelle dieses abstoßenden Gestanks beschäftigte, näherte ich mich von hinten dem aufgeblähten Brummer, wild entschlossen, auf die artspezifischen unterwürfigen Annäherungsgepflogenheiten zu pfeifen. Meine Güte, den Kerl benützten sie wahrscheinlich als Waagegewicht, um Schweine abzuwiegen. Die Apfelsinensonne war derweil vollkommen in der Versenkung verschwunden und hatte einen atemberaubenden Himmelsdom hinterlassen, der das Bauernidyll in ein schrillrotes Varietélicht tauchte. Etwas sonderbar fand ich es schon, daß die Pennbrüder mein Eindringen in ihr Reich noch immer nicht registriert hatten; wie sollten sie bei diesem miserablen Frühwarnsystem ihren Pflichten als Nagerterminatoren gerecht werden? Vielleicht war Alraune ihre Verachtung gegenüber den bequemen Bauernknechten nicht zu verdenken. Ich war unterdessen nur noch einen Meter von dem Fettkloß entfernt, als der stechende Mief an Intensität um eine Zehnerpotenz zunahm. Also wirklich, jetzt könnte der Knabe sich zumindest umdrehen und mir irgend etwas Unflätiges an den Kopf schmeißen. Und dieser widerliche Gestank – war es Gülle? Oder eine chemische Substanz, mit der man das Vieh um das Doppelte seines Körpervolumens aufblies? Oder...

Blut! Eine Lache von Blut, halb geronnen, Fliegenschwärme tränkend, einige der Unersättlichen ertränkend. Der Dicke lag mitten in seinem eigenen Lebenssaft oder besser gesagt, in dem, was einmal sein Lebenssaft gewesen war, und das Fell hatte sich damit vollgesogen. Der gruselige Sachverhalt war von der Ferne nicht zu erkennen gewesen, weil die Saugwirkung des Haarkleides lediglich einen flüssigen Rand um das Opfer übriggelassen hatte, sozusagen einen Wassergraben um die mächtige Burg. Jetzt allerdings bemerkte ich, daß das Blut sich bis zum Rücken hochgearbeitet hatte. Auch hier waren tiefe Wunden zu sehen, aus denen noch unlängst Blutfontänen herausgeblubbert waren. Als ich um den Wohlgenährten herumschlich, um sein Gesicht zu betrachten, explodierte der nächste Horror. Ihm waren beide Augen ausgekratzt worden, so daß das Augapfelgelee bis zum Maul zerlaufen war und dabei in den Nasenfurchen eine gelbliche Spur hinterlassen hatte. Ich beugte mich zu ihm herunter, um die Wunden zu beschnüffeln. Dabei berührte meine Nase versehentlich seinen Kopf, der sich daraufhin wie eine reife Frucht vom Hals löste, auf den Boden kullerte und mich mit den Speise- und Luftröhrenfransen wie eine zerbissene Blutwurst angrinste. Offenkundig hatte das kostbare Stück nur noch notdürftig an einer zerbissenen Sehne gehangen. Über all diesem Fleischmatsch lag der Geruch, dessen Analyse ich rückblickend unbewußt verweigert hatte, weil neuer Schrecken nicht zu meinem Schlafbedürfnis paßte.

Bevor ich vor Fassungslosigkeit den Verstand verlor, drehte ich mich weg und würgte die halbverdauten Reste der in der Kanalisation verspeisten Ratte auf die Pflastersteine. Taumelnd entfernte ich mich sodann von meiner ersten Begegnung der rustikalen Art und schwankte zu dem rücklings auf dem Faß liegenden Burschen, nicht weil ich mir irgendwelche Illusionen bezüglich seines Zustandes machte, sondern weil ich es als meine verdammte Pflicht ansah, die grausamen Dinge peinlich genau zu untersuchen, damit ich später einige schlaue Schlüsse ziehen konnte. Safran hatte mich richtig eingeschätzt. Entweder ich oder keiner würde mit diesem bestialischen Fall fertig werden. Nur Gott allein wußte wie.

Doch als ich am Weinfaß angelangt war, gab es nicht mehr viel zu untersuchen. Den unscheinbaren Fliegenschwarm über dem Unglücklichen hatte ich bereits von weitem wahrgenommen. Jetzt sah ich, was ich befürchtet hatte. Der Kopf des Buntgescheckten baumelte keineswegs über den Rand des Fasses, sondern lag wie eine verschmähte Delikatesse dahinter auf dem Boden. Ich hatte kein besonderes Verlangen mehr, hochzuspringen und das ganze Ausmaß der Abscheulichkeit unter die Lupe zu nehmen. Denn das Bild, das sich mir böte, würde genau wie bei der anderen Leiche aussehen. Der Gemarterte schien mich mit seinen in den Himmel zielenden Pfoten darauf hinzuweisen, daß seine Seele genau dort angekommen war. Und in der Tat konnte man seiner elenden Lage nur einen einzigen erfreulichen Aspekt abgewinnen: Er hatte es hinter sich.

Von Trauer überwältigt begann ich zu weinen. Verflucht sei eine Natur, die solch namenloses Grauen hervorbringt, rebellierte ich. Das neue Leben, das ich vor ein paar Stunden zu beginnen beabsichtigt hatte, entpuppte sich als dasselbe alte eitrige Gewebe, das diesmal nur mit einem grünen Anstrich daherkam. Und wie vorher hatte es auch nicht lange gedauert, bis das erste Geschwür aufgeplatzt war. Unschuld, gleichgültig in welcher Gestalt, war eine Erfindung von Vollidioten oder von notorischen Lügnern, das Böse dagegen die exakte mathematische Formel allen Seins, die Wahrheit schlechthin. Der blaue Planet war in Wirklichkeit ein schwarzer, barbarischer Stern, krank, erbarmungslos und gemeingefährlich; wir merkten es nur nicht, weil wir uns von den verführerisch schönen Trugbildern narren ließen.

Während mir die Tränen das Gesichtsfell überschwemmten wie das Blut den Pelz der Toten, taumelte ich wie ein verwundeter, doch tapferer Soldat zu dem letzten Opfer des sinnlosen Wütens hinter dem rechterhand befindlichen Schuppen. Als ich aber um den Eckpfosten bog, machte ich die Erfahrung, daß das Gruseln nicht allein eine Sache der Qualität, sondern auch der Quantität sein kann. Der Unglückliche selber war eigentlich gar nicht der Gegenstand der

Schocksteigerung. Mit seinem von gierigen Bissen zerstükkelten Körper stellte er lediglich eine Wiederholung der vorangegangenen Schaurigkeiten dar. Nicht einmal sein abgerissener Schädel vermochte mich zu erschrecken, weil er nirgends auffindbar war. Vermutlich hatte ihn der Mörder als Andenken mitgenommen, um sich daraus einen Aschenbecher oder etwas Ähnliches zu basteln. Was dem abgebrühten Inspektor vor Bestürzung die Kehle zuschnürte, war der Blick hinunter zum verträumt dahinfließenden Bach. Eine Greuelspur von Kadavern meiner Art, vielleicht zwölf Brüder und Schwestern, zog sich wie die zurückgelassene Komposition eines Teufelsanbeters bis hin zum Wasser, an dessen Ufer gewissermaßen als makabrer Schlußpunkt der Kopf eines Säuglings mit rotem Flaumfell von den sanften Wellen umspült wurde. Allesamt waren sie auf die gleiche Art und Weise massakriert worden, also furchtbar verstümmelt.

Ich riß das Maul weit auf, um Trauer und Haß gleichermaßen hinauszuschreien, ich wollte ein markerschütterndes »Aaaaaiiiiihhhhh!« anstimmen, das das gesamte Universum erzittern lassen sollte. Doch da spürte ich plötzlich etwas in meiner unmittelbaren Nähe wie den Hauch aus einer anderen, fremdartigen Welt. Ich drehte mich blitzschnell herum und konnte noch sehen, wie der riesengroße Schatten einer Kreatur an der schmutzigen Flankenmauer des Bauernhauses entlangstreifte. Eine gewaltige Masse, die auf vier stämmigen Füßen wandelte, und ein auf- und abwiegender Kopf von der Größe eines Elefantenschädels. Natürlich vergrößerte der Schatteneffekt die Ausmaße, und das Monster wirkte mächtiger, als es wirklich war. Theoretisch hätte der Schreck also im nächsten Moment wieder nachlassen können, wenn ich das Original zu Gesicht bekommen hätte.

Doch bevor es dazu kam, sah ich noch etwas anderes: Hinter dem Vorsprung des Schuppens trat die Vorderpranke des Untiers hervor, und dieser kleine Ausschnitt genügte, um mir neben dem Blut in den Adern das Hirn gleich mit gefrieren zu lassen. Es war im wahrsten Sinne des Wortes ein mordsmäßiger Apparat, wie geschaffen fürs Töten. Trotz des dürftigen Dämmerlichts erkannte ich das gelblich-braune, mit dunklen Flecken gezeichnete Fell der Klaue und die messerscharfen, Brecheisen ähnelnden Krallen. Sie besaß den Umfang eines starken menschlichen Armes und die Wendigkeit einer perfekten Killermaschine. Ein Monster, entlaufen aus einem Genlabor, oder eine neuartige Schöpfung der Evolution, die angetreten war, um meinesgleichen mit den Mitteln des Massenmordes auszulöschen – eine intelligentere Erklärung wollte mir in dieser prekären Situation nicht einfallen.

Für Erklärungen schien der Zeitpunkt sowieso denkbar ungeeignet, verspürte ich doch kaum die Sehnsucht, den Eigentümer dieser Bombenpranke kennenzulernen. So zog ich mich blitzschnell hinter die Holzwand zurück, bevor der Fremdling in Erscheinung treten konnte. Danach schlich ich so leise wie möglich entlang der vielen Leichen die Böschung hinunter, überquerte schwimmend den Bach und lief dann zum gegenüberliegenden Hügelwald.

Als ich ihn außer Atem endlich erreichte und eine Fortsetzung der Flucht bei diesem Turbotempo ohnehin nicht mehr in Frage kam, schaute ich mich endlich um. Doch von hier oben machte das Anwesen im Tal denselben friedlichen Eindruck wie von der anderen Seite vor meinem Abstieg. Drei abgewirtschaftete Bauten, ein Hof, ein sich malerisch windender Bach: ein trügerisches Idyll, aber später war man ja immer klüger. Als einziger Unterschied zu vorhin fehlte jetzt das Abendrot, das dem Tal vorhin mit warmen Farben geschmeichelt hatte. Nun kleidete sich der Himmel in Dunkelblau, war gespickt mit den ersten funkelnden Sternen und einem Bilderbuchmond. Ich hatte keinen Grund, mich in Sicherheit zu wiegen, denn vielleicht hatte das Monster meine Witterung aufgenommen und sprach zu sich selbst, während es leise den Hügel heraufkroch: »Ich könnt' schon wieder!«

Ich drang immer tiefer in den Wald ein, der sich mir jetzt als eine labyrinthische Gruft präsentierte. Und ausgerechnet das unheimliche Rascheln, Knistern, Flattern und Heulen, dessen pure Vorstellung mich in die mutmaßlich sichere Obhut von Menschen getrieben hatte, empfing mich nun wie eine diabolische Sinfonie, in deren schräger Klangwelt ich zu einem schutzlosen Gefangenen geworden war. Allmählich merkte ich, daß meine Schritte immer langsamer und kraftloser wurden. Irgendwie glich ich inzwischen einem Beduselten, dem erst vor der Kaschemmentür einfällt, daß zwischen den zehn Bieren ja auch noch diese acht Wodkas lagen. Ich fühlte mich restlos ausgelaugt, todmüde und bar jeder Reserve, kurz, der Tank war leer. Meine Pfoten stolperten über Äste, rutschten immer häufiger auf dem Laub aus. Das ehemals so scharfe Sehvermögen brachte es nur noch fertig, schemenhaft eine Arabeske aus Pflanzen- und Baumgewühl und dahinter das Sternenzelt mit dem ewig stummen Mond zu erspähen. Schließlich stieß ich auf einen steil ansteigenden und wegen seiner ausgedehnten Breite kaum zu umgehenden Felsen. An dessen Fuß brach ich endgültig zusammen und gab keine Regung mehr von mir. Es war mir alles so unendlich gleichgültig geworden. Sollten sie mich doch in eine bessere Welt überführen, die Schwarzen Ritter, die riesenprankigen Monster, die Jäger mit ihren High-Tech-Gewehren. Wenn drüben nur die Wonnen des Schlafes existierten, sollte es mir recht sein. So eine dolle Kirmes war das Leben auch wieder nicht. Ich schloß die Augen und schlief augenblicklich ein...

...Wie von einer fernen Detonation wachgerüttelt, riß ich die Augen wieder auf und blickte voller Spannung zu dem Felsen empor. Der Mond war eine gute Strecke von links nach rechts gewandert, also hatte ich ein paar Stündchen im Land des Schlafes verbracht, allerdings traumlos und in bleierner Verfassung. Auf dem Gipfel des Felsens saß der Schwarze Ritter auf seiner Dogge und glotzte mich mit leuchtenden Phosphoraugen durchdringend an. Er war vollkommen unbeweglich, und der Schein des Mondes verwandelte ihn in einen mittelalterlichen Kupferstich, dem nur noch die aufgerichtete Lanze und der Schild fehlten. Den jungfräulichen Schlaf hatte wohl doch ein Traum verseucht, und zwar einer von der widerlichsten Sorte. Gleich würde das Schreckgespenst herabsteigen und mir den Kopf abreißen. Wirklich ein netter Traum, und so unvorhersehbar. Aber der verrückte Hugo und der verrückte Hund stiegen den Felsen nicht hinab. Sie standen wie ein Reiterdenkmal einfach da, verharrten in Reglosigkeit und starrten. Die langen Zotteln ihres durch Regen und Sturm strubbelig gewordenen Fells wehten im Wind, und ihrer Haltung war etwas Gebrochenes anzumerken, als habe das immerwährende Morden aus ihnen Aussätzige gemacht, die verflucht waren, immer und ewig durch die Wildnis zu irren. Ich hatte so etwas noch nie gesehen. Das einzige Irritierende lag in den magisch glühenden Augen des Ritters. Die wurden nämlich keineswegs vom Pesthauch des einsamen Dämons umweht, sondern zeugten im Gegenteil eher von einer quirligen Verschrobenheit, geradeso, als gehörten sie einem komischen Kauz.

Da ich aber das alles ja nur träumte, brauchte ich an diese Ungereimtheiten keinen Gedanken zu verschwenden. Die Augenlider fielen mir wieder zu, und ich wiegte mich mit Hilfe des erwähnten Selbstbetrugs erneut in den Schlaf. Im übrigen trösteten mich die Worte meines geliebten Schopenhauer, die da lauteten: »Die Welt ist ein Ort der Buße, also gleichsam eine Strafanstalt. Zu den Übeln einer Strafanstalt gehört denn auch die Gesellschaft, welche man daselbst antrifft.« Tja, da durfte man sich nicht wundern!

Fünftes Kapitel

Als ich erwachte, hatte sich der Schwarze Ritter in Luft aufgelöst, was die Traumtheorie fadenscheinig untermauerte. Es war jedoch immer noch tiefe Nacht, und der Felsen vor meinen Pfoten lag da wie ein gestrandeter Wal. Ein Körpercheck bestätigte, daß ich zwischenzeitlich weder von einem Monster geknutscht noch von einem Jäger zu einem stark durchlöcherten Bettvorleger umfunktioniert worden war. Vergelt's Gott! Ich fühlte mich erfrischt und des klaren Denkens wieder einigermaßen mächtig. Doch mit dem Verstand kehrte auch das geisterhafte Hintergrundrauschen des Waldes zurück und als Folge davon die Furcht. Die Furcht, sie war an diesem pechschwarzen Ort wie der Schatten einer Fledermaus, die ganz langsam ihre Flügel ausbreitet. Unwillkürlich drängten sich mir die Grauensbilder der Abenddämmerung auf. Der leere Hof, die geköpften, verstümmelten Brüder und Schwestern, die Spur der Leichen bis hinunter zum Bach – die Mörderpranke! Nein, ich durfte diese schauderhaften Erinnerungen nicht aufsteigen lassen, nicht jetzt. Und auf gar keinen Fall durfte ich die Zeit mit langwierigen Analysen der Geschehnisse verplempern. Zwar besaß mein Geschlecht keine natürlichen Feinde, doch mochte ich bezweifeln, ob ein umherstreunender Bär mit knurrendem Magen sein Zoologiestudium ordentlich absolviert hatte. So entschied ich mich für eine Ochsentour durch den schummerigen Irrgarten, bis ich das gelobte Land der Futterdosen mit akkurat aufgeführtem Verfallsdatum endlich gefunden haben würde. Amen!

Ein Uhu begleitete meine unbeholfenen Kraxeleien auf dem Gestein mit spöttischem Raunen, vermutlich weil er von seiner hohen Warte aus sehen konnte, daß der Schwarze Ritter keineswegs verschwunden war, sondern auf der anderen Seite des Felsens mit einer Serviette um den Hals schon sehnsüchtig auf mich wartete. Aber als ich den Gipfel atemlos keuchend erreicht hatte, wurde ich mit einer ganz anderen Überraschung konfrontiert. Hinter der Armee von Tannen erspähte ich nämlich die verheißungsvoll leuchtenden Fenster eines Knusperhäuschens, welches der Mond mit einem Silberschimmer versah. Es war zweistöckig und im Stil einer Blockhütte erbaut. Kein Zweifel, daß der Bewohner bei der Errichtung der Bude selbst Hand angelegt hatte, denn so viel Liebe zum romantischen Detail hätte keine Baufirma aufgebracht. Doch welcher asketische Sonderling wohnte mitten im Wald, so weitab von allen zivilisatorischen Annehmlichkeiten?

Obwohl mein Bedürfnis nach menschlicher Beschaulichkeit einstweilen gedeckt war, konnte ich es nicht über mich bringen, einen großen Bogen um die Hänsel-und-Gretel-Hütte zu machen. Die Neugier erhob erneut ihr häßliches Haupt, wie so oft, wenn es darum ging, in Scherereien zu geraten. Teils schlitternd, teils galoppierend eilte ich den Felsen hinab, mit dem festen Vorsatz, lediglich eine rasche Außenbesichtigung des Hauses vorzunehmen. Was vorhin nur Umriß und Schattenspiel gewesen war, nahm allmählich

scharfe Konturen an. Hatte ich von oben nur das Märchen-
buch-Outfit des Heimes registriert, traten nun kuriose Einzelheiten ans Licht. Auf dem durch Rodung entstandenen
und aus gestampfter Erde bestehenden Vorplatz begegnete
mir zunächst eine Satellitenschüssel. Das Gerät besaß den
Durchmesser eines Biergarten-Sonnenschirms und war mittels eines Eisensockels im Boden verankert. Befremdlich genug, man hatte das Ding wie ein Militärfahrzeug tarnfarben
angestrichen. Auf dem Schirm stand in nüchternen Lettern:
ARCHE. Dahinter sah ich ein Gehege mit ungefähr zehn ge-
schorenen Schafen, denen inzwischen das Stoppelhaar nach-
gewachsen war. Wie um das idyllische Bild zu vervollständi-
gen, befand sich unter ihnen auch ein schwarzes Exemplar.
Die bestehend stolze Haltung des Viehs war ein Déjà-vue-
Erlebnis. Ich konnte es allerdings nicht zuordnen. Gleichzeitig vernahm ich aus naher Distanz das vertraute Plätschern
des Baches, der mich wie ein schaulustiger Eingeborener
überallhin zu begleiten schien.

Da ich schon so nah am Haus stand, wollte ich es mir natürlich nicht nehmen lassen, einen Blick durch die Fenster
zu riskieren. Aber gerade noch rechtzeitig war mir ein heim-
tückisches Detail ins Auge gesprungen: Hinter der Dach-
traufe der Veranda erspähte ich zwei große Halogenstrahler,
die an Metallkästchen mit rot glühenden Dioden angeschlos-
sen waren. Es gab keinen Zweifel, daß es sich dabei um Bewegungsmelder handelte. Sobald irgend jemand den Hof betrat, würde sich über den Eindringling ein Flutlichtschwall
ergießen. Ein etwas aufwendiges Sicherheitssystem für ein
Waldhäuschen. Mir blieb also nichts anderes übrig, als das
Haus aus gebührendem Abstand zu umrunden, bis ich eine
Lücke im Erfassungsradius der Bewegungsmelder gefunden
hatte. Das war leichter gesagt als getan, denn die Batterie der

Melder bildete einen nahezu geschlossenen Kreis, so daß ein Eindringen, ohne Alarm auszulösen, unmöglich schien. Nur in dem Winkelvorsprung, wo Rückfront und linke Längsseite des Baus zusammentrafen, fehlten die unscheinbaren Spione. Der imaginäre Korridor bis zum Haus war verdammt eng, doch wenn ich mich exakt in einer Geraden bewegte, gab es vielleicht eine Chance, das System zu überlisten.

In dem Gefühl, über ein Minenfeld zu wandern, schritt ich mit spitzen Pfoten die fiktive Linie bis unter die Dachkante ab, ohne daß irgendwelche Sirenen losheulten oder die Strahler den Ort in eine Flucht-aus-dem-ausbruchsichersten-Gefängnis-der-Welt!-Filmszenerie verwandelten. Erleichtert und noch etwas weich in den Knien, nahm ich flüchtig meine nähere Umgebung in Augenschein. Die propere Vorderansicht des Hauses hielt hier hinten nicht, was sie versprach. Jede Menge Unrat oder besser das, was man sich nicht wegzuwerfen getraute, hatte sich unter der Traufe angesammelt. Türme von Aktenordnern, undefinierbarer Elektronikschrott und insbesondere Kunststoffkübel von Medizinpräparaten lagerten dort wie Relikte einer bankrotten Firma. Mein Wissen um die Pharmakologie war beschränkt, doch vermeinte ich aus dem eiligen Querlesen der aufgedruckten Hinweistexte zu ersehen, daß es sich bei dem Inhalt um Arzneien gegen irgendwelche Seuchen gehandelt hatte. Einen Großteil des Mülls aber machten Utensilien und Materialien aus, die schwerlich in das Bild einer pleitegegangenen Firma passen wollten. Ausgequetschte Farbtuben, Keilrahmen mit halbangemalten, aufgeplatzten Leinwänden und hoffnungslos verklebte Pinsel rückten das Image des Hausbewohners vom gescheiterten Unternehmer in die Nähe eines naturinspirierten Kreativen.

All diese Eindrücke, die irgendwie nicht miteinander harmonieren wollten, intensivierten meine Neugierde, so daß ich wider besseres Wissen eine eingehende Untersuchung beschloß. Immer an der Wand entlang umkreiste ich das Haus zur Vorderseite und schlich dann lautlos auf die Holzveranda. Dort stellte ich mich auf die Hinterbeine und zog mich mit den Vorderpfoten am Fensterbrett neben der Eingangstür nach oben.

Die Aussicht, die sich mir durch das geöffnete Fenster bot, war alles andere als aufregend, doch genauso wie der erste Anschein sehr uneinheitlich. Eine extrem hagere Frau von fast zwei Metern Größe pinselte wie besessen an einem gigantischen Landschaftsgemälde auf einer Staffelei. Leider sah ich sie nur von hinten. Sie trug einen kaftanartigen schwarzen Umhang, der hinten bis zur Hüfte von ihrem ergrauten, sorgfältig gekämmten Kraushaar bedeckt wurde. Zwischendurch grabschte sie nervös nach der filterlosen Zigarette in dem vor Kippen überquellenden Aschenbecher auf einem Tischchen und saugte daran mit verzweifelter Inbrunst.

Zwei Merkmale unterstrichen jedoch die erwähnte Uneinheitlichkeit. Die hinter der Staffelei aufragende Wand wurde von einem riesigen Regal eingenommen, das bis zum letzten Zentimeter mit gewissenhaft numerierten Videokassetten bestückt war. Vollkommen unzureichend für einen Videofreak aber war der kleine Fernseher, der in dem lediglich von einer antiquierten Leselampe dämmrig beleuchteten Raum auf einem um so luxuriöseren Videorecorder stand. Die geballte Präsenz der Audiovision wirkte in diesem ansonsten vorwiegend von Accessoires einer spartanisch lebenden Künstlerin geprägten Gemach wie ein Fremdkörper. Die zweite Irritation wurde durch das Gemälde auf der

Staffelei ausgelöst. Ohne einen Funken von Talent war ein Waldtableau auf die Leinwand geschmiert worden, das an Einfallslosigkeit seinesgleichen suchte. Zwischen den düsteren Bäumen leuchteten Augenpaare auf, denen feline Glubscher Modell gestanden zu haben schienen. Irgendwie diabolisch stierten sie die reale Welt an, als wären sie krankhafte Ausgeburten eines Paranoikers. Von Qualität keine Spur, doch darauf kam es der Künstlerin offensichtlich auch gar nicht an. Wie unter einem furchtbaren Zwang an der Zigarette ziehend, kleckste sie geradezu manisch vorwiegend trübe Farben auf das bereits ausgemalte bedrohliche Dickicht, als vertreibe sie auf diese Weise irgendwelche Geister aus ihm. Es war unverkennbar, daß es sich hierbei um eine Art Selbsttherapie handelte.

Die im Grunde recht langweilige Spionage wurde jäh unterbrochen, als meine Krallen versehentlich ein verräterisches Kratzen auf dem Holz der Fensterbank erzeugten. Daraufhin riß die Malerin ihren Kopf mit der blitzartigen Bewegung einer Echse in meine Richtung. Das Gesicht, welches ich für den Bruchteil einer Sekunde sehen konnte, erschreckte mich zutiefst. Es war alterslos und doch wie das einer Greisin. Es erinnerte mich an die Physiognomien von Kindern, die an diesem geheimnisvollen Methusalemsyndrom leiden. Obgleich sie schätzungsweise Ende Vierzig sein mußte, wohnte ihren Augen eine infantile Neugier inne, die sich jedoch mit einer unbestimmten Angst paarte. Der Glanz in diesen Augen schien aber irgendwie erloschen, und sämtliche Gesichtszüge der Frau waren wie die einer Eiskönigin erstarrt.

Da ich einer Art angehöre, die die Finessen des Unsichtbarwerdens zu einer hohen Kunst entwickelt hat, ließ ich mich lautlos vom Fensterbrett heruntergleiten und verkroch mich darunter. Über mir hörte ich Schritte, was nur bedeuten konnte, daß die Frau gerade zum Fenster eilte, um die Ursache des Geräusches herauszufinden. Nach einer bangen Weile entfernten sich die Schritte wieder; der Blick nach draußen hatte wohl keinen Erfolg gezeitigt.

Selbstverständlich hätte ich dem merkwürdigen Haus und seiner mehr als merkwürdigen Bewohnerin nun den Rücken zukehren und meiner Wege ziehen können. Doch da lockte noch das erste Stockwerk mit seinem ebenfalls dämmrig erleuchteten Fenster. Wer weiß, vielleicht würde ich dahinter einem netten Menschen begegnen, der meinesgleichen beim lebendigen Leibe das Fell über die Ohren zog und später das zarte Fleisch über einem romantischen Lagerfeuer briet, während er auf der Mundharmonika das Lied »Ein Jäger aus Kurpfalz« spielte. Das konnte ich mir natürlich auf gar keinen Fall entgehen lassen! Gleich am Fuße der Veranda entdeckte ich einen Baum, dessen mächtigster Ast sich über den Dachvorsprung neigte. Es sah nicht schwierig aus, den Stamm emporzuklettern, auf dem Ast einen mich eher unterfordernden Balanceakt bis zur Mansarde zu absolvieren und sodann durch das Fenster zu blinzeln.

Gedacht, getan. Als ich nach der lächerlichen Übung auf den Dachziegeln stand, lenkten mich meine Pfoten schnurstracks zum offenstehenden Fenster, aus dem ein sanftes Flackern herausdrang. Dort angelangt, steckte ich die Nase behutsam ins Zimmer. Ich hatte ja schon bemerkt, daß etwas Skurriles dieses Haus umgab, aber gegen das, was meine entgeisterten Augen nun wahrnahmen, wirkte alles bisher Dagewesene wie die fadeste Normalität. Ehrlich gesagt zweifelte ich zunächst selbst an meinem Verstand, da ich etwas sah, das mich ganz stark an eine Spottdarstellung meines Geschlechts erinnerte. Möge man mir Glauben schenken oder nicht, aber in diesem von unzähligen brennenden Kerzen auf antiken Kandelabern beleuchteten Raum waren Märchen und Magie tatsächlich wahr geworden, und ein bißchen von dem Mumpitz, den die Menschen in meinesgleichen hineinprojizieren.

Auf einem gediegenen Schreibtisch altenglischen Stils saß ein Artgenosse. Er war augenscheinlich männlich und gehörte der Rasse der Somali an. Auf den Hinterpfoten hockend war der Geselle Mittelpunkt eines chaotischen Arrangements aus aufgeschlagenen Büchern, durcheinandergewirbelten Papieren und Tintenfässern, deren Inhalt sich in großen Klecksen über den ganzen Tisch ausgebreitet hatte. Als langhaarige Version des Abessiniers war sein silbrig pfirsichfarbenes Fell üppig und leicht struppig, ohne im geringsten wollig zu wirken. Komischerweise lag auf diesem Haarkleid ein feiner Tau, als habe er es soeben aus der Waschmaschine genommen, und auch um den Platz, auf dem er saß, hatte sich ein feuchter Kranz gebildet. Obwohl von urwüchsiger Zuchtherkunft, was der extrem buschige Schwanz und der aufgeplusterte Kragen bewiesen, haftete seiner Erscheinung etwas Akademisches, genauer verschroben Akademisches an. Außer von wandfüllenden Regalen voller sehr alt wirkender Bücher war er von absonderlichen Gegenständen umzingelt. Afrikanische Holztotems und naive Masken, die Tiergötter darstellten, australische Speerschleudern und anderes exotisches Jagdgerät, ja sogar richtige Schrumpfköpfe vermittelten den Eindruck, daß es sich bei dem Ort um die Abstellkammer eines Ethnologen handle.

Doch dieser Kolonialtrödel, der im gedämpften Licht der Kerzen an versunkene Welten erinnerte, war es gar nicht, der mich so in helles Erstaunen versetzte. Nein, der Anblick des Somali selbst ließ mir vor Verblüffung den Unterkiefer herunterklappen. Entgegen seinem wilden Ursprung schien er nämlich ein ausgemachter Schreiberling zu sein, und zwar im wortwörtlichen Sinne. Wie das? Faszinierend einfach! Mit der Geschicklichkeit eines Dichters der Romantik tunkte er die Mittelkralle der rechten Pfote in die Tintentöpfe und bewegte sie dann kritzelnd über die vor ihm zerstreuten Blätter. Das Samtfell über der Pfote diente ihm als Saugkissen für die Tinte, und ich nahm an, daß er die Kralle derart gewetzt hatte, daß sie eine gewisse Faserigkeit aufwies und somit die Technik eines Federkiels imitieren konnte. Zwischendurch hielt der Literat nachdenklich inne, hob wie die Karikatur einer sinnierenden Geistesgröße die Schreibpfote in die Höhe, bis er wie von der Muse geküßt zustimmend nickte und sich dann wieder voller Eifer über sein Werk hermachte. Bloß was schrieb er da? Seine Memoiren? Seine Doktorarbeit? Oder das definitive Ratgeberbuch über unsere Art?

Mir schwirrte der Kopf, und ich spürte, wie mir regelrecht schwindlig wurde, als ich diesen König der Klugscheißer mit offenem Maul anstarrte. Aber Majestät war noch für eine weitere Überraschung gut. Obgleich ich mir Mühe gegeben hatte, bei meiner Agententätigkeit größte Vorsicht walten zu lassen, zeigte sich bald, daß ich ihm auch in den primitivsten Dingen des Instinkts unterlegen war. Als beherberge sein Schädel ebenfalls einen Bewegungsmelder, zuckte er plötzlich zusammen, drehte sich pfeilschnell in meine Richtung und glotzte frontal in meine verdatterte Visage.

Wir schrien beide gleichzeitig. Ich weiß nicht, warum, aber sowohl der Somali als auch meine Wenigkeit waren über diesen jähen Augenkontakt so erschrocken, daß keine andere Möglichkeit in Betracht zu kommen schien, als einfach draufloszuschreien. Allerdings wurde der Federfuchser ganz eindeutig von einer weitaus intensiveren Furcht erfaßt, welche nun seinen ganzen Körper wie durch ein Erdbeben zum Vibrieren brachte.

»Tö-tö-töte mich bitte nicht, Bruder! Es war nur ein Sch-Sch-Scherz gewesen!« flehte er, nachdem das Geschrei ein Ende gefunden hatte. Dabei streckte er beide Vorderpfoten in die Höhe, als hielte ich ihm eine Pistole vor die Nase.

»Und du, schreibe bitte nichts über meine Reaktion von eben, Bruder. Es würde sich schlecht in meiner Biographie machen«, bettelte ich ebenfalls.

»Hei-hei-heißt das, du willst mich dafür nicht bestrafen?«

Das rosa schimmernde, vor Angst verkrampfte Gesicht begann sich aufzuhellen, und der Blick verwandelte sich wieder in den einer schrulligen Eule zurück.

»Natürlich nicht. Heutzutage läßt man sogar Peter Handke am Leben. Ich beuge mich dem Rechtsstaat.«

Vollkommen verständnislos runzelte er die Stirn. »U-U-Unklarheiten gilt es zu klären, Fremder.«

Ich hatte den Verdacht, daß das Stottern keine schockartige Folge unserer Begegnung war. Selbst auf die Möglichkeit hin, ihn noch mehr zu verstören, tat ich einen Schritt ins Zimmer. Die Alarmanlage draußen machte mich ein wenig nervös.

»Warum sollte ich einem Verwandten im Geiste etwas antun wollen? Abgesehen davon töte ich nur noch bei besonderen Anlässen.«

Er beruhigte sich wieder, nahm die Pfoten herunter und setzte ein herzliches Lächeln auf.

»V-V-Verstehe. Beruht offenbar alles auf einem Mi-Mi-Mißverständnis. Gestatten, Ambrosius mein Name, ein ewig Suchender in Sachen ASW.«

Moment mal! Mit dem bittersüßen Leiden des Dschungelfiebers hatte mich eine gewisse Alraune vertraut gemacht. Ihre Mutter wiederum, so hatte sie verraten, trug den Namen Aurelie. Und jetzt Ambrosius. Spielten wir hier mittelalterliches Scrabble? Warum nicht? Schließlich spukten da draußen auch noch irgendwelche Schwarzen Ritter herum. Hätte mich nicht gewundert, wenn die Herbstzeitlose von unten plötzlich auf einem Besen ins Zimmer geschwirrt wäre.

»Angenehm. Ich heiße Francis. Ein ewig Suchender in Sachen IHF.«

»IHF?«

»Industriell hergestelltes Futter!«

»V-V-Verstehe. Komm doch herein, Francis, ich glaube, in dieser Beziehung kann ich dir d-d-dienlich sein.«

Er trat zurück und deutete mit der Pfote in eine Ecke des Raumes. Ich sprang von der Fensterbank auf den Schreibtisch und schaute in die angedeutete Richtung. Der Anblick nahm mir vor Glückseligkeit den Atem. Ein Plastiknapf von der Größe eines Swimmingpools mit einem Mount Everest Fleischgeschnetzeltes, daneben Trockenfutter en masse und eine Schüssel Wasser bewiesen nichts Geringeres als die Existenz Gottes. Halleluja! frohlockte ich im Geiste und stürzte mich, sämtliche feinen Manieren über Bord schmeißend, auf das Gelage, noch bevor Ambrosius mir einen guten Appetit wünschen konnte. Erst als ich die Hauer in die Delikatessen hineinrammte, ging mir auf, daß ich nahe daran gewesen war, zu verhungern und zu verdursten. Kräftezehrende Flucht- und Beckenbewegungen hatten meinem Körper alle Substanz entzogen, was auch der kurze Schlaf nicht hatte wettmachen können. Das Gefühl, das ich während des orgiastischen Freßgelages empfand, ließ sich mit einem einzigen, in unserer Zeit jedoch allmählich im Verschwinden begriffenen Wort benennen: Dankbarkeit. Tiefste Dankbarkeit fühlte ich zu demjenigen, der meine Not erkannt hatte und ohne zu zögern bereit gewesen war zu teilen. Ich liebte diesen Stotterer, für den der Titel Eure Merkwürdigkeit noch zu konventionell zu sein schien, der aber ein Organ besaß, mit dem heutzutage immer weniger Zeitgenossen auf die Welt kommen: ein Herz. Ärgerlich nur, daß ich andauernd beide Backen so voll hatte, daß ich diese innige Dankbarkeit nicht artikulieren konnte.

Endlich, nachdem nicht einmal mehr ein Anstandshäppchen die Töpfe schmückte und die kulinarische Wertung in Form eines zufriedenen, nimmer enden wollenden Rülpsers zum Ausdruck gebracht worden war, konnte ich es aussprechen: »Danke, Ambrosius! Du hast mir das Leben gerettet. Und das ist keine bloße Redensart, mein Freund.«

»U-U-Um ein Leben zu retten, bedarf es schon etwas mehr, Francis. Ich freue mich, daß es dir geschmeckt hat. Was mich angeht, so ersticke ich geradezu im Überfluß. Diana, meine Lebensgefährtin, ha-ha-hat nicht mehr alle Tassen im Schrank, seitdem sie in diesem Wald versackt ist. Aber die Fürsorge zu ihrem kleinen L-L-Liebling verstärkte sich im gleichen Maße, in dem sie sich von der Normalität entfernte.«

Es lag mir auf der Zunge, zu entgegnen, daß der kleine Liebling anscheinend auch nicht gerade die EG-Norm für geistige Gesundheit erfüllte, doch verkniff ich es mir im letzten Moment.

»Abgesehen von deiner unglaublichen Fertigkeit, sind mir hier schon vorher einige seltsame Sachen aufgefallen, Ambrosius. Zum Beispiel ist mir kaum ein großer Maler bekannt, der mit der Inbrunst eines Legasthenikers Tausende von Videokassetten hortet und sich diese Dummacher wahrscheinlich auch noch anguckt.«

Ich sprang wieder auf den Tisch und schielte mit einem Auge auf die hand-, o Pardon!, krallenschriftlichen Ergüsse meines großzügigen Gastgebers. Mochten die Texte auf den verstreut daliegenden Blättern vielleicht auch die Lösung des Weltproblems beinhalten, Schönschrift war jedenfalls nicht die Stärke des Verfassers. Das Ganze erinnerte eher an die verschlüsselten Geheimbotschaften eines Dr. Mabuse. Gemäß der Natur des Schreibwerkzeugs fiel der Duktus ausgesprochen mager aus, doch darüber hinaus schien der Autor eine Vorliebe für eine ameisenartige Miniaturklaue entwickelt zu haben, die bei menschlichen Schreibkundigen von besonders unsympathischen Eierköpfen bevorzugt wird. Pfeile verbanden die einzelnen Einträge miteinander, als stünden sie allesamt in einem Zusammenhang. Bevor ich jedoch die Dinge ausführlicher unter die Lupe nehmen konnte, fläzte Ambrosius sich seitlings auf die Skripte, versperrte mir so die Sicht und begann in aller Seelenruhe, die tintendurchtränkte Klaue zu lecken. Vielleicht war er süchtig nach dem Zeug. Dennoch konnte ich schlecht abschätzen, ob dieser Anflug von Behaglichkeit einer spontanen Laune entsprang oder nur dazu dienen sollte, meinen neugierigen Rotzkolben nicht in fremde Angelegenheiten zu stecken.

»Wie ich sehe, ha-ha-hast du ein bißchen spioniert, lieber Francis«, sagte der Tintenlutscher und lächelte hintergründig. Mit seinem mittlerweile schwarz verschmierten Maul glich er einem Kleinkind nach dem übermäßigen Genuß von Schokolade.

»Doch mit deiner Einschätzung hast du recht und u-u-unrecht zugleich. Recht deshalb, w-w-weil es sich bei Diana um alles andere als um eine begnadete Künstlerin handelt, und unrecht, weil auf keiner einzigen der Videokassetten ein Spielfilm aufgezeichnet ist. Sie beinhalten nämlich nichts als Daten oder vielmehr B-B-Bilder, auf denen oberflächlich betrachtet keine Bewegungen wahrzunehmen sind. A-A-Auf den Laien würden sie eine recht einschläfernde Wirkung haben, f-f-fürchte ich.«

Mir ging ein Licht auf. Warum war ich nicht schon früher darauf gekommen?

»Es sind Satellitenbilder! Und da auf der Satellitenschüssel da draußen das Wort ›Arche‹ steht, nehme ich an, daß der Himmelstrabant mit dem gleichlautenden Namen Informationen über die hiesigen Naturphänomene liefert.«

Ambrosius hob anerkennend die längst ergrauten Haarbüschel über den bernsteinfarbenen, stechenden Augen. Die raschen Schlußfolgerungen versetzten seinen ohnehin jeden Moment vor der Entgleisung stehenden Gesichtszügen einen Irritationsstoß erster Güte.

»Ko-Ko-Kompliment, mein Freund! Logik scheint wohl deine stärkste Disziplin zu sein. Hoffentlich verträgt die sich mit der von mir b-b-bevorzugten. Aber darauf kommen wir bestimmt noch später zu sprechen. Du hast jedenfalls i-i-ins Schwarze getroffen. Diana war bis vor eineinhalb Jahren eine Forstwissenschaftlerin gewesen. Mit einer ho-ho-hochmotivierten Gruppe von jungen Kollegen erforschte sie die Baumschäden, die zum überwiegenden Teil durch die V-V-Verschmutzung der Luft verursacht sind. Mag für u-u-unbedarfte Augen auch alles grünen und blühen, so ist der Wald doch krank, Francis. Er liegt bereits auf der I-I-Intensivstation, ohne daß man es gemerkt hätte. Der Mensch verwandelt jeden Ort, den er betritt, e-e-entweder in eine Wüste oder in eine Müllhalde. Alles, was er anfaßt, verdörrt in seinen Fingern, und alles, was er ansieht, verbrennt vor seinen A-A-Augen. Doch als leide er unter einer Bewußtseinsspaltung, ist er es wiederum, der sich so fa-fa-fanatisch um eine Wiedergutmachung bemüht. So ein Mensch ist Diana. Unterstützt durch aufwendige F-F-Filtertechniken, sandte Arche farblich unterschiedlich schattierte Aufnahmen der Baumbestände in den jeweiligen Erkrankungsphasen aus. Doch die Regierung strich dann abrupt die Gelder, das Projekt wurde aufgegeben und die Forschungsgruppe au-au-aufgelöst. Diana hat sich von der E-E-Enttäuschung nicht mehr erholt. Seitdem bewacht sie die verlassene Forschungsstation wie eine verbitterte M-M-Mutter das Grab ihres Kindes und wird von Tag zu Tag immer komischer im K-K-Kopf. Sie ist eine richtige Hexe g-g-geworden hier in der Einsamkeit. Neuerdings hat sie das Malen entdeckt, um i-i-ihre Nerven einigermaßen zu beruhigen. Das Resultat allerdings treibt selbst mir die Schamesröte ins G-G-Gesicht.«

»Eine traurige Geschichte, Ambrosius. Meine eigene jedoch reizt auch nicht gerade zum Totlachen, das kann ich dir versichern.«

»Sie ist aber bestimmt sehr interessant. Welche unglücklichen Umstände haben einen Ehrenmann wie dich in diese Wi-Wi-Wildnis verschlagen? Erzähle, mein bester Francis, e-e-erzähle.«

Also erzählte ich. Von Francesca mit den Scherenhänden, von dem Totschlaggewitter, von Kloaken-Atlantis und seinen Zombiebewohnern, vom Jäger mit der High-Tech-Kanone, von den Auto-Motor-Sport-Freunden und wie ich ihnen in letzter Sekunde von der Schippe springen konnte, von dem wilden Zwischenspiel namens Alraune, von dem Bauernhofmassaker und der Monsterpranke und schließlich und endlich von meinem Traum, in dem der Schwarze Ritter die

Titelrolle gespielt hatte. Während er meinem Bericht mit konzentrierter Ergriffenheit verfolgte, lutschte und leckte Ambrosius die Resttinte von der Pfote und aus den Maulwinkeln. Es war unglaublich, am Ende verunzierte kein einziger Fleck den Knaben mehr.

»Die A-A-Abenteuer von Sindbad sind dagegen Urlaubsklamauk! Francis, du bist ein Held«, schmeichelte mir der Somali überflüssigerweise. »Doch in dem letzten Punkt liegst du a-a-absolut falsch, mein Freund. Den Sch-Sch-Schwarzen Ritter und seinen Rappen hast du nicht geträumt, sondern leibhaftig gesehen. Denn sie sind pure Wi-Wi-Wirklichkeit.«

»So?« Irgend etwas in mir widersetzte sich immer noch, die Existenz dieser beiden Bestien anzuerkennen. Es war, als jagte ich einem Popanz hinterher.

»D-D-Daran gibt es keinen Zweifel. Und außer mir haben es dir auch Safran, Niger und Alraune, die Wi-Wi-Wilde, bestätigt.«

»Seitdem ich auf der Farm des Todes des Anblicks der Monsterpranke teilhaftig werden durfte, gibt es zumindest einen Verdächtigen mehr.«

»Vielleicht hast du diese Pranke gar nicht gesehen, sondern sie dir in deinem E-E-Entsetzen nur eingebildet.«

»Mag sein. Aber sie schien wirklicher zu sein als der Schwarze Ritter in seiner ganzen imposanten Lebensgröße.«

»Das v-v-verstehe ich nicht.«

»Ich am allerwenigsten. Doch da gibt es ein paar Zufälligkeiten, die zusammengenommen wie des Zufalls cleverer Bruder daherkommen, und dieser heißt Täuschung. Ich möchte dir einmal drei merkwürdige Punkte aufzählen: Erstens erscheinen mir Hugo und Hund ausgerechnet in einem Zustand, in dem ich vor Schlaftrunkenheit mein eigenes

Spiegelbild für Elvis hätte halten können. Zweitens haben sich die beiden, wie es sich für einen theatralischen Auftritt geziemt, hoch oben auf dem Felsen quasi auf einem Podest aufgebaut, so daß ich sie zwar von Ehrfurcht ergriffen sehe, aber mir gleichzeitig kein klares Bild verschaffen kann. Sie sind nur Schattenrisse, was den Phantomeffekt außerordentlich verstärkt. Drittens haben die beiden Desperados offenbar den lieben langen Tag nichts Gescheiteres zu tun, als von Bauernhof zu Bauernhof zu ziehen und ihre von Stiftung Warentest mit ›Sehr gut‹ prämierten Gebisse an unschuldigen Hälsen auszuprobieren. Aber sobald sie in tiefster Nacht ein hilfloses Fellbündel mitten im Dschungel erspähen, wo ihnen weder irgendwelche unliebsamen Zeugen noch die Tierschutzkavallerie auflauern könnten, entdecken sie plötzlich ihr Herz und drehen reumütig ab. Ein verdächtig rührendes Verhalten für Massenmörder, findest du nicht?«

Ambrosius sprang auf die Beine, fetzte mit den Vorderpfoten die unter ihm befindlichen Papiere beiseite, so daß ein unbeschriebenes Blatt zum Vorschein kam, und traktierte abermals das Tintenfaß. Die noch tropfende Kralle stieß er danach senkrecht in die Höhe, als habe ihn erneut ein Geistesblitz heimgesucht. Seine Bernsteinaugen glühten, und das Gesicht erhielt jenen leidenschaftlich verbissenen Ausdruck, der allein Eiferern mit einer messianischen Botschaft eigen ist – genauso aber auch den Verrückten.

»Logik!«, brüllte er, als hätte ich ihm irgendeine Unflätigkeit an den Kopf geschmissen. »Logik, das ist dein Me-Me-Metier, Francis. Deshalb muß für dich a-a-alles, was auf der Welt geschieht, lupenreine Rationalität besitzen. Doch so leid es mir t-t-tut, mein Lieber, die Welt schert sich einen Dreck um die Logik. Frag die Menschen, sie können dir am besten verraten, warum all ihre G-G-Grundsätze und Ideale gescheitert sind. Logik ist etwas für Logiker, Francis, die in ihren Elfenbeintürmen sitzen und die Mathematik des Lebens zu e-e-enträtseln versuchen. Erfahrungsgemäß vergeblich. Nein, nein, mein F-F-Freund, Chaos regiert die Welt und der Wahnsinn. Und der Schwarze Ri-Ri-Ritter und der Mörderhund sind Koryphäen des Wahnsinns. Glaube bloß nicht, daß wir hier auf dem Land vor den unsäglichen Schlächtereien die Au-Au-Augen verschließen würden. Doch bei dem Ausmaß der Brutalität ko-ko-kommen außer dem verrückten Hugo und dieser Dogge keine Verdächtigen in Frage.«

»Wieso nicht?«

»W-W-Weil es sich um sinnlose Gewalt handelt. Es existieren keine na-na-nachvollziehbaren Gründe für die Verbrechen.«

»Auf den ersten Blick vielleicht. Aber da wäre zum Beispiel die Sache mit der Tötungsart. Der oder die Mörder haben die Opfer in Stücke gerissen, sie meistens gewissermaßen geköpft. Ich frage mich, weshalb es nicht auch ein sauberer Genickbiß getan hätte. Vielleicht besaßen die Ermordeten etwas, was der oder die Mörder dringend benötigten.«

Ambrosius lächelte wissend.

»Du meinst Blut? Oder eine Leber?«

»Zum Beispiel. Immerhin beinhaltet Blut konzentrierte Glukose, also Zucker, und Eiweiße, auf die Raubtiere am meisten angewiesen sind. Und die Leber enthält den größten Zuckeranteil.«

»Bravo! Der Logiker in seinem Element. Nur eine Kleinigkeit mu-mu-mußt du mir noch verraten. Wieso vergreift sich das böse Raubtier dann nicht an dem gewöhnlichen Wi-Wi-Wild, dessen Blut die gleichen bitter nötigen Substanzen aufweist?«

»Du schlägst mich mit meinen eigenen Waffen, Ambrosius. Natürlich habe ich dafür keine Erklärung. Ich werfe lediglich ein Gedankennetz aus, in der Hoffnung, daß der richtige Fisch darin hängenbleibt.«

»Nun gut, mein L-L-Lieber, dann gehen wir nach der M-M-Methode des logisch operierenden Detektivs vor. Da wäre zunächst einmal das Volk der Ba-Ba-Barmherzigen...«

Er kritzelte mit der flinken Kralle den Namen auf das Papier und zeichnete eine Ellipse drumherum. Dann versah er es mit einem Fragezeichen. Durch seine Miniaturversessenheit sah das Ganze wie die Hinterlassenschaft einer an Durchfall leidenden Fliege aus.

»Was spricht eigentlich dagegen, daß diese Ma-Ma-Maulwurfimitate hin und wieder ihr Großraumklo verlassen und ihre Verwandten auf dem Lande zum B-B-Blutspenden auffordern? Wie du erzähltest, nehmen sie es mit dem Hinrichten sowieso nicht so genau und pflegen eine A-A-Affinität zu Sch-Sch-Schmerzritualen.«

»Und das genau schließt sie als Verdächtige aus, Ambrosius. Gerade die Schmerzen, die ein Teil ihres Lebens geworden sind, überstiegen ihre Leidensfähigkeit, würden sie ihren Schutzbunker verlassen. Abgesehen davon, daß ihnen ihre anvisierten Opfer körperlich überlegen sind, fehlt auch ein einleuchtendes Motiv. Außerdem hätten sie mich dann auch kaum beauftragt, Licht in die Geschichte zu bringen, sondern an Ort und Stelle abgemurkst.«

»So schreiten wir flugs zum nächsten Verdächtigen, der Mo-Mo-Monsterpranke!«

Wieder krakelte er den Namen aufs Papier, rahmte ihn mit einer Ellipse ein und machte ein Fragezeichen dahinter.

»O-O-Offensichtlich handelt es sich bei dieser Bestie um ein Raubtier. Es ku-ku-kursieren viele Geschichten über wild lebende Tiere, die Menschenansiedlungen aufsuchen, weil sie von den dortigen Sch-Sch-Schlaraffenlandverhältnissen angelockt werden oder vom unbewachten Nutzvieh. In Kanada sollen Braunbären sogar so sehr ihre Scheu verloren ha-ha-haben, daß sie am hellichten Tag in Wohnungen eindringen und die Kühlschränke leerräumen. Und in A-A-Afrika überfallen Elefanten Brauereien, weil sie sich hin und wieder gern einen Ra-Ra-Rausch genehmigen. Das ist Tatsache. Tja, warum eigentlich nicht? Mo-Mo-Monsterpranke hat sich halt zufällig auf unsere Gattung spezialisiert. Wahrscheinlich schmecken wir tatsächlich so fabelhaft, wie die Chi-Chi-Chinesen behaupten.«

»Einspruch, Ambrosius! Vorausgesetzt wir munden der Monsterpranke wirklich so toll, weshalb frißt sie dann die Leichen nicht mit Haut und Haaren auf und begnügt sich statt dessen lediglich mit ein paar Bissen? Weshalb macht sie sich sogar die Mühe, ihre Schandtaten zu verschleiern und die Toten, da wo es geht, der Kanalisation zuzuleiten?«

»B-B-Blieben also doch nur Hugo und die Dogge übrig.«

Abermals wurde der Name aufgeschrieben, eingekreist und mit einem Fragezeichen bedacht.

»Stopp! Du hast eine verdächtige Gruppe vergessen.«

»W-W-Welche denn?«

»Die Wilden!«

Er brach in ein schallendes Gelächter aus und patschte die Schreibklaue mit solcher Wucht auf das Blatt, daß von dieser heiteren Überschwenglichkeit nicht nur ein markanter Pfotenabdruck zeugte, sondern die Tintenspritzer nur so umherschossen. Ohne mich hier als zwanghaften Saubermann hervortun zu wollen, sei nebenbei erwähnt, daß mein Gesicht danach etwa so aussah, als habe jemand sein Farbspray daran ausprobiert.

»E-E-Entschuldige, Francis, aber das ist das A-A-Absurdeste, was ich je gehört habe...«

»Bevor du vor Lachen auseinanderbrichst, Ambrosius, eine simple Frage: Wurde je ein Wilder Opfer des Mörders?«

»Nein.«

»Ist es nicht äußerst sonderbar, daß der Schwarze Ritter allem Anschein nach das Hobby pflegt, die Rasse der Spitzohrigen auszurotten, doch ausgerechnet bei den Wilden ein Auge zudrückt?«

Schlagartig gewann der Schreibtischtäter seine Ernsthaftigkeit zurück, als habe man ihn durch einen Tabubruch brüskiert. Da war es wieder: der fanatische Blick, die weltentrückte Miene, die das Abdriften in geheimnisvolle Dimensionen signalisierte, und die rabenschwarze Verachtung für diejenigen, die an der Integrität der geheiligten Waldgeschöpfe zweifelten. Diese Verachtung kannte ich bereits von Alraunes elitärem Naserümpfen. Ambrosius neigte sich mit dem gestrengen Ausdruck eines Oberlehrers mir zu, so daß unsere Nasen sich beinahe berührten.

»Nimm's mir nicht übel, Francis, doch nun redest du wie ein Du-Du-Dummkopf! Da ich jedoch weiß, daß du keiner bist, sondern mich nur provozieren willst, möchte ich deine letzte B-B-Bemerkung überhört haben. Und dich ein bißchen über die Felis silvestris aufklären. W-W-Weißt du, mein Freund, es gibt eine Sü-Sü-Sünde, die alle anderen übertrifft. Nämlich die, daß man die O-O-Opfer eines Verbrechens dadurch verhöhnt, indem man sie nachträglich zu Tätern macht. Der Allmächtige hat nur wenige Ma-Ma-Manifestationen seiner Größe und Güte auf Erden hinterlassen. Doch noch weniger Angehörige der wi-wi-wilden Rasse. Und von T-T-Tag zu Tag werden sie weniger. Es enttäuscht mich zu hören, daß du dieselben gemeinen V-V-Vorurteile pflegst, die Menschen schon seit Jahrtausenden über unsere wilden Verwandten verbreitet haben. ›Unvergleichliche Grausamkeit‹, ›überschäumende Wut‹, dies waren noch die nettesten A-A-Attribute, mit denen die Herren der Schöpfung die Wilden von jeher belegten. Zu ihrer schnellen Au-Au-Ausrottung haben natürlich die Reformen der Forstwirtschaft beigetragen, die seit Mitte des achtzehnten Jahrhunderts die Wä-Wä-Wälder, die damals noch den Charakter von Urwäldern hatten, nach und nach zu reinen, räumlich genau eingeteilten Beständen von Mo-Mo-Monokulturen machten. In solchen Gebieten bedeutete das Auslöschen jeder beliebigen Tierart keine Schwierigkeit. Wenn das Paradies stirbt, Francis, sterben auch die E-E-Elfen, und mit ihnen Gott. Es ist aber erstaunlich, wie stark auch wir inzwischen mit solchen gefährlichen, die wahren Mechanismen der Na-Na-Natur völlig verkennenden Menschenparolen wie ›Kampf den Schädlingen‹ infiziert sind. Widerstehe diesen verwerflichen Phantasien, Francis. Die Wi-Wi-Wilden sind nicht die Mörder, sie sind die Ermordeten! Würde sich ein Wilder an irgendeinem Leben, das außerhalb seines Beuteschemas liegt, vergreifen, würde ihn sein Stamm beim lebendigen Leibe ze-ze-zerfleischen. Allein der Gedanke ist aberwitzig! O nein, Francis, die Wilden *sind* der Wald, und er sch-sch-schenkt ihnen genug Nahrung. Fragt sich nur, wie lange noch.«

Er schien jetzt Tränen in den Augen zu haben, so erschüttert war er von seiner eigenen Rede.

»Sie werden de-de-demnächst gen Skandinavien ziehen, weil dort die Wälder ertragreicher sind und es mit dem Naturschutz besser bestellt ist. Aurelie, die Stammesführerin, wird im So-So-Sommer den Startschuß geben. I-I-Ich versuche, ihnen, soweit es in meinen Kräften steht, zu helfen, indem ich die alten Sa-Sa-Satellitenbilder auswerte und günstige Routen aufspüre. Na-Na-Natürlich im geheimen, wenn Diana ihre langen Spaziergänge u-u-unternimmt. Meine Ergebnisse teile ich Aurelie bei konspirativen Treffen mit. Ich hoffe, sie werden es schaffen und dort im Norden optimale Le-Le-ebensbedingungen finden.«

»Du hast mich völlig mißverstanden, Ambrosius«, sagte ich nach der moralischen Keule kleinlaut. Selbstverständlich war der Verdacht gegen die Wilden nichts weiter als eine Hypothese gewesen, obgleich Alraunes Antipathie gegen uns Domestizierte und ihr befremdliches Verständnis für die Grauenstaten des Schwarzen Ritters mich doch aufhorchen ließen.

»Bitte, erspare dir und mir das Klischee vom feinen Stadtpinkel, der in den Kreaturen der Wildnis entweder dumme Tölpel oder gefährliche Ungeheuer sieht, doch von dem hier stattfindenden Öko-Desaster nicht den blassesten Schimmer hat. Auch ich habe mich mit dem traurigen Schicksal der Wilden eingehend beschäftigt, wenn auch auf theoretischem Wege. Und gerade weil wir hier eine Theorie nach Schwachstellen abklopfen, konnte ich es mir nicht verkneifen, dich auf diesen dunklen Punkt hinzuweisen. Sei also fair.«

»O-O-Okay, ich nehme dich beim Wort und will dir he-he-helfen.«

Er trug die Wilden ebenfalls in das Papier ein, zeichnete jedoch zu meinem Erstaunen einen Kreis um alle registrierten Gruppen.

»Obwohl oder weil du ein au-au-ausgezeichneter Theoretiker bist, hast du natürlich nicht an die einfachste Möglichkeit gedacht. Vielleicht werden die Mo-Mo-Morde nämlich nicht von einer einzelnen Gruppe begangen, sondern von *allen!*«

Ich runzelte die Stirn. Was sollte das wieder bedeuten? »Ich begreife nicht recht.«

»E-E-Entschuldige, ich habe mich bewußt unverständlich ausgedrückt. Was ich meine, ist folgendes: Wenn du schon den Sch-Sch-Schwarzen Ritter ungern als Mörder fa-fa-favorisieren möchtest, weshalb sollte der Verdacht dann ausgerechnet auf denjenigen lasten, denen du bis jetzt begegnet bist? Es gibt im Wald Tiere in Hü-Hü-Hülle und Fülle, die für solcherlei Gemetzel in Betracht kommen. Wir besitzen nämlich sehr wohl natürliche F-F-Feinde. Zum Beispiel das Hermelin, das die menschliche Frau lediglich als geschmeidiges Prestigeobjekt kennt. Es soll sich in der Regel an unserem Na-Na-Nachwuchs vergreifen, der ja manchmal von der Mutter im Wurflager allein ge-ge-gelassen werden muß. Man sagt, kein Wurf würde in Waldgebieten überleben, wo das Hermelin häufig v-v-vorkommt. Übrigens frißt es mit Vorliebe unsere Leber und säuft gern unser Blut. Da unsere Brüder und Sch-Sch-Schwestern auf den Bauernhöfen sicherheitstechnisch nicht mehr so auf der Höhe sind, wäre es durchaus denkbar, daß ein He-He-Hermelinkommando mit ihnen leichtes Spiel hätte.

E-E-Es geht aber noch weiter. Es gilt als nachgewiesen, daß der Steinadler die Unsrigen oft anfällt, besonders dann, wenn durch die Folgen der sogenannten Zivilisation der Be-Be-Bestand an Kaninchen und Nagern merklich zurückgegangen ist. In den Ho-Ho-Horsten der Könige der Lüfte findet man immer häufiger Knochen und Reste der Wilden, doch achtmal mehr Reste von uns Domestizierten. Die Liste der in Frage kommenden Tö-Tö-Töter ließe sich unendlich fortsetzen. Durchgedrehte Jagdhunde f-f-fallen mir da spontan ein oder Füchse, die vereinzelt noch durch diesen Wald irren. Deshalb mache ich dir einen Vorschlag, Francis:

Wir legen uns aufs Ohr, bi-bi-bis die Sonne aufgegangen ist, und starten dann gemeinsam eine professionelle Ermittlung. Hierbei können wir uns bei den Wa-Wa-Waldbewohnern, die uns wohlgesonnen sind, erkundigen, was sie über die Angelegenheit d-d-denken oder ob sie gar jemals Zeugen der Verbrechen gewesen waren.«

»Das hört sich ja sehr vernünftig an, Ambrosius. Doch ich kann mir beim besten Willen nicht vorstellen, wie die Sache funktionieren soll. Ich kann nämlich weder Elchisch noch Auerhahnisch.«

»Aber ich!«

»Pardon?«

»Ja, du hast richtig g-g-gehört. Ich werde für dich den Dolmetscher spielen. Nun schau mich nicht so entgeistert an, F-F-Francis. Glaubst du tatsächlich, daß ein schrulliger Waldkobold wie ich so lange in dieser Einöde versauert, ohne sich mit der Sprache der anderen Ko-Ko-Kobolde auseinanderzusetzen?«

Er riß das Maul sperrangelweit auf und stieß ein schrilles Gekrächze hervor. Ich konnte nicht genau auseinanderhalten, ob die Demonstrationslaute einem Pavian mit Anuskrämpfen oder Tarzan in seiner postkoitalen Depression zuzuordnen waren, mimte aber dennoch anerkennendes Erstaunen.

»Vortrefflich, Ambrosius! Hätte ich Hände, würde ich dir nun applaudieren. Darf man wissen, in welcher Sprache du eine Probe deines Könnens geliefert hast?«

»D-D-Das wirst du noch früh genug erfahren, mein Freund. Laß uns jetzt ausruhen, damit wir für unsere morgige Untersuchung fi-fi-fit sind.«

»Nicht, bevor du die zwei Dinge aufgeklärt hast, die mir gleich zu Beginn unserer Begegnung Rätsel aufgegeben haben. Erstens das Geheimnis deiner Schreiberei und zweitens, weshalb du dich als ewig Suchender in Sachen ASW vorgestellt hast.«

»Das eine ist mit dem anderen eng verquickt. Die Sch-Sch-Schreiberei allerdings ist einleuchtender, als es den Anschein haben mag. Ich mußte mir irgendwann die Fertigkeit der Wi-Wi-Wissensaufzeichnung aneignen, weil meine Studien bezüglich ASW überhandzunehmen begannen. So schaute ich Diana ü-ü-über die Schulter und übte diskret, bis es endlich klappte. Natürlich weiß sie nichts davon, und sobald der Mo-Mo-Morgen graut und ihr selbst von ihren eigenen Kunstergüssen übel geworden ist, wird mein Manuskript in Windeseile v-v-versteckt.«

»ASW. Außersinnliche Wahrnehmung. Die von der Parapsychologie untersuchten, außerhalb der bekannten Sinnesorgane liegenden Wahrnehmungsformen wie Telepathie, Hellsehen und Prophetie, stimmt's?«

»Jetzt bin ich an der R-R-Reihe ›vortrefflich!‹ zu rufen. Doch während diese Abkürzung für die tr-tr-transzendierenden Fähigkeiten der menschlichen Psyche steht, geht meine Forschung sozusagen in die umgekehrte Richtung: ASW-Reaktionen bei T-T-Tieren, auch Animal-Psi-Research genannt. Oft haben sich Tiere bei Spukerscheinungen o-o-oder etwa im Augenblick, da ihr Herr starb, merkwürdig verhalten, und es liegen einige gut dokumentierte Fälle von ›Psi-trailing‹ vor, dem Phänomen, daß ein Tier, das von seinem He-He-Herrn verlassen wurde, große Strecken zurücklegt, um ihn wiederzufinden, und dabei Gebiete durchquert, die es nie zuvor gesehen hat.« (10)

Mich lauste der Affe! Ich war schon gespannt, was als nächstes kommen würde. Vermutlich ein UFO, um Diana und ihre Psi-Pussy für den Routineausflug nach Andromeda aufzugabeln. Ehrlich gesagt, hatte ich die Nase langsam gestrichen voll von all dem Simsalabim. War ich denn in einem Esoterikkurs für ausgebrannte Manager gelandet? Und doch... Meine nun auf Hochtouren arbeitende Denke beschlich allmählich das beunruhigende Gefühl, daß all diese bizarren Mosaiksteinchen in einer mir noch unbegreiflichen Weise zusammengehörten und irgendwann, nachdem sie zusammengefügt waren, das alles klärende und erklärende Gemälde zeigen würden. Und Ambrosius, so vermutete ich, würde bei diesem finalen Kittvorgang keine geringe Rolle spielen. Vielleicht, dachte ich leise bei mir, hätte er seinen Namen an die oberste Stelle der Liste setzen und mit einem Ausrufezeichen versehen sollen.

»Du machst mich vor Erstaunen erneut sprachlos, Ambrosius. Ich bin in meinem Leben so manch einem extravaganten Artgenossen begegnet, doch du mit deinen grandiosen Fähigkeiten übertriffst sie alle. Was ist der Grund für die Beschäftigung mit einer derart ausgefallenen Wissenschaft?«

Ambrosius grinste stolz und begann mit einer aufwendigen Streck-und-Reck-Prozedur. Dabei perforierten die scharfen Krallen die Papierunterlage und zerknüllten sie. Plötzlich war ich von der Schönheit und Geschmeidigkeit seines noch sehr rüstigen Körpers wie geblendet. Der Silber-Sorrel-Farbschlag des Felles, ein warmes, hellschimmerndes Apricotrosa, das sich geisterschattenhaft wie ein Umhang vom Rücken bis zu den Füßen ausbreitete, verlieh ihm tatsächlich etwas von einem weisen Meister. Als milder Kontrast zu der fleischfarbenen Oberseite erstreckte sich vom Unterkiefer bis hin zur Bauchseite ein sattes Cremeweiß, das ihn endgültig zu einem unwirklichen Lichtwesen krönte. Die während des Stretchings halbgeschlossenen, wie von innen beleuchteten Augen waren die eines geheimnisvoll lächelnden Magiers bei seinem Meistertrick. Aber immer mehr verstärkte sich meine Ahnung, daß er seine Seele für etwas Unaussprechliches dem Teufel verkauft hatte.

»A-A-Ausgefallen? Fragt sich nur, für wen. Doch dein Erstaunen ist ein Indiz dafür, wie selbstverständlich wir inzwischen den kalten Rationalitätsfimmel des Menschen zu ü-ü-übernehmen bereit sind, Francis. Das mechanistische Weltbild phantasieloser Idioten, welches das Hirn als eine A-A-Art Taschenrechner und den Körper als eine reparaturanfällige Karosserie propagiert, ist auch uns in Fleisch und Blut übergegangen. Schade, schade. Dabei ge-ge-gesteht selbst die trockene Wissenschaft inzwischen ein, daß sie weiß, daß sie im Grunde gar nichts weiß. I-I-Instinkt heißt das Zauberwort, das unser Verhalten erhellen soll. Mal wird es mit schmunzelnder Anerkennung, mal mit kaum verhüllter Überheblichkeit in unserem Zusammenhang genannt. Wir sind die mit dem Instinkt und die da o-o-oben die mit dem hehren Intellekt. Wie einfach doch die Welt der so komplizierten Menschen ist! Nur gelegentlich, wenn sie ein paar unschöne Bo-Bo-Botschaften über ihre Spezies hören, zum Beispiel, daß es auf diesem zerbrechlichen, kleinen P-P-Planeten bald zehn Milliarden von ihrer Sorte geben wird und daß kein Appell an die Vernunft diese selbstzerstörerische Entwicklung zu stoppen vermag, ja dann beschleicht sie eine Ah-Ah-Ahnung, daß es mit ihrem Intellekt auch nicht so weit her sein kann. Für mich ist Instinkt ein direkter heißer Draht zu einer allmächtigen We-We-Wesenheit, die alle Geschöpfe mit einem glühenden Kraftstrom durchdringt. Nenne diese Wesenheit Natur, Erdgeist oder meinetwegen Go-Go-Gott. Ich entdeckte diesen Aspekt unseres Seins während des engen Zusammenlebens mit den anderen

Waldbewohnern. Es fiel mir auf, wie se-se-sensibel, ja geradezu hellseherisch ihre inneren Antennen auf Gefahr, Futterfindung und ihren nahenden Tod ansprachen. So wälzte ich mich durch die Fachliteratur, bis alles einen Si-Si-Sinn ergab. Wußtest du, daß man im griechisch-römischen Altertum durch das Beobachten von Vögeln, ihres Fluges, ihrer Nahrungsaufnahme und ihres Ge-Ge-Geschreis und durch die Deutung der Eingeweide von Opfertieren auf zukünftig stattfindende Ereignisse schloß? Speziell unsere Art besitzt den intensivsten Zugang zu paranormalen Fähigkeiten. Je-Je-Jeder von uns ist ein überragendes Medium. Es ist bewiesen, daß wir Vulkanausbrüche, schwere Gewitterstürme und Erdbeben vorausahnen kö-kö-können. In der Ruinenstadt Pompeji, die durch eine Lavasintflut unterging, wurde kein einziger antiker Artgenosse ausgegraben – aber jede Menge Hu-Hu-Hunde! Wegen unserer prophetischen Talente wurden wir im Mittelalter v-v-verfolgt und von abergläubischen Christen verbrannt, weil man annahm, wir wären im Besitz von übernatürlichem Wissen. Junge, Junge, diese Ba-Ba-Barbaren kamen der Wahrheit wirklich sehr nahe. Wie dem auch sei, mein Spezialgebiet ist die Zukunft, Francis, und ich experimentiere an diversen Methoden, um sie sichtbar zu ma-ma-machen.«

Ich holte erst mal tief Luft, während ich gleichzeitig über ein sehr irdisches Phänomen nachgrübelte. Und zwar, wie sehr doch Herrchen und Tierchen einander ähneln, und zwar nicht nur physiognomisch. Oder wurden sie erst durch das Zusammenleben so? Bei unseren Konkurrenten, den Hunden, war diese Tatsache ja so augenfällig, daß man sich darüber eine Kontroverse getrost sparen konnte. Jetzt ging es also auch bei uns los! Jedenfalls hatte ich nach der Psi-Predigt einige Mühe zu unterscheiden, ob Diana oder Ambrosius durchgeknallter war. Irgendwie, so schien es, hatte der Wald sie in moderne Derwische verzaubert, die den Schwingungen einer Wünschelrute mehr Bedeutung beimaßen als dem Zusammenbruch des Kommunismus. Im nächsten Augenblick fiel mir ein, daß Außenstehende von Gustav und mir zur Zeit unserer trauten Zweisamkeit wahrscheinlich dasselbe gedacht hatten, nämlich daß wir uns ach so ähnlich seien. Und diese Vorstellung drehte mir nicht nur augenblicklich den Magen um, sondern ließ mich noch nachträglich vor Scham in den Boden versinken.

»Ich muß gestehen, daß deiner Wissenschaft etwas Verlockendes anhaftet, Ambrosius. Allein mir fehlt der Glaube. Zwar suchen mich des öfteren beklemmende Ahnungen heim, und ich besitze einen nahezu unfehlbaren Instinkt. Aber es wäre übertrieben, von hellseherischen Fähigkeiten zu sprechen. Zum Beispiel liegt mein Zuhause meilenweit von hier entfernt, und ich wüßte beim besten Willen nicht, wie ich dorthin zurückfinden sollte. Wo bleibt da der übersinnliche Ortungszauber?«

Ambrosius war am Ende seiner Dehnübungen angelangt und machte sich abschließend noch ein letztes Mal richtig lang. Dabei hob er den Hintern bis zum Anschlag in die Höhe, während er gleichzeitig den Vorderteil des Körpers zu Boden preßte und die Pfoten ganz weit von sich streckte, so daß seine Figur einem umgekippten Fragezeichen glich. Ich sah, wie sich über den Rücken hinweg sein Aprikosenschwanz emporwand wie die tanzende Schlange des Fakirs und nach und nach eine außergewöhnliche Stabilität erreichte. Dann begann der Schwanz wie der Hammer eines Metronoms gemächlich hin- und herzuschwingen. Die Faszination, die von dieser Bewegung ausging, war verblüffend – und paradoxerweise recht einschläfernd.

»V-V-Vermutlich ist das Versagen deines Heimfindungs-instinkts einfacher zu erklären, als du denkst, mein Freund – na, gefällt dir mein Schwanz, Francis? Er sch-sch-schwingt so schön, nicht wahr? Hin und her, hin und her, hin und her...«

»Was, was meinst du damit?«

Auch seine Pupillen direkt vor meiner Nase schienen im Rhythmus des Taktmessers zu pendeln – hin und her und hin und her und hin und her...

»Hin und her – Schau genau hin, Francis! – Hin und her – Laß dich nicht ablenken, Francis! – Hin und her – spürst du, wie du immer schwerer und ruhiger wirst, Francis? – Hin und her...«

Meine Augenlider fühlten sich tatsächlich sehr schwer an, als lasteten Ambosse auf ihnen. Ich schlug sie halb herunter, obwohl ich den Blick von dem pendelnden Schwanz nicht abzuwenden vermochte. Die Bewegung war einfach zu ver-lockend. Wie das Winken eines guten Freundes, wie Halme im Wind vor einem hinreißenden Sonnenuntergang. Trotz-dem meldete der letzte wache Teil meines Verstandes Kritik an diesem überwältigenden Gleichklang an, wenn auch sehr leise.

»Was meinst du damit, du Teufel?« flüsterte ich beinahe.

»I-I-Ich meine damit – hin und her – es ist vielleicht ga-ga-gar nicht vorgesehen – hin und her – daß du dein Zuhause wiederfindest, Francis – hin und her...«

Ach ja? Wie traurig. Vielleicht war es auch gar nicht vor-gesehen, daß ich diesem Schwätzer noch länger zuhörte. Vielleicht war es besser, sich einfach hinzulegen, die Augen zu schließen und nur mehr von der so phänomenal harmoni-schen Bewegung dieses Schwanzes zu träumen. Warum ei-gentlich nicht? Hin und her, hin und her, hin und her...

...Ein Lichtblitz durchzuckte mein Gesichtsfeld. Die Helligkeit wich nur ganz zaghaft und gab schließlich den Blick auf das Antlitz eines besonders prächtig geratenen Artgenossen frei. Offensichtlich handelte es sich bei meinem gegenwärtigen Zustand um einen Traum, denn das Bild schwankte so seltsam, als würde ich das Gesehene von einem dümpelnden Kahn aus wahrnehmen. Mein Gegenüber hatte eine äußerst wundersame Fellfarbe. Man konnte tatsächlich kaum unterscheiden, welcher der uns eigenen Farbtöne der dominierende war. Denn sie verschleierten den ganzen Kopf in chaotischen Wellen und wurden doch so launenhaft von Flecken und blitzförmigen Ornamenten durchbrochen, daß man Mühe hatte, eine konkrete Musterung auszumachen. Zum Beispiel erstreckte sich über die rechte Nasenhälfte bis zum Stirnansatz ein strahlend weißer Pfeil, aber diese lichte Stelle wurde wiederum von der Nasenwurzel aufwärts von tintenklecksartigen Verunreinigungen getrübt. Auf der anderen Nasenhälfte das gleiche Bild, nur im Negativ. Ob brutale Pinselstriche eines Neuen Wilden oder zarte Pastellschwärmereien eines Romantikers, es schien, als seien auf diesem Antlitz sämtliche Maltechniken zur Anwendung gekommen. Und vollendet war auch die Form des Hauptes. Es besaß die spitzesten Ohren, aus denen graue Haarbüschel hervorwuchsen, das scharfkantigste Maul (rechte Schnurrhaare schwarz, linke weiß) und eine extrem hohe Stirn; kurz, der Kerl war ein Adonis des Europäisch-Kurzhaar-Geblüts.

Er hielt die Augen geschlossen, doch schienen die Lider keineswegs wegen Müdigkeit heruntergeklappt, sondern wie unter Schmerzen zusammengekniffen. Es war herzzerreißend mitanzusehen, wie ein so stolzer Bursche litt. Aber das war erst der Anfang des Gefühlsfegefeuers, das ich noch durchlaufen sollte. Denn gerade hatte ich mich an die außergewöhnliche Situation gewöhnt, da veränderte sich meine Position aufs neue. Ich weiß nicht, wie, aber mit einem Mal schien ich mich von meinem leidenden Bruder zu entfernen. Wie eine rückwärtsfahrende, von Geisterhand gezogene und dabei beständig taumelnde Kamera bewegte ich mich ganz langsam nach hinten, und durch den immer größer werdenden Ausschnitt wurde allmählich seine gesamte Gestalt erkennbar. Nun plötzlich sah ich, daß aus seinem Maul ein fadendünnes Blutrinnsal floß und in die scharf gefurchte Erde, auf der er rücklings lag, versickerte. Das förderte eine neue Erkenntnis zu Tage: Ich hatte Prinz Wunderschön vorhin nicht gegenübergestanden, sondern die ganze Zeit quasi wie eine Feder über ihm geschwebt und tat es immer noch.

Mein Blickwinkel erweiterte sich zusehends und zeigte mehr, als mir lieb war. Der Beobachtete hatte eine furchtbar gekrümmte Haltung eingenommen, und alle vier Glieder waren grotesk wie nach einem verheerenden Zusammenprall in entgegengesetzte Richtungen verdreht. Sein Leib, der durch die spektakulär getigerte Fellzeichnung im Mondschein silbrig schimmerte, wies am Bauch eine große, klaffende Wunde auf, als sei er das Opfer eines gefräßigen Mähdreschers geworden. Der Vergleich war gar nicht so weit hergeholt, denn ich sah nun, daß er mitten auf einem kahlen Acker lag. Das Blut aus der Verletzung hatte um ihn herum eine kleine Lache gebildet, in der sich der Himmel widerspiegelte. Vereinzelte schwarze Wolken schoben sich hin und wieder vor den großen Vollmond, dämpften vorübergehend das Licht und tauchten das schaurige Stilleben in Tiefblau. Als sie ihre Reise fortsetzten und die Strahlen des Mondes wieder in jedes noch so abgelegene dunkle Erdloch kriechen konnten, nahm ich das Furchtbarste wahr: sein Zukken. Nein, es handelte sich nicht um das unwillkürliche

Zucken, das ein wirres Traumabenteuer im Schlaf verursacht. *Dieses* Zucken wurde durch unvorstellbare Schmerzen ausgelöst, durch Schmerzen, die jenseits der Grenze dessen lagen, für das das Nervensystem eines Lebewesens eingerichtet ist.

Was diese Vision so unfaßbar gehaltvoll machte und mich später in eine Krise stürzen sollte, war jedoch keineswegs die Intensität des Schmerzes. Es war schlicht und einfach die Erlösung von allen Schmerzen dieser Welt. Plötzlich riß der Geschundene die Augen auf, so abrupt und so selbstverständlich, als hätten die kaum wahrnehmbaren Flügelschläge eines Falters sein hochsensibles Radarsystem aktiviert. In der Tat – sogar jetzt erinnerte ich mich daran –, es war, wie Schopenhauer sagte: »Das Leben kann angesehen werden als ein Traum und der Tod als das Erwachen.« Denn in dem Moment, da er seine mit irisierend grünen Lichtlinien durchzogenen, nichts als Scharfsinn und Lebenserfahrung ausstrahlenden Rubinaugen zum Vorschein brachte, fiel alles Erzittern und Schaudern schlagartig von ihm ab, und ein Ausdruck des erlösenden Trostes legte sich über sein Gesicht. Nun hätte auch ich erleichtert sein können, weil ja seine unerträgliche Qual damit ein Ende gefunden hatte. Aber leider befand ich mich nicht im Finale eines zu Tränen rührenden Zeichentrickdramas, das man nach der Vorstellung mit einem Kloß im Hals abhakt, sondern in einem Reich jenseits irdischer Gesetzmäßigkeit. So war ich verurteilt, dem bitteren Mysterium unserer aller Existenz weiterhin ins Angesicht zu schauen, auch wenn ich den Blick gerne abgewendet hätte.

Aus seiner offenen Wunde stiegen nun purpurfarbene Schwaden empor, die sich in der Luft in Sekundenschnelle zu einem sternförmigen Gefunkel vereinigten. Nachdem diese Metamorphose abgeschlossen war, schoß die magische Lichtfülle geradewegs auf mich zu. Ich begann allmählich zu begreifen, was mich erwartete, und versuchte selbst in diesem tranceartigen Zustand der Sache mittels Gedankenakrobatik eine andere Wendung zu geben, so wie man Katastrophen im Traum dadurch abzuwenden vermag, daß man einfach aufwacht. Doch diesmal gab es weder Aufwachen noch Entfliehen. Der purpurne Glitzerball traf mich, durchdrang mich, und es war, als platzte in mir eine gewaltige Blase des Desinteresses an allem, was ich je gesehen, erlitten oder erstrebt hatte. Keine Vergangenheit und keine Zukunft, allein ein ewiges Schweben in der Gegenwart schaler Glückseligkeit. Trotzdem – es stritten sich zwei Stimmen in meinem Bewußtsein, zwei alte Erzfeinde, die mir in dieser vollkommen irren Daseinsebene ihren Willen aufzwingen wollten.

Erleuchtet wie ein phosphoreszierendes Insekt schwebte ich von dem toten Artgenossen am Boden immer weiter fort, während die unversöhnlichen Kontrahenten des Schattenreiches unerbittlich auf mich einredeten.

»Laß von ihm ab, Francis!« beschwor mich der eine. »Laß ab von ihm, denn nichts hat mehr eine Bedeutung für ihn.«

»Geh nicht fort, Francis!« hielt der andere dagegen. »Seine letzte Stunde liegt noch in weiter Ferne. Irgendwann wird es soweit sein. Nicht jetzt.«

»Aber spürst du nicht, daß es besser so für ihn ist, Francis?« gab der andere zu bedenken. »Erkennst du nicht, daß es nur ein blinder, idiotischer Wille war, der ihm die Illusion eines erfüllten Lebens vorgegaukelt hat, obwohl in Wahrheit jeder Tag dem Betteln nach Erfrischung in der Hölle glich? Wie das Ergebnis auch aussehen mag, mein Freund, es lohnt sich nie! Laß ihn los, nimm es hin, sage Lebwohl!«

Jawohl, dachte ich, es ist wirklich unglaublich, wie nichtssagend und bedeutungsleer, wie dumpf und besinnungslos das Leben der allermeisten von uns dahinfließt. Es ist ein mattes Sehnen und Quälen, ein träumerisches Taumeln durch die Lebensalter zum Tode. Wir gleichen Uhrwerken, welche aufgezogen werden und gehen, ohne zu wissen warum. Und jedesmal, wenn einer gezeugt und geboren worden ist, ist die Uhr des Lebens aufs neue aufgezogen, um ihr schon zahllose Male abgespieltes Leierstück abermals zu wiederholen, Satz für Satz und Takt für Takt, mit unbedeutenden Variationen.

Da jedoch widersprach die andere Stimme in mir:

»Aber nicht jeder stolpert durch das Leben wie der Verirrte durch den Wald, Francis. Einige sind auserwählt und zeigen den anderen den Weg. Er da unten brachte Ordnung und Harmonie unter seinesgleichen und wird es weiterhin tun. Denn nur das Licht, welches einer sich selber angezündet hat, leuchtet auch den anderen.«

So rangen die Gespenster immer verbissener miteinander und wollten mich von etwas überzeugen, dessen ungeheuerliche Tragweite mir jetzt endgültig aufging. Die Hochstimmung von vorhin schlug in Panik um. Der Entscheidungsdruck, wieder zu ihm herabzusteigen oder mich einfach von ihm und der schnöden Welt loszusagen, erzeugte in mir einen Angstzustand der grausamsten Art, so daß ich vor inneren Spannungen hätte laut aufschreien mögen. Mein armer Kopf würde explodieren, wenn dieses destruktive Grübeln weiter anhielt.

»Laß los! Flieg davon!« brüllte die eine Stimme – ein donnernder, keinen Widerspruch duldender Befehl, als käme er direkt aus dem Munde Gottes.

»Verlasse ihn nicht! Geh zu ihm zurück!« verlangte ihr Gegenpart ebenfalls vehement.

Weiterhin durch die lauen Winde der Nacht zu den Sternen emporsteigend, blickte ich auf den blutbesudelten Artgenossen auf dem Acker hinab. Er wirkte nun selbst wie ein gefallener Engel, der bei seiner Bruchlandung in eine Putte von makaberster Gestalt verwandelt worden war. Eine gräulich leuchtende Skulptur auf dunkel liniertem Grund. Dennoch fixierten mich seine grünen Augen so durchdringend, als stelle er sich bloß tot. Offenbar erwartete er trotz seines unwiderruflichen Zustandes ein endgültiges Urteil von mir. Freilich wäre mir diese Entscheidung um vieles leichter gefallen, wenn ich nicht von Anfang an gewußt hätte, daß niemand anderer als *ich* es war, der da unten auf diesem einsamen Acker soeben seinen letzten Atemzug getan hatte...

...»F-F-Francis! Francis! Francis!«

Ambrosius' Bernsteinaugen fixierten mich mit der dubiosen Neugierde des OP-Arztes, teils besorgt, teils nach der Bestätigung seines Erfolges gierend. Langsam wich die Anspannung aus seinem Gesicht, als er merkte, daß ich das Experiment einigermaßen heil überstanden hatte. Doch hatte ich das wirklich? War Francis nach diesem mystischen Erlebnis, dessen Ursache wohl kaum in einem verirrten Furz im hoffnungslos verstopften Darmtrakt zu suchen war, noch derselbe? Tja, das Leben hat bisweilen die Eigenart, zu enden, mein Lieber. Und was zurückbleibt, ist nicht einmal ein Schatten. Vielleicht eine Erinnerung in den Köpfen noch Lebender, von Sekunde zu Sekunde undeutlicher werdend, unbedeutender werdend, bedeutungslos werdend. Himmel und Hölle, sie begannen nicht nach dem Leben, sondern sie hörten dann auf zu sein. Verdammt, daran hatte ich nie gedacht. Aber wer tut das schon?

»Ich habe mir ernsthafte So-So-Sorgen um dich gemacht, lieber Freund. Es war gemein von mir, dich ohne Vorwarnung zu hy-hy-hypnotisieren. Aber deine sture Skepsis kam einer Beleidigung gleich und forderte meinen Ehrgeiz heraus, so daß ich gegen meine eigene E-E-Ethik verstieß. Au-Au-Außerdem sind für mich Séancen dieser Art reine Routine. Es bestand also keine wirkliche Gefahr. Deine tiefe Versunkenheit jedoch ging über das no-no-normale Maß hinaus, und selbst als ich dir den Befehl gab, wieder in die Wirklichkeit zurückzukehren, reagiertest du nicht. Was hast du, um Himmels willen, e-e-erblickt?«

»Die Zukunft, Ambrosius, die Zukunft.«

»G-G-Glaubst du mir nun, daß unsere Art in der Lage ist, sie zu sehen, wenn auch nur in Ausschnitten?«

»Ja. Aber ich fürchte, für mich gibt es keinen Grund, darüber froh zu sein.«

»Sah deine Zukunft denn so schlimm aus?«

»Nein, nur ein bißchen tot!«

»Häh?«

»Ich war Zeuge meines eigenen Todes, Ambrosius.«

»Er-Er-Erkanntest du den Zeitpunkt?«

»Ich wirkte nicht gerade wie neunzig, falls du das meinst.«

»Trotzdem, solange man den Zeitpunkt nicht kennt, ist es nicht so a-a-arg. Es könnten noch viele glückliche Jahre vor dir liegen.«

»Na, das ist doch ein Grund zum Jubeln! Dennoch rate ich dir, solche Späße in Zukunft zu unterlassen. Sonst könnte es passieren, daß du deinen Pendelschwanz im Pinseltopf von Diana wiederfindest! Doch es war seltsam. Ich empfand den Tod als Katastrophe und Segen zugleich. Mein Körper schwebte...«

Plötzlich schrien die Sirenen. Noch unter dem furchteinflößenden Eindruck der Vision zerfetzte das schrille Geheul mein Nervenkostüm wie ein frischgewetztes Fleischermesser, mal abgesehen davon, daß meine Trommelfelle dicht davor standen zu platzen. Mit der Blitzartigkeit eines Fingerschnippens sprang ich hoch und spähte ängstlich zum Fenster hinaus. Draußen hatten die Halogenscheinwerfer die Nacht zum Tag gemacht. Auch Ambrosius stand nun die Konfusion im Gesicht geschrieben, und er starrte mit elektrisiertem Blick auf die Quelle des Alarms. Aber was hatte die Bewegungsmelder aus ihrem Dämmerschlaf gerissen? Ein Vogel im Tiefflug? Ein verirrtes Reh? Oder Diana höchstpersönlich, die inzwischen vollkommen übergeschnappt war und unten im Hof einen Hexensabbat feierte?

Wir sprangen gemeinsam auf die Fensterbank, liefen die Dachziegel herunter und schauten über die Traufe. Erst konnte ich kaum erkennen, was da nur einen Meter von der Holzveranda entfernt auf dem Boden lag. Es sah aus wie das weggeworfene, graugetigerte Bündel eines Clochards. Aber das Halogenlicht war unbarmherzig und beharrte durch seine Helligkeit, die die Konturen klar und deutlich hervorhob und selbst die kleinen Details scharf ausleuchtete, auf den Tatsachen. So erkannte ich in dem Bündel schließlich das Wesen, das ich noch vor ein paar Stunden wie durch verzauberten Tüll wahrgenommen hatte...

Alraune!

In ihrer Kehle klaffte ein Riesenriß, der fast um den ganzen Hals ging. Deshalb wirkte der Kopf wie ein Anhängsel am Körper, lediglich verbunden durch das Nackenfleisch. Ihre grünen Augen waren aufgerissen und stierten mich unverwandt an, als erwartete sie eine Erklärung für die bestialische Wendung der Hochzeitsreise. Der Leib selbst war scheinbar das Opfer von über Wasser lebenden Piranhas geworden. Von monströsen Bißwunden übersät, glich es einem in besinnungsloser Wut zerstochenen Kissen, aus dessen Innern jedoch blutrote Federn gequollen waren. Den schockierendsten Eindruck machte aber ihr Schwanz. Er war in der Mitte abgebissen worden, und aus dem Stumpf guckte der verlängerte Wirbelsäulenknochen heraus.

Der Anblick war für mich Schicksalsschlag und Denkzettel zugleich. Alraunes Leiche verschwamm zu einem alptraumhaften Aquarell vor meinen Augen, weil diese sich schlagartig mit Tränen gefüllt hatten. Ich erinnerte mich an ihre wilde Schönheit, an ihr verführerisches sich Wälzen und Rollen, an ihre Augen, in denen der grünfunkelnde Ozean vorbeigebraust war, und an die unbändige Lust, die uns für einen ewigen Moment zu einem einzigen heiligen Urwesen verschmolzen hatte. Und ein Teil meines Ichs dachte an das Leben, das wir vielleicht am Nachmittag gezeugt hatten. Ich dachte an meine toten Söhne und Töchter, die nicht hatten sein sollen. Ja, sollten doch die Tränen mir völlig die Sicht nehmen, mich blind machen, damit ich solche Greuel nie mehr sehen mußte. Sollte doch die Todesvision möglichst schnell Realität werden, damit ich Alraune und meine ungeborenen Kinder in den ewigen Jagdgründen umpfoten, beschnüffeln und meine Nase zärtlich gegen die ihrigen reiben konnte. Erlösung war es, was ich mir nur noch wünschte, Erlösung und endlich weg aus dieser wahnsinnig gewordenen Welt!

Gleichzeitig aber kam ich mir wie ein Tölpel vor, weil ich vor Ambrosius den neunmalklugen Detektiv gemimt hatte, ohne von der Materie eine Ahnung zu haben. Weil noch keiner von den Wilden dran glauben mußte, hatte ich in einem oberschlauen Rückkehrschluß diese seit Jahrtausenden verfolgte Minderheit verdächtigt. Jetzt hatte ich den Gegenbeweis. Doch um welchen Preis! Wie ehr- und verantwortungslos ich doch gewesen war. Nein, nicht meine krummen

Gedankengänge, sondern Ambrosius' intuitive Einschätzungen entlarvten den Mörder. Und dieser war eindeutig der Schwarze Ritter. Er hatte sicher meine Liebelei mit Alraune heimlich beobachtet, sich jedoch mit dem Schlachten zurückgehalten, weil ihm noch etwas viel Teuflischeres eingefallen war. Dann hatte er sich mir in einem Anfall von Narzißmus gezeigt, wie es Meuchelmörder mit einer phantomhaften Aura gern zu tun pflegen. Zum sadistischen Abschluß hatte er Alraune gelehrt, was Grauen heißt, den Kadaver zwischen den Zähnen geschwind auf den Hof geschleppt und mir sozusagen vor die Tür gelegt – was bedeutete, daß er nun gar nicht so weit entfernt sein konnte.

Die Reue schlug mit einem Mal in kalte Wut um. Und in Rachegelüste. Warum sollte einer am Leben bleiben, der sich einen Witz daraus machte, anderen das Leben zu nehmen? Ich fühlte, daß ich alles wieder gutmachen konnte, wenn ich diesem Ungeheuer sofort nachsetzte und mich ihm zum Kampf stellte. Bei Gott, diesmal hatte ich eine Chance! Es war mir einerlei, ob er oder die immer hungrige Dogge oder beide gleichzeitig mich in Stücke reißen würden. Zumindest hatte ich dann meine Pflicht erfüllt und Alraune die letzte Ehre erwiesen.

Schier selbstmörderisch ließ ich mich vom Dach auf den etwa vier Meter tiefer liegenden Hof fallen, bevor Ambrosius seinem Erschrecken Ausdruck geben konnte. Automatisch drehte ich dabei den Kopf nach unten, schwenkte die Vorderhälfte meines Körpers um 180 Grad dem Boden zu, streckte die Vorderpfoten, spreizte die Hinterbeine, drehte den Hinterkörper, wobei ich den Schwanz zum Austarieren des Gleichgewichts benutzte, und landete dann mit gekrümmtem Rücken, der den Landedruck dämpfte, auf allen Vieren – neben Alraunes Leiche. Von der unmittelbaren

Nähe gesehen, steigerte sich das schaurige Bild ins Unfaßbare. Doch mir war nicht mehr nach Trauern zumute, sondern nach Töten, blindlings und genießerisch. Ein derart
zerstörerisches Verlangen hatte ich bis zu diesem Zeitpunkt
nicht einmal in meinen schlimmsten Zornesattacken verspürt. Doch das schäbige Leben hielt immer eine Überraschung bereit. Oder wie Schopenhauer erläutert: »Welche
Kräfte zum Leiden und Tun jeder in sich trägt, weiß er
nicht, bis ein Anlaß sie in Tätigkeit setzt – wie man dem im
Teiche ruhenden Wasser, mit glattem Spiegel, nicht ansieht,
mit welchem Toben und Brausen es vom Felsen unversehrt
herabzustürzen fähig ist.«

Sechstes Kapitel

Wie ein Kamikazetaucher in das Welleninferno, so stürzte ich mich in den finsteren Wald, ohne auch nur den Deut einer Ahnung zu besitzen, in welche Richtung die Killer sich davongemacht hatten. Hinter meinem Rücken hörte ich Diana aus dem Haus rennen, welches durch das Licht der diversen Strahler aussah wie eine Freilichtdisco. Doch das interessierte mich nun herzlich wenig. Ich war besessen von dem Verlangen, Alraunes Mörder in Geschnetzeltes zu verwandeln, obgleich sie ja, wie ich neidlos eingestehen mußte, die erfahreneren Metzger waren. Die Todesvision hatte mich in einen seltsam angstlosen Zustand versetzt. Angst, so dachte ich, ist etwas für die selbsternannten Unsterblichen. Daß die Dinge aber etwas komplizierter lagen, sollte ich nicht nur in den folgenden Minuten erfahren.

Meine Instinkte hatten mich spontan auf den richtigen Kurs gebracht, denn aus der namenlosen Schwärze des Gehölzes hörte ich ein Rascheln, das sich im selben Tempo von mir entfernte, wie ich ihm zu Leibe zu rücken versuchte. Zudem schien es aus zwei Richtungen zu kommen, was darauf schließen ließ, daß der verrückte Hugo und die Dogge sich inzwischen getrennt hatten und solo flohen. Und sie flohen vor *mir* – was für ein Triumph! Ich beschleunigte, begann zu rennen. Buschwerk und Zweige schlugen mir während der Raserei ins Gesicht, Erdhügel zwangen mich zu kühnen Sprüngen. Von körpereigenen Opiaten gedopt, hetzte ich den Phantomen der Nacht hinterher, felsenfest davon überzeugt, daß ich sie überwältigen und richten könnte. Zu dem Geraschel gesellte sich allmählich ein mißgelauntes Knurren, eines von der Sorte, welches in die Enge Getriebene von sich geben. Den Widerspruch, warum zwei Mordbolde sich ausgerechnet vor einem Mückengewicht wie mir fürchten sollten, ignorierte ich, und die Unmutsäußerungen der Getriebenen flößten mir paradoxerweise geradezu überirdische Kräfte ein. Voller Enthusiasmus raste ich schneller und schneller und schneller. Bald hörte ich sie ganz dicht vor mir und nahm sogar ihren Geruch wahr. Seltsam, sie rochen so ganz anders, als ich es erwartet hatte. Doch wie sollten sie denn riechen? Wie städtische Bedienstete des Zentralfriedhofs nach einer ekligen Umbettung? Das Gegenteil war der Fall. Der Geruch, der ihren Drüsen entströmte, spiegelte eine Facette quirligen, wilden Lebens wider, mit all den dazugehörigen komplizierten Noten und Botschaften, die allein eine animalische Nase zu entschlüsseln versteht.

Die beiden... Die beiden? Ich war mir plötzlich nicht mehr so sicher, ob ich wirklich zwei Flüchtenden hinterherhetzte. Denn je näher ich ihnen kam, desto konfuser drifteten die Raschellaute auseinander, geradeso, als schwirre eine Gruppe fächerartig aus. Oder unterlag ich einer akustischen Täuschung, verursacht durch das Nachrauschen der Blätter, die wir alle gemeinsam während des Laufes streiften? Ehe ich mich versah, schien ich sie eingeholt zu haben und nun parallel neben ihnen herzulaufen. Angst! ... Aber hatte ich der Angst nicht noch vor ein paar Minuten abgeschworen?

Hatte ich sie nicht längst aus meinem Leben verbannt, weil ich im Angesicht des Todes keine Verwendung mehr für sie sah? Es kam jedoch schlimmer. Plötzlich waren wir nicht mehr auf einer Höhe. Einer war wie das Siegerpferd vorgeprescht, weil die anderen auf wundersame Weise ihre Geschwindigkeit gedrosselt hatten. Der blöde Gaul war natürlich niemand anderer als Eisenherz Francis. Das Ziel vor Augen oder besser gesagt in den Ohren, hatte ich des Guten zuviel getan, so daß die einstigen Gejagten nun hinter mir lagen und ich auf einmal der Gejagte war. Gleichzeitig damit wichen die Rachegelüste schlagartig dem nackten Wunsch nach Überleben. Und schmerzhaft wie ein Elektroschock wurde mir die Erleuchtung zuteil, daß ich in eine verfluchte Falle getappt war. Niemand war in Wirklichkeit vor den drohenden Vergeltungsmaßnahmen des kleinen Francis geflüchtet. Vielmehr hatte man ihm in Gestalt von Alraunes Leiche einen Köder zugeworfen und ihn so aus dem Waldhaus gelockt, um ihm in aller Ruhe den Garaus zu machen. *Das* nannte ich einen genialen Plan. Wahrhaftig, in den teuflischen Gedankengängen von Psychopathen kannte ich mich etwa so gut aus wie Michael Jackson im New Yorker U-Bahn-System!

Der Schaden war angerichtet, die Freilichtschlachtung des Gelackmeierten nicht mehr allzu fern. Ich warf einen gehetzten Blick zurück und erschauerte. Wie Lichtsignale aus einer von Nebelbänken umlagerten Küste blinkten im finsteren Tannicht dämonische Augen auf. Allmächtiger, verfolgte mich etwa ein ganzes Rudel? Oder doch »nur« der verrückte Hugo und die Dogge, die so flinke Haken zu schlagen wußten, daß sie Schafe hütenden Hunden gleich überall gleichzeitig zu sein schienen? Mein kleines Herz hämmerte so wild, als würde es von purem Kokain angetrieben. Meine

Pfoten hatten sich in die Hufe eines besinnungslos davonga-
loppierenden Rennpferdes verwandelt, dessen Schmerzen
durch noch gewaltigere Schmerzen betäubt wurden. Allmählich wurde mir schwindelig vor den Augen, und alles begann sich zu drehen. Über den Wipfeln der Bäume sah ich
am Himmel den ersten dunkelblauen Schimmer des Mor-
gens aufleuchten. Die Dämmerung brach an.

Dann spürte ich ihren Schwefelatem im Genick. Und vernahm wieder das Knurren, das sich diesmal jedoch keineswegs ängstlich anhörte, sondern voll kalter Wut. Es wurde
anschließend von einem Geheul überlagert und dann von abgehackt ausgestoßenen schrillen Schreien, die den Kehlen
von Wahnsinnigen hätten nicht schauriger entsteigen können. Doch wer waren meine Häscher wirklich? Obwohl ich
den Bestien meine Eingeweide gleich als Frühstück darrei-
chen würde, traute ich mich nicht mehr zurückzuspähen.
Ihr Anblick hätte mir leicht den Verstand rauben können.
Und wenn ich schon sterben mußte, wollte ich dabei wenigstens einen klaren Kopf behalten. Das war ich meiner Selbst-
achtung schuldig. Die irren Schreie steigerten sich, überschlugen sich, entluden sich in einem mörderischen Gekreische ...

Genau vor mir tauchte der dickleibige Ast eines ziemlich
knochigen Baumes auf. Eine Armlänge über dem Boden
schwingend, versperrte er wie ein Schlagbaum die mit Bo-
denefeu bedeckte Schneise, in der ich mich gegenwärtig befand. Darauf ruhte eine alte Bekannte, die mir in dieser ver-
zwickten Situation wirklich noch gefehlt hatte. Ich identifizierte sie anhand ihrer linken mammuthaften Pranke, die
von den letzten Strahlen des Mondes beschienen wurde.
Den Rest, ein Körper zehnfach größer als meiner, verhüllte
der Schlagschatten des Baumes, so daß die ganze Gestalt eine

nicht näher zu definierende Silhouette blieb. Nur ihre Ohren, unsrigen sehr ähnlich, brannten sich mir trotz meiner Bedrängnis ins Gedächtnis ein, weil aus ihren Spitzen pinselartige, steif aufgerichtete Haare wuchsen. Die mich stumm anstarrenden Augen der Kreatur glühten in der Dunkelheit wie phosphoreszierende Kristalle in einer Kohlenmine. Es war die Monsterpranke, die das Ende aller meiner Hoffnungen bedeutete, und sie schien ein hervorragendes Timing dafür zu besitzen, stets im passenden Moment in Erscheinung zu treten.

Bevor ich unter dem Ast hindurchschlüpfen konnte, erhob sie sich auf die Hinterbeine und bäumte sich mit dem Oberkörper titanengleich auf. Was für eine vertrackte Situation: Hinten drängte ein Pulk von blutdürstigen Bastarden, die es kaum abwarten konnten, Dosenöffner Gustavs zeitaufwendiges Mästungsexperiment zu benoten. Und vorne machte sich die Schirmherrin der ganzen Veranstaltung zum Absprung bereit, um das erste und leckerste Stück zu ergattern. Also gut, dann wollte ich auch nicht der Spielverderber sein und ihnen allen den zauberhaften Frühlingsmorgen ruinieren. Ruckartig blieb ich stehen.

Die Monsterpranke hechtete mit einem Riesensatz auf mich zu, was mir ob des ästhetischen Schwungs den Atem nahm. Ich sah, wie sie im Flug alle Glieder von sich streckte und mit bis zum Äußersten ausgefahrenen Krallen eine Metamorphose zu einem Luftakrobaten durchmachte. Ich fügte mich in mein Schicksal. Ja, der Trost war unendlich groß, durch die Tranchierkünste dieses formvollendeten Scheusals in eine bessere Welt wechseln zu müssen. Es gab dem Ganzen so etwas wie Stil.

Aber überraschenderweise währte Monsterprankes Flug länger als erwartet. Ein anderer Landeplatz als Francis Airport war offenkundig vorgesehen. Das Ungetüm zischte nur einen Millimeter über meinen Kopf hinweg und krachte, nach den Schmerzensschreien zu urteilen, mitten in meine Verfolger. Ein gewaltiges Tohuwabohu entstand hinter meinem Rücken, und ich faßte mir ein Herz und linste zurück. Das Halbdunkel des Morgengrauens aber gab keine Geheimnisse preis, und außer emporfliegenden Grasbüscheln und mordlustigen Augenpaaren, die wie brennende Jongleurskegel hin- und herschwirrten, konnte ich nicht viel erkennen. Dafür aber um so mehr hören. Das donnernde Gebrüll von Monsterpranke, das zwischen Furcht und Haß schwankende Gekreische meiner zu kurz gekommenen Jäger und immer wieder das Zerren und Reißen und Knacken, das nur ahnen ließ, welch blutiges Schauspiel sich dort in der Finsternis abspielte.

Ich gab Vollgas und rannte los. Sollten sich doch die Waldmonster ruhig so lange bekriegen, bis sie ihr Unwesen nur noch als ausgestorbene Arten in aufrüttelnden Ökopamphleten treiben konnten. Was juckte es mich? Als nützlicher Nebeneffekt würde wenigstens die Mordserie ad acta gelegt. Trotz der Schadenfreude konnte ich es mir natürlich nicht verkneifen, während der Flucht den Kopf nach hinten zu drehen und die düstere Stelle im Auge zu behalten, an der die Schlacht noch tobte. Und ein paar Überlegungen mußte ich selbstverständlich auch anstellen. Weshalb hatten mich die Gespenster überhaupt verfolgt und mir solche Angst eingejagt? Hätten sie mich abmurksen wollen, wäre ihnen dies gleich am Anfang, als ich den Wald betrat, bestimmt leichter gefallen. Oder unterlag ich einem grandiosen Irrtum? War in Wirklichkeit doch Monsterpranke der wahre Mörder, dem ich durch Zufall nun zu einem neuen Massaker verholfen hatte? Aber warum hatte sie mich dann verschont, obgleich

ich doch genau vor ihrer Nase gestanden hatte und daher als erster dran gewesen wäre? Und warum mußte Alraune daran glauben? Das paßte so gar nicht zu der Vorgehensweise des Täters, der Morde en gros bevorzugte. Existierte am Ende doch der Schwarze Ritter, eine degenerierte, aber durchtriebene Kreatur, die mit meinem Auftauchen im Walde einen ebenbürtigen Gegner gefunden zu haben glaubte?

Ich prallte mit ihm zusammen. Mit wem? Mit dem Schwarzen Ritter natürlich, mit wem sonst? Leider hatte die Betrachtung des Schlachtfeldes in Verbindung mit den Kombinationsversuchen meine ganze Konzentration gefordert, so daß ich vollkommen vergessen hatte, den Kopf wieder nach vorne zu richten und der Gefahr rechtzeitig auszuweichen. Ich wußte nicht, wie lange ich gelaufen war und wie weit ich mich inzwischen von den Streithähnen entfernt hatte. Doch just in dem Augenblick, als ich den Kopf wieder nach vorne riß, schaute ich geradewegs in die Augen der Geistererscheinung, die ich, ob Traum oder Wirklichkeit, auf dem Felsen gesehen zu haben glaubte. Ein zwischen diabolischer Suggestivkraft und kauzigem Amüsement pendelnder Blick, der mich so beharrlich fixierte, daß ich mich ihm schwerlich entziehen konnte. Für eine Vollbremsung war es zu spät, und so kollidierten wir mit einem dumpfen Aufschlag und gerieten aus dem Gleichgewicht. Ich stieß meinen Widersacher, der in der Hektik des Geschehens kaum mehr als ein wirbelnder Schatten war, um, aber anstatt auf die Erde zu fallen, passierte etwas weit Garstigeres.

Wie es der Zufall wollte, stand der Ritter von der traurigen Gestalt am Ufer des sattsam bekannten Baches, der meiner Meinung nach mittlerweile den ersten Preis für das aufdringlichste Rinnsal auf Gottes Erden hätte bekommen müssen. Bevor wir holterdipolter ins Wasser stürzten, bemerkte ich nebenbei, daß wir uns zu allem Überfluß auch noch die breiteste und reißendste Stelle ausgesucht hatten. Sobald wir mit Müh und Not wieder an die Wasseroberfläche kamen, riß uns die Drift mit Brachialgewalt weg. Teils kreischend, teils unfreiwillig die Wasserqualität testend, sah ich mein Opfer in der Ferne, wie es panisch mit den Pfoten strampelte. Und ganz unritterlich plärrte es ebenfalls um Hilfe. Allerdings blieb seine wahre Gestalt weiterhin ein Geheimnis, weil es von den Strudeln immer wieder überwältigt wurde.

Das Morgenrot hatte inzwischen seine zarten Kupfer- und Goldschleier über die ganze Landschaft ausgeworfen, aber leider war mir der Sinn für derlei Ästhetik einstweilen abhanden gekommen. Während also die Sonne in voller Pracht aufging, setzten Hugo und ich unseren Bootsausflug ohne Boot fort, unablässig gegen das Ersaufen ankämpfend. Mal war er unter Wasser, mal ich, mal jammerten wir gemeinsam nach einem staatlich geprüften Rettungsschwimmer, mal einzeln nach Jacques Cousteau. Das Groteske dabei war, daß uns während der Havarie ein Schwarm höchst wißbegieriger rotblauer Fische begleitete. Wir beide müssen ein erbärmliches Bild geboten haben.

Schließlich wurde die Strömung immer ruhiger und das Wasser seichter. Mein schlaffer, nunmehr einem Algenzopf nicht unähnlicher Körper blieb an einer Erhebung am Grund hängen und wurde sanft von den kraftlosen Wellen umspült. Halb bewußtlos öffnete ich den Mund und gab dem Bach zurück, was des Baches war. Schlammbeschmutzt und patschnaß wie ein Mop stellte ich mich dann auf die wackeligen Beine und schaute mich nach meinem Unfallgefährten um. Doch da war nichts zu sehen. Vielleicht hatte er es nicht überlebt und war ins nasse Grab getappt. Ein kleiner Schritt für ihn, aber ein großer für die Felidae. Arme, irre

Dogge, jetzt mußte sie die Gemetzel wohl als Single bestreiten.

Plötzlich vernahm ich das Geräusch aufspritzenden Wassers. Ich drehte mich ruckartig herum und sah hinter einem ins Wasser gestürzten Astwerk zwei Spitzohren emporfahren. Aber Wunder über Wunder, sie trugen die Farbe Rosa. Ein reichlich abwegiges Kolorit für einen Schwarzen Ritter. Die unterdessen kräftiger gewordenen Sonnenstrahlen beschienen den aus dem Wasser steigenden Kopf, so daß er gegen den dunkelgrünen Hintergrund wie ein schwebender Schneeball wirkte. Aber diesen im wahrsten Sinne des Wortes hellen Kopf kannte ich doch...

»Ambrosius!« rief ich freudig. Gleichzeitig faßte ich den Vorsatz, daß ich – falls ich jemals zu Gustav zurückfinden sollte – ihm irgendwie begreiflich machen mußte, mich schleunigst zu einem Augenarzt zu bringen. Gewiß, wir mit unserem kümmerlichen Farbsinn sind nicht gerade die Erfinder von Technicolor. Doch ein Unterscheidungsvermögen zwischen Hell und Dunkel war sogar einem Maulwurf zuzumuten. (11)

»So ein Mi-Mi-Mist! Das ist heute schon das zweite Mal, daß ich in diesem v-v-verfluchten Bach ein Bad nehmen muß«, empörte sich Ambrosius und kletterte beschwerlich auf die aus dem Wasser herausragenden Äste. Auch er hatte sich in einen Algenzopf verwandelt.

»Ich bin untröstlich, teurer Freund, aber ich hielt dich für den Schwarzen Ritter. Außerdem konnte ich nicht mehr stoppen, als ich dich im letzten Moment sah. Eine Verkettung unglücklicher Umstände, wie man so schön sagt. Aus welchem Grund hast du meinen Weg gekreuzt?«

Gemeinsam schüttelten wir uns kräftig und wateten an das von Gänseblümchen übersäte Ufergras. Da die Sonne ihren

Brutofen bereits in diesen frühen Morgenstunden angelassen hatte, konnte es zumindest nicht allzu lange dauern, bis unser Fell getrocknet sein würde. Ambrosius ließ sich aufs Gras fallen und nieste.

»D-D-Dreimal darfst du raten. Du bist mit solcher Plötzlichkeit vom Dach ge-ge-geflogen, daß ich im ersten Moment dachte, eine Hand hätte dich heruntergeschubst. Dann aber ahnte ich dein selbstmörderisches Vorhaben. Ich mußte dich davon a-a-abbringen. Bloß wie? Im Wald fand ich weder dich noch den Schwarzen Mann. Gi-Gi-Ging anscheinend eine andere Richtung. So irrte ich eine Weile umher, bis ich dich mit einem Mal wie eine Fu-Fu-Furie auf mich zugaloppieren sah. Was ist vorgefallen?«

Ich erzählte ihm in kurzen Worten von der unglaublichen Inflation der Mörder und Monster im Zauberwald. Am Ende des Rapports schaute Ambrosius ziemlich ratlos drein. Doch wenigstens war in der Zwischenzeit sein aprikosenfarbenes Fellkleid restlos getrocknet und reflektierte das grelle Sonnenlicht in einem solchen Ausmaß, daß einem beim Betrachten die Augen weh taten. Er glich jetzt einem strahlenden Engel, der sich im Garten Eden von seiner Stippvisite im Sünderland ausruhte.

»Was du erzählt hast, klingt wi-wi-widersprüchlich, Francis. Nichts läßt wirklich darauf schließen, daß du von den wahren Mö-Mö-Mördern verfolgt wurdest oder daß die Monsterpranke genannte Kreatur mit dieser blutigen Geschichte etwas zu tun hat. Vielmehr spricht einiges dafür, daß du in deinem blinden V-V-Vergeltungsfeldzug die Jagdaktivitäten irgendwelcher unschuldiger Waldgeschöpfe gestört hast. Verständlich, wenn sie sauer reagiert haben und dem Störer eine Abreibung verpassen wollten. U-U-Und was diese Monsterpranke betrifft, so hast du vermutlich einen alten Fuchs aus dem Schlaf gerissen, der in seiner Panik wild um sich schlug. Nein, mein Bester, deine zugegebenermaßen sonderbaren Erlebnisse entkräften die Theorie von dem Sch-Sch-Schwarzen Ritter keineswegs. Im Gegenteil, sie sind der Beweis, wie geschickt der verrückte Hugo und die Dogge ihre bestialischen Machenschaften inszenieren und den neunmalklugen De-De-Detektiv an der Nase herumführen.«

»Außer Spesen nix gewesen, heißt also das Fazit. Verflucht und zugenäht! Da rollt eine Todeswalze über die Landschaft, und wir sitzen hier rum und sind so schlau wie zuvor. Was sollen wir jetzt bloß tun?«

»Da-Da-Das, was wir uns vorgenommen haben natürlich. Wir befragen die Bewohner des Waldes und ziehen dann ein Resümee. Danach wird der Aufenthaltsort des Täters ermittelt und das Volk der Ba-Ba-Barmherzigen zu Hilfe gerufen.«

»Ich hab' da meine Zweifel, ob eine Wildsau sich unters Verhörlicht zerren läßt.«

»Wir ermitteln a-a-ambulant.«

»Bekommen Hugo und die Dogge auch ein ordentliches Gerichtsverfahren, falls wir Erfolg haben sollten? Ich stelle mir das Ganze sehr putzig vor. Der Bär als der salomonische Richter, der Fuchs gibt den mit allen Wassern gewaschenen Winkeladvokaten und der Biber den grimmigen Staatsanwalt. Ich selbst spiele liebend gern den Scharfrichter, wenn man mich bittet!«

»Wir haben keine Bä-Bä-Bären mehr im Wald, Francis. Sie wurden schon vor Jahrhunderten ausgerottet. So wie es bald unsere Brüder und Schwestern auf den Bauernhöfen sein werden, wenn wir hier noch lange rumsitzen und dumme Wi-Wi-Witze reißen.«

Obwohl ich das Unternehmen für reine Zeitverschwendung hielt, stimmte ich zu. Zeit war das einzige, was ich noch besaß. Oder irrte ich mich auch in diesem Punkt? Jetzt, da Ruhe eingekehrt war, holte mich die Todesvision wieder ein, und ich fühlte mich plötzlich trauriger denn je. Weder in Ambrosius' Ermutigungen hinsichtlich des ungewissen Todeszeitpunktes noch in der Möglichkeit, daß die Vision lediglich ein erträumter Spuk gewesen war, fand ich richtigen Trost. Es würde sehr bald geschehen, wisperten mir meine unfehlbaren Instinkte zu. Es war wie ein Fluch. Konnte ich ihr entrinnen, indem ich mich in den hohlen Stamm eines Baumes verkroch oder bei einem Tierheim um Asyl bat, mit der Bitte, bloß nicht vermittelt zu werden? Doch für wie lange? Würde mich das Schicksal nicht einholen, wohin ich auch floh? Wahrscheinlich. Nein, es gab kein Entrinnen. Francis' Uhr war abgelaufen, so wie alle Uhren irgendwann ablaufen und die Zeiger erstarren. That's life! – or death!

Ich konnte jedoch versuchen, einen besonders üblen Totmacher zur Strecke zu bringen, bevor ich das Zeitliche segnete. Dadurch würden viele Unschuldige weiter in Frieden leben können. Mein letzter Dienst sollte mein Vermächtnis werden. Mit diesem guten Vorsatz zogen Ambrosius und ich wieder in den Wald, um an ein paar sachdienliche Informationen zu gelangen. Zunächst trafen wir auf einen Rauhfußkauz, der auf einem dünnen Kiefernast in luftiger Höhe seinen undurchsichtigen Nachtaktivitäten entgegenschlief. Er hatte einen großen Kopf mit einem runden, braungesäumten Gesichtsschleier, der auf einem graugefiederten, aufgeblähten Körper saß. Wir stellten uns beide genau unter den Ast, und Ambrosius ließ einen monotonen Gesang aus wenigen Einzellauten vom Stapel, der mich eher an eine gefährliche Rachenkrankheit als an eine Sprache erinnerte. Der Vogel öffnete die leuchtend gelben Augen, warf uns einen ungläubigen Blick zu und fing seinerseits an, mit hin- und herzuckendem Kopf zu raunen. Allerdings steigerte er sich dabei in eine derartige Erregtheit hinein, daß er auf deren Gipfel ganz ungeniert seine Toilette verrichtete.

»Heißt das, er scheißt auf die starken Arme des Gesetzes?« funkelte ich Ambrosius wütend an, nachdem das grünliche Resultat des Stuhlgangs auf unseren frischgewaschenen Häuptern gelandet war. Der Somali öffnete den Mund, um etwas Beschwichtigendes zu sagen, als eine neue Ladung heruntergeflogen kam und uns abermals beschmutzte. Ich hatte gar nicht gewußt, daß so viel Dreck in einem so kleinen Vogel sein kann. Nach der feuchtfröhlichen Begrüßung traten wir beiseite, und Ambrosius führte mit ihm eine eingehende Unterredung in der exotischen Raunen-Sprache. Ich war nahe daran, vor lauter Hochgucken an Genickstarre einzugehen, als das Geflöte jäh beendet wurde und der mindestens um ein Pfund leichter gewordene Vogel davonflog, jedoch nicht ohne uns noch ein letztes Mal zu bombardieren.

Auf dem Weg zu den »sauberen Tieren«, wie der Somali peinlich berührt betonte, erklärte er, daß der Kauz tatsächlich mit aufschlußreichen Anhaltspunkten gedient habe. Oft habe er nämlich während seiner Aufklärungsflüge beobachten können, wie zwei schwarze Kreaturen, die der Beschreibung von Hugo und Hund entsprochen hätten, verdächtig um die Menschenansiedlungen herumgeschlichen wären. Leider habe er aber die grausamen Taten selbst nie beobachten können und wisse auch nicht, wo die beiden sich gegenwärtig aufhielten. Hätte er sie mit derselben scharfen Munition wie vorhin uns beschossen, so dachte ich, hätte er die grausamen Taten vielleicht noch verhindern können.

Auf einer Lichtung begegneten wir einem leibhaftigen

Damhirsch, der gerade mächtig mit Arterhaltung beschäftigt war. Während er eine ganze Horde von Hirschkühen besprang, wobei ihn rangniedrigere Kumpane neidisch von der Ferne angafften, schien er zunächst schwerlich zu einer Aussage zu bewegen. Doch zwischendurch ging sogar diesem imposanten Geweihträger die Puste aus, und Ambrosius interviewte ihn aus gebührendem Abstand. Die beiden röhrten sich gegenseitig ohrenbetäubend an, aber ich konnte schlecht unterscheiden, ob der Pascha wirklich etwas zu sagen hatte oder ob er uns nicht eher empfahl, Leine zu ziehen.

Ambrosius dolmetschte nachträglich einen interessanten Hinweis, nachdem wir dem röhrenden Schwerarbeiter ade gesagt hatten. Der Schwarze Ritter, so habe der Hirsch gemeint, würde sich bevorzugt in Höhlen aufhalten, wenn er sich nicht auf einem seiner Beutezüge befinde. Diese Höhlen, klärte er mich weiter auf, seien im Wald häufiger anzutreffen, als man denke. Meist befänden sie sich unter Felsgestein, und die Felsspalten dienten ihnen als unauffällige Tore. Der Grund, weshalb immer noch viele Höhlen im Wald unentdeckt geblieben wären, läge an der simplen Tatsache, daß die Flora die Felsen überwuchert und so für den Außenstehenden praktisch unsichtbar gemacht habe. Ein ideales Versteck für Verbrecher also.

Im Laufe unserer Ermittlungsreise begegneten wir des weiteren einem Kolkrabenpaar, das in einen heftigen Zwist verstrickt war. Diese bussardgroßen Vögel mit rabenschwarzem Gefieder und kräftigem Schnabel, die oft ein lautes tiefes »Kroar!« vernehmen lassen, verbringen ihr Dasein in lebenslanger Ehe – für mich *die* schauderhafteste Angelegenheit in diesem Universum, noch vor Swatch-Uhren-Sammeln oder sich Schallplatten von »Rondo Veneziano« anhören. Wer diese törichte Institution erfunden hat, gehört meiner Meinung nach für alle Ewigkeit an den heißesten Platz der Hölle verbannt! Kein Wunder also, daß die beiden sich in der Hitze ihres Beziehungsknatsches die Schnäbel fransig schnatterten. Auf seine Frage nach dem Schwarzen Ritter erntete Ambrosius nur wüste Beschimpfungen, und als er den Ehetherapeuten spielen wollte und zu bedenken gab, eine Trennung auf Zeit bewirke oft Wunder, solidarisierten sich die beiden plötzlich und verfolgten uns mit wütendem Gekrächze etwa eine halbe Meile durch den Wald.

Noch außer Atem von der Hatz, lief uns ein altersschwacher Rotfuchs über den Weg. Er beäugte uns erst mißtrauisch aus sicherer Entfernung hinter einem Stoß entrindeter Baumstämme. Doch dann erzählte ihm Ambrosius in der fiependen und knurrenden Fuchssprache von den Schandtaten des Horrordoppels, und das Verhalten von Reineke Fuchs änderte sich mit einem Mal. Die Augen wurden größer und größer, die Riesenzunge schleckte wie wild den Sabber, der ihm die Schnauzenwinkel herunterlief, und er begann uns mit einem immer heimtückischer werdenden Gesichtsausdruck zu taxieren. Während der Ausführungen von Ambrosius, was der Schwarze Ritter mit seinen Opfern anzustellen pflege, schien in ihm eine Bosheit aufzukeimen. Am Schluß, so übersetzte mein Simultandolmetscher, sagte er nur, wir hätten ihn auf eine geniale Idee gebracht. Er schoß hinter den Baumstämmen hervor und stürzte sich fauchend auf uns. Wir sahen zu, daß wir Land gewannen, was zum Glück ohne Komplikationen ablief, da dem Räuber die jugendliche Gelenkigkeit völlig abging.

Als es Mittag wurde, hatten wir also nur wenig Neues herausbekommen. Allein der Hinweis auf die Höhlen konnte als wirklich wertvoll eingeschätzt werden. Immerhin. Doch in welcher Höhle verbarg sich der Schwarze Ritter exakt, wenn er überhaupt solche Behausungen bevorzugte? Und falls diese Höhlen tatsächlich eine Art Geheimbunker der Natur waren, wie sollte man sie dann finden? Es hatte stark den Anschein, daß die ganze Geschichte noch zu einer anstrengenden Wühlarbeit ausarten würde.

Einstweilen jedoch plagte uns der Hunger, und Ambrosius schlug freundlicherweise vor, daß wir zum Waldhaus zurückkehren und uns an dem gütlich tun sollten, was Diana aufgetischt haben mochte. Die Frühlingssonne war unterdessen zu Hochform aufgelaufen. Trotz des nagenden Hungergefühls legten wir wegen der Hitze auf halber Strecke ein Päuschen ein und vertieften uns in eine aufwendige Putzzeremonie. Weil wir nämlich wegen unseres Felles nicht schwitzen können, ersetzt der Speichel die Kühlfunktion des Schweißes. Das große Gelecke fand am Fuße eines Hanges statt, den ein Teppich aus wilden Kletterpflanzen und verkrüppelten Büschen bedeckte und der uns ein bißchen Schatten spendete. Schweigend, gänzlich von dem wohligen Klimaanlageneffekt der flinken Zunge in Anspruch genommen, belagerten wir hier einen kleinen, kugeligen, von Blättern und Moos überzogenen Hügel und genossen die einsetzende Kühlung. Dabei saß ich auf der Kuppe der Anhöhe, so daß ich auf Ambrosius niederschauen konnte, der es sich unten gemütlich gemacht hatte. So konnte ich das folgende Ereignis in allen Einzelheiten beobachten.

Unversehens – ich zweifelte abermals an der Leistungsfähigkeit meiner Augen – spazierte aus dem Bauch des Hügels oder besser gesagt aus einem durch Halme getarnten Spalt ein kleines Kerlchen heraus. Da Ambrosius abseits der Öffnung lag, bemerkte der Ahnungslose ihn nicht und gab sich der Selbstvergessenheit eines Schwachsinnigen hin, der mit lächelndem Antlitz über ein tobendes Schlachtfeld wandelt.

Der Somali aber, der den Bruchteil einer Sekunde kürzer verblüfft war als ich, handelte geistesgegenwärtig. Er stürzte sich mit ausgestreckten Pfoten auf den Narren, bekam ihn am Rücken zu fassen und deutete den Genickbiß an.

»I-I-Ich glaube, wir brauchen nicht mehr nach Hause zurück, Francis. So ein leckeres Mittagsmahl bekomme ich von Diana bestenfalls zu Weihnachten oder wenn sie wieder dieses unsägliche Lied namens ›Memories‹ aus diesem unsäglichen Musical im Radio ge-ge-gehört hat!«

Die Aufregung ließ allmählich nach, und ich konnte das in den Pfoten des Gelegenheitsjägers zappelnde Geschöpf, das einfach Pech gehabt hatte, endlich identifizieren. Es handelte sich um eine Waldspitzmaus: Oberseite schwarzbraun, Flanken gelb, Unterseite graubraun. Sie besaß eine lange, rüsselförmige Schnauze, winzige Augen und kleine, runde, im Fell fast ganz versteckte Ohren. Den drolligsten Eindruck aber machten ihre mit markanten Krallen ausgestatteten Beinchen, die verglichen mit dem kugeligen Körper überproportional groß geraten waren. Das wahrhaft niedlichste Mittagsmahl, das ich je gesehen hatte! Weil Ambrosius und ich unser Putzwerk in aller Stille verrichtet hatten, war der Unglücklichen wohl die prekäre Situation hier draußen verborgen geblieben.

»Ich weiß nicht, Ambrosius. Ehrlich gesagt, verschlägt mir so viel Naturnähe den Appetit. Du weißt ja, ich habe diesen Tick mit den Dosen. Obwohl ich mir die urbanen Verwandten dieses Schnuckelchens als Ausgleich zur alltäglichen Tristesse hin und wieder vornehme, ist die Sache nichts weiter als ein Freizeitsport, sagen wir mal das Äquivalent zum Squash bei Menschen. Da fällt mir ein, vielleicht wäre es klug, den Burschen nach dem Schwarzen Ritter auszuhorchen.«

»Das ist doch nicht dein Ernst, F-F-Francis!« echauffierte sich Ambrosius und zog ein beleidigtes Gesicht. Vermutlich hätte ich wenigstens ein Lob auf seine Reaktionsschnelligkeit aussprechen sollen. »Eine solche De-De-Delikatesse findet man nicht alle Tage. Schau mal, wie schön fett der Knabe ist. Außerdem kenne ich die Sprache von dem V-V-Vieh doch überhaupt nicht!«

»Ich aber eure, Gentlemen!«

Wir starrten uns gegenseitig an, als habe der große Manitu aus dem Jenseits gesprochen. Hatte sich zu meinem Augenleiden auch noch ein Gebrechen in den Ohren gesellt? Aber Ambrosius hatte es doch ganz offensichtlich auch gehört. Im nächsten Moment richteten wir den verdatterten Blick wieder auf die Waldspitzmaus, deren weiße Haare auf der bleistiftspitzen Schnauze vergnüglich vibrierten.

»Sie haben richtig gehört, meine Herren. Ich beherrsche Ihre Sprache. Ohne eitel wirken zu wollen, möchte ich noch hinzufügen, daß dieser Umstand der Hauptgrund ist, weshalb ich nicht schon längst in den Mägen Ihrer wilden Verwandten gelandet bin. Deren Jagdinstinkt ist bei weitem nicht so fabelhaft entwickelt wie der des Kavaliers, der mich gerade in der Mangel hat, wenn ich mir ein Kompliment erlauben darf.«

Ambrosius zog den Griff enger, so daß die Maus ein gequältes Quieksen von sich gab. Gleichwohl wußte er auch keinen rechten Rat, wie weiter vorzugehen sei, und schüttelte heftig den Kopf, als wolle er sich aus einem Traum befreien.

»Da-Da-Das i-i-ist ja u-u-unglaub...«

»Bevor Sie sich zu unüberlegten Handlungen hinreißen lassen, darf ich mich erst einmal vorstellen«, fuhr die Waldspitzmaus unbeirrt fort, wobei sie die schwarzen Stecknadeläuglein mitleidheischend auf mich richtete, weil sie bemerkt hatte, daß ich der gutmütigere von uns beiden war. Berechnendes Biest! »Zaches, mein Name, jung, ledig, doch über ein sehr luxuriöses Nest verfügend. Während meine Kollegen sich nämlich umständlich ein eigenes Nest bauen, annektierte ich kurzerhand diesen Hügel...«

»Was meinst du, F-F-Francis, soll ich ihm gleich die Gurgel durchschneiden, oder wollen wir noch ein bißchen mit ihm spielen?«

Die Verblüffung des Somalis kippte nun in Ärgernis um. Auch mir ging das naseweise Geschwafel dieses Zwerges auf den Geist. Dennoch witterte ich hier eine Chance. Der Schönschwätzer war nämlich die erste artfremde Waldkreatur, deren Worte mir Ambrosius nicht zu übersetzen brauchte. Vielleicht war aus erster Hand mehr zu erfahren.

Die Aussicht auf die bevorstehende Reise in den Mäusehimmel schien Zaches in keiner Weise zu beunruhigen. Im Gegenteil, wie eine aufgedrehte Puppe plapperte er in einer Tour.

»Darf ich Sie darauf hinweisen, daß Sie einen buchstäblich unappetitlichen Fehler begingen, wenn Sie mich auffressen würden, mein Herr. Es gibt einen entscheidenden Unterschied zwischen den Haus- und Feldmäusen und meinem Geschlecht. Unsere Drüsen verbreiten nämlich einen Duft, welcher gerade Ihrer Art auf den empfindlichen Magen schlagen dürfte. Das liegt daran, daß wir speziell für Sie sozusagen schlechte Aminosäuren besitzen. Im Gegensatz zu ›normalen‹ Mäusen sind wir nämlich Insektenfresser, die sich mit einem sehr hohen Gehalt an Proteinen vollstopfen. Den fleischfressenden Tieren aber schmecken nun einmal pflanzenfressende Tiere in der Regel viel besser als der eigene Schlag.«

Ein allmählich anhebendes Zornzittern hatte von Ambrosius Besitz ergriffen, das nun seinen Höhepunkt erreicht zu haben schien. Er drückte die Reißzähne in das Fell des Tieres und legte endgültig zum Genickbiß an.

»Eine Frage, Professor: Bei Hü-Hü-Hühnern ist es ja so, daß sie noch eine Weile weiterlaufen, nachdem man ihnen den Kopf abgehackt hat. Besteht der U-U-Unterschied zwischen den Haus- und Feldmäusen und dir darin, daß du noch weiterquasselst, wenn ich dir den Kopf a-a-abreiße?«

Die Spitzmaus zweifelte augenscheinlich keinen Moment lang an ihrem Fortleben und machte eher einen eingeschnappten Eindruck.

»Ich verstehe Ihre Drohungen nicht, mein Herr«, erzürnte sie sich. »Wir lernen schon als Kind, daß wir Ihresgleichen auf diese Tatsache aufmerksam machen sollen, falls wir in eine solche Situation geraten. Ich meine, Sie haben einfach nichts davon, wenn Sie mich umbringen.«

»Ma-Ma-Mag sein«, lächelte Ambrosius kalt. »Leider hast du aber das Pech, daß du nicht den Zwillingsbrüdern von Mr. Spock begegnet bist, so-so-sondern den Klingonen!«

Er riß den Kopf hoch, sperrte das Maul bis zum Äußersten auf, so daß die vier Fangzähne wie orientalische Dolche hervorblitzten, und stieß ein giftiges Fauchen aus. Das Ende der niedlichen Waldspitzmaus war somit besiegelt.

»Schon mal was von dem Schwarzen Ritter gehört, Kleiner?« griff ich im letzten Moment ein. Ambrosius' Todesfauchen blieb ihm schier im Halse stecken.

»Weniger gehört denn gesehen«, sagte die Maus putzmunter, meilenweit entfernt von der Erkenntnis, daß ich ihr soeben das Leben gerettet hatte. Erstaunlich, die schräge Figur hielt sich tatsächlich für unsterblich.

»Du hast ihn also oft gesehen?«

»Nicht so oft, wie manch andere hier im Wald ihn gesehen zu haben behaupten. Denn wäre es nicht ein Widerspruch in sich, wenn eine sagenumwobene Gestalt einem jeden Tag über den Weg liefe? Schnell wäre es dann aus mit der Legende. Doch ein Gerücht ist wie ein Klingelbeutel: Jeder fühlt sich genötigt, noch etwas dazuzutun. Irgendwann wird das Körnchen Wahrheit zur Lüge und die Lüge wiederum zur allgemeingültigen Wahrheit. Es stimmt, einigen Waldbewohnern ist der Schwarze Ritter hier und da begegnet. Doch die Begegnung fand immer nur aus der Ferne statt. Und niemand hat die blutigen Taten, die man ihm nachsagt, jemals beobachten können. Den Augenzeugenberichten zufolge hatte er sich stets an einem erhöhten Platz aufgebaut, geradeso, als wolle er dadurch seiner eigenen Legende neue Nahrung geben. Ich dagegen sah ihn aus kurzer Distanz...«

»Wie er a-a-aussieht, wissen wir bereits«, sagte Ambrosius barsch. »Du scheinst wirklich für nichts anderes gut zu sein, als meinen Ba-Ba-Bauch zu füllen.« Damit öffnete er wieder das Maul und wollte zuschlagen.

»Moment, Ambrosius, warte noch eine Weile. Vielleicht hat er uns ja ein wichtiges Detail mitzuteilen. Okay, Zaches, du hast also den Schwarzen Ritter aus der Nähe gesehen. Wie sah er genau aus?«

»Nun ja, er sah halt aus wie ihr. Natürlich hatte er ein schwarzes Fell. Es war ziemlich struppig, so wie das Ihres unbelehrbaren Freundes, der an mir sein tadelloses Gebiß ausprobieren möchte. Eine Besonderheit besaß das Fell des vermeintlichen Unholds allerdings. Es glänzte so eigenartig, als habe es einen hohen Fettgehalt oder sei ganz einfach naß.«

»Da-Da-Darf ich jetzt endlich, Francis? Ich kann mir diese dämliche Fellwissenschaft nicht lä-lä-länger anhören.«

Jetzt war es Ambrosius, der mir auf den Geist ging. Weshalb bestand er auf der Ausübung seines Jagdinstinkts ausgerechnet bei unserem ergiebigsten Zeugen? Ich hätte einem Intellektuellen mehr Disziplin zugetraut. Sein kindisches Drängen ignorierend, fuhr ich mit der Befragung fort.

»Und was war mit der Dogge, Zaches?«

»Dogge?«

»Na der Hund, auf dem der Schwarze Ritter saß.«

»Tut mir leid, ich weiß weder was ein Hund noch eine Dogge ist. Wir leben einfach nicht so lang wir ihr, um alle Tiere zu kennen.«

»Aber er saß doch auf einem Tier?«

»Das schon. Und es war genauso schwarz wie der Schwarze Ritter.«

»Kannst du mir das Tier wenigstens beschreiben?«

»Tja, es war groß, viel größer als der Ritter selbst. Seine Klauen waren irgendwie hufartig. Und dann das Gesicht, wie soll ich sagen, geradezu sanftmütig wirkend, als besitze das Tier ein herzensgutes Wesen. Da fällt mir ein, ich habe so ein Tier schon einmal woanders gesehen.«

»Wo?«

»Ich kann mich nicht mehr so recht entsinnen. Das Langzeitgedächtnis ist bei uns viel schlechter entwickelt als bei Ihrer Art. Das liegt daran...«

»Wo?«

»Lassen Sie mich überlegen. Es könnte sein... Ja, jetzt fällt es mir wieder ein. Es graste in der Nähe eines Menschenhauses mitten im Wald...«

»Es graste?«

»Ja. Da waren viele von der Sorte, eine Herde könnte man sagen. Allerdings trug von ihnen nur eines die Farbe Schwarz...«

»Sch-Sch-Schluß mit diesem blödsinnigen Ge-Ge-Ge-rede!« schrie Ambrosius und schlug seine Zähne in die Waldspitzmaus ein, die ein klägliches Gejaule ausstieß.

Dann fiel ein Schuß.

Die Kugel schlug unmittelbar neben meinen Pfoten ein und sprengte fast die Hälfte des Hügels weg. Armer Zaches, jetzt war er nicht nur angebissen worden, sondern auch noch obdachlos geworden. Ich riß den Kopf panisch über die Schulter und schaute gebannt zum Hügel hinauf, weil ich instinktiv ahnte, daß die Bedrohung von hinten kam. Und tatsächlich, da stand *er*, auf dem Rücken des Hanges. Hochaufgeschossene Gestalt, rotschwarzkarierte Holzfällerjacke, Wollmütze mit losen Fellklappen, Nickelsonnenbrille auf der Nase: der Jäger! Kein Wunder, daß er mich ins Visier nahm, stand ich doch auf der Anhöhe wie auf einem Präsentierteller. Die anderen konnte er gar nicht sehen, weil sie sich auf der von ihm abgewandten Seite am Fuße des Hügels aufhielten. Rasch zielte er mit dem matt silbern glänzenden Bolzengewehr aufs neue und drückte ab. Während diesmal der ganze Hügel in tausend Erdklumpen explodierte und ich im hohen Bogen durch die Lüfte flog, registrierte ich am Rande, wie Ambrosius von Zaches abließ und sich hinter einem Gebüsch in Deckung begab. Die stark verwundete Waldspitzmaus packte die Gelegenheit beim Schopfe, nutzte das Chaos und trollte sich ebenfalls seitwärts ins undurchsichtige Grün. Nach der Zerstörung des kleinen Hügels war ich also wieder der einzige, der dem Killer ein vortreffliches Ziel bot.

»Immer ich!« wollte ich aufbegehren, nachdem ich auf der Erde hart aufgeschlagen war, doch glaubte ich kaum, daß der erbarmungslose Schütze sich dadurch von seiner Passion abbringen ließ. Dabei war der Protest durchaus berechtigt.

Zunächst schien es unwahrscheinlich, daß er mich erneut für ein Kaninchen hielt. Und außerdem konnte das Erlegen von meinesgleichen selbst in Gebieten, die für die Pirsch freigegeben waren, heutzutage unmöglich rechtens sein. Der Waidmann mußte also ein brennendes Interesse an der Tötung der Felidae haben, um einen vermutlich sehr kostspieligen Gesetzesbruch in Kauf zu nehmen.

Doch für schlaue Spekulationen hatte ich mir absolut den falschen Zeitpunkt ausgesucht. Aus dem Gebüsch zur Linken lugte Ambrosius' von Panik ergriffenes Gesicht hervor. Hin- und hergerissen zwischen seiner Furcht und dem Bestreben, mir irgendwie helfen zu wollen, tat er einen Schritt nach vorne, um gleich darauf seine mutige Entscheidung in einem Anfall von Muffensausen wieder zu revidieren.

»F-F-Francis! Francis! Hierher! Na los, mach schon! Schnell!«

Gar keine schlechte Idee, denn an das Buschwerk schloß sich übergangslos der Wald an. Es war praktisch schon die halbe Miete, wenn ich dort erst einmal hingelangte. Ich deutete eine vage Bewegung in diese Richtung an – genau vor meinen Pfoten schlug die nächste Kugel ein und riß einen tiefen Graben in die Erde. Daraufhin drehte ich mich auf dem Absatz um und rannte wie von Peitschenhieben malträtiert in die entgegengesetzte Richtung, bevor der Jäger Gelegenheit hatte, nachzuladen. Am Ende war ich also wieder einmal zum Kaninchen mutiert, das ich inzwischen schon als meine zweite Haut empfand.

Die Entscheidung, oder sprechen wir besser von einem Reflex, dieser Reflex also rettete mir das Leben. Zwar ballerte der Jäger nun mit der atemlosen Geschwindigkeit einer Maschinenpistole los, aber ich war den herabregnenden Kugeln im wahrsten Sinne des Wortes stets einen Pfotenabdruck voraus. Mehr noch, jede Kugel, die hinter meinen Pfoten einschlug, spornte mich zu Höchstleistungen an, so daß ich bei dem Tempo sogar in einem Windhundrennen locker den Goldpokal hätte gewinnen können. Schließlich entkam ich unter die verwachsenen Fittiche des Waldes gleichsam wie ein Schauspieler, hinter dem der barocke Theatervorhang fällt. Das war jedoch für den Jägersmann noch lange kein Grund, das Feuer einzustellen. Von Frustrationsteufeln getrieben, schoß er wahl- und ziellos ununterbrochen weiter in den Dschungel hinein, lud fix nach und setzte die gnadenlose Kanonade auf das unschuldige Grün fort. Eine Kugel, zufällig in die richtige Richtung auf die Reise geschickt, hätte mich also allemal noch erwischen können. So rannte und rannte ich impulsiv weiter, bis das Schwirren der Kugeln um mich her allmählich nachließ und die Schüsse nicht mehr zu hören waren.

Außer Puste und nur mehr trabend, fragte ich mich, weshalb der Kerl so erpicht darauf war, mich in einen Engel zu verwandeln. Oder wollte er alle, die meiner Art angehörten, in den Himmel schicken? Handelte es sich bei ihm um einen unerfahrenen oder skrupellosen Jägerjünger, soweit der Begriff »Skrupel« in der Jägerei überhaupt eine Bedeutung besaß? Oder um einen Psychopathen, der alles wegblies, was ihm vor die Flinte lief? Es war wie verflixt, in letzter Zeit schien es auf meine klugen Fragen keine Antworten zu geben, schon gar keine klugen Antworten. Oder war das wieder zu negativ gedacht? Zaches hatte sehr wohl eingehend Rede und Antwort gestanden. Er beschrieb nicht nur den Schwarzen Ritter in aller Ausführlichkeit, sondern hatte auch noch einige interessante Dinge über die Dogge verraten. Zum Beispiel, daß sie einem Tier glich, welches in einer Herde in der Nähe eines Menschenhauses lebte. Einem grasenden Tier wohlgemerkt. Eine Dogge, die graste, und ein Schwarzer Ritter, der anscheinend an der eigenen Legende strickte. Das waren ja schöne Antworten!

Ich fühlte mich ausgelaugt und von überwältigender Einsamkeit ergriffen, während ich bedächtig durch das Dickicht tapste. Wie konnte ich nur in diesen Wahnsinn hineingeraten? Der Frühling sollte doch ein Festival der Freude werden, kein kollektiver Alptraum. Nostalgische Gedanken an das Gustavsche Erdzeitalter drängten sich mir auf. Und wieder Fragen. Was tat mein Dosenöffner wohl jetzt, in diesem Augenblick? Wärmte ihn in der Nacht immer noch dieses Ungeheuer mit dem kleinen Unterschied? Oder fehlte ihm seine alte, flauschige, selbst im Schlaf schnurrende Wärmflasche inzwischen derart, daß seine Augen sich vor exzessiver Heulerei bereits entzündet hatten? War es das wert gewesen, lieber Freund? Und waren all die Jahre derart spurlos an uns vorübergezogen, daß man sie wegen des Duftes von billigem Parfüm und ein paar verlogenen Liebkosungen in den Wind schoß? Schade, schade... Und ich? Was sollte aus mir werden? Ein neues Leben wollte ich beginnen. Was ich bekam, waren Fontänen von Blut und zischende Kugeln. Ich hätte mein Schicksal verflu... Kugeln? Wieso verwendete der Jäger überhaupt Kugeln? Meines Wissens nach bevorzugten professionelle Tiermörder saftige Schrotladungen, da diesen ein größerer Erfassungsradius eigen war. Wenn Vollmantelgeschosse ins Spiel kamen, dann ging es meistens den Mächtigen des Tierreiches ans Leder. Dann fiel mir ein, daß die Waffe, die zu der Holzfällerjacke gehörte, auch nicht gerade so aussah, als wäre sie in einem x-beliebigen Halali-Shop erstanden worden. Vielleicht war der Jäger gar kein Jäger, sondern jemand mit einem ganz speziellen Anliegen. Bei diesem Gedanken wurde mir leicht übel.

Mein Gott, man hatte doch nicht etwa einen Killer auf mich angesetzt? Doch weshalb? Und wer war »man«? Die Mafia? Der CIA? Oder die Dosenfutterhersteller, weil ich unlängst herausbekommen hatte, daß ihr Zeug mehr Geschmacksverstärker enthielt als gesetzlich vorgeschrieben? Fragen! Vielleicht sollten sie mit mir ein neues Fernsehquiz starten. Titel: Francis und die tausend Fragen.

Und mit den tausend Fragen ging es auch im folgenden weiter. Inzwischen hatte ich mich von der Depression wieder einigermaßen erholt, gleichzeitig jedoch einen der schlimmsten Rückfälle in meine bittersüße Sucht der Neugier erlebt. Deshalb beschloß ich, Ambrosius im Waldhaus aufzusuchen und mit ihm gemeinsam Zaches' sensationelle Aussage Wort für Wort durchzugehen. Obgleich mir die Lage des Hauses völlig unbekannt war, sagte mir meine innere Stimme, daß ich es schon irgendwie finden würde. Doch dazu kam es nicht. Das Bäumelabyrinth lichtete sich mit einem Mal, und es wurden die Umrisse eines bizarren Baus erkennbar. Eigentlich hatte ich für heute von Überraschungen die Nase voll, aber je mehr Zweige und Farne auseinanderdrifteten und die Sicht freigaben, desto stärker entfaltete das Objekt eine unwiderstehliche Anziehungskraft. Dann verließ ich den Wald und stand auf einer riesigen Lichtung, in welche man das Ding einfach hineingesetzt hatte.

Es handelte sich dabei um einen rechteckigen Käfig aus einer Metallgestängekonstruktion mit vielleicht faustgroßen Maschen, die im Lauf der Zeit hoffnungslos verrostet waren. Allerdings war dieser Käfig etwa zwanzig Meter lang, zehn Meter breit und zehn Meter hoch. Eine schlauchartige Baracke aus Wellblech schloß sich ihm direkt an; ohne Zweifel hatten hier die Dompteure der Bestie gehaust. Mit der Vergangenheitsform lag man goldrichtig, denn die ganze Anlage schien seit Jahren nicht mehr bewohnt. Aggressive Schlingpflanzen und wildwucherndes Unkraut hatten sich ihrer bemächtigt und sie Stück für Stück erobert, so daß sie nun einem Geschenkkarton glich, der in pure Natur eingewickelt ist. Dornröschen was here!

Da an diesem Ort außer akutem Gespensterspuk offenbar keine anderen Gefahren lauerten, konnte ich mich wenigstens etwas umsehen, war ich doch mittlerweile selbst so etwas Ähnliches wie ein Waldgespenst geworden. Ja, es klang grotesk, aber Francis stellte jetzt eine ernstzunehmende Konkurrenz zum Schwarzen Ritter dar. Ich begann die Besichtigung in der Wellblechbaracke, von der die Eingangstür gar nicht mehr existierte. Vielleicht hatte ein Förster eine bessere Verwendung für sie gefunden. Das Innere des Verschlags sah nach einem Arbeitsraum aus, der mit billigen, morsch gewordenen IKEA-Regalen vollgestopft war, auf denen ein paar Aktenordner lagen. Allerdings ohne Inhalt. Abgesehen von Nummern und irgendwelchen kryptischen Abkürzungen prunkte auf jedem der Aktenordner die Aufschrift: PROJEKT ARCHE.

Ich wechselte von der kahlen Röhre in das Gehege und gelangte damit tatsächlich in ein Märchenreich. Freilich in ein synthetisches, was in Anbetracht der echten Wildnis außerhalb ziemlich aberwitzig wirkte. Das Innere des Mammutkäfigs war sozusagen eine Hommage an die fortschrittlichen Ideen im Zoowesen. Menschen rücken zwar von ihrer alten Leidenschaft, Tiere in Gefangenschaft zu halten, niemals ab, unter dem Druck der öffentlichen Kritik jedoch gestehen sie ihren unschuldigen Sträflingen bisweilen ein zumindest optisch artgerecht wirkendes Ambiente zu. Über Nacht steht dann in einem sterilen Affenhaus ein verdörrter Kletterbaum, und im Terrarium liegen ein paar Steine mehr. Einen solchen Pseudo-Dschungel fand ich auch hier vor. Die Bühnenbildner hatten sich aber diesmal selbst übertroffen. Ein verschlungenes Gewirr aus angepflanzten Bäumen verschmolz mit einem wahren Wucherwuchs von undefinierbaren Pflanzen, so daß die zügellose Kraft der Wildnis paradoxerweise drinnen eindrucksvoller zur Geltung kam als draußen. Überaus fruchtbarer Efeu hatte nicht nur wie ein grüner Putz sämtliche Gewächse verschalt, sondern sich bis zum Deckenmaschenwerk emporgeschwungen und es in ein fast lichtundurchlässiges Blätterdach verwandelt.

Welche Kreatur hatten sie hier gefangengehalten? Und warum so weit abgelegen von der Zivilisation? War sie denn so gefährlich gewesen, daß man sich nicht getraut hatte, sie herauszulassen? Vor allen Dingen, wo war sie jetzt? Entwischt? Mir fiel eigentlich nur ein Kandidat ein, bei dem ein solcher Aufwand gerechtfertigt zu sein schien: die Monsterpranke.

Bewegungen! Winzige, kaum wahrnehmbare Bewegungen regten sich zwischen Blättern und Ästen, Bewegungen, die auch ganz und gar einer Laune des aufkommenden Windes hätten zugeschrieben werden können. Ohne mir etwas anmerken zu lassen – jedenfalls bildete ich mir das ein – drehte ich mich um, mit der Absicht, so mir nichts dir nichts in die Baracke zurückzuwandeln und dann den gespenstischen Platz zu verlassen. Aber diese unmerklichen Bewegungen waren plötzlich auch neben den Türpfosten und im Innern der Baracke, ja überall. Und nicht genug damit, auch außerhalb des Riesenkäfigs kam plötzlich Bewegung in dem angrenzenden Wald auf, und unheimliche Schatten begannen sich zu rühren.

Aus den Bewegungen wurden Umrisse und aus den Umrissen Wilde, deren Schönheit mich wie sakrales Licht blendete. Sie waren die ganze Zeit hier gewesen, zwischen Zweigen hockend und auf Ästen sitzend, doch ihr waldfarbenes Tarnfell hatte mein Auge getäuscht. Nun rührten sie sich, und das Ganze sah aus, als würden Rosen im Zeitraffer ihre Blätter entfalten. Indianern gleich, die ganz langsam das Farmhaus umzingeln, kam jetzt auch der Rest des Stammes aus dem Wald herausgeströmt und bewegte sich in einer geduldigen Prozession zur Baracke. Die im Käfig erhoben sich, sprangen von ihren Tarnnestern herunter und begannen mich einzukreisen. Schon bald befand ich mich in einem engen Kreis, der sekündlich dichter und dichter wurde, je mehr Exemplare der *Felis silvestris* sich von außen dazu gesellten. Dann waren alle um mich versammelt, und beäugten mich neugierig.

»Ich kann nicht steppen, falls ihr das jetzt von mir erwartet«, witzelte ich aus purer Verlegenheit, weil mich das Geglotze nervös machte.

»Das ist aber höchst verwunderlich bei einem Tausendsassa wie dir, Francis«, hörte ich eine zittrige Stimme hinter meinem Rücken. Ich drehte mich um und erspähte ein uraltes Weibchen, das auf einem vollkommen mit Moos bewachsenen Baumstumpf saß. Merkwürdig, daß sie mir nicht gleich am Anfang ins Auge gesprungen war. Denn ihr einstmals wildgetigertes Fell war längst ergraut, die Haare zottig und stumpf geworden. Ihrem Blick haftete etwas Trauriges und Gebrochenes an, wie dem einer Mutter, die schon viele ihrer Kinder hat in den Tod gehen gesehen. Und ihr Körper wirkte schlapp und verbraucht – die Folge unzähliger Würfe. Steif und zittrig richtete sie sich auf und kletterte den Baumstumpf mit sehr vorsichtigen Bewegungen herunter.

»Woher kennst du meinen Namen?«

Gerade hatte ich die Frage ausgesprochen, als ich mir auch

schon hätte auf die Zunge beißen können. Wie konnte ich nur so unsensibel und pietätlos sein!

»Alraune...«, sagte ich beschämt zu mir selbst. »Sie hat euch von mir erzählt.«

»Natürlich«, erwiderte die Alte und humpelte mir durch den Gang entgegen, den die Umstehenden ihr freimachten. Ich konnte mich täuschen, doch mein Gefühl sagte mir, daß ich der einzige Mann in der Runde war. Normalerweise ist das ein Grund zum Jauchzen, doch diesmal stimmte mich dieser Umstand eher nachdenklich.

»Sie hat sogar sehr ausgiebig von dir erzählt. Vor allen Dingen davon, daß du es darauf anlegst, den Schwarzen Ritter zur Strecke zu bringen. Ich bin Aurelie, die Stammesführerin, und Alraune war meine Lieblingstochter, bis... bis dieses Ungeheuer sie sich holte.«

»Ich habe guten Grund zu der Annahme, daß es sich bei dem Ungeheuer in Wahrheit um eine Vogelscheuche handelt, die nur die ganz dummen Vögel zu täuschen vermag.«

»Was meinst du damit, Sohn? Ich bin alt, und der Sinn für feine Anspielungen ist mir im Laufe der Jahre verlorengegangen.«

Weil ihr offensichtlich das bloße Stehen Mühe machte, ließ sie sich vor meinen Pfoten auf das Gras niedersinken und streckte kraftlos alle Glieder von sich. Wie ein scharfer Befehl, der keinen Widerspruch duldet, fühlte die umstehende Schar sich daraufhin veranlaßt, es ihr gleichzutun und sich ebenfalls auf dem Boden auszubreiten. Da alle gleichzeitig in die Knie gingen, sah es so aus, als falle ein Zirkuszelt in sich zusammen. Hunderte von leuchtenden grünen Augen funkelten mich aus wißbegierigen Gesichtern an, und die grazilen Körper, auf denen diese Gesichter ruhten, waren der flauschigste und edelste Teppich, den ich je erblickt hatte.

»Bevor ich es dir erkläre, Aurelie, möchte ich dir und deinem Stamm mein tiefstes Mitgefühl für Alraunes Tod aussprechen. Ich habe keine Ahnung, was Alraune euch von mir erzählt hat, geschätzte Schwestern, aber ihr müßt wissen, daß ich sie in den wenigen Minuten, in denen wir zusammen waren, mehr geliebt habe als alles andere auf dieser Welt. Und die Liebe wird genug gewesen sein. Nicht einmal eines Erinnerns bedarf die Liebe. Denn da ist ein Land der Lebenden und ein Land der Toten, und die Brücke zwischen ihnen ist die Liebe – das einzige Bleibende, der einzige Sinn. Ich wünsche der Kreatur, die ihrem Leben ein solch grausames Ende bereitet hat, daß sie nie und nimmermehr ihren Seelenfrieden findet, weder im Leben noch im Tode!«

Ein besorgtes Aufflackern huschte über alle grünen Augen, gerade so, als sei ein drakonisches Gerichtsurteil ausgesprochen worden.

»Und nun die Frage, Aurelie: Weißt du, welches Tier in diesem Jumbo-Käfig einmal eingesperrt gewesen war?«

»Ist es nicht so, daß die Menschen immer die bösen Tiere in Käfige stecken, mein Sohn?«

»Nein, nicht immer. Auch die kostbaren Tiere werden von ihnen in Gefangenschaft gehalten. Also welches war es?«

»Das wissen wir nicht. Wir schätzen diesen Ort als abgeschiedenes Ruhelager und entdeckten ihn, als er bereits eine Ruine war. Vielleicht hat das kostbare Tier seine Wärter irgendwann aufgefressen und ist geflohen.«

»Jedenfalls muß es ein gewaltiges Tier gewesen sein, wenn es einen so großen Auslauf gebraucht hat. Verwunderlich auch, weshalb der Kasten mitten im Wald steht, gerade so, als sollte der Inhalt versteckt werden.«

»Experimente, Francis, die Menschen machen Experimente mit den Tieren, ja sogar mit ihresgleichen. Man könnte sogar sagen, daß unser jahrhundertealtes Leiden auf einem Experiment des Menschen mit der Natur beruht – auf einem mißlungenen versteht sich.«

»Habt ihr so ein böses Tier hier im Wald schon einmal gesehen?«

»Ja. Es hat fast immer einen Fotoapparat dabei und singt Wanderlieder.«

Sie lachte ordinär, und ihre Sippe fiel in das Lachen pflichtschuldigst mit ein. Dabei entblößte das offene Maul der Alten schadhafte, halb weggebrochene Zähne und mannigfaltige Lücken. In der Regel vermochte unsereins mit so einem Trümmergebiß nicht mal mehr eine Fliege zu erhaschen. Doch ich nahm an, daß die anderen das erledigten und für sie den Tisch deckten.

»Nun gut, dann beschäftigen wir uns ein wenig mit der Erscheinung des Schwarzen Ritters«, sagte ich schnell, weil ich plötzlich das Gefühl hatte, daß das Hohnlachen mir galt. »Ambrosius, mit dem ihr, wie er erzählte, freundschaftlich verbunden seid, und meine Wenigkeit haben in der Zwischenzeit einige Untersuchungen angestellt und sind zu recht irritierenden Ergebnissen gekommen. Allem Anschein nach gibt es keinen einzigen Zeugen, der den verrückten Hugo und die Dogge bei ihrem bestialischen Treiben jemals beobachtet hat. Doch selbst die Existenz der beiden Übeltäter ist höchst umstritten. Ein aufgewecktes Kerlchen deutete an, irgend jemand veranstalte eine raffinierte Maskerade, um eine Legende zu schaffen. Der Grund ist mir allerdings schleierhaft.«

»Wer deutete das an?«

Die Greisin blickte mit ihren schwachen Augen belustigt in die Menge ihrer Töchter, Enkelinnen und anderer Verwandtinnen, als wolle sie sich ihrer Mithäme versichern.

Und wie auf ein verabredetes Signal erschien auf allen Gesichtern ebenfalls unverhohlener Spott. Alles, was ich sagte, schien sie unheimlich zu amüsieren.

»Ihr werdet es mir nicht glauben, aber diese Meinung vertritt eine Waldspitzmaus...«

»Zaches!« rief sie heiter aus und schüttelte gespielt resigniert den Kopf, als sei ich ein Debiler, der auf die Frage nach dem Wetter mit »Donnerstag« geantwortet hätte. »Merkwürdig, daß ihr überhaupt ins Gespräch kommen konntet mit diesem neunmalklugen Stinker. Er gilt hierzulande nämlich als der durchtriebenste Mäuserich und konnte uns bis jetzt immer entwischen. Normalerweise macht er einen Riesenbogen um unseresgleichen. Er muß ganz schön in der Klemme gesteckt haben, wenn er sich zu einem Plausch mit euch überreden ließ.«

»Ich muß gestehen, daß Freund Ambrosius kurz davor stand, mit ihm einen kleinen Tierversuch zu starten, als Zaches diese Aussage machte.«

»Aha, jetzt kommen wir der Sache schon näher. Hat dir denn deine Mutter nicht erzählt, daß Mäuse die geborenen Lügner sind und alles tun würden, um ihre Haut zu retten, Francis? Urteile selbst: Was sind die Worte einer Spitzmaus wert, die in den Fängen zweier Mäusetöter gefangen ist und plötzlich die Gelegenheit erhält, den Tod durch eine phantasievolle Zeugenaussage aufzuschieben? Du bist einem Schwindler auf den Leim gegangen, mein Sohn. Wenn du die Wahrheit erfahren willst, dann hör gut zu. An dem Tod von Alraune sind wir nicht ganz unschuldig. Jahrelang haben wir uns nämlich um unsere eigenen Belange gekümmert und uns mit der Betrachtungsweise selbst etwas vorgemacht, daß die Natur keine Fehler begeht. Wie alle Lebewesen des Waldes hielten wir auch den Schwarzen Ritter für einen nützlichen Teil des Ganzen, der einfach eine Nische gefunden hat, und sei diese Nische auch noch so fragwürdig. Ich selbst war der Hauptpropagandist dieser Idee. Solange der schwarze Teufel uns in Ruhe läßt, dachten wir, kann er tun und lassen, was er will. Wir zeigten sogar Verständnis für sein Mörderhandwerk, weil wir deine Art, Francis, verachteten. Neid war da im Spiel und unendliche Arroganz. Nun muß ich erkennen, daß ich alt geworden bin, ohne weise geworden zu sein. Denn für unsere Kurzsichtigkeit mußten wir bitter büßen. Erst letzte Nacht, als ich erfuhr, unter welchen Qualen meine Tochter sterben mußte, ging mir auf, daß eine von Menschenhand schon längst zerstörte Natur nicht nur einzelne Fehler machen kann, sondern sie am laufenden Band produziert. Unser täglicher Kampf um das bißchen übriggebliebene Wild ist der beste Beweis. Doch als Alraune uns deine Anklage vortrug, lachten wir sie nur aus, und sie lief wütend weg. Dabei muß uns das Ungeheuer belauscht haben. Und indem es Alraune metzelte, wollte es nicht nur dich von seiner Allmacht überzeugen, sondern auch uns.«

»Klingt vernünftig«, sagte ich und legte mich ebenfalls hin, weil Erschöpfung und bohrende Hungergefühle an meiner Substanz zu nagen begannen. »Aber die Ungereimtheiten um diese Gestalt oder besser um diese beiden Gestalten sind derart erdrückend, daß trotzdem starke Zweifel an der Legende angebracht sind. Ich wette, ich könnte noch jahrelang durch diesen Wald irren und würde den Schwarzen Ritter und seine Dogge immer nur hinter meterdicken Nebelschwaden sehen. Laut mehrerer Zeugenaussagen jedenfalls scheint das die Regel zu sein.«

»Nicht bei uns«, entgegnete die Alte und hatte wieder diesen erhabenen Ausdruck. »Wir sind ihnen oft ganz aus der

Nähe begegnet – und wir wissen auch, wo der Schwarze Ritter sich gegenwärtig befindet!«

Wie von einer Natter gebissen, schnellte ich wieder auf die Pfoten und glotzte sie entgeistert an.

»Ihr wißt, wo er ist?«

»Selbstverständlich. Wir wissen über alles Bescheid, was im Wald vorgeht.«

»Wo? Wo ist er?«

»Im Versteinerten Wald.«

»Der Versteinerte Wald? Was bedeutet das?«

»Wenn man einmal dort gewesen ist, weiß man, was das bedeutet. Er liegt zwei Kilometer nördlich von hier. Man braucht nur aus dieser Baracke hinauszugehen und einfach geradeaus zu wandern, dann stößt man direkt darauf. Wenn der Schwarze Ritter nicht gerade mit dem Auslöschen von Leben beschäftigt ist, verschanzt er sich mit dem Hund dort in einer Höhle, die durch eine enge Felsspalte zu erreichen ist. Sicherlich wirst du fragen, wie man diesen Felsen findet. Das wäre noch bis vor ein paar Jahren eine gute Frage gewesen. Doch für denjenigen, der den Versteinerten Wald kennt, erübrigt sie sich.«

»Ich verstehe nicht, Aurelie, wenn ihr doch wißt, wo die Bestie steckt, wieso schnappt ihr sie euch dann nicht?«

Diesmal war es ein trauriges Lächeln, welches sich mit der Langsamkeit einer trägen grauen Masse über ihr vergreistes Gesicht ausbreitete. Dann schüttelte sie gedankenverloren den Kopf. Alle Zuversicht schien in ihr gestorben zu sein.

»Es hat alles keinen Sinn mehr, Francis«, flüsterte sie beinahe. »Und alle Werte, die einst der Aufrechterhaltung der Ordnung dienten, haben jetzt ihre Bedeutung verloren. Die Apokalypse ist nah, mein Sohn. Und der Schwarze Ritter ist lediglich ein Symbol dafür. Rache? Wem soll sie nützen?

Kann Rache Alraune wieder zum Leben erwecken? Und wenn wir Hugo und die Dogge töteten, würde damit der Massenmord der Menschen an uns Tieren, an sogenannten niederen Lebewesen, aufhören? Würde sich an unserer Situation wirklich etwas ändern? Nein, mein Sohn, man kann den Menschen nur entfliehen. Aber wohin? Denn sie sind überall. Trotzdem muß ich auch dem letzten Hoffnungsschimmer hinterherjagen, weil ich für meinen Stamm Verantwortung trage. Deshalb brechen wir noch heute nacht nach Skandinavien auf. Ambrosius sagt, die Lage wäre dort ein bißchen besser. Wer's glaubt, wird selig.«

Auch ich war nun vollkommen ratlos, und mir fehlten einfach die Worte, um sie von der notwendigen Exekution des Schwarzen Ritters zu überzeugen. Aurelie hatte ja so recht. Was machte es schon aus, wenn in einer gigantischen Schlachtfabrik zwei Schlachter ausfielen? In Details verrannt, hatte ich den großen Überblick verloren. Dieser Fehler hätte mir nicht passieren dürfen, denn im Gegensatz zu vielen anderen Zeitgenossen wußte ich, was hinter den Fassaden der stillschweigenden Akzeptanz vor sich ging. Ich wußte, daß in diesem Land allein in den letzten zwölf Jahren siebzig Millionen Tiere zu »wissenschaftlichen« Versuchszwecken zersägt, verbrüht, in brennbare Flüssigkeiten getaucht, aneinandergenäht, mit Zigarettenqualm eingeräuchert, mit Eiter injiziert, aber am Ende immer getötet wurden. Ich wußte, daß Meeresschildkröten bei lebendigem Leib aufgeschlitzt, Pferde und Schweine fast übereinandergestapelt und ohne Wasser tagelang in Lastwagen durch ganz Europa transportiert, Hühner auf einer Fläche von zweihundert Quadratzentimetern kaserniert und zum ewigen Eierlegen verdammt, hundertfünfzig Chinchillas für einen einzigen Mantel zur Ermordung freigegeben und Millionen und Abermillionen von Tieren von Jägern gehetzt, verstümmelt und umgebracht wurden. Das alles hatte ich gewußt und war doch wie ein dienstbeflissener kleiner Polizist in einem totalitären Staat, in dem Millionen leise aus dem Verkehr gezogen werden, hinter zwei Verbrechern hergejagt. Was für ein Witz!

»Wir verlassen diesen Wald, Francis«, sagte Aurelie bitter. »Und wenn du schlau bist, tust du das auch. Es wäre lebensgefährlich, um nicht zu sagen tödlich, wenn du in den Versteinerten Wald gehen und in der Höhle des Löwen schnüffeln würdest.«

»Sicher«, entgegnete ich. »Nur ein Verrückter würde das tun.«

Siebtes Kapitel

Märchen haben etwas Verführerisches, weil jede Märchenfigur nur eine einzige Seite der Seele repräsentiert und den Dingen auf diese Weise eine gewisse Überschaubarkeit verleiht. Auch meine bisherige Reise hatte einem Märchen geglichen. Da waren Safran, Niger und das Volk der Barmherzigen, die die Rolle der Kobolde übernommen hatten, da war die Hexe in Person Dianas und der dienstbare Geist Ambrosius, da waren die geknechteten Bauern, für die die bedrohten Artgenossen auf den Höfen standen, die Prinzessin namens Alraune, das Biest in Gestalt der Monsterpranke, da waren die Waldfeen, vertreten durch die Wilden, und last not least war da der dämonische Schwarze Ritter. In der Tat, ein Märchen par excellence – aber ein Märchen mit Fehlern, wie sich bald herausstellen sollte.

Märchen beeindrucken jedoch auch durch schaurige Szenerien. Und eine halbe Stunde nachdem ich mich von den Wilden verabschiedet hatte und eine gute Strecke gewandert war, stand ich genau einer solchen Horrorszenerie gegenüber. Meine Augen sahen immer noch weit und breit Wald, als das Pflanzendickicht allmählich spärlicher wurde und ich auf einer Anhöhe schließlich stehenblieb. Doch böse Zauberer – unentbehrliche Akteure in Märchen – hatten über diesen Wald anscheinend einen furchtbaren Fluch ausgesprochen und ihn in eine traurige Ödnis verwandelt. Wo dicht an dicht mächtige Bäume mit opulentem, saftigem Grün und haushohen Kronen hätten stehen müssen, erhoben sich nur deformierte, braunschwarze Stümpfe, die an Leiber mit abgeschlagenen Köpfen erinnerten. Und wo Flechten, Moose, Blüten, Gräser, Sträucher und Farnpflanzen einen dichten Teppich hätten bilden sollen, breitete sich wie eine ekelhafte Schleimflut der Unrat von ausgedörrten Zweigen und Büschen aus. Vereinzelt stachen im Sterben befindliche Bäume mit kahlen Ästen hervor – Siechende, die um die Einschläferung baten. Diese Wüste des Grauens erstreckte sich, soweit mein Auge reichte. Es war kein versteinerter Wald, den ich sah, sondern ein toter.

In der Ferne, dort wo der Horizont endete, ragte der achtungsgebietende Felsen empor, in dem sich angeblich die Kommandozentrale des Schwarzen Ritters befand. Aurelie hatte die Wahrheit gesagt. Wäre der Wald noch am Leben gewesen, hätte er den Felsen verbergen können wie einen kostbaren Edelstein. Doch so stellte er die einzige Attraktion in der Landschaft dar. Die Abenddämmerung war inzwischen angebrochen, aber die Sonne hatte sich schon vorher verabschiedet. Finstere Wolken brauten sich am Himmel zusammen, als heckten sie etwas Gemeines aus. Man mußte kein genialer Wetterfrosch sein, um voraussagen zu können, daß der Sturm, der meine Flucht eingeläutet hatte, in Kürze zurückzukehren gedachte.

Nur Verrückte würden in der Höhle des Löwen schnüffeln, das war so wahr, wie es um Francis' Geisteszustand nicht mehr zum besten stand. Und wären da nicht diese tausend unbeantworteten Fragen gewesen, ich hätte eher einem

Abrichtungslager für Schäferhunde einen Besuch abgestattet, als die Höhle des Löwen zu inspizieren. Doch ich *mußte* einfach die beiden Sagengestalten sehen, allein schon, um ihnen meine Verachtung entgegenzuschreien. Aber da gab es noch einen weiteren Grund, weshalb ich ein solch selbstmörderisches Risiko auf mich nahm. Die Ahnung, daß mein Ende unmittelbar bevorstand, hatte sich in mir in den letzten Stunden immer mehr verstärkt. Es war wie ein abgeschossener Pfeil, dem ich in totaler Paralyse entgegenstarrte, ohne die Kraft und den Willen aufbringen zu können, ihm auszuweichen. Wenn jedoch ohnehin vorgesehen war, daß mich dieser Pfeil traf, warum, um alles in der Welt, sollte es nicht in der Höhle des Schwarzen Ritters geschehen? Vielleicht war es besser so, denn Hugo und Hund verstanden etwas von ihrem Handwerk und würden die Sache vermutlich kurz und schmerzlos über die Bühne bringen.

Während ich durch das tote Gehölz in Richtung des Felsens stiefelte, dachte ich an Diana und daran, wie sehr sie wirklich und wahrhaftig einer Hexe ähnelte. Allerdings keiner bösartigen, sondern einer im märchenhaften Sinne guten. Hexen lebten gewöhnlich im Wald, durch ihn bekamen sie ihre Zauberkräfte. Sie sammelten die wilden Kräuter des Waldes, sprachen mit seinen Tieren und mixten alles Leben und Sterben, das der Wald hervorbrachte, zu einem magischen Sud. Deshalb war es die vorrangigste Aufgabe einer Hexe, sich um ihren Wald zu kümmern. Diana hatte dieser Aufgabe genau entsprochen, war aber leider an den Realitäten gescheitert. Die Menschen konnten mit fliegenden Besen nichts mehr anfangen. Sie fuhren lieber Autos. Bis zu ihrem eigenen Untergang, wie man es an diesem Friedhof sehr anschaulich studieren konnte.

Bereits von weitem erblickte ich die Eingangsspalte der

Höhle, welche, finster und bedrohlich wie das Tor des Hades, auf Todessüchtige wie mich eine faszinierende Anziehungskraft ausübte. Der Eingang war ein unscheinbarer Schlitz im Gestein, doch breit genug, um selbst einen Menschen durchzulassen. Obgleich ich inzwischen mit dem Tod auf gutem Fuß stand, dachte ich nicht im Traum daran, ihm seine Arbeit leicht zu machen. Im Gegenteil, der Sensenmann sollte sich bei mir so richtig ins Zeug legen. Deswegen schlich ich mich auf leisen Pfoten neben die Spalte, und erst als ich mich versichert hatte, daß von innen keine verdächtigen Geräusche kamen, riskierte ich einen Blick hinein. Es war ziemlich duster da drin, doch das Felsgestein schien oben ein paar Löcher aufzuweisen, so daß Tageslicht in Gestalt von strahlenden Säulen in die Höhle drang. Ich schluckte und schaute ängstlich zum Himmel auf, den nun Blitze durchzuckten. Tiefgraue Wolkenfelder, aufgebläht zu furchteinflößenden Ballen, hatten sich ineinander verkeilt und schienen geradezu miteinander zu ringen. Die Luft war stickig, weil dieses unheilvolle, undurchlässige Wolkengebräu schwer auf der Erde lastete; jeden Moment würde ein monumentales Gewitter niedergehen. Vielleicht sollte es mir nicht mehr vergönnt sein, je wieder einen Himmel zu sehen. Bevor ich der Versuchung erlag, zu einem aufwendigen Gebet anzusetzen, nahm ich meinen ganzen Mut zusammen und ging hinein.

Zum Glück erleichterten die aus dem Deckengestein dringenden Lichtlanzen die Orientierung. Während ich mich schrittweise ins Innere der Höhle bewegte, registrierte ich, daß das muffige Reich zumindest mit einer gewissen Überschaubarkeit aufwartete. Zwar besaß es die Größe einer kleinen Halle, doch gottlob war es weder heimtückisch verwinkelt noch mit schummerigen Nischen und Abzweigungen versehen. Wenn der verrückte Hugo und die Dogge einen Angriff planten, würden sie dies in Ermangelung brauchbarer Verstecke kaum aus dem Hinterhalt bewerkstelligen können. Lediglich hockerartige Bodenerhebungen, die vereinzelt mannshoch waren und an Stalagmiten in Tropfsteinhöhlen erinnerten, boten noch eine gute Deckung und sorgten für beklemmende Spannung.

Die Angst wich zwar nicht zurück, wurde jedoch immer mehr von der Faszination dieses geheimen Ortes überlagert. Je weiter ich vorwärts kam und je genauer ich die Dinge in Augenschein nahm, desto mehr trat der eigentliche Zweck meines Eindringens zurück, und die Neugierde für das Unerforschte nahm von mir Besitz. Um so erfreuter war ich, als ich überraschend eine spektakuläre Entdeckung machte. Auf die Felswand rechterhand waren jede Menge Bilder von Büffeln, Pferden, Steinböcken und euphorisch tanzenden Menschengestalten gezeichnet. Zwar sah ich die Darstellungen in trübem Licht, und die ursprünglichen Farben konnte man nur ahnen, doch gab es keinen Zweifel daran, daß ich es hier mit echter Höhlenmalerei zu tun hatte. Vielleicht war ich nicht der erste, der diese Kostbarkeiten entdeckte, aber das minderte die Begeisterung in keiner Weise. Bei der Betrachtung der sehr sorgfältig ausgeführten Zeichnungen entsann ich mich an die vielen Fachbücher über dieses Thema aus Gustavs Bibliothek, die ich einst mit großem Enthusiasmus gelesen hatte. Die Verehrung bestimmter Tiere durch den Menschen reicht nämlich weit in prähistorische Zeiten zurück. Viele Jahre lang hat man angenommen, die Darstellungen seien von der Vorstellung veranlaßt, das Bild eines Büffels an der Höhlenwand gebe dem Menschen Macht über das Tier. Wenn man die Bilder jedoch mit dem Auge des Zoologen betrachtet, wird plötzlich etwas Neues sichtbar:

Auf den Bildern sind nicht etwa lebende, sondern tote Tiere zu sehen. Es ist nämlich eindeutig zu erkennen, daß das Gewicht der Tiere nicht auf ihren Hufen lastet. Es handelt sich um die Füße von Tieren, die auf der Seite liegen und nicht etwa aufrecht stehen. Die Höhlenmalereien stellen frisch getötete Tiere dar und sollen deren Andenken ehren. Sie legen Zeugnis ab von der großen Achtung, welche die damaligen Menschen den Geistern der von ihnen erlegten Tiere entgegenbrachten. Je naturgetreuer die Künstler die Gestalt des Beutetiers an die Felswand bannten, um so eher würde dessen Seele sich bereit finden, die neue Wohnung anzunehmen. Junge, Junge, seit diesen magischen Zeiten war zwischen uns und den Menschen eine Menge schiefgelaufen.

Am besten gefiel mir eine Zeichnung, die im Grunde so eine Art prähistorischer Comic zu sein schien. Darin jagte ein Mann mit einem Speer ein Tier, das eine gewisse Ähnlichkeit mit einem Bären besaß. In der nächsten Zeichnungsphase hatte er seine Beute bereits erlegt, gehäutet und sich das Fell übergestülpt, so daß er nun selbst einem Bären glich. Ich ging einige Schritte zurück, um den Gesamteindruck auf mich wirken zu lassen. Dabei stolperte ich mit den Hinterpfoten über ein Hindernis, das klappernde Geräusche erzeugte. Von der jähen Zerstörung der Stille aufgeschreckt, stieß ich einen Schrei aus und drehte mich ruckartig um. Was ich auf dem Boden vorfand, kam einer weiteren Sensation gleich, allerdings einer von der vertrauteren Sorte. Denn ich war endlich auf das gestoßen, wonach ich gesucht hatte.

Meine Hinterpfoten hatten Knochen berührt, die klappernd aneinandergestoßen waren. Diese Gebeine gehörten zwei Gerippen, die seitlings nebeneinander lagen wie die erlegten Tiere auf den Höhlenmalereien oder eher wie ein unglückliches Liebespaar, Jahre nach dem gemeinsam verübten Selbstmord. Zwei Skelette, fabelhaft erhalten, unberührt, geradezu wie für den Biologieunterricht konserviert – doch von unterschiedlichem Bau. Das eine Knochengerüst, das zuoberst liegende, stammte von einem Hund, der Größe nach zu beurteilen einer Dogge. Das darunter befindliche war unverkennbar einem Burschen meiner Art zuzuordnen. Hugo, der Schwarze Ritter, und sein Mörderrappen entsprangen demnach nicht einem kollektiven Wunsch der Waldbewohner nach Mythen. Sie hatten wirklich einmal in dieser Höhle gelebt und waren auch hier gestorben – vor vielen, vielen Jahren.

Aber hatte Aurelie davon nichts gewußt? Warum hatte sie behauptet, der Schwarze Ritter würde immer noch in der Höhle hausen? Und wie vertrug sich das mit der Tatsache, daß außer ihr auch alle anderen Tiere ihn gesehen zu haben vorgaben? Zaches hatte die beiden sogar ausführlich beschrieben, sachlich und detailgetreu. Und Alraune hatte überdies noch so getan, als wären sie im Wald so häufig anzutreffen wie Trimmpfade. Alle Bewohner des Waldes hatten diesen Eindruck erweckt.

Wenn auch das Rätsel durch diesen sonderbaren Fund eher noch rätselhafter geworden war, so stand es zumindest auf einem bestimmten Teilbereich 2:0 für mich. Erster Punkt: Wie mein unfehlbarer Instinkt vorausgeahnt hatte, kamen der verrückte Hugo und die Dogge als Mörder nicht in Frage, denn sie waren ja schon vor langer, langer Zeit gestorben. Zweiter Punkt: Jemand besaß ein brennendes Interesse daran, daß die Legende um den Schwarzen Ritter mit allen Mitteln aufrechterhalten und konstant weiterverbreitet wurde. Ob diese geheimnisvolle Gestalt mit der umherstreifenden Schwarzer-Ritter-Imitation oder gar mit dem

Mörder identisch war, mußte vorerst leider unbeantwortet bleiben. Trotz Aurelies Mißtrauen gegenüber allem Mäuseartigen dachte ich an Zaches, der berichtet hatte, daß der Ritter auf einem Tier zu reiten pflege, das in einem Haus im Wald...

Ich machte eine neue Entdeckung. Doch löste diese keineswegs eine neue Kombinationskaskade aus, sondern ein verdammt flaues Gefühl in der Magengrube. Mein geistesabwesender Blick war während der Suche nach Lösungsmöglichkeiten konstant auf einen der natürlichen Steinpflöcke gerichtet gewesen, die aus dem höckerigen Boden wuchsen. Die Vorderkante des Gesteins wurde von einer der Lichtsäulen gestreift, aber die Stelle, wo der Strahl auftraf, leuchtete heller als alles andere an diesem Ort. Anscheinend wurde das Licht von etwas noch Hellerem reflektiert. Ich schaute nun genauer hin – und das flaue Gefühl in der Magengrube verwandelte sich in nackte Panik.

Die Pranke des Monsters strahlte in dem Lichtkegel wie eine kostbare Sonderanfertigung hinter Panzerglas beim Juwelier. Als ich aufschaute, sah ich seine in der Dunkelheit wie kochendes Gold glühenden Augen. Vollkommen reglos, als seien sie fest installierte Dioden, starrten sie mich unverwandt an. Das Biest saß gelassen auf dem Gesteinshocker, und das wirklich Schockierende für mich war, daß es mich die ganze Zeit über geduldig beobachtet hatte. Nach den undeutlichen Konturen zu urteilen, betrug seine Körpergröße zirka eineinhalb Meter. Wahrscheinlich wartete es darauf, daß ich vor Schreck einem Herzinfarkt erlag, damit es sich die Mühe des Tötens ersparen und sogleich zum Fressen übergehen konnte. Und auch ich fand diese Lösung plötzlich gar nicht so unattraktiv, würde sie mir doch eine Menge Unannehmlichkeiten ersparen. Einen äußerst nützlichen

Aspekt besaß die ultimative Begegnung mit Monsterpranke allerdings tatsächlich. Der Fall war geklärt! Sie hatte den verrückten Hugo und die Dogge vor Äonen hier erledigt und dann ihren Terror auf die Bauernhöfe ausgeweitet. Alle Zeugen, die den Schwarzen Ritter gesehen zu haben glaubten, waren lediglich einer optischen Täuschung erlegen. Nun, da ich meiner Detektivpflicht Genüge getan hatte, konnte ich ja beruhigt sterben.

Aber in letzter Sekunde fiel mir noch, wie ich dachte, ein unheimlich schlauer Trick ein. Ich würde so tun, als hätte ich die Pranke gar nicht erst gesehen. Dann würde ich den Blick in eine andere Richtung schweifen lassen, mich mit der Gelassenheit eines Spaziergängers, der sich zufällig in die Höhle verirrt hat, umdrehen und langsam zum Ausgang lustwandeln. Wenn das Monster irgendwelche Anstalten zum Springen machen sollte, würde ich blitzartig den Gepardengang einlegen, wie wir unseren effektivsten Notsprint in Anlehnung an einen sehr berühmten Verwandten zu bezeichnen pflegen. Fürwahr, eine geniale Idee!

Ich wandte dem Molch den Rücken zu.

»Keine falsche Bewegung, Freundchen!«

Irgendwie hatte ich es geahnt: Es war doch keine so geniale Idee. Die tiefe Baßstimme klang wie die eines unbarmherzigen griechischen Gottes, der es gewöhnt ist, aus Jux und Dollerei ganze Königreiche zu vernichten. Sie schien keine Widerworte zu dulden, weil sich bis jetzt niemand bereit gefunden hatte, Widerworte zu geben.

Tapfer drehte ich mich wieder um.

»Ich habe beim Tierschutzbund ein Papier hinterlegt, das besagt, daß die Erstürmung dieser Höhle durch eine Antiterroreinheit freigegeben ist, sollte ich zum Abendessen nicht zu Hause sein«, sagte ich mit zitternder Stimme.

»Es freut mich, daß du dir trotz deiner strapaziösen Abenteuer deinen Humor bewahrt hast, Francis«, entgegnete der Baß. »Da hast du Glück. Ich habe nämlich auch Humor.«

Ja, dachte ich, den von Caligula. Dann beugte er sich ganz langsam ins Licht, und ich erkannte, daß ich keineswegs mit einem Monster die Ehre hatte, sondern mit einem *Lynx canadensis* oder auf deutsch gesagt mit einem Luchs, genauer einem Kanadaluchs. Ein Luchs also war es gewesen, den ich für ein Monster gehalten hatte. Bloß wo lag der Unterschied? Er besaß ein dickes, gelblich-braun gefärbtes Fell mit schattenhaft gezeichneten Flecken. Der Schwanz war kurz und wies mehrere dunkle Ringe und eine ebenfalls dunkle Spitze auf. Die Ohrenspitzen trugen schwarze Haarbüschel, und den Hals umgab eine auffallende Fellkrause.

Von draußen drang eine Serie von ohrenbetäubenden Donnerschlägen herein; das Gewitter hatte also endlich losgelegt.

»Komisch, daß du dich so vor mir fürchtest, Francis. Dabei bin ich doch derjenige gewesen, der dich heute morgen vor deinen Verfolgern gerettet hat.«

»Um mein Fleisch nicht mit anderen teilen zu müssen?«

»Was würdest du tun, wenn ich ja sagen würde?«

»Vielleicht beten.«

»Beten...?«

Er lachte gallig wie über einen faulen Witz. Dabei verfinsterte sich sein Blick, als hätten meine Worte in ihm eine traurige Saite zum Klingen gebracht.

»Wenn du Gott suchst, Francis, dann mußt du dich in die Kirche begeben. Vielleicht erteilt er dort Audienzen und spielt seinen eigenen Soundtrack auf der Orgel. Hier draußen jedenfalls ist er nie anzutreffen.«

»Und warum willst du mich auffressen?«

»Das alte Lied: Hunger!«

»Wie ist dein Name, du mächtiges Tier?«

»Acht.«

»Das ist kein Name, sondern eine Ziffer.«

»Was du nicht sagst, du Klugscheißer.«

Dann tat er etwas, was beinahe schon ausgereicht hätte, um in mir vorzeitig die Todesstarre auszulösen. Er sprang nämlich von seinem hohen Sitz herunter, und für einen Moment stellte ich mir die ziemlich berechtigte Frage, ob dieser von stählernen Muskeln und Sehnen geführte Gigant in seinem strahlend beigen Fell wohl das letzte war, was ich in meinem Leben sah. Flammend hell leuchtende Augen flogen auf mich zu, wurden größer und größer und stoppten erst, als sie die Ausmaße von gewaltigen Scheinwerfern erreicht hatten. Als ich mir wieder ein Herz faßte und aufblickte, sah ich, daß sein riesiger Kopf wie ein düsterer Planet über mir schwebte. Er beobachtete mich unschlüssig, so als überlege er sich, ob mein Kopf komplett in sein Maul hineinpaßte.

»Sag mal, Acht – oder war es Neun? Entschuldige, mir fehlt augenblicklich die Konzentration für höhere Mathematik. Sag mal, das mit dem Hunger hast du doch nicht ernst gemeint, oder? Ich meine, du siehst aus, als könntest du ein paar Kilo abspecken.«

»Beruhige dich, Francis. Ich werde dir nichts antun. Außerdem habe ich vor einer Stunde Zaches gefressen. Er war verwundet und torkelte nur noch blutend herum. So habe ich den Bedauernswerten von seinem Leiden erlöst.«

»Wie selbstlos von dir. Jedenfalls bin ich froh, daß ich keinen Pickel auf der Nase habe. Es hätte vermutlich wieder den Samariter in dir geweckt. Und die hier...«

Ich deutete mit dem Kopf auf die Skelette.

»Haben die auch um einen Genickbiß gebettelt?«

»Keine Ahnung. Sie lagen schon hier, als ich diese Höhle vor Jahren auf der Suche nach einem sicheren Schlafplatz fand. Damals war der Wald noch gesund und der ganze Felsen von Pflanzen überwuchert, so daß er ein gutes Versteck abgab. Jetzt ragt er empor wie ein nackter Arsch am Badestrand und lädt geradezu zu einer Besichtigung ein.«

»Weißt du überhaupt, wessen Knochen das sind?«

»Selbstverständlich. Es sind die von dem Schwarzen Ritter und seiner Dogge, von denen die Idioten da draußen behaupten, sie würden im Wald immer noch gemütlich ihre Runden drehen. Doch wenn ich irgendwo auftauche und den Leuten die Wahrheit erzählen will, nehmen alle schlagartig Reißaus, als hätte ich ihnen das Angebot gemacht, in einem harten Sodomisten-Streifen mitzuspielen. Ich habe die Gerippe in dem Zustand gelassen, in dem ich sie fand, weil ich Achtung vor den Toten habe und ihnen die Würde nicht nehmen wollte. Vermutlich sind die beiden irgendwo im Wald angefallen worden und haben sich dann mühsam in diese Höhle schleppen können. Auch im Tod waren sie also unzertrennlich.«

»Was glaubst du, wer jetzt statt ihrer die gemütlichen Runden dreht?«

»Weiß der Henker. Das ganze Affentheater interessiert mich auch nicht mehr.«

»Wieso nicht?«

»Weil ich eine lange Reise antreten und nie mehr zurückkehren werde an diesen verfluchten Ort.«

»Demnach möchtest du mir auch nicht verraten, welche Art von Bluthunden letzte Nacht hinter mir her waren?«

Er lächelte listig und zwinkerte mir verschmitzt zu.

»So ein überragender Klugscheißer wie du kriegt das

schon von ganz allein heraus, Francis. Du benötigst meine Hilfe nicht. Ich beobachte dich, seitdem du aus diesem Kanalloch rausgekrochen bist, und muß gestehen, daß ich noch nie jemandem begegnet bin, der sich nur um der Neugierde willen solche mörderischen Probleme aufhalst. Nun, auch ich habe diese Schlächtereien zu verhindern versucht, soweit es in meinen Kräften stand. Aber entweder waren sie in der Überzahl oder ich kam zu spät, wie du nach dem gestrigen Massaker auf dem Gehöft selbst miterlebt hast.«

»Dann sag mir, wer sie sind! Wenn du einen Funken an Verantwortungsgefühl hättest, dann würdest du das tun.«

»Das kann ich nicht, Francis.«

»Aber warum denn nicht, um Himmels willen?«

Er hob die rechte Pranke in die Höhe, und sein Gesicht verzerrte sich zu einer schmerzdurchdrungenen Grimasse. Sie glich dem leidenden Ausdruck eines Vaters, der seinem Kind nicht die ganze Wahrheit erzählen darf, weil es sonst den Verstand verlieren würde. Dann legte er die Pranke behutsam auf meinen Schädel und tätschelte ihn fürsorglich.

»Weil es dein Tod wäre, Francis, denn wie ich dich einschätze, würdest du ihnen um jeden Preis ins Angesicht schauen wollen. Doch du kennst sie nicht. Sie sind außer Kontrolle geraten, und ein Leben ist ihnen so viel wert wie ein vertrocknetes Ahornblatt, das man zertritt. Blut ist ihre Droge geworden und das Morden und Meucheln ein zwanghaftes Ritual. Sie sind Mißgeburten, die der Haß auf Intakte, die ein artgemäßes Leben führen, noch mehr deformiert hat. Ihr Gott ist der des Schmerzes, weil sie selbst so unendlich viele Schmerzen erleiden mußten. Aber nur die wenigsten macht der Schmerz weise, Francis. Die meisten verwandelt er in Folterknechte, die ihrerseits davon besessen sind, anderen Schmerzen zuzufügen. Schlag sie dir aus dem Kopf, mein Freund. Sie sind ohnehin nicht überlebensfähig, weil sie sich der Natur nicht anpassen können, und werden bald vom Erdboden vertilgt sein. Auf ein paar Ermordete mehr oder weniger kommt es dabei nicht an.«

Ein furchtbares Gefühl des Versagens bemächtigte sich meiner. Ich war der Auflösung gleich am Anfang so verdammt nahe gewesen. Die Umschreibungen von Acht trafen nämlich nur auf eine einzige Clique zu: das Volk der Barmherzigen. Sie hatten mir in der Kanalisation ein steineerweichendes, schäbiges Passionsspiel vorgegaukelt. In Wahrheit verließen sie die Unterwelt regelmäßig, um ihre Blutrituale draußen auf den Bauernhöfen fortzusetzen. Als Ablenkungsmanöver benutzten sie die Legende des Schwarzen Ritters, damit ihr guter Ruf keine Schmutzflecken abbekam. Wahrscheinlich arbeiteten sie mit einem Verbündeten in der Tageswelt zusammen. Und mich hatten sie ebenfalls für ihre verderblichen Zwecke instrumentalisiert. Je intensiver ich hier draußen die Ermittlungen betrieb und mich in Irrungen und Wirrungen verlor, desto weiter rückte der Verdacht von ihnen ab. Scham, aber auch unheimliche Wut mischten sich in meine Versagensgefühle: Noch nie in meinem Leben war ich so übertölpelt worden!

»Eine andere Frage: Wie kommt man als Kanadaluchs von Kanada in diese Umgebung?«

»Per Flugzeug.«

»Da ihr Luchse wohl keine eigene Airline betreibt, gehe ich davon aus, daß das Ganze mit deinem merkwürdigen Namen zusammenhängt.«

»Richtig geraten. Sagt dir der Begriff ›Auswilderung‹ etwas?«

»Soweit ich weiß, ist das der Fachausdruck für die Wiederbesiedlung einer Naturlandschaft mit Tierarten, die einst in diesen Gebieten heimisch waren, aber inzwischen ausgerottet wurden. Die Menschen möchten wieder echte Tiere in ihrem Öko-Disney-Land sehen. Meistens geht es schief.«

»Ja, meistens geht es schief«, sagte er schwermütig, tat einen Schritt zum Ausgang der Höhle und drehte mir den Rücken zu. »Ich war Nummer acht in der achtköpfigen Gruppe. Sie erwischten uns mit Betäubungsprojektilen und verfrachteten uns dann über den Luftweg hierher. Erst wurden wir eine Weile in einer gigantischen Käfiganlage gehalten, damit wir uns akklimatisieren konnten. Ein tödlicher Witz, spürten wir doch gleich zu Beginn, daß unsere Hauptnahrungsquelle in diesem Waldtyp so gut wie gar nicht vorhanden war. Wir ernährten uns fast ausschließlich von Schneeschuhhasen. Auch Wald- und Schneehühner, auf die wir im Notfall zurückgreifen, existieren in diesem Kulturwald fast überhaupt nicht. So war unser Schicksal bereits bei unserer Ankunft besiegelt. Nachdem sie uns in die Freiheit entlassen hatten, versuchten wir uns eine Zeitlang mit Wühlmäusen, Flughörnchen und Hirschkälbern über Wasser zu halten. Aber es reichte nicht. Zwei Weibchen verhungerten elendig im Winter. In unserer Not überfielen wir das Vieh der Bauern, worauf sie drei aus unserer Gruppe erschossen. Wir übriggebliebenen drei verloren uns irgendwann aus den Augen, ohne daß Nachwuchs gezeugt wurde. Wir hatten uns einfach geweigert, weiteres Elend auf die Welt zu setzen, nur damit irgendwelche vermeintlichen Naturfreunde ihr Plansoll erfüllten, um nachher Auszeichnungen und Orden als professionell gute Menschen zu erhalten. Wir sind durchaus in der Lage, unsere Vermehrung zu regulieren, was man vom Menschen nicht gerade behaupten kann. Obgleich er die Erde schon abermilliardenfach bevölkert, kann ihn kein Desaster abschrecken, schier heuschreckenhaft häßliche

Duplikate seiner selbst zu reproduzieren. Wie dem auch sei, ich jedenfalls blieb im Wald als einziger zurück. Und da mir keine Konkurrenten mehr das Terrain streitig machten, verbesserte sich die Jagdausbeute.«

»Aber du bist einsam«, sagte ich mitfühlend. Er wandte sich mir zu, und ich sah, daß ihm Tränen aus den Augen rannen.

»Stimmt, Francis, ich bin der einsamste Luchs auf Gottes Erden. Ob ich eine Hungerphase durchstehe oder einen tollen Jagderfolg feiere, stets tue ich es allein. Nie spüre ich den heißen Atem eines Weibchens an meiner Wange, und nie blickte ich in die strahlenden, erwartungsvollen Augen meiner Kinder. Ich weine alleine in der Nacht, und wenn ich lache, ist es das Lachen eines Wahnsinnigen, der, von allen verlassen, über sein grauenhaftes Schicksal nur noch irre lachen kann. Ich sehne mich nach meinen Brüdern und Schwestern, Francis, mehr als nach dem Leben. Der Tod soll mir willkommen sein, wenn ich nur vorher einem Wesen mit schwarzen Haarbüscheln an den Ohrspitzen begegnen und es fauchend begrüßen darf. Die Höhle wäre ideal für einen Wurf von vier Jungen gewesen, und ich hätte alles in meiner Macht Stehende unternommen, sie und die Mutter durchzubringen. Aber es war vorherbestimmt, daß dieser Ort für mich eine Isolationszelle sein sollte und der Wald da draußen der einsame Gefängnishof. Ich verfluche die Menschen, die mir, meiner Rasse das angetan haben. Ich verfluche *alle* Menschen. Und ich verfluche ihren Gott, der sie erschaffen hat. Die einzige Möglichkeit, wie er seine Existenz unter Beweis stellen könnte, wäre, sie mit Stumpf und Stiel wieder auszurotten. Weißt du, was die Welt dann wirklich sein würde, Francis?«

»Das Paradies«, antwortete ich. Er trabte bis zu der Felsspalte und drehte sich dort noch einmal zu mir zurück. In dem von draußen hereinströmenden trüben Licht wirkte er wie ein Gespenst oder genauer wie der tatsächlich Letzte seiner Art.

»Ja, das Paradies... Mich zieht es zu meinen Leuten, mein Freund. Obwohl ich keine Ahnung habe, wo ich sie finden kann, will ich sie suchen bis an mein Lebensende. Das wird wahrscheinlich schneller kommen als gedacht, weil die Verhältnisse auf diesem Kontinent wahrhaftig alles andere als, na sagen wir, *de Luchs* sind. Doch die Suche wird meinem Leben einen neuen Sinn geben, und die Hoffnung wird mir Kraft spenden. Und wer weiß, vielleicht treffe ich eines Tages wirklich einige meiner Brüder und Schwestern, und wir ziehen dann gemeinsam eine Pelzfarm in großem Stil auf – mit den Häuten besonders behaarter Exemplare des Homo sapiens versteht sich. Lebe wohl, Francis, kleiner Klugscheißer! Verlasse diese Höhle, diesen Wald, diese ganze verfluchte Umgebung und lauf so schnell du kannst zu deinem Herrchen zurück. Sonst besteht die Gefahr, daß irgendwelche echten Monster mit deinen Gedärmen Seilspringen veranstalten.«

Er wandte sich ab und wollte gehen.

»Nur eins noch!« rief ich ihm hinterher.

Er schaute zurück.

»Wurdet ihr nach eurer Ankunft in dem Käfig gefangengehalten, der verwittert im Wald steht?«

»Nein. Unserer wurde schleunigst wieder abgebaut, als man sich den Fehlschlag mit dem Luchs-Projekt eingestehen mußte.«

»Also wurden nicht nur Luchse ausgewildert?«

»Nein«, sagte er mit einem schelmischen Unterton in der Stimme, zwinkerte mir zu und verschwand durch die Spalte in den tosenden Regen. Noch einer, der dem Wald ade sagte. Und ich wollte ja auch lieber heute als morgen von hier weg. Wenn das so weiterging, bevölkerten nur noch Blattläuse und Gotcha-Spieler den Wald. Dennoch brannte in mir das Verlangen nach einer endgültigen Antwort wie eine pochende Wunde. Sicher, es sprach alles dafür, daß nur die blinden Stinkteufel aus der Kanalisation als Täter in Frage kamen. Aber wer sollte mir das mit letzter Gewißheit bestätigen?

Der Schwarze Ritter! Der echte war zwar tot, doch es gab da noch diesen begnadeten Schauspieler, der ihn so täuschend echt nachzuahmen verstand. Nur er allein konnte das Rätselraten beenden, weil er im Auftrage derer arbeitete, die das Rätsel in die Welt gesetzt hatten. Ich schloß die Augen, schaltete vollkommen ab und konzentrierte mich auf die Erlebnisse, die in den zurückliegenden Tagen auf mich niedergeprasselt waren. Ich ging im Kopf alles Phase für Phase durch und rekapitulierte jede noch so winzige Einzelheit. Oft war ich nahe daran, einen Zusammenhang, eine vermeintlich logische Beziehung zwischen den vielen Gestalten, die mir begegnet waren, herzustellen. Aber dann zerschlugen sich die Denkmodelle wieder, weil sie mir entweder zu weit hergeholt erschienen oder weil sie ganz offensichtlich unter Druck geborene Scheinerklärungen waren. Sich selbst zu betrügen, hatte aber keinen Sinn.

Als ich die Augen wieder öffnete, blickte ich geradewegs auf die Wandmalereien. Ich erinnerte mich an Gustav und daran, wie wir uns gemeinsam durch seine Fachliteratur gewälzt hatten. Natürlich hatte der Dummkopf von meinen Studien nie etwas gemerkt, weil ich immer so getan hatte, als schliefe ich auf seinen aufgeschlagenen Büchern. In Wirklichkeit hielt ich stets heimlich ein Auge offen und las und las und las. Die Darstellung des Mannes, der sich das Fell des Bären übergestülpt hatte, gefiel mir erneut vorzüglich. Es kam dem Trick des Schwarzen Ritters gleich. Womit wir wieder beim Thema waren.

Schwarzer Ritter. Schwarzer Ritter. Schwarzer Ritter...

...Schwarze Tinte!

Schwarze Tinte? Wie kam ich plötzlich auf schwarze Tinte? Ach ja, Ambrosius benutzte schwarze Tinte für seine Kritzeleien. Deshalb. Und vor dem Waldhaus stand dieses Gehege für die Schafe, unter denen sich auch ein schwarzes Exemplar befand.

»Da fällt mir ein, ich habe so ein Tier schon einmal woanders gesehen. Es graste in der Nähe eines Menschenhauses mitten im Wald. Da waren viele davon, eine Herde könnte man sagen. Allerdings trug von ihnen nur eines die Farbe Schwarz.« Das war Zaches' letzte Bemerkung über das Reitvehikel des Schwarzen Ritters gewesen – bevor Ambrosius seine Hauer in unseren mitteilungsbedürftigsten Zeugen gerammt hatte. Seine Jagdlust war in dem Maße gestiegen, wie die Spitzmaus immer brisantere Informationen ausspuckte. Und noch ein eminent wichtiges Detail hatte Zaches erwähnt: »Eine Besonderheit besaß das Fell des vermeintlichen Unholds allerdings. Es glänzte so eigenartig, als habe es einen hohen Fettgehalt oder sei ganz einfach naß.«

Plötzlich zerriß vor meinem geistigen Auge ein staubiger Vorhang und gab die Sicht auf eine gleißend helle Landschaft frei. Wie ein ebenmäßiges Kunstobjekt von vollendeter Form schimmerte dort des Rätsels Lösung. Ja, der ganze Hokuspokus ergab nun einen Sinn, und sämtliche sperrigen Bruchstücke fügten sich mit einem Mal nahtlos zu einer folgerichtigen Indizienkette zusammen. Wie hatte ich nur so naiv sein können? Und so unlogisch?

Niemand anderer als mein genialer Freund Ambrosius war der Schwarze Ritter! Warum? Vieles, nein, alles sprach dafür. Es fing mit der banalen Tatsache an, daß nur ein Täuscher mit überragenden geistigen Fähigkeiten auf die wahnwitzige Idee verfallen konnte, die mystische Aura des Schwarzen Ritters in ein manipulatives Blendwerk umzumünzen. Solch ein neunmalkluger Täuscher wie Ambrosius. Die Sagengestalt war mir zum ersten Mal auf dem Gipfel eines Felsens erschienen. Zufällig lag dieser Felsen in der Nähe von Dianas Haus, so daß dem Ritter-Darsteller genug Zeit blieb, zurückzukehren und sich in Ruhe seiner »Verkleidung« zu entledigen. Dann hatte ich vor dem Haus das Gehege mit den Schafen gesehen, was mir als das perfekte Waldidyll vorgekommen war. Das stoppelhaarige schwarze Schaf war für Ambrosius ein idealer Doggenersatz gewesen, zudem ein gutmütiges Tier, welches sich leicht führen ließ. Dieses hatte der falsche Ritter jedesmal bestiegen, wenn er zu seiner Magical Mystery Tour aufbrach. In der Nacht konnte man die unterschiedlichen Spezies ohnehin nicht so genau unterscheiden, schon gar nicht, wenn sie ungefähr gleich groß waren.

Aber wie stand es mit dem »Kostüm« des Schwarzen Ritters? Denn Ambrosius' Fell hatte ja einen silbrigen Pfirsichfarbton. Die Lösung hatte mit zwei Flüssigkeiten zu tun. Zum Beispiel mit dem Wasser des Baches, dessen Plätschern ich aus naher Distanz vernommen hatte, als ich mich zum Waldhaus schlich. Allerdings diente Wasser lediglich zum »Abschminken«.

»Tö-Tö-Töte mich bitte nicht, Bruder! Es war nur ein Sch-Sch-Scherz gewesen!« hatte mich Ambrosius angefleht, als ich ihn letzte Nacht beim Schreiben erwischte. Dann war er völlig überrascht darüber gewesen, daß ihm keine Strafe drohte. Strafe? Strafe für was? Ich hatte seine übertriebene Furchtsamkeit als Mißdeutung meiner Person interpretiert. Ich dachte, er habe mich im ersten Moment mit einem ungehobelten Artgenossen verwechselt, den artfremdes Gebaren zum Ausrasten bringt. Solche Fundamentalisten gab es ja tatsächlich in unseren Reihen, wie man es bei den Wilden beobachten konnte. Dabei hätte mir sein Anblick zu denken geben müssen. Sein Haarkleid war noch feucht gewesen, und um den Platz, auf dem er saß, hatte sich eine kleine Pfütze gebildet. Kein Zweifel, der Knabe hatte sich kurz davor ganz schön naß gemacht! Schiere Einbildung? Keineswegs, denn was waren doch seine ersten Worte gewesen, nachdem wir heute morgen um ein Haar im Bach ertrunken wären?

»So ein Mi-Mi-Mist! Das ist heute schon das zweite Mal, daß ich in diesem v-v-verfluchten Bach ein Bad nehmen muß.«

Das *zweite* Mal also! Das erste Bad hatte er sich nämlich kurz bevor ich ihn kennenlernte genehmigen müssen. Seine Panik bei unserer ersten Begegnung bezog sich infolgedessen auf die falsche Annahme, daß ich seinen Schwarzer-Ritter-Schwindel durchschaut hätte und ihm bis zum Waldhaus gefolgt wäre. Doch wie wurde der Schwarze Ritter so rabenschwarz? Das Zauberwort hieß Tinte, schwarze Tinte, mit der Ambrosius bisweilen geradezu ein erotisches Verhältnis zu pflegen schien. Mit diesem Saft beschmierte er sich nämlich immer, wenn er das Wandertheater des falschen Spurenlegens zu inszenieren beabsichtigte. Dann ein ruhiger Trab auf dem schwarzen Schaf durch den Wald, wo aufmerksame Augen ein dankbares Publikum bildeten, und fertig war die Legende. Später, nachdem er ausreichend den unheimlichen Waldgeist zum besten gegeben hatte, wusch er sich im

Bach und erhielt so seine echte Identität wieder zurück. Einfach genial!

Aber was war mit den Aussagen der vielen Zeugen? Was war mit dem Rauhfußkauz zum Beispiel, der den Schwarzen Ritter in der Nähe der Bauernhöfe quasi auf frischer Tat beobachtet hatte? Doch gab es diese Aussagen tatsächlich? Der Übersetzer der Angaben hieß nämlich ebenfalls Ambrosius. Entweder hatte er bewußt falsch übersetzt, oder er beherrschte in Wahrheit die Sprache der anderen Waldbewohner gar nicht. Das ganze Ermittlungsunternehmen lief bei Lichte besehen unter dem Stichwort Desinformation des Feindes.

Eine Kleinigkeit störte allerdings den erlösenden Moment der alles erklärenden Auflösung: Ambrosius war *nicht* der Mörder. Weder traute ich diesem Schöngeist solche perfiden Grausamkeiten zu, noch glaubte ich daran, daß ein einzelner imstande sein könnte, so umfangreiche Gemetzel auszuführen. Nein, Ambrosius war nur ein Werkzeug im Dienste dunkler Mächte, gleichsam ein idealistischer Blender, der um jeden Preis die Mörder decken wollte. Aber weshalb? Was war der Grund, daß ein so intelligenter und liebenswürdiger Artgenosse sich für die böse Seite einsetzte?

Ich hatte plötzlich eine großartige Idee, wer mir diese Frage beantworten konnte: Ambrosius! Ich mußte ihn aufsuchen und mir von ihm berichten lassen, weshalb er sich von seinen Vorstellungen über das harmonische Zusammenleben aller Tiere, über die lebensbejahende Seite der Natur verabschiedet hatte und mit elenden Mördern paktierte. Denn wenn ich auch noch nicht alles wußte, eins wußte ich mit absoluter Sicherheit: Er war im Grunde seines Herzens ein gutes Tier.

Mit einem Mal kam mir die ganze Höhle wie ein stickiger

Knast vor, und auch die faszinierenden Wandmalereien verloren auf einen Schlag all ihren Reiz. Ohne darüber nachzudenken, was für Konsequenzen ein Besuch bei Ambrosius für mich nach sich ziehen würde, stürzte ich durch die Felsspalte hinaus. Der Versteinerte Wald hatte in der Zwischenzeit sein Endzeit-Outfit mit zusätzlichen Katastropheneffekten angereichert. Über der Wüste aus totem Holz ging ein imposanter Schauer nieder, welcher seine Vorgänger bei weitem übertraf. Der Brachialguß ließ die kaputte Landschaft nur schemenhaft erkennen, ungefähr so, als stünde man genau unter einem Wasserfall. Komplizierte Blitzverästelungen schossen aus dem Schlachtengemälde des fast schwarzen Wolkenhimmels hervor und tauchten jede noch so kleine Ritze in grelles Geflimmer. Unaufhörliches Donnergrollen begleitete den optischen Horror wie nahes Artilleriefeuer.

Binnen Sekunden war ich klatschnaß, ein Umstand, den ich mittlerweile beim Arbeitsgericht als Berufskrankheit hätte durchprozessieren können. Ich rannte wie von Sinnen in Richtung des gesunden Teils des Waldes. Jeder auftreffende Regentropfen in meinem Fell war der Stich eines abgeschossenen Pfeils und jedes Stolpern über Geäst der Hieb eines Schlagstocks auf meine empfindlichen Pfoten. Doch irgend etwas war diesmal anders, unterschied sich grundlegend von den vorangegangenen Hetzereien. Etwas Sonderbares ging mit mir vor, ohne daß ich es näher spezifizieren konnte. Als »Psi-trailing« hatte Ambrosius dieses Phänomen bezeichnet, das unbewußte Zubewegen auf ein Ziel, das mit dem herkömmlichen Orientierungssinn kaum zu erklären war. Ich hatte gezweifelt und es als esoterischen Humbug abgetan. Nun erfuhr ich an mir selbst, wie der Wunsch zum Willen werden konnte und der Wille wiederum zur Besitzübernahme jeglicher körperlicher Kontrolle. Es war ein automatischer Vorgang. Ohne die Beeinflussung ihres Eigentümers schlugen die Pfoten eine Richtung ein, die ich nicht bewußt bestimmt hatte, und galoppierten mit einem selbstmörderischen Tempo drauflos. Offenbar veranstalteten sie eine Art Revolte. Dabei blieb der Verstand nicht abgeschaltet. Vor meinem geistigen Auge tauchte durch Regenschauer und Pflanzendickicht hindurch das anvisierte Waldhaus wie eine unscharfe Projektion auf. Unheimliche Schatten schwirrten überall herum, huschten ins Haus, erkletterten das Dach und sprangen durch die Fenster, als handle es sich um einen planmäßigen Überfall. Die Gestalten waren nicht näher zu identifizieren, weil das Bild wie von einem Ölfilm überlagert heftig schwankte. Dennoch gab es Dinge in diesem Bild, die stets klar und deutlich blieben, um nicht zu sagen aufleuchteten: Augenpaare! Augenpaare, anscheinend meiner Spezies zuzuordnen, glühten mit der Intensität von erhitztem Metall, während sie eifrig hin- und herschossen oder die Umgebung aufmerksam beobachteten.

Woran erinnerte mich diese Vision bloß? Ein ähnliches Bild hatte ich doch noch unlängst gesehen. Es fiel mir wieder ein. Das hingeschmierte Gemälde, an dem Diana arbeitete, besaß fast das gleiche Motiv. Eine wildwuchernde Vegetation, aus der den Betrachter feline Augen anstarrten. Das konnte kein Zufall sein. Es mußte zwischen dem Gemälde und dem beklemmenden Ereignis, das sich gegenwärtig am Waldhaus abspielte, eine Beziehung existieren. Wie durch eine Eingebung entsann ich mich wieder der immer gleichen Aufschriften auf den leeren Aktenordnern in der Beobachtungsbaracke neben dem Auswilderungskäfig: PROJEKT ARCHE. Der gleiche Name, der auf der Satellitenschüssel am Waldhaus stand.

»...Unterstützt durch aufwendige F-F-Filtertechniken, sandte Arche farblich unterschiedlich schattierte Aufnahmen der Baumbestände in den jeweiligen Erkrankungsphasen aus...«, hatte Ambrosius erläutert und hinzugefügt, daß diese Aufnahmen auf den Videocassetten in Dianas Atelier aufgezeichnet wären. Natürlich kannte ich mich mit diesen technischen Dingen wenig aus, doch vermeinte ich nun plötzlich in der sich höchst plausibel anhörenden Erklärung eine Unstimmigkeit entdeckt zu haben. Hielt man Satellitenbilder tatsächlich auf Video fest? Wurden nicht eher Fotoabzüge der Bilder gemacht, so daß man im Falle einer raschen Einsicht nicht erst den ganzen Film abspielen mußte? Wenn die Cassetten jedoch keine Entwicklungsphasen der Waldschäden beinhalteten, was war dann auf ihnen zu sehen? Und wie paßte der Satellit ARCHE in dieses komplexe Lügenkuddelmuddel hinein? So oder so, ich mußte mich beeilen, denn in dem Waldhaus ging etwas Furchtbares vor.

Als ich nach einem besinnungslosen Taumel durch den gesunden Teil des Waldes schließlich und endlich vor Dianas Haus angelangt war, wollte die dortige Szenerie nun so gar nicht der Vision gleichen, die mir während des Psi-trailings vorgeschwebt hatte. Weder sah ich zwielichtige Schattengestalten herumhuschen noch mich durchdringend fixierende Augenpaare. Die Hütte lag in vollkommener Dunkelheit da, bis auf das Fenster im zweiten Stock, hinter dem ich einen Tag zuvor Ambrosius beim Produzieren seiner literarischen Ergüsse beobachtet hatte. Die weiterhin wild wütenden Blitze verwandelten die Nacht in ein flackerndes Fotonegativ und erhellten das Haus sporadisch mit Schlaglichtern. Die Satellitenschüssel ragte in den Himmel empor wie eine die Elektrizität anlockende Apparatur Dr. Frankensteins. Das einzige, was an dieser schaurigen Kulisse noch so etwas wie Vertrautheit ausstrahlte, war das Gehege mit den Schafen. Eingeschüchtert von den Himmelsgewalten und vollkommen durchnäßt, drängten sich die Tiere ängstlich aneinander, um sich gegenseitig Wärme und Trost zu spenden. Was für eine herzlose Frau mußte Diana sein, wenn sie die armen Viecher bei einem derartigen Sauwetter einfach draußen ließ? Auch Schafe konnten sich eine Lungenentzündung zuziehen. Da fiel mir eine andere Erklärung ein. Sie war gar nicht zu Hause. Unternahm sie wieder ihre ausgedehnten Spaziergänge durch den Forst, wie Ambrosius einmal beiläufig bemerkt hatte? Und besaß sie eine solch eiserne Disziplin, daß selbst ein apokalyptischer Sturm sie davon nicht abzubringen vermochte?

Genaugenommen war jedoch die Abwesenheit der Hausherrin für mich nur von Vorteil. Denn so konnte ich unbemerkt eine gründliche Inspektion der Parterrewohnung vornehmen, die mir beim ersten Besuch verwehrt geblieben war. Danach erst würde ich ein ernstes Wörtchen mit Ambrosius reden. Ich sprintete aus dem Gehölz und eilte zur Holzveranda. Dort eingetroffen, hatte ich das Gefühl, daß etwas nicht stimmte. Irgendwie fehlte ein Detail. Hatte ich nicht eine Nacht vorher einen anderen Weg wählen müssen, um an diese Veranda zu kommen? Natürlich, es war eine komplizierte Anschleichprozedur zur Rückfront des Hauses vonnöten gewesen, damit die Bewegungsmelder auf dem Dach keinen Alarm schlugen. Nun aber war gar nichts passiert, obgleich die elektronischen Spione mich längst hätten registrieren müssen. Offenkundig hatte man sie außer Betrieb gesetzt. Seltsam, seltsam...

Das Fenster zum Atelier, worin sich das Riesengemälde auf der Staffelei und die Regale mit den unzähligen Videokassetten befanden, stand einen Spalt offen. Ein müder Satz, und ich war drin. Da diesmal nicht einmal die altersschwache Leselampe brannte, mußte ich mich an die kümmerlichen Lichtverhältnisse erst einmal gewöhnen. Gleichwohl stachen die diabolisch dreinblickenden Augen aus dem Waldtableau derart penetrant hervor, als habe die talentlose Künstlerin es tatsächlich fertiggebracht, ihnen, wenn schon nicht Schönheit, so doch Leben einzuhauchen. Und wie in meiner jüngsten Vision schienen sie ein satanisches Geheimnis zu hüten, fanatisch entschlossen, jeden zu vernichten, der es zu lüften wagte. Diese Augen jagten mir Furcht ein, doch daneben empfand ich unsäglichen Haß gegen sie, weil ich instinktiv ahnte, daß sie in Wirklichkeit lediglich die Augenschlitze der Masken von Mördern waren.

Ich wandte mich von dem Gemälde ab und begab mich durch eine enge Tür in den finsteren Flur. Rechterpfote lockte eine auf den ersten Blick unscheinbare Kammer. Ich ging hinein und sah mich wider Erwarten schon am Ziel meiner vagen Suche angekommen. Entlang der vier Wände waren ein stählernes Pult mit fest installierten kleinen Monitoren, Reglern, Knöpfen und Leuchtdioden, mehrere Computer und weitere für den Laien kaum zu definierende elektronische Instrumente aufgebaut. Alles deutete darauf hin, daß in dieser Minizentrale die aus dem All eintreffenden Bildinformationen von ARCHE ausgewertet wurden. Ich sprang auf den Tisch und entdeckte dort tatsächlich einen umgeschmissenen Stapel riesiger Fotos, die aus der Vogelperspektive aufgenommene Landschaftsausschnitte zeigten. Es befanden sich viele Vergrößerungen darunter. Faszinierend, in welch hervorragender Qualität diese Himmelstrabanten selbst winzigste Gebilde auf der Erde konturscharf erfassen konnten.

Aus dem Fenster linksseits ergoß sich das grelle Leuchten

der Blitze in den Raum und verhalf den Fotos zu einer Klarheit, die irritierende Details zu Tage förderte. Konnte es denn wahr sein, was ich sah? Oder litt ich mittlerweile unter einer Art Detektivkrankheit, die stets das sehen ließ, was der Detektiv sehen wollte? Großer Gott, das Augenmerk des Satelliten war in Wirklichkeit gar nicht auf die Baumschäden gerichtet, wie Ambrosius behauptet hatte! Auf keinem der Bilder. Oberflächlich betrachtet, handelte es sich um beliebige Wald- und Wiesenaufnahmen. Doch hockte da nicht ein Tier mit einem buschigen Schwanz auf dem Ast eines ausgedörrten Baumes? Und schwammen dort nicht mehrere von derselben Sorte in einem Bach? Vor Aufregung zitternd, wühlte ich weiter in dem Stapel, bis mir das Foto in die Pfoten geriet, das mich regelrecht umhaute. Es zeigte eine Vergrößerung von dem Tal mit dem Gehöft, das ich gestern aufgesucht und nach dem Auffinden der vielen Leichen in Panik wieder verlassen hatte. Aber das Foto zeigte noch mehr. Auf dem Hügel in Richtung des Anwesens erstreckte sich eine Karawane, und es war leicht zu erraten, in welcher Absicht sie den menschenleeren Bauernhof ansteuerte. Der Schnappschuß präsentierte die Karawane der Mörder, die in wenigen Minuten ein Massaker unter den Domestizierten anrichten würde. Auf dem unteren Bildrand waren das gestrige Datum und die Zeitangabe »12:27« vermerkt. Um den Dreh mußte ich noch in der Kanalisation gesteckt und mit Safran und Niger die Ratte verspeist haben. Folgerichtig schieden die Blinden als Verdächtige endgültig aus.

Selbstverständlich wäre es nun eine Leichtigkeit gewesen, die Identität der Mörder zu benennen – wenn das Satellitenfoto das letzte Geheimnis nicht für sich behalten hätte. Denn die Gestalten auf den Aufnahmen taten sich lediglich als schemenhafte Silhouetten hervor. Oft glichen sie unförmigen Flecken, verursacht durch die grobe Körnung des Filmmaterials. Woher ich dann wußte, daß es sich um Tiergestalten handelte? Ihre grünen Augen! Einige von ihnen hatten im Moment der Ablichtung aufgeblickt, als spürten sie intuitiv, daß sie aus dem All bespitzelt wurden. Deshalb mußte ich unbedingt herauskriegen, was die Videokassetten beinhalteten.

Mit einem Riesensatz sprang ich vom Pult herunter und hetzte wieder in das Atelier zurück. Dort rammte ich die Zähne in die nächstbeste Kassette aus der untersten Reihe und zog sie aus dem Regal heraus. Ich schob sie in den Schlitz des Videorecorders und drückte die Play-Taste. Zunächst blieb der kleine Bildschirm schwarz, was mich vor Frustration beinahe zum Platzen gebracht hätte. Aber dann erschien plötzlich ein Bild von überschwenglicher Ausgelassenheit. Männer mit langen Haaren und Bärten, zumeist in Latzhosen, saßen in einer Waldlichtung an einem großen Holztisch und grölten aus vollem Halse ein schwerverständliches Juxlied. Sie hatten mächtig einen sitzen, darauf deuteten auch die unzähligen leergetrunkenen Weinflaschen hin. Die Männer schienen irgend etwas zu feiern. Die wackelige Kamera, die offenbar ebenfalls von einem Besoffenen geführt wurde, schwenkte jetzt nach rechts und stoppte bei einem anderen Menschen. Es war Diana. Allerdings eine um etliche Jahre jüngere Diana, eine bestechend attraktive Frau mit roten gekräuselten Haaren, einer schimmernden Porzellanhaut und einem freudestrahlenden Gesicht. Sie trug Jeans, deren Hosenbeine vom Schritt abwärts abgeschnitten waren, und ein ausgeleiertes T-Shirt. Kein Hauch von Kummer trügte diese vor Lebenslust strotzende Erscheinung, und nichts ließ darauf schließen, daß ihr einmal die Verbitterung ins Gesicht geschrieben sein würde. Mit den Männern am Tisch schäkernd, schmuste sie mit Ambrosius, den sie an die Brust gedrückt hielt. Doch auch Ambrosius schien aus einer anderen Zeit: Er war noch ein kleines Baby.

Das Bild wackelte immer heftiger und erlosch schließlich mit einem Ruck. Die nächsten Aufzeichnungen zeigten, wie Diana die Männer, die offenkundig ein Team bildeten, die Käfiganlage errichteten, die ich heute nachmittag im Wald entdeckt hatte. Schweres Bau- und Schweißgerät war zu diesem Zweck angekarrt worden; jede Menge Landrover und Laster, beladen mit Baumaterialien, standen herum. Ambrosius hatte mich also auch in diesem Punkt angelogen. Diana war keineswegs Forstwissenschaftlerin von Beruf, sondern eine Zoologin oder Biologin. So wie sie die Kerle herumkommandierte, schien sie sogar die Chefin der Truppe zu sein. Aufnahmen von den unterschiedlichen Bauphasen und dem Anpflanzen der Gewächse im Käfig folgten, bis das mächtige Gefängnis endlich zur Vollendung gelangt war und eine erneute Feier mit anschließendem Saufgelage zelebriert wurde. Freund Ambrosius, der von Phase zu Phase an Körpervolumen zulegte, beobachtete mit neugierigem Blick sämtliche Aktivitäten aus dem Hintergrund. Ich linste kurz auf das Display des Recorders, das die Länge des verbleibenden Bandes signalisierte. Die Restspielzeit der Kassette betrug nur noch ein paar Minuten, so daß die Überlegung angebracht war, ob nicht auf den anderen Kassetten mehr über die Insassen dieses Gefängnisses zu erfahren sei. Doch gerade als ich die Stopptaste betätigen wollte, wartete der Schirm mit einer sensationellen Überraschung auf.

Nach einem harten Schnitt war die Kamera plötzlich zum Himmel gerichtet, in dem, begleitet von Freudesbekundungen, nach einer Weile ein Hubschrauber auftauchte. Der Stahlvogel, ein sportliches Modell, flog immer tiefer und landete schließlich neben dem Gitterhaus. Diana und ihre Mannen liefen zu der Maschine und begrüßten enthusiastisch einen alten, bebrillten Passagier. Dann luden sie aus dem Frachtraum etwa ein Dutzend kleiner Käfige aus, die allesamt mit Tüchern verhangen waren. Darauf folgte der Transport in die große Anlage, wo die Bedeckungen abgenommen und der Inhalt der Käfige freigelassen wurde.

Als ich sah, was aus diesen Käfigen herauslief, kam das Erstaunen einer Ohrfeige gleich, eine Ohrfeige für meine »lange Leitung«. Es waren viele kleine Tiere, allesamt noch Kinder, und ich kannte ihre Spezies sehr genau. Ich war ihnen nämlich noch vor ein paar Stunden in derselben Anlage begegnet: die Wilden, inzwischen älter und zahlreicher geworden, wohl auch ganz anders geraten, als ihre Schutzherren gedacht hatten. Nun fiel es mir wie Schuppen von den Augen. Bevor Dianas Team das Auswilderungsprojekt begonnen hatte, war die *Felis silvestris* im hiesigen Wald ausgerottet gewesen. Es handelte sich bei der ganzen Angelegenheit wie bei den Luchsen um einen klassischen Fall von menschlicher Renovierung der Natur. Arten, die vom Aussterben bedroht waren, sollten in ihren einstmaligen Lebensräumen wiederangesiedelt werden. Man hatte mich von Anfang an angelogen. Allen voran meine geliebte Alraune, die ihren Stamm als so eine Art Wach- und Schließgesellschaft des Waldes mit indianischem Moralkodex gerühmt hatte. Stamm? Wieso Stamm? Jetzt war die nächste Ohrfeige fällig! Ich, der ich stolz darauf gewesen war, mich im Verhalten der Wilden auszukennen, hatte die augenfälligste Abweichung einfach übersehen. Die einzelgängerischen »grauen Gespenster« führten ein solitäres Leben und kamen nur für kurze Zeit zu Paarungszwecken zusammen. Weder jagten sie in Rudeln, noch bildeten sie Stämme.

Ich zog die Kassette mit dem Maul aus dem Recorderschlitz, schnappte mir aus dem Regal wahllos eine neue und brachte sie zum Abspielen. Eine um Jahre gealterte und ergraute Diana stand in der Forscherbaracke und injizierte einer Wilden, die, struppig und abgemagert, sterbenskrank aussah, ein Präparat. Die Kamera schwenkte auf einen Rollwagen, auf dem fünf tote Tiere mit aufgerissenen Augen lagen. Anscheinend grassierte eine Seuche, gegen die das Immunsystem der Umhegten nichts auszurichten vermochte. Ich erinnerte mich an die leeren Arzneibehälter hinter dem Haus und konnte sie nun in das Puzzle einordnen. Gleichzeitig begann ich zu ahnen, daß diese lebendigen Objekte menschlichen Schuldbewußtseins, die vermutlich in Gefangenschaft und mittels künstlicher Befruchtung gezeugt worden waren, nie eine Chance gehabt hatten, zu ihren wilden Wurzeln zurückzufinden. Der Mensch hatte die Natur umgekrempelt, und jeder Versuch einer Wiedergutmachung an ihr gebar schaurige Mutationen.

Dianas Gesichtszüge verdüsterten sich von Bild zu Bild, wurden trauriger und verbissener. Die fröhliche junge Frau von einst verwandelte sich zunehmend in eine resignierte Wissenschaftlerin. Und von Bild zu Bild schlichen sich in die niederschmetternde Dokumentation unbedeutend scheinende Accessoires ein, die jedoch in dem aufmerksamen Betrachter unerträgliche Beklemmung auslösten. Unterdessen hatte man die Versuchstiere aus dem Käfig in die Freiheit entlassen, weil die Eingewöhnungszeit offenbar vorbei war. Aber anstatt in die Wälder zu laufen, wo sie das wilde, wenn auch recht beschwerliche Leben erwartete, hockten sie verängstigt um das Gitterhaus und jaulten ihre menschlichen Pfleger an, die sie aus der Ferne besorgt beobachteten. In dieser Aufnahme trug Diana zum ersten Mal die Wollmütze mit den losen Fellklappen, während sie mit einem Kollegen eine heiße Fachdiskussion bestritt. Danach gesellten sich zu ihrem Äußeren all die restlichen Requisiten, die sich mir bereits in einem anderen Zusammenhang unauslöschlich ins Hirn eingebrannt hatten: die rotschwarzkarierte Holzfällerjacke, die Nickelsonnenbrille und schließlich das Bolzengewehr, mit dem ursprünglich Betäubungsprojektile abgeschossen wurden. Am Ende der Metamorphose schaute ich direkt auf die vermummte Gestalt des furchterregenden Jägers, der nun offensichtlich auf alles feuerte, was spitze Ohren sein eigen nannte. Vor allen Dingen verwendete er dabei scharfe Munition. Aus der engagierten Wissenschaftlerin Diana, die ehemals den Wilden ihre Wildheit zurückgeben wollte, war inzwischen eine unbarmherzige Tiervernichterin geworden. Aber worin lag die Ursache eines derartig ungewöhnlichen Biographiebruchs? Und warum war mit den Wilden ebenfalls eine Wandlung vor sich gegangen, nämlich eine Wandlung zu Mördern, die sich jetzt sogar gegenseitig umbrachten?

Ich hatte keine Lust mehr, Videos zu gucken. Es kostete zuviel Zeit und offenbarte nicht die wahren Hintergründe. Effektiver schien es, Informationen aus erster Hand zu bekommen, jemanden zu interviewen, der die ganze Entwicklung als Zaungast von Anfang an mitverfolgt hatte.

Als sei ich erneut unter Dianas Kugelhagel geraten, rannte ich aus dem Zimmer in den Flur hinaus, von dem eine Holztreppe in die obere Etage führte. Ich flitzte hinauf und erblickte in der Diele eine halbgeöffnete Tür. Kerzenlicht drang aus dem Spalt in den Gang, ein Zeichen dafür, daß Ambrosius in seine nächtlichen Studien vertieft war. Ich stürmte hinein – und stürzte in ein unglaubliches Chaos. Alle Bücher waren in einem Anfall von irrsinniger Wut aus den

Regalen herausgerissen worden, die Seiten zerfetzt und zerrissen. Das magische Brimborium aus aller Herren Länder, das Diana vermutlich von Studienreisen mitgebracht hatte, lag zerbrochen und demoliert am Boden. Die afrikanischen Götterstatuen wiesen beachtliche Kratzspuren auf; sämtliche Jagdgeräte wie Pfeile und Bögen oder buntbemalte Speere hatte man so lange malträtiert, bis sie zersplittert waren. Das ganze Zimmer erweckte den Eindruck, als habe darin ein Wildpferd gewütet. Allein die brennenden Kerzen auf den antiken Kandelabern standen vollkommen unbeschädigt auf ihren gewohnten Plätzen und verbreiteten ihr anheimelndes Licht, als wären sie über alles erhabene Aristokraten, die für das tolldreiste Treiben des einfachen Volkes nur ein blasiertes Naserümpfen übrig haben. Den Grund für die Rücksichtnahme vermeinte ich zu kennen. Hätte man sie in dem Verwüstungsfeldzug ebenfalls umgeworfen, wäre es leicht zu einem Brand gekommen, der zunächst das Haus und danach den ganzen Wald in Feuer und Asche gelegt hätte. Der Wald jedoch war für die Rowdys immer noch ein Heiligtum, gewissermaßen eine gigantische Kirche – eine Kirche allerdings, die sie längst entweiht hatten.

Ambrosius lag rücklings auf dem Schreibtisch. Die vielen vollgekritzelten Papiere, die sich mit seinem Blut vollgesogen hatten, dienten ihm als eine tiefrote Bahre. Der Schwerverwundete röchelte, wobei ihm kontinuierlich Blutschleim aus den Mundwinkeln und aus der Nase tropfte. Er schwang die emporgestreckten Pfoten wie in Zeitlupe in der Luft. Ich stieß einen gellenden Entsetzensschrei aus und sprang dann auf den Tisch. Sein ehemals pfirsichfarbenes Fell sah aus, als hätte man es von innen nach außen gestülpt. Blutschmieren überzogen es und massenhaft Bißwunden, von denen einige so tief waren, daß sie Einblicke in die Eingeweide erlaubten. Das Gesicht hatte man anscheinend mit einem Übungsballen fürs Florettfechten verwechselt. Stiche, Schlitzer und Kratzer hatten dieses einst so anmutige Antlitz bis zur Unkenntlichkeit entstellt und es in eine unfaßbare Grimasse des Grauens verwandelt.

Ich umpfotete ihn behutsam und richtete seinen Kopf ein wenig auf. Langsam und ächzend öffnete er die Augen und blickte mich von Trauer erfüllt an.

»F-F-Francis! Was für eine Gnade, daß du der letzte bist, den ich sehe. Ich dachte, es würden diese Mo-Mo-Monster sein.«

»Sei still, Ambrosius, du darfst jetzt nicht sprechen. Bald wird Diana hier sein und dich verarzten.«

»Soll das ein Wi-Wi-Witz sein? Diana ist auf der Pirsch. Sie ja-ja-jagt die Geister, die sie ge-ge-gerufen hat.«

»Schweig trotzdem. Du bist verwundet. Und ich, ich weiß jetzt ohnehin alles.«

»Das wag ich zu be-be-bezweifeln, mein Freund. Außerdem sollte man im Leben nicht alles wissen, sonst ist man am E-E-Ende der Dumme. So wie ich.«

Er schluckte und spuckte einen weiteren Schwall Blut, das ihm das Kinn besabberte und sich dann wie ein roter Latz auf den Hals und die Brust legte.

»Ambrosius, halt den Mund! Ich will gar nichts wissen. Mir ist klar, daß du im guten gehandelt hast.«

»V-V-Vielleicht. Jetzt bin ich mir auf einmal gar nicht mehr so si-si-sicher. Komisch, nicht? Francis, ich flehe dich an, verdamme sie nicht, betrachte sie als O-O-Opfer, die in diese verzweifelte Situation getrieben wurden.«

»Aber warum die Brüder und Schwestern auf den Bauernhöfen, Ambrosius? Sie sind doch mehr oder weniger ihre Verwandten gewesen.«

»Eben aus diesem Grund. Der kleine U-U-Unterschied bestand nur darin, daß während die einen ein Leben in allem Komfort genossen, die anderen in Entbehrung und Elend dahinvegetieren mußten. Sie hatten die Fähigkeit des Ja-Ja-Jagens verlernt, Francis, noch bevor sie geboren wurden. E-E-Erst starben die Männchen, weil sie sich als a-a-anfälliger für Krankheiten erwiesen, die während der langen Hungerperioden ausbrachen. Die Übriggebliebenen kämpften mit dem tö-tö-tödlichen Paradox, daß die Waldfläche, in die sie der Mensch gesetzt hatte, zu klein und zu beutearm für alle war. Selbst wenn sie das Jagen im Lauf der Z-Z-Zeit hätten erlernen können, wäre die Mehrheit trotzdem zugrunde gegangen. Deshalb schlossen sie sich zu einem Stamm zu-zu-zusammen. Und deshalb griffen sie die Do-Do-Domestizierten an, weil diese keine natürlichen Feinde besaßen und sich in trügerischer Sicherheit wiegten. Doch das war nicht der alleinige A-A-Antrieb. Haß spielte eine große Rolle und, wie du richtig vermutet hast, eine Art s-s-sanfter Kannibalismus. Sehr schnell stellten sie nämlich fest, daß das Blut ihrer e-e-entfernten Verwandten Aufbaustoffe enthielt, die ihnen für ein paar Tage über den Hunger hinweghalfen. Sie rissen auch F-F-Fleischstücke aus ihren Opfern, doch irgend etwas hinderte sie daran, die Leichen mit Haut und Haaren a-a-aufzuschlingen. Dann wurde es ein satanisches Ritual, wie ein guter alter Familienbrauch. Deine geliebte Alraune tat sich übrigens als die bestialischste unter ihnen he-he-hervor.«

Rasch rekapitulierte ich die Begegnung im Geiste und kam zu einem deprimierenden Ergebnis. Als ich sie traf, lugte aus ihrem Maul ein blutverklebtes Büschel brauner Haare hervor. Sie begründete dies damit, daß sie vor meinem Eintreffen ein Kaninchen angefallen habe, das ihr jedoch letztlich durch die Lappen gegangen sei. Nun wurde ich von einer Erinnerung heimgesucht, die ihre Erzählung auf eine schreckliche Weise in Frage stellte. Die erste Leiche, auf die ich auf dem Gehöft gestoßen war, und zwar der fette verstümmelte Artgenosse mit dem abgetrennten Kopf, hatte ebenfalls ein braunes Fell gehabt. Konnte es denn wirklich sein, daß sie zu solch einer namenlosen Greueltat imstande gewesen war? Unmöglich! Unvorstellbar! Was für ein bizarrer Ort war doch die Welt, wo engelsgesichtige Wesen dem Teufel Konkurrenz machten. Anscheinend mit Erfolg.

»Du warst es, der ihnen diese mittelalterlichen Namen gegeben hat, nicht wahr, Ambrosius?«

Seine Augen schlossen sich allmählich, so daß er mich nur noch durch halboffene Lider anschauen konnte. Er verblutete jämmerlich in meinen Pfoten. Keine Diana, kein Arzt, niemand konnte ihm mehr helfen. Am wenigsten der Klugscheißer Francis.

»I-I-Ich habe ihnen nicht nur Namen gegeben, Francis, sondern auch Würde. Ich gab ihnen die Illusion von wilden Kreaturen, die mit dem Wesen des Wa-Wa-Waldes identisch sind. Leider blieb es eine Illusion, denn sie sind eher mit einem vertrockneten Dornenbusch identisch als mit dem Wald. Der Grad meiner Fa-Fa-Faszination für die *Felis silvestris* stieg mit dem Fortschreiten des Auswilderungsprojekts. Nach außen hin spielte ich Dianas v-v-verhätscheltes Schmusetier. Doch im verborgenen entwickelte ich eine gefährliche Affinität zu den Wilden und erklärte mich zum heimlichen Anwalt ihres e-e-erbarmungswürdigen Schicksals. Ich las alle Fachbücher über sie und verfaßte schließlich eigene Werke zum Thema. Die Schreiberei diente in Wahrheit nur diesem einen Zweck. Die Fertigkeit des Hypnotisierens hingegen ist le-le-lediglich ein Taschenspielertrick, den jeder von uns beherrschen kann, wenn er sich mit der Sache ernsthaft beschäftigt. Dann kam die Zeit, da man das Arche-Projekt endgültig für gescheitert erklären mußte. Bauern hatten sich bei Fo-Fo-Forstämtern darüber beschwert, daß ihre Tiere von den ausgesetzten Wilden gerissen wurden. Also gab man sie zum Abschuß frei. Diana brach diese Anweisung das Herz, aber auch sie konnte die Augen vor der Realität nicht v-v-verschließen. Und obwohl sie die engagierteste Verfechterin des Auswilderungsprogramms gewesen war, war sie auch die erste, die die Betäubungsprojektile gegen scharfe Patronen austauschte. Wa-Wa-Wahrscheinlich bist du deshalb so häufig in ihr Visier geraten, weil du den Wilden etwas ähnlich siehst. Ich jedenfalls konnte mich mit diesem Massenmord nicht abfinden, war schon zu sehr von den Wilden besessen, und nahm kalt den Massenmord an meinen eigenen Brüdern und Schwestern in Ka-Ka-Kauf. Für die Rettungsaktion ließ ich mir zwei Strategien einfallen. Die eine für die Menschen, die andere für die Tiere des Wa-Wa-Waldes. Man machte den aktuellen Standort der Wilden stets anhand der Aufnahmen des Öko-Satelliten ARCHE ausfindig. Eine einfache Sache, denn sie zogen stets gemeinsam umher, und ein Ru-Ru-Rudel fiel schnell auf. Ich manipulierte klammheimlich den Satelliten, so daß er zwar scharfe Fotos lieferte, aber fa-fa-falsche Koordinaten und Zeitangaben. Für die Waldbewohner spielte ich in der Nacht den Schwarzen Ritter, damit der Verdacht von den Wilden abgelenkt wurde und sie trotz allem im strahlenden Licht da-da-dastanden. Übrigens waren der verrückte Hugo und die Dogge die ersten, die sie umbrachten, nur ein paar Tage, nachdem sie die Kanalisation verlassen hatten. So-So-So kam ich auf die Idee.«

Er schien jetzt sehr müde zu sein, ja regelrecht in eine andere Dimension abzudriften. Das Blut, das aus ihm hervorblubberte, bildete um seinen Kopf eine breite Lache, geradeso, als ginge er in demselben Blutbad unter, das er jahrelang gedeckt, wenn nicht sogar unterstützt hatte. Dennoch empfand ich keinen Abscheu vor ihm und hütete mich auch davor, ihn zu verurteilen. Es war die Eigentümlichkeit von intelligenten Lebewesen, daß sie nach und nach die Beschaffenheit und die Gesetzmäßigkeit der Welt verstanden und sich dann für die eine oder andere Seite entschieden. Ambrosius hatte recht: Man sollte im Leben nicht alles wissen, sonst war man am Ende der Dumme.

»Und warum haben sie mich verschont, lieber Freund?«

»Bi-Bi-Bist du dir da so sicher? Alraune erzählte von dir und darüber, was für ein scharfer Verstand in deinem Köpfchen wohne. Auf diese Referenzen hin fand ich den Einfall ge-ge-geradezu genial, deine detektivischen Bemühungen in Propaganda für den Schwarzen Ritter umzumünzen. Ich bestärkte dich in dem Glauben, daß nur er für solcherlei Grausamkeiten in Frage kä-kä-käme. Leider warst du meinen Lügen immer einen Schritt voraus, bis sich die Di-Di-Dinge überschlugen. Aus diesem Grund gab dir Aurelie den Hinweis mit der Höhle, weil sie wußte, daß darin der Luchs hauste, ein erklärter Feind der Wilden. Sie ging davon aus, daß er dich für ihresgleichen halten und auf der Stelle tö-tö-töten würde.«

»Aber warum haben sie dich so übel zugerichtet, Ambrosius? Ich denke, du bist ihr Retter?«

»Sie wollen keine Spuren hinterlassen und keine Z-Z-Zeugen. Außerdem war ich ja an dem mörderischen Sog, in den sie hineingerieten, nicht ganz unschuldig. Sie machen einen Schlußstrich u-u-unter ihre abscheuliche Vergangenheit und brechen früher als vorgesehen nach Skandinavien auf. Der ganze Schwindel hat keinen Sinn mehr. Sie wollten A-A-Abschied nehmen von mir und baten mich, die Alarmanlage abzuschalten. Di-Di-Diana hat sie anbringen lassen, weil sie sich auch vor ihnen fürch...«

Ein neuer Blutschwall schoß aus ihm heraus und erstickte seine Worte. Wie von einer unsichtbaren Klaue hochgerissen, bäumte er sich unter Todesqualen auf, gurgelte entsetzlich, hustete weiteren Blutglibber aus und sackte schließlich mit zugekniffenen Augen in sich zusammen.

»Stirb nicht, Ambrosius, bitte stirb nicht!« kreischte ich heulend. Immer noch glaubte ich an ein Wunder, das die Wunden wie von selbst schließen würde.

Noch ein letztes Mal öffnete er seine strahlenden Bernsteinaugen und blickte mich mit einem milden Gesichtsausdruck an, so als käme der Tod einer süßen Droge gleich.

»Was wäre denn so schlimm daran, Francis? Bald werden a-a-alle Tiere sterben. Der Tod senkt sich über uns wie eine giftige Wo-Wo-Wolke. Sie hüllt uns ein, sie erstickt uns. Und Gott schickt keine neue A-A-Arche. Die Schlacht ist geschlagen. Wir haben verloren. Sie sind in der Überzahl. Eines Tages wird der Mensch auf seine Welt blicken und etwas sehr So-So-Sonderbares sehen: abwesende Tiere...«

So hauchte er seinen letzten Atem aus, ein Geräusch von unbeschreiblicher Zufriedenheit. Meine tropfenden Tränen vermischten sich mit seinem Blut und mein Abschiedsgebet mit seiner aufsteigenden Seele. Behutsam legte ich seinen Kopf in der Blutlache ab, neigte mich zu ihm herunter und rieb meine Nase gegen die seine. Aber trotz aller Trauer sträubte ich mich, seine niederschmetternden Schlußworte zu billigen. Die totale Vernichtung mußte durchaus nicht das unausweichliche Schicksal der Tiere sein. Wir hatten überall Verbündete auf der Welt. Und selbst wenn dem so wäre, wer gab eigentlich den Wilden das Recht, die Apokalypse stellvertretend für den Menschen zu vollstrecken? Hob ein Unrecht ein anderes auf? Und sollten Schandtaten milder bewertet werden, wenn sie von Opfern anderer Schandtaten ausgeführt wurden? Niemals! So billig wollte ich die Wilden nicht davonkommen lassen, obwohl ich mir im klaren darüber war, daß ich gegen eine Horde von Schlächtern nicht das geringste auszurichten vermochte. Aber eins *konnte* ich tun. Sie verfluchen, ihnen ins Angesicht schauen und sie verfluchen. Und mein Fluch würde sie begleiten, überallhin, wohin sie auch flohen, bis ans Ende ihrer Tage.

Den gewagten Sprung von der gestrigen Nacht absolvierte ich aufs neue. Ich hechtete durch das offenstehende Fenster auf das Dach und von dort in einem verwegenen Flug zur Erde. Der Sturm hatte von seiner bedrohlichen Prahlerei immer noch nicht abgelassen. Es goß in solchen Strömen, daß man leicht den Eindruck gewinnen konnte, im Himmel habe ein Rohrbruch von gigantischem Ausmaß stattgefunden. Blitze schlugen überall ein, und man hörte das Explodieren von Bäumen, die von ihnen getroffen wurden. Während ich in atemberaubender Rasanz durch den Wald preschte, konzentrierte ich mich voll und ganz auf meine unfehlbaren Instinkte, die die Fährte der Mörder schon aufspüren würden. Und genauso geschah es. Ohne eine einzige bewußte Entscheidung änderte ich die Laufrichtung mehrmals, durchdrang dichte Gebüschbarrieren, überquerte unbekannte Waldwege, streifte Bauernhöfe, von denen aus mich hysterische Hunde ankläfften, passierte den Versteinerten Wald erneut, bestieg kahle Felsen und übersprang reißende Bäche. Dann verließ ich die Wälder endgültig und gelangte in ein rein landwirtschaftlich genutztes Gebiet. Und dort, am Beginn eines kahlen, steil ansteigenden Ackers, vollkommen ausgepumpt und nach Atem ringend, sah ich sie in einer Entfernung von etwa zweihundert Metern.

Eingehüllt von den Regenschleiern, trotteten sie gemächlich auf den Rücken des hügeligen Ackers zu. Wenn sie diese Anhöhe hinter sich ließen, würden sie sich meinem Blick endgültig entziehen. Ich wußte nicht, ob ich dann noch die Kraft würde aufbringen können, ihnen zu folgen. Genaugenommen ähnelte die ganze Situation ohnehin einem mehr oder weniger verschleierten Selbstmord. Wenn sie herausfänden, daß ich, der letzte Eingeweihte in das Geheimnis, noch am Leben war, würden sie mich mit absoluter Sicherheit umbringen. Sei's drum. Ich war mehr Detektiv, als ich es mir in meinem ewigen Zynismus eingestehen wollte. Und Detektive mußten nun einmal die Mörder stellen. Gleichgültig, um welchen Preis.

Während ich mit Verschnaufen beschäftigt war, hatten sie den Kamm des Hügels erreicht. Nun glichen sie wahrhaftig jenen »grauen Gespenstern«, die den Menschen so lange Angst und Schrecken eingejagt hatten. Hunderte von Rücken schimmerten silbrig in der Ferne wie das letzte Aufgebot einer geschlagenen Armee, und Hunderte von durchnäßten Schwänzen schwangen im Takt sanft hin und her wie ramponierte Scheibenwischer, die vergeblich gegen den Regen ankämpfen.

»He, ihr Mörder, wo wollt ihr denn hin?« rief ich aus voller Kehle und begann dann langsam auf sie zuzumarschieren. Allesamt blieben sie abrupt stehen und drehten sich zu mir um. In ihren Gesichtern war keine Überraschung auszumachen, sondern eher der Unmut über ein lästiges Problem, das man trotz aller Anstrengung nicht gelöst hatte. Beim Anblick dieser unzähligen Desperados wurde mir recht mulmig zumute, doch ich wollte lieber sterben, als sie ohne ein Wort des Abscheus davonziehen zu lassen.

Plötzlich hörte es auf zu regnen, und durch eine steife Brise begann der schwarze Wolkenbrodem sich zu lichten. Durch die aufgerissenen Stellen sah man das imposante Tiefblau des Himmels, bestückt mit dem zur vollen Reife gelangten Vollmond. Woran erinnerte mich dieses eindrucksvolle Bild nur? Der kahle Acker, der düstere Nachthimmel, der Vollmond, vor dem die trüben Wolken hin- und herwanderten...

»Komm nicht näher, wenn dir dein Leben lieb ist, Francis!« rief Aurelie und bahnte sich humpelnd einen Weg durch die Umstehenden. Als sie sich durchgekämpft hatte, baute sie sich vor der Schar der zerzaust und ziemlich abgewirtschaftet aussehenden Weibchen auf und warf mir einen vorwurfsvollen Blick zu. Wir alle waren pitschnaß, und der starke Wind drang in uns ein wie die frostmanikürten Fingernägel der Eiskönigin.

»Du wirst doch den letzten Mitwisser eurer kannibalistischen Vergangenheit nicht ungeschoren davonkommen lassen, Aurelie. Hier bin ich. Erst wenn ihr mich getötet habt, ist die Geschichte des Blutes wirklich zu Ende.«

»Ich wußte gar nicht, daß du so selbstgefällig sein kannst, mein Sohn. Aus den Palästen der vollen Freßnäpfe läßt sich leicht über die heruntergekommene Moral der Hungerleider spotten. Hast du schon einmal einen Winter im Wald verbracht, Francis? In einem Wald, der so umgeforstet ist, daß er dem keimfreien Idyll einer kitschigen Wandtapete entspricht? Glaubst du tatsächlich, du könntest auch nur eine Woche lang in diesem falschen Paradies überleben, in Regen und Eis, gehetzt von den Kugeln der Jäger, terrorisiert von Autos, gefangen in Fallen? Wie willst du jagen, wenn Horden von spaßsüchtigen Menschen mit ihren Fahrrädern, Flugdrachen, Wohnwagen und Campingausrüstungen einen Höllenlärm veranstalten und deine Beute verscheuchen? Kostet es dich ein müdes Grinsen, wenn deine Kinder neben dir verhungern? Oder deine eigenen Eltern? Oder bist du etwa nur der eitle Detektiv, der halt gern Mörder überführt, gleichgültig aus welchem notwendigen Motiv sie gehandelt haben?«

»Ach, Notwendigkeit ist es also, die jede Art von Barbarei rechtfertigt. Ambrosius zu zerfetzen wie das Kaninchen im Hunderennen war demnach auch eine Notwendigkeit.«

»Mach die Toten nicht besser, als sie im Leben je waren, Francis. Natürlich haben *wir* deine Brüder und Schwestern gemeuchelt. Aber Ambrosius schuf diese blutdurchdrungene, archaische Atmosphäre und den Kult. Er verpaßte uns diese mittelalterlichen Namen und tat so, als existiere der Schwarze Ritter tatsächlich und sei eine Gottheit, die wir verehren müßten. Er war so verrückt, daß er die Maskerade, die er inszenierte, selbst für bare Münze hielt. Er suggerierte uns, daß wir auserwählte Tiere wären und aus diesem Grund ein Recht hätten, über Leben und Tod anderer Tiere zu entscheiden. Ambrosius hat uns zum Morden nicht angehalten. Das ist wahr. Doch er hat uns dabei in jeder Hinsicht unterstützt.«

»Aber auf die Idee, Alraune in Fleischmatsch zu verwandeln, seid ihr ganz alleine gekommen, wie?«

»Ja. Nach der Begegnung mit dir war sie wie verwandelt. Sie sagte, wir sollten ablassen von unserem verderblichen Tun, es wäre Sünde. Wir hielten dies für Verrat und brachten sie um. Die Leiche plazierten wir vor dem Waldhaus als Warnung an dich. Und als eine falsche Spur. Aber dann dachten wir über ihre Worte nach und erkannten die Ausweglosigkeit unserer Situation. Plötzlich kam es uns so vor, als wäre unser Blick die ganze Zeit von einer pechschwarzen Mauer versperrt gewesen. Mit deinem Auftritt bekam diese Mauer gewaltige Risse, und wir erkannten unsere unfaßbare Schuld. Nach und nach begriffen wir, was für grausige Monster wir inzwischen geworden waren und wie weit wir uns schon von der Unschuld des Tierreichs entfernt hatten. Das einzige, was uns mit den übrigen Tieren verband, war unser tierisches Aussehen, eine heimtückische Maske, hinter der sich bestialische Aussätzige und Bäche von Blut verbargen. Tiefste Scham empfanden wir bei dieser Einsicht, Francis, wir schämten uns so sehr. Deshalb wollten wir alles vergessen und alles, was diesem Vergessen im Wege stand, vernichten. Dich schickten wir zu dem Luchs, damit er dich auffressen sollte. Und um Ambrosius kümmerten wir uns selber. Wir wissen, es ist leicht, Ursachen für das Böse zu finden, mein Sohn, aber wir wissen jetzt auch, daß das Überleben nicht alles Böse entschuldigen darf. Wir haben unabtragbare Schuld auf uns geladen. Und du hast recht, Francis, wenn du uns verurteilst. Ich bitte dich nur zu bedenken, daß wir schon verurteilt waren, bevor wir deinen Artgenossen auch nur ein Haar gekrümmt haben.«

Erneut standen mir die Tränen in den Augen. Ach, welch schwere Entscheidungen verlangte doch das Leben. Alles war so vertrackt. Der pure Lebenswille hatte himmelschreiendes Unrecht erschaffen, und aus wunderschönen Waldfeen waren morbide Scheusale geworden. Da hatte ich die Auflösung meines Kriminalfalles, die Lösung des Rätsels. Aber sie verschaffte mir keine Befriedigung, sondern ließ mich ganz im Gegenteil in Schmerz erstarren. Welche Fakkel wir auch anzünden, dachte ich, und welchen Raum sie auch erleuchten mag, stets wird unser Horizont von tiefer

Nacht umgrenzt bleiben. Denn die Lösung des letzten Rätsels der Welt müßte notwendig bloß von den Dingen an sich, nicht mehr von den Erscheinungen reden. Die Begriffe Gut und Böse schwanden dahin, und was zurückblieb, waren nur meine kleinen Gefühle. Trauer für die Opfer, Haß für die Täter, die wiederum Opfer waren, die man bemitleiden mußte, und so weiter und so fort, bis alles seinen Sinn verlor in diesem Tunnel ohne Licht am Ende, der auch die Welt genannt wurde.

Ich spürte, daß mich die Geschehnisse verändert hatten. Francis war nicht mehr derselbe wie vor seiner Flucht. Deshalb verspürte ich keine Lust mehr, zu Gustav zurückzukehren und ein bequemes Leben mit verschlossenen Augen zu führen, damit ich all das Leid, das vor der Haustüre geschah, nicht sehen mußte. Gleichzeitig überkam mich tiefster Ekel vor denjenigen, die man blauäugig als »die unschuldigen Tiere« titulierte. Unschuldig war ein Stein oder ein Kleeblatt, aber kein Lebewesen. Wir waren alle schuldig, ohne unser Zutun, allein deshalb, weil wir auf dieser Welt waren, einander brauchten, wegstießen, liebten und töteten. Nein, ich wollte mich abwenden von dieser unbegreiflichen Welt und mich mit einem Eremitendasein zufrieden geben. Ich wünschte mir nur noch, in die Höhle des Luchses zurückzukehren und dort in aller Bescheidenheit den verbleibenden Rest meines Lebens zu verbringen.

Doch ein nüchterner Blick auf die Umgebung ließ mich an der Verwirklichung der angestrebten Einsiedelei stark zweifeln. Plötzlich merkte ich, daß mein gegenwärtiger Aufenthaltsort haargenau dem Schauplatz aus der Todesvision glich: der Acker, der sich bis ins Unendliche zu erstrecken schien; der Vollmond, dessen silbrige Strahlen lediglich von schwarzen Wolkenvagabunden unterbrochen wurden. Mein

Gott, jetzt war es soweit. Ich würde durch Hunderte von Krallen zu einem blutigen Klumpatsch verarbeitet werden. Was für ein Abgang!

Diese Befürchtung wurde wiederum schon im nächsten Augenblick im Keime erstickt, als die Wilden etwas völlig Unerwartetes taten. Zunächst Aurelie und dann alle ihre Stammesschwestern begannen wie auf ein Zeichen langsam rückwärts zu gehen. Hatten sie wirklich solche Angst vor mir? Oder hatten sie nicht eher Angst vor sich selber, weil die Versuchung nahelag, den letzten Störer ihres Rückzugs an Ort und Stelle zu vernichten und so den finalen Schnitt zu ihrer Vergangenheit zu vollziehen? Aber dann hieß das ja, daß sie inzwischen tatsächlich bekehrt und nicht mehr willens waren, ihre Probleme mit Gewalt zu lösen.

»Du kennst sicherlich die Erzählungen über alte oder kranke Elefanten, die sich an einen bestimmten Ort begeben, wenn sie ihren nahenden Tod spüren, Francis«, sprach Aurelie, während sie behutsam eine Pfote nach der anderen nach hinten setzte, genauso wie alle anderen Wilden hinter ihr. Die Hälfte der Gruppe war bereits hinter dem Rücken des Ackers verschwunden. Ich blieb in der Mitte des Feldes stehen und betrachtete sie sprachlos.

»Elefantenfriedhöfe nennt man solche Orte. Das Gebiet, wo wir hinziehen, soll reicher an Beutetieren sein als dieses dunkle Unglücksland und weniger mit Menschen bevölkert. Es ist aber viel wahrscheinlicher, daß es uns zum Friedhof wird. Denn so richtig jagen und ein artgemäßes Leben führen können wir noch immer nicht. Im Grunde treten wir also eine Reise des Todes an. Was aber auch kommen mag, ob glückliche Tage oder das Verderben, außer dem Wild werden wir niemandem mehr ein Leid zufügen. Wir lassen das Wüten und Morden hinter uns und hoffen, daß uns eine unberührte Natur trotz unserer Sünden in ihren Schoß aufnehmen wird.«

Alle Wilden bis auf Aurelie hatten nun die Anhöhe auf der mir abgewandten Seite verlassen und waren nicht mehr zu sehen. Aurelie blieb an der höchsten Stelle des Ackers stehen und schaute mich durch graugrüne Augen, in denen jede Hoffnung erloschen war, lange an. Hinter ihr zog eine Wolke ab und entblößte wieder den riesigen Mond, der durch sein silbriges Gegenlicht aus ihr einen Schattenriß machte. Dann plötzlich erhob sie sich auf die Hinterbeine und streckte mir ihre Vorderpfoten entgegen, als wolle sie mich aus der Ferne umarmen.

»Francis, mein Sohn!« rief sie schluchzend, und auch ich brach in heftiges Weinen aus. »Verzeih uns! Vergebe uns, mein Sohn! Vergebe uns!«

»Ich habe nichts zu vergeben!« rief ich zurück. »Gott soll euch vergeben. Oder all die Unschuldigen, die ihr gemetzelt habt, falls ihr sie einmal wiedertrefft. Ich bin hierhergekommen, um euch zu verfluchen. Doch jetzt muß ich erkennen, daß ihr schon längst verflucht seid. Ich wünsche euch kein Glück, aber auch nicht die Hölle auf Erden. Gehet in Frieden und achtet das Leben!«

»Wenn du uns schon kein Glück wünschen willst, dann schließe uns in deine Gebete mit ein, Francis. Lebe wohl, mein Sohn!«

Ein zaghaftes Winken, ein lahmer Hüpfer, und auch sie war hinter der Anhöhe verschwunden. Dort, wo sie eben noch gestanden hatte, glänzte nur noch der aufgeblähte Mond, vor den sich allmählich erneut eine düstere Wolke schob.

»Ich weiß kein schöneres Gebet, als daß alle lebenden Wesen von Schmerzen frei bleiben mögen«, flüsterte ich und starrte noch eine ganze Weile apathisch das Silberlicht an. Meine Todesvision hatte sich also zu guter Letzt doch nicht bewahrheitet, was Ambrosius' Nebenbemerkung zu bestätigen schien, daß es sich bei der hypnotischen Séance und ihren beängstigenden Auswirkungen um einen Taschenspielertrick gehandelt habe. Natürlich hätte mich der in diesem Trugbild prophezeite Tod zu einem späteren Zeitpunkt und in einem ähnlichen Schauplatz immer noch einholen können. Doch ich spürte genau, daß es entweder hier und jetzt oder aber in einem Abschnitt meines Lebens geschehen würde, der mir völlig unbekannt war.

Weiterhin unter dem Eindruck der traurigen Ereignisse stehend, sehnte ich mich nach nichts mehr als nach der Geborgenheit der Höhle im Versteinerten Wald. Dieser einsame Platz sollte ab nun meine Schutzkapsel gegen den fauligen Geruch der Welt sein. Dort würde ich über die letzten Geheimnisse des Lebens meditieren und einen intensiven Dialog mit meinen verkümmerten Instinkten pflegen. Und ich würde unablässig versuchen, zu demjenigen zu finden, der alles erschaffen hat, wahrscheinlich auch das Böse.

Ich wandte den Blick von dem wie poliert leuchtenden Mond ab und wischte mir mit der Pfote die Tränen aus den Augen. Dann drehte ich mich um, und wurde erschossen...

...und starb.

Achtes Kapitel

Diana war zu spät gekommen. Ihre letzten Bemühungen, die mörderische Brut zu finden, bevor sie sich nach Norden verdrückte, hatten zu einem fragwürdigen Ergebnis geführt. Vermutlich war die ungewöhnliche Wanderungsbewegung auf den Satellitenbildern zu sehen gewesen, und Diana hatte sich trotz des Sauwetters sofort an die Fersen der Wilden geheftet. Doch anstatt die ganze Meute an einem übersichtlichen Platz alle auf einmal vor den Lauf zu bekommen, erwischte sie nur einen falschen Hasen.

Der falsche Hase war ein gewisser Detektiv namens Francis, der gerade einen Berufswechsel zum Eremiten ins Auge gefaßt hatte. War? Hatte? Fürwahr, in dem Zustand, in dem ich mich auf einmal befand, spielte der Faktor Zeit keine Rolle mehr. Und in diesen Zustand war ich durch eine Kugel aus Dianas Bolzengewehr geraten. Eine Verwechslung mit dramatischen Folgen sozusagen. Ich hatte den Treffer nicht einmal richtig registriert, sondern nur ein plötzliches Beben meines Körpers wahrgenommen, bevor meine Pfoten für einen Augenblick vom Boden abhoben und dann wie die Glieder einer Gummipuppe einknickten. Ich fiel rücklings hin und konnte mich nicht mehr rühren.

Alles Weitere spielte sich wie in meiner Todesvision ab, oder besser gesagt beinahe so, denn im Gegensatz zu dem bekannten kleinen Ausschnitt gab es diesmal eine Fortsetzung. Während ich, zur Unbeweglichkeit verdammt, gezwungen war, durch meine zusammengekniffenen Augenlider den hinter der dunklen Wolke schimmernden Vollmond zu betrachten, stellten sich starke Schmerzen ein. Sie fühlten sich an, als wären sämtliche meiner Nervenenden nach außen verlagert worden, und ein begnadeter Sadist schrubbe sie mit einer Drahtbürste ab. Ich verspürte nur noch den Wunsch nach einem baldigen Tod. Mit einem Auge schielte ich an mir herunter und sah, daß ich viel Blut verlor. Es hatte bereits eine Pfütze um mich herum gebildet. Dann durchdrang mich ein unwillkürliches Zucken, welches den Schmerz zwar nicht zu lindern vermochte, aber einigermaßen von ihm ablenkte. Nach einer Weile hörte auch das auf und gleichzeitig damit alles, was einmal eine Bedeutung gehabt hatte.

Als hätte man die Foltermaschine abgestellt, verschwanden alle Schmerzen schlagartig. Purpurfarbene Lichtschwaden nahmen sich meines Körpers an und schufen eine grelle Aura. Oh, wie schön war es, von diesem magischen Licht durchflossen zu werden wie vom Wasser einer heiligen Quelle. Das nächste Wunder ließ nicht lange auf sich warten. Nun schwebte ich ganz langsam vom Boden empor, wobei ich gleichzeitig eine gemächliche Drehung um meine eigene Achse vollführte. All diese sanften Bewegungen hatten etwas unendlich Beglückendes an sich. Als meine Vorderseite ganz dem Acker zugewandt war, konnte ich das Geschehen auf der Erde mitverfolgen. Doch da unten passierte nicht mehr viel. Francis lag mit einer blutenden Wunde in der Bauchgegend in einer breiten Furche des Feldes und zuckte schmerzdurchdrungen. Mit einem Mal riß er die Augen auf und erstarrte wie eine Phasenaufnahme im Film. Während ich mich also von meinem eigenen Körper entfernte, hatte ich meinem eigenen Tod beiwohnen dürfen. Wie aufregend!

Ich schwebte weiter himmelwärts, entfernte mich immer mehr von der Leiche, und je kleiner die Hülse von Francis auf der Erde wurde, desto unwichtiger und belangloser wurden auch seine Problemchen und Gedanken, die ihm eine verschwindend kurze Zeit lang die Illusion des Lebens vorgegaukelt hatten. Man muß alt geworden sein, also lange gelebt haben, so dachte ich, um zu erkennen, wie kurz das Leben ist. Und welches Glück man auch erfahren hatte, der mit dem Leben verbundene Schmerz hatte sich in Wirklichkeit niemals verleugnen lassen. Daß ich dennoch so sehr den Tod verabscheut hatte, war nichts weiter als ein anderer Ausdruck davon gewesen, wie sehr ich das Leben gewollt hatte und daß ich nichts war als dieser Wille und nichts gekannt hatte als eben ihn.

Plötzlich wurde mir bewußt, daß mir in einer heißen Auseinandersetzung die Rolle des Schiedsrichters zuteil geworden war. Auch das kam mir bekannt vor, hatte ich doch diese sich vehement bekämpfenden Stimmen bereits in meiner Todesvision vernommen. Allerdings führten sie diesmal keinen richtigen Dialog miteinander, sondern symbolisierten zwei entgegengesetzte Kräfte meiner Seele. Die eine Seite beharrte auf der Kraft des Willens und dem Leben, die andere auf der Sinnlosigkeit alles Irdischen und auf der Erlösung. Wie es schien, blieb mir für eine Entscheidung wenig Zeit, denn ich hatte mich von dem Acker inzwischen derart weit entfernt, daß der blutende Francis nur mehr wie ein winziger Punkt wirkte. Während ich mit der geruhsamen Geschwindigkeit eines Heißluftballons zum Himmelsdom abhob, sah ich noch, wie Diana aus der Dunkelheit auftauchte und mit gesenktem Gewehr quer über das Feld zur Leiche schritt.

Trotz der Entfernung erkannte ich das fragende Glühen in den aufgerissenen Augen meines körperlichen Gegenstücks. Francis schaute mich durchdringend an. Na los, entscheide dich endlich, Kumpel, schien er zu sagen, laß mich hier nicht hängen! Ich überlegte. Das Schweben glich einem Schlaf bei vollem Bewußtsein, wohltuend und ekstatisch zugleich. Die Welt da unten war ein finsterer Fleck voller sich sinnlos bekämpfender Krieger in einem ungerechten Krieg, an dessen Ende weder ein Sieg noch der Frieden in Aussicht standen. Und doch... Da gab es ein paar Knoten, die ich noch gerne entwirrt hätte, ein paar Dinge, die ich noch gerne ausprobiert hätte, ein paar Lebensabschnitte, die ich noch gerne gelebt hätte...

Nein! Was vorbei war, war vorbei. Leben, ich lasse dich los und wende mich ab von dir! schrie ich, und so wie dieser Schrei in den Weiten des Himmels verklungen war, konnte ich nicht nur stur nach oben schweben, sondern mit der Selbstverständlichkeit des Glücklichen im Traum in alle Richtungen fliegen. Ich überflog den armen, toten Francis, der bei Lichte besehen ein ziemlich doofes Ende gefunden hatte, flog über Äcker und Wiesen hinweg, Kapriolen schlagend und mit allen ausgestreckten Pfoten atemberaubende Flugmanöver vollführend. Mit unglaublicher Geschwindigkeit raste die Erde unter mir vorbei und zeigte mir noch ein letztes Mal all die, die eine Bedeutung für mich gehabt hatten. Ich sah die Wilden, wie sie im anbrechenden Morgengrauen stumm und bedächtig in die nördlichen Wälder wanderten. Ich segelte herunter, streifte sie beinahe, und sie hoben alle gleichzeitig ihre Köpfe in die Höhe und lächelten bitter, als spürten sie meine Seele in ihrer Nähe. Doch der rasante Flug erlaubte keinen Halt. Viele Kilometer weiter erblickte ich in einer felsigen Landschaft Acht, den Luchs, den es ebenfalls nach Norden zog, und ich wünschte mir so sehr, daß er noch über genügend Kräfte verfügen möge, um die Arktis zu überqueren und sein geliebtes Kanada zu erreichen. Als er meine spirituelle Anwesenheit bemerkte, blieb er stehen, schaute auf und lächelte ebenfalls, aber keineswegs schmerzlich wie die Wilden, sondern so wie man einem Fliegerkameraden begeistert zulächelt, dem in den Lüften ein besonders tollkühnes Kunststück gelungen ist.

Ich verabschiedete mich schweren Herzens von ihm und nahm Kurs auf den Wald. Das Rot der Morgendämmerung verwandelte diesen gezähmten Dschungel in ein grandioses Flammenmeer, auf dessen helleuchtendem Grund man seine emsigen Bewohner erkennen konnte. Gewöhnlich war es ein Ding der Unmöglichkeit, jetzt aber erfaßte mein Blick jeden einzelnen von ihnen mit unvorstellbarer Schärfe. Ja, sie waren alle da, die Wolfsspinnen, die Waldgrillen, die Weinbergschnecken, die Nashornkäfer, die Hornissenschwärmer, die schwindelerregend vielfältigen Arten von Schmetterlingen, die Wespen, die Feuersalamander, die Laubfrösche, die Zauneidechsen, die Blindschleichen, die Igel, die Fransenfledermäuse, die Wildkaninchen, die Biber, die Siebenschläfer, die Gelbhalsmäuse, die Dachse, die Waschbären, die Baummarder, die Wildschweine und die Rehe. Und über ihnen, mir gewissermaßen ihre Dienste als Fluglotsen anbietend, schwärmte die Luftflotte des Waldes, bestehend aus Mäusebussarden, Habichten, Baumfalken, Waldschnepfen, Turteltauben, Uhus, Waldohreulen, Ziegenmelkern, Buntspechten, Zaunkönigen, Nachtigallen, Rotkehlchen, Amseln, Blaumeisen, Finken, Staren und Kolkraben. Ihr Anblick erfüllte mich mit einem Gefühl tiefer Freude, und ihnen allen und jenen, die meinen aufgeregten Augen entgangen waren, wünschte ich nur eins: alles Glück dieser Erde!

Dann überflog ich das Waldhaus, in dem sich zwar Ambrosius' Leichnam, aber längst nicht mehr seine Seele aufhielt. Diese würde ich in Bälde in freundlicheren Gefilden wiedertreffen und mit ihr leidenschaftliche Diskussionen über Spiritismus führen. Klar, daß ich dabei den kürzeren ziehen würde, weil mir Ambrosius in dieser Disziplin bereits im Leben viel voraus gehabt hatte. Nachdem ich den riesenhaften Auswilderungskäfig, der wohl durch den Okkupationsdrang der Pflanzen irgendwann tatsächlich eine Einheit mit seiner Umgebung bilden würde, passiert hatte, erreichte ich den Versteinerten Wald. Doch die Betrachtung dieses Mahnmales menschlichen Unverstandes ließ in mir nur Wut aufkommen, so daß ich mich in den gesunden Teil des Waldes fallen ließ und genau in das Kanalrohr hineinsauste, aus dem ich einst herausgekrochen war. Wie eine ziellose Flipperkugel schwirrte ich eine Weile durch die labyrinthischen Verzweigungen der Kanalisation, die von ihrer klammen Gruftigkeit nicht das mindeste verloren hatte. Das Volk der Barmherzigen fand ich schließlich in einer endlos scheinenden Abwasserstraße, wo sie wie Fischer aus prähistorischen Epochen gemeinsam eine Rattentreibjagd veranstalteten. Ich sah Safran, Niger und all die übrigen schmutzverklebten Blinden stürmisch im Wasser planschen und daraus regelmäßig mit Beutestücken zwischen den Zähnen auftauchen. Schade, daß ich ihnen die Nachricht von der Beendigung der Mordserie nicht mehr hatte überbringen können. Dennoch unterbrachen alle den Rattenfang und verfielen in ein bedrücktes Schweigen, als ich ihre Köpfe streifte. Zumindest als eine ferne Erinnerung oder als eine heilbringende Ahnung war ich für sie offenkundig weiterhin existent. Ich segnete sie alle und verließ dann durch den Hauptsammler die Kanalisation.

Hoch über der Stadt sah ich das alte Haus, in dem Gustavs kleine Parterrewohnung lag, und endlich, endlich mein ehemaliges Revier. Sofort setzte ich zum Sturzflug an, aber je mehr ich mich dem vertrauten Ort näherte, um so deutlicher offenbarte sich mir eine herzzerreißende Szene. Gustav stand hinten auf der Terrasse, ließ den Blick traurig über die Gärten schweifen und brach dann in ein jämmerliches Geheule aus. Es war unverkennbar, daß die Trauerarbeit seinem verschwundenen Liebling galt, denn dessen stumme Abwesenheit wirkte hier, an seinem Stammplatz, eindringlicher als seine Gegenwart. In Sichtweite tummelten sich meine alten Freunde in den Nachbargärten. Ich sah den alten verkrüppelten Blaubart, den Reviertyrannen Kong und seine beiden Leibwächter Herrmann und Herrmann, den verschrobenen Jesaja, die betörende Nhozemphtekh, mit der ich so manche heiße Liebesnacht verbracht hatte, und noch ein paar andere von der Bande.

Du hättest meine Würde nicht antasten sollen, dicker Mann, sprach ich zu Gustav aus der Geisterwelt, selbst dem Heulen nahe. Und du hättest wissen müssen, daß Liebe nicht so ohne weiteres teilbar ist. Ich habe dich geliebt so wie du warst, mit all deinen Macken und widerlichen Angewohnheiten (wie zum Beispiel der Unsitte des Beschmatzens und Begurgelns von jedem blöden Schluck Wein). Du aber verrietest unsere Freundschaft um den Preis eines trügerischen Haussegens. Kein Mensch verdient ein Tier, der nicht erkennt, daß er im Grunde selbst ein Tier ist und deshalb mit dem Tiere wie mit seinesgleichen umgehen muß. Doch der Schleier des Vergessens möge sich über deine Sünden legen, lieber Gustav, und die Erinnerung an die gemeinsam erlebten Sonnentage uns beide für das Ungemach entschädigen. So lebet alle wohl, ihr starken Wächter des Reviers und mein charakterschwacher Freund! Gott in seiner unendlichen Güte wird uns irgendwann wieder zusammenführen, ohne die Eisengewichte der irdischen Existenz und den lächerlichen Unterschied zwischen den Arten.

Während ich diese Abschiedsworte aussprach (oder nur dachte?), schoß ich wie eine Rakete in den Himmel empor, und aus den Augenwinkeln konnte ich erspähen, daß sowohl der von Trauer erfüllte Gustav als auch meine einstigen Kumpane wie auf ein Zeichen ihre Köpfe hochrissen und mir wehmütig nachblickten. Mit Blitztempo durchbrach ich die Troposphäre, die Stratosphäre, die Ionosphäre, die Exosphäre, die Chemospähre und schließlich die Atmosphäre, so daß die vertraute Topographie immer rasender ihre Konturen verlor und in einem kolossalen blauen Ball unterging, der von weißen Schwaden umnebelt war. Wie wunderwunderschön und friedlich wirkte doch dieser Planet, wenn man ihn wie ein intergalaktischer Forscher von der Ferne betrachtete. Schwerelos und frei von jeglicher Sorgenlast umrundete ich ihn in einem atemlosen Flug, bis Kontinent um Kontinent unter mir hinweghuschten und der Kreis sich schließlich über dem Erdteil schloß, wo der Triumphzug der Felidae seinen Anfang genommen hatte: Afrika. Es war nun an der Zeit, dieser so seltsam widersprüchlichen Kugel ade zu sagen, weil ich plötzlich eine unheimliche Kraft spürte, die mich in die Abgründe des Kosmos sog. Ich deutete ein Winkewinke an, drehte meinem Leben endgültig den Rücken zu und stürzte dann in das Sternenmeer.

Immer schneller und schneller schossen die Myriaden von Sonnen und Planeten an mir vorbei, wobei sie faszinierende Ansichten ihrer brennenden, öden, vereisten, flüssigen und grünen Oberflächen enthüllten, bis meine Fluggeschwindigkeit ein derartiges Ausmaß annahm, daß die Gestirne sich zu Strahlenlanzen verzogen. Mit einem Mal erschien genau im Zentrum dieses hypnotischen Panoramas ein augenblendendes Gefunkel, das zunehmend größer wurde. Im Bruchteil einer Sekunde nahm es die komplette Sicht ein, und von Glücksschauern erfüllt, tauchte ich in diesen Tunnel aus Licht. Aufleuchtende und verglimmende Sternchen durchflossen diese magische Lichtröhre und begleiteten mich bei meinem rasanten Flug. Nach einer Weile konnte ich endlich eine Endstation ausmachen, weil das Licht dort noch greller leuchtete. Je näher ich dem Ziel kam, desto deutlicher konnte ich schemenhafte Bewegungen erkennen, welche sich schließlich als von Licht durchdrungene Gestalten herauskristallisierten. Lichtgestalten, die auf Lichtwiesen grasten, auf Lichtbäume kletterten, hinter Wild aus Licht herjagten, Lichthügel erklommen und sich auf Lichtfelsen ausruhten. Vor mir breitete sich eine im wahrsten Sinne des Wortes paradiesische Landschaft mit goldenen Seen, silbernen Wäldern und schillernden Bergen und Tälern aus. Und wie eine ins Überdimensionale ausufernde und von Milliarden von Scheinwerfern angestrahlte Arche Noah wurde sie ausschließlich von engelhaften Tieren bevölkert. Ich wußte, wo ich gelandet war: in den ewigen Jagdgründen!

Ganz in meiner Nähe sah ich Ambrosius – ein Ambrosius, der von innen her so stark leuchtete wie eine defekte Lampe kurz vor der Explosion. Er saß unter einem Baum auf einem Stapel Papier und kritzelte eifrig mit der Pfote. Ich rief seinen Namen, aber er schaute mich nur wortlos an und lächelte. In einem glitzernden Bach stand Alraune bis zu den Knien im Wasser und schlug daraus mit der Pfote Fische ans Ufer. Auch ihren Namen rief ich, aber sie war zu sehr beschäftigt und hörte mich nicht. Alle Tiere hier, ob Schimpansen, Polarbären oder Leguane, gingen wie im realen Leben ihren natürlichen Bedürfnissen nach. Doch keine Menschen behinderten sie dabei. Es gab keine Angst mehr an diesem Ort, sondern nur noch Seligkeit und Licht.

Plötzlich kam in der Ferne Bewegung auf, zeichneten sich verschwommene Umrisse einer Silhouette ab, die zielstrebig in meine Richtung schritt. Ich verfolgte sie mit gebanntem Blick, weil ich instinktiv ahnte, daß ihr Auftauchen etwas mit meiner Ankunft zu tun hatte. Die Gestalt kam immer näher, bis sie vollkommen deutlich zu erkennen war und zuletzt vor mir haltmachte. Es handelte sich um die phantomartige Erscheinung eines prächtigen weißen Artgenossen, so hell leuchtend, daß man bei seinem Anblick die Augen zusammenkneifen mußte. Er besaß türkisblaue, strahlende Augen und ein phänomenal flauschiges und aufgeplustertes Fell. Entrückt lächelnd betrachtete er mich eine Weile. Die anderen Tiere schienen sich an der Spukgestalt nicht zu stören und betrieben ihre Aktivitäten in aller Seelenruhe weiter. Wahrscheinlich tauchte der Kerl hier jeden Tag um diese Uhrzeit auf.

»Willkommen, Francis! Gute Reise gehabt?« hallte mir seine Stimme schließlich entgegen. Sie hatte einen süßen, verheißungsvollen Klang.

»Bis auf die Tatsache, daß sich kein einziges Mal die Stewardeß blicken ließ, war es fabelhaft«, antwortete ich und wollte gleich darauf wissen: »Bin ich hier im Himmel?«

»Wenn du so willst.«

»Und bist du Gott?«

»Würdest du sehr enttäuscht sein, wenn ich es nicht wäre?«

»Nein, es gibt Schlimmeres im Leben.«

»Im Leben?«

»Demnach bin ich tot, oder wenn ich mir einen Insiderwitz erlauben darf, mausetot?«

»Glaubst du, daß du tot bist, Francis?«

»Nun ja, das letzte Mal, daß ich so etwas sah, war es in dieser blütenweißen Waschmittelwerbung im Fernsehen.«

»Willst du denn unbedingt tot sein, Francis?«

»Ja«, entgegnete ich bekümmert, davon überrascht, wie blitzartig die Hochstimmung umgeschlagen war. »Wenn ich ehrlich bin, ja. Da, wo ich herkomme, ist es um die, die auf mehr als zwei Beinen wandeln, nicht so prima bestellt wie in diesem strahlenden Zoo. Ich bin des Anblicks von Leid müde geworden. Nicht einmal des Hasses bin ich mehr fähig, denn der Atem des Menschen erstickt jede Art von Gefühl. Und wenn er einem Tier entgegenschlägt, stirbt nicht nur der einzelne, sondern gleich die ganze Art.«

»Aber was ist mit all den ungelösten Fällen, Francis? Was ist mit der Harmonie und der Ordnung, für die du dich mit so großer Leidenschaft unter deinesgleichen stark gemacht hast? Wer kümmert sich jetzt darum? Erinnere dich an deinen guten alten Schopenhauer, der da sagte: ›Zwar wünschen alle, erlöst zu werden aus dem Zustand des Leidens und des Todes, sie möchten, wie man so schön sagt, zur ewigen Seligkeit gelangen, ins Himmelreich kommen; aber nicht auf eigenen Füßen, sondern hingetragen möchten sie werden, durch den Lauf der Natur.‹ Willst du es dir so einfach machen?«

»Offen gesagt, habe ich mir bis jetzt noch keine Gedanken darüber gemacht. Also bin ich nun tot, oder was?«

»Die Frage mußt du dir selbst beantworten, Francis. Das hier ist nicht der Palastgarten von Siegfried und Roy, wo dir jeder Wunsch von den Augen abgelesen wird. Wenn du hereinkommen willst, dann komm herein. Bedenke jedoch vorher, daß auf dich noch jede Menge Arbeit auf der Erde wartet. Aber auch sehr viel Erfüllung und Liebe.«

»Jede Menge Arbeit hört sich nach jeder Menge Ärger an.«

»Bist du es denn anders gewohnt?«

»Nein.«

»Dann entscheide dich. Die Entscheidung liegt jetzt allein bei dir, Francis.«

Die Fähigkeit, Entscheidungen zu treffen, war mir etwas abhanden gekommen, seit ich erschossen worden war. Die lichtdurchflutete Szenerie, die ich vor mir sah, war mehr als verlockend; ich durfte mich gar nicht erst in Mutmaßungen verlieren, welche leckeren Sorten von Futter es dort zu entdecken gab und welche verwirrende Vielfalt von Artgenossinnen. Trotzdem hatten mich die Worte des Weißen ins Grübeln gebracht. Sollte ich mich von diesem düsteren Planeten in Wahrheit nur verabschiedet haben, um feige dem Kampf zu entfliehen? Wo blieb meine krankhafte Neugier, die ich zwar oft in Grund und Boden verdammt, jedoch insgeheim stets wie ein Ehrenabzeichen vor mir hergetragen hatte? Würden sich die guten alten grauen Zellen in einem Land, wo Milch und Honig flossen, nicht sehr schnell langweilen? Und die wichtigste Frage überhaupt: Sollte Gustav nach all den Folterqualen, die ich ausstehen mußte, so ungestraft davonkommen? Das Leben war wahrlich nicht so toll – der Tod aber anderseits auch nicht.

Der illuminierte Gott der Felidae begann sich allmählich aufzulösen. Der fragende Blick war zwar weiterhin auf mich gerichtet, doch das gütige Antlitz schwankte in Form von Wellen, als spiegele es sich auf einer Wasseroberfläche, nachdem man einen Kieselstein hineingeworfen hat. Aber nicht nur der einzige Gott, den ich je traf, schwebte davon, sondern das ganze Eldorado schien auf einmal von Auflösungserscheinungen heimgesucht. Konnte man eben noch trotz der Helligkeit klare Profile der sagenhaften Landschaft und ihrer frohgemuten Einwohner unterscheiden, so wurden sie langsam von einem noch blendenderen Licht überstrahlt, als ginge es darum, das Bild und gleichzeitig meine Netzhäute abzubrennen.

»Die Entscheidung liegt jetzt allein bei dir, Francis«, wiederholte der himmlische Philosoph, bevor ein grelles Weiß alles zudeckte und ich nur noch das Licht sehen konnte, das Licht, das Licht, das Licht...

...Das Licht, welches durch eines meiner Augen drang, weil das Lid von einem Finger hochgeklappt wurde, war das einer Taschenlampe. Ein bebrilltes altes Männchen guckte mit wissenschaftlicher Neugier in das widerspenstige Sehorgan und, wie mir schien, in mein Innerstes hinein. Dann nickte es in einer Mischung aus Erstaunen und Zufriedenheit und ließ das Lid wieder zuschnappen. Von sehr irdischen Schmerzen erfüllt, öffnete ich meine Glubscher nur einen Schlitz breit und sah, wie der Taschenlampenmann das Zimmer verließ. Das Zimmer... Ich kannte dieses Zimmer! Verflucht, ich kannte das ganze Haus! Nirgendwo anders als in Gustavs Schlafzimmer lag ich, zusammengerollt auf seinem immerwährend muffelnden Bett. Ich schielte auf meinen Körper hinab und stellte fest, daß er fast vollständig in Mullbinden eingewickelt war wie eine ägyptische Mumie. Die Schmerzen nahmen ihren Ausgang in der Bauchgegend, wo ich getroffen worden war, und marschierten dann mit beharrlicher Zielstrebigkeit direkt in mein Oberstübchen. Ich stand jedoch spürbar unter der Wirkung irgendwelcher schmerzstillender Mittel, so daß ich nicht unmittelbar in ein Gekreische ausbrechen mußte.

Aus dem Wohnzimmer hörte ich Stimmen. Es war eine Frauenstimme dabei, doch Gott sei's gedankt, nicht die von Francesca. Ich lauschte ein paar Minuten und verstand langsam den Sachverhalt. Die Stimme der Frau, die sich angeregt mit Gustav unterhielt, gehörte Diana. Sie beschrieb ihm das Auswilderungsprogramm und dessen tragische Folgen, die auch ihren eigenen Liebling Ambrosius nicht verschont hätten. Bedauernd teilte sie ihm mit, daß sie mich in ihrem finalen Abschußeifer in der nächtlichen Dunkelheit für einen der Wilden gehalten habe, zumal die Satellitenbilder einen Auszug der Brut aus den heimischen Wäldern signalisiert hätten. Aber als sie dann ihr angeschossenes Opfer aus nächster Nähe gesehen habe, wäre in ihr wieder die ehemalige Tierärztin erwacht. Unverzüglich hätte sie mich zum Waldhaus gebracht, dort in einer Notoperation zusammengeflickt und dabei auch zufällig die tätowierte Nummer an meinem Hintern entdeckt. Diese habe sie dann zu Gustavs Adresse geführt.

Gustav bedankte sich frenetisch, wobei er in regelmäßigen Abständen von Weinkrämpfen der Freude geschüttelt wurde. Natürlich waren diese Qualen verglichen mit dem, was ihm noch bevorstand, lediglich unbedeutende Piekser. Trotz meines betäubten Zustandes arbeitete meine Phantasie auf Hochtouren und entwarf unterschiedliche Gedankenmodelle der Vergeltung. Ich überlegte, wie lange ich die Dauer der Rekonvaleszenz hinausschieben konnte. Vielleicht zwei Monate? Vier Monate? Oder gar ein ganzes Jahr? Oh, wie ich ihn meine Abscheu spüren lassen und seine

Schuldgefühle provozieren würde! Welch hohe Ansprüche würde ich stellen, und wie gnadenlos geschmäcklerisch würde ich sein. Sahne müßte er mir schlagen, und zwar jeden Tag, und frische Langusten direkt vom Fischmarkt besorgen, leicht angebraten, versteht sich. Das Leitungswasser, das er mir in den Wassernapf zu schütten pflegte, konnte er meinetwegen selber saufen, ich würde kompromißlos auf exklusivem Perrier bestehen. Und jeden Abend würde ich ein Schälchen Vanilleeis verlangen, aber nicht irgend so eine versiffte Sorte, sondern ausschließlich Mövenpick. Käme er meinen berechtigten Wünschen nicht nach, würde ich ihm mit einer beiläufigen Bewegung meine Narben entgegenstrecken und ihm vorwurfsvoll tief in die Augen schauen. Das würde funktionieren, so wahr ich die ewigen Jagdgründe erblickt hatte!

Gewiß ist die Frage berechtigt, weshalb ich mich so enthusiastisch in derlei Rachephantasien erging, obwohl ich in der gegenwärtigen Situation davon ausgehen mußte, daß Francescas Nüsse-Projekt weiterhin über meinem Haupt schwebte wie ein Damoklesschwert. Die Erklärung ist sehr einfach. Meine unfehlbaren Instinkte ließen mich ahnen, daß das Problem sich in meiner Abwesenheit ganz von selbst erledigt hatte. Natürlich kannte ich zu diesem Zeitpunkt die näheren Umstände nicht. Doch Gustavs waschweibhaftes Mitteilungsbedürfnis gegenüber Besuchern, die sich in den folgenden Wochen nach den Genesungsfortschritten des Verwundeten erkundigten, setzten auch mich detailliert ins Bild. Die Tragödie hatte in der Nacht meiner Flucht stattgefunden. Vom brüllenden Sturm aus dem Schlaf gerissen, hatte mein Lebensgefährte sich in jener Nacht große Sorgen gemacht, als er mich nirgendwo in der Wohnung finden konnte. Das offene Klofenster ließ ihn Schlimmes befürchten, so daß er auf einen abgedroschenen Trick verfiel. Um mich wieder in die Wohnung zu locken, öffnete er geräuschvoll eine frische Dose Futter und verschüttete dabei versehentlich die Hälfte der Kostbarkeit auf den Boden. Dann ging er wieder ins Bett, wobei er jedoch Francesca aufweckte. Verärgert über die ruinierte Nachtruhe, war sie es nun, die nicht mehr einschlafen konnte. Um einem dringenden Bedürfnis abzuhelfen, ging sie in die Toilette und trat, wie es der Zufall wollte, in der Dunkelheit auf die verschüttete Futterspur. Sie rutschte darauf aus, stürzte zu Boden und knallte mit dem Hinterkopf auf den Rand des Klosettbeckens. Die gute Frau war auf der Stelle tot.

Tragisch, tragisch, doch die meisten Unfälle passieren nun einmal im Haushalt. Hierin die Strafe einer höheren Macht für ihre Boshaftigkeiten gegenüber einer bestimmten Spezies zu sehen, ist, meiner Meinung nach, blanker Unsinn, obgleich ich gestehen muß, daß die Hypothese einer Fügung nicht völlig von der Hand zu weisen ist. Fernerhin muß ich gestehen, daß ich nicht gerade in Tränen aufgelöst war, als ich von dem merkwürdigen Unfall erfuhr. Man muß sich in der Welt der Schwerkraft halt sehr vorsichtig bewegen, wenn man nicht über eine so herausragende Gelenkigkeit verfügt wie unsereiner. Vor allen Dingen sollte man noch vorsichtiger im Umgang mit meinesgleichen sein, sonst bricht man nicht nur anderen das Herz, sondern auch sich selbst leicht das Genick. Es gibt Dinge zwischen Himmel und Erde, zu denen nur meine Rasse Zugang besitzt. Ich sage nur Psi-trailing!

Im Grunde hätte ich die Flucht also gar nicht erst antreten müssen. Dennoch bin ich nachträglich zu der Überzeugung gelangt, daß sie notwendig gewesen war. Durch sie lernte ich nämlich zum ersten Mal Kreaturen kennen, die ihr Leben ohne den täglichen vollen Futternapf bestreiten müssen. Einige von ihnen leisten trotz eigener Mühsal Heroisches für ihre Brüder und Schwestern wie das Volk der Blinden. Andere... Nein, ich wollte nicht, daß mir nur diese häßlichen Erinnerungen an die Wilden bleiben. Ich wollte andere Erinnerungen. Solche wie von meiner ersten Begegnung mit Alraune, als sie auf der Laubschicht wie eine Waldkönigin gelegen hatte, von Sonnenstrahlen in ein unwirkliches Lichtwesen verwandelt, die weißlichgrünen Augen zu hinreißenden Schlitzen verengt. Und ich wollte mir vorstellen, daß ihre Stammesangehörigen in den undurchdringlichen Wäldern Skandinaviens reiche Beute und die Abgeschiedenheit fanden, die sie so dringend brauchten. Aber auch ein paar leistungswillige Männchen, die die Art vor dem Aussterben bewahren würden. Manchmal waren falsche Erinnerungen besser als häßliche. Ambrosius sagte: »Eines Tages wird der Mensch auf seine Welt blicken und etwas sehr Sonderbares sehen: abwesende Tiere.« Was für eine alptraumhafte Vorstellung! Ich achtete Ambrosius trotz seiner Untaten immer noch, doch gleichzeitig wünschte ich mir, daß seine letzten Worte niemals wahr werden würden. Ich wollte nicht in so einer einsamen Welt leben, und das Komischste dabei war, daß die Menschen in Wirklichkeit selbst auch nicht darin leben wollten.

Gustav, Diana und der zusätzlich herbeigerufene Tierarzt, der mich noch einmal gründlich untersucht hatte, betraten das Zimmer. Sofort schloß ich die Augen und gab ein mitleiderregendes Wimmern von mir. Daraufhin verfiel der Dicke ebenfalls in ein Wimmern, das allerdings weniger körperlichen Schmerzen denn einem berechtigten Schuldbewußtsein entsprang. Recht so! Er beugte sich zu mir hinab, streichelte behutsam und mit zittrigen Händen meinen Kopf und versprach allerlei Dinge, mit denen er mich beglücken wolle, wenn ich ganz schnell wieder gesund würde. Herr im Himmel, sogar von lebendigen Mäusen war da die Rede! Ich aber lächelte heimlich in mich hinein und dachte: Nicht nur die wirst du mir liefern, mein dummer Freund, nicht nur die...

Und mit diesen verheißungsvollen Aussichten schließt das Detektivbüro Francis einstweilen seine Türen. Falls Sie Ihre Frau des Fremdgehens verdächtigen oder Ihren Mann des dreiundvierzigfachen Mordes, wenden Sie sich bitte vorübergehend an andere Detektive. Vielleicht befindet sich einer von ihnen gleich in Ihrer Nachbarschaft. Aber im Gegensatz zu den schlechten sind die wahren Detektive an einem sehr markanten Merkmal sofort zu erkennen: Sie haben scharfe Krallen!

Anmerkungen

1 Als Weltmeister unter den Säugetieren verbringen Katzen rund 16 Stunden eines Tages in Morpheus' Armen und übertreffen damit sogar noch den faulen, großen Pandabären, der sich gerade einmal zehn Stunden »hinhaut«. Da sie zwei Drittel der Zeit »abschaltet«, hat eine neun Jahre alte Katze also praktisch nur drei Jahre wach gelebt. Aber Quantität ist nicht Qualität, und daher kann die gemütliche Transuse doch nicht so intensiv »relaxen« wie ihre zweibeinigen Kammerdiener. Katzen nehmen ihren Schlummer nicht wie Menschen an einem Stück, sondern in Form von kleinen Häppchen, die auch »Katzenschläfchen« heißen. Während dieser Nickerchen, die aus mehreren Schlaf-Zyklen bestehen, wird das Gehirn längst nicht so radikal »ausgeknipst« wie beim Menschen. Der Tiefschlaf der Katze entspricht von den Biosignalen her eher unserem leichtem Schlaf. Und wie es sich für einen Jäger gehört, bleibt der »Radar« der Katze auch in der Siesta hellwach. Wenn auch nur irgendein entfernt mäuseartiges Knistern zu vernehmen ist, schlägt die »Alarmanlage« an, und der Stand-By-Tiger ist im gleichen Augenblick voll da.

Katzen, die oft unter den artistischsten Verrenkungen wegdösen, können sich diesen phlegmatischen Lebensstil nur erlauben, weil sie sehr effizient auf die Pirsch gehen und wenig natürliche Feinde haben. Die Beutetiere auf der Gegenseite sind dagegen oft »Minutenschläfer«, die sich wie etwa der Hase immer nur für ein paar Momente aufs Ohr legen können. Aus naheliegenden Gründen sind Katzen auch die beliebtesten »Versuchskaninchen« in der Schlafforschung; in dieser Funktion haben sie – unter heroischem Einsatz – bahnbrechende Erkenntnisse beigesteuert.

2 Manche Leute verurteilen die Kastration als gewaltsamen Eingriff in das Recht auf freie Entfaltung der Katzen-Persönlichkeit und als eine barbarische Metzgerei: Damit unser animalischer Hausgenosse zum pflegeleichten »Plüschtier« wird, lassen wir ihn grausam verstümmeln und argumentieren dann noch scheinheilig, die harmlose »Therapie« diene dem Wohl der lieben Kleinen – nach dem Motto »Sex macht eh' nicht glücklich«. Die »sanierte« Barbie-Katze belästigt uns nicht mehr mit ihren triebhaften Anwandlungen und wird zum »salonfähigen« Spielzeug-Löwen.

Aber der Autor kann sich auch nicht den Argumenten der Gegenseite verschließen. Kater mit funktionstüchtigen »Familienjuwelen« sind wahrhaft unbändig und laufen große Gefahr, bei ihren ewigen Fehden schwere Verletzungen davonzutragen. Dazu verbreiten sie einen unerträglich scharfen »Liebesduft«, der – zumindest für Dosenöffner – wie der Pesthauch des Todes mieft. Katzen-Damen mit gebärfähiger Ausstattung geraten leicht in »Dauerrolligkeit« und stellen das traute Heim mit ihren chaotischen Ausbrüchen auf den Kopf. Bei wiederholter Trächtigkeit werden sie von Streß, Strapazen und vermutlich auch von Komplikationen heimgesucht. Da Katzen sich mit dem Tempo von Kaninchen reproduzieren, ist auch das Risiko der Überbevölkerung stets präsent. Wenn man schließlich berücksichtigt, daß neutralisierte Katzen zwei bis drei Jahre länger leben, ohne auffällig Gewicht anzusetzen, ist die Kastration im städtischen Standard-Haushalt wohl doch das kleinere Übel.

3 Weil Katzen den unwiderstehlichen Impuls haben, ihre Krallen zu wetzen und zu säubern, wird dieser auch schon einmal am Sofa oder an einem anderen feinen Stück aus dem Mobiliar abreagiert. Das ist für manche Katzenhalter so entsetzlich, als würde Alptraummann Freddy Krüger seine Horror-Klingen spielen lassen. Aber dem »Falschkratzer« per Amputation sein Werkzeug entfernen zu lassen, ist eine barbarische Verstümmelung, deren Grausamkeit einschlägige Foltermethoden übersteigt. Die Katze benötigt ihre Krallen zum einen unbedingt als »Kamm« und Reinigungsutensil bei der täglichen Fell-Kosmetik. Jeder, den schon einmal ein Juckreiz plagte, ohne ihn durch Kratzen lindern zu können, wird den Ernst der Situation verstehen. Außerdem finden »entschärfte« Katzen keinen Halt mehr, wenn sie instinktiv einem weiteren animalischen Bedürfnis folgen und zu klettern versuchen. Das kann bei der Flucht vor einem Hund (oder einem Widersacher aus den eigenen Reihen) verhängnisvolle Konsequenzen haben. Ohne ihre »Stiletts« kann die Katze sich nicht mehr wirkungsvoll verteidigen, wenn der böse Nachbar ihr

aus niederen Beweggründen auf die Pelle rückt. Schließlich kommt bei der Amputation die Jagdfähigkeit abhanden und damit die Fähigkeit, sich im Notfall in freier Wildbahn selbst zu versorgen.

Die Krallen-Amputation, die sich auch dezent hinter dem altgriechischen Namen »Onyxectonomie« verbirgt, ist in Deutschland und Österreich per Gesetz untersagt. Bei den international führenden Katzenzucht-Verbänden ist der Eingriff noch stärker sanktioniert als Doping bei der Olympiade. Man sollte alles daransetzen, um den »einschneidenden« Drang der Katze per Konditionierung auf einen »offiziellen« Kratzbaum umzulenken. Beim ersten Anzeichen, daß der »Vandale« das Mobiliar mit diabolischem Blick beäugt, sollte man ihn zum legitimen Kratzplatz schleppen. Aber im Zweifelsfall ist es besser, ganz auf die Anwesenheit der zarten »Samtpfote« zu verzichten, wenn man nicht mit ihren »Stacheln« leben kann.

4 Nach einer ausgesprochen mysteriösen Gesetzmäßigkeit kommt es immer wieder einmal vor, daß eine Katze den heimischen vier Wänden ade sagt und mit unbekanntem Ziel auf Wanderschaft geht. Dieser »Exodus« ist so unheimlich wie das rätselhafte Verschwinden des Ehemanns, der nur eben Zigaretten holen gehen will und auf Nimmerwiedersehen in der »Twilight Zone« untertaucht. Die Menschen haben sich schon in alten Zeiten über dieses Muster den Kopf zerbrochen; nach der Vorstellungswelt des Aberglaubens bedeutet der Auszug einer Katze, daß einer der Hausbewohner sterben muß. »Wenn die Katze geht, kommt der Tod«, sagt ein altes flämisches Sprichwort. Heute wird die Erklärung jedoch auf einer profaneren Ebene gesucht. Vielleicht reagiert

der sensible Ausreißer nur »allergisch« auf irgendeine subtile Veränderung seiner familiären Umwelt und braucht dringend einen Tapetenwechsel. Vielleicht ist der Katze aber auch während ihrer meditativen Versenkung am Heizkörper die Zen-Erleuchtung gekommen, und sie folgt den Spuren von Siddharta, um das Karma-Glücksrad anzudrehen. Schließlich besteht auch noch die abgefahrene Möglichkeit, daß. E. T. und seine UFO-Brigade in regelmäßigen Abständen Katzen entführen und mit verbissener Miene bei lebendigem Leib sezieren, um das kosmische Geheimnis der Selbstzufriedenheit zu lüften.

5 Der »Kartäuser« (oder auch »Chartreuse«), ein stattliches, muskulöses Tier mit bulligem Kopf und wohlproportionierten, kurzen Beinen ist die größte Annäherung der Katze an einen Teddybären. Mit seinen gelben bis goldgelben Augen und seinem kurzen, dichten und samtweichen Fell erobert das graue bis graublaue Kuschel-Objekt im Sturm die Herzen der kleinen Kinder. Der Kartäuser macht zwar häufig einen geruhsamen, lethargischen Eindruck, aber im Ernstfall läßt dieser aparte Tiger im Schafspelz seine wehrhafte und kämpferische Natur heraus.

Nach einer verbreiteten Darstellung züchteten die Mönche des Klosters La Grande Chartreuse in Frankreich die Kartäuserkatze im Mittelalter, um der Mäuseplage Herr zu werden. Das gelungene Bio-Produkt der gottesfürchtigen Klostermänner, die auch mit ihrem berühmten grünen Likör einen hochprozentigen Verkaufsschlager landeten, soll demnach aus importierten südafrikanischen Verwandten hervorgegangen sein. Leider erweist sich die Legende bei genauem Licht betrachtet als Jägerlatein. Nach Aussage des Priors von Chartreuse hat es in Südafrika nie eine »Kartause« (ein Kloster) gegeben, und Kartäusermönche haben auch niemals eine Katze aus Afrika mitgebracht. Die Annahme, daß der Name der Katze von der mutmaßlich einfachen, grauen Kutte der Mönche stammt, gehört ebenfalls in das Reich der Märchen; die Kartäuser sind nämlich seit jeher in makelloses Weiß eingekleidet. Es wird eher angenommen, daß der Name auf eine im alten Frankreich verbreitete Wollqualität zurückgeht. Schließlich stimmt es auch mißtrauisch, daß in der »Grande Chartreuse« keinerlei schriftliche Aufzeichnungen über irgendwelche Zuchtversuche an Katzen zu finden sind.

Die für ihre kulinarischen Obsessionen berühmten Franzosen haben sich allerdings in ausgesprochen unrühmlicher Weise um die Kulturgeschichte der »Chartreux« verdient gemacht. Nach den Aufzeichnungen des Carl von Linné wurden Kartäuserkatzen fett gemästet, geschlachtet und in der Küche zubereitet, zum Beispiel als gefüllter Braten; unter dem Namen »Dachshund« wird dieses perfide Gericht sogar in alten deutschen Speisekarten aufgeführt. Das Fell wurde von Kürschnern verarbeitet und unter der Bezeichnung »petit gris« (»kleiner Grauer«) weitervertrieben; fein getrimmt und gefärbt verhökerte man das fertige Produkt als »Otterpelz« an den leichtgläubigen Endverbraucher.

Die berühmten Naturforscher Linné und Buffon erkannten die Kartäuser bereits als eigene Rasse an, und in den dreißiger Jahren wurde ihr von einem französischen Veterinärmediziner ein eigener wissenschaftlicher Name zugeteilt: Felis catus cartusianorum. Das älteste Dokument, das über eine blaugraue Katze berichtet, stammt indes aus Rom und ist auf das Jahr 1558 datiert. Darin beklagt ein Dichter wehmütig den Tod seines kleinen Schoßtiers.

6 Wenn die Katze träge in der Sonne liegt und mit der Zunge über ihr Fell fährt, geht es ihr nicht nur um Kühlung (durch Verdunstung) und Reinlichkeit. Durch die Einwirkung der ultravioletten Strahlen entsteht nämlich im Haarkleid aus körpereigenen Vorstufen ein unverzichtbares (essentielles) Lebenselixier: das Anti-Rachitis- oder Sonnen-Vitamin D. Dieser Extrakt, mit dem die Katze ihre normale Kost ergänzt, macht erst die Einlagerung von Kalzium (und Phosphat) in die Knochen möglich. Und erst Kalzium, das silbergraue Erdalkalimetall, gibt den Zähnen Biß und den Knochen Halt. Die Rachitis, eine schwere Form der Knochenerweichung im Kindesalter, war bei den Menschen in den vergangenen Jahrhunderten als »Englische Krankheit« bekannt. Der berüchtigte Nebel über der britischen Insel hielt die erquickenden Strahlen der Sonne fern. Die bedauernswerten kleinen Patienten waren in einem jämmerlichen Zustand und wurden durch eine »Hühnerbrust« und durch schlimme Deformationen des Skeletts entstellt. Echte Rachitis im strengen Sinne kommt zwar bei Katzen selten vor, aber dafür wurden schon Rachitis-ähnliche Zustände bei kleinen Kätzchen entdeckt, denen es an Kalzium oder Sonnenvitamin fehlte. Der Mangelzustand raubt der Katze jegliche Vitalität und führt zu zerbrechlichen, verformten oder angeknacksten Knochen. Vitamin D ist besonders in Milch- und Fischprodukten und in Dosenfutter enthalten; besonders bei reinen

Wohnungskatzen, die selten oder nie das »richtige« Licht der Welt erblicken, muß auf eine ausreichende Zufuhr geachtet werden. Paradoxerweise kann jedoch ein Vitamin-D-Überschuß zur Vergiftung führen, die ähnliche Symptome zeitigt wie ein D-Defizit.

7 Es gehört zu den unausrottbaren Mythen über die Tierwelt, daß die sprichwörtliche Animosität zwischen Hund und Katze unvermeidlich ist, weil »Sprachbarrieren« und eine Unverträglichkeit der Charaktere jeder friedlichen Koexistenz der beiden »Erbfeinde« im Wege stehen. Von Natur aus – und daher auch in der Erbinformation – ist eigentlich keine Begegnung zwischen den beiden Parteien vorgesehen, da sie unterschiedliche ökologische Nischen bewohnen und auch andere Beutetiere jagen. Vom Temperament her bilden Hund und Katze tatsächlich Gegensätze. Beim ersten »Meeting« bleibt die Katze erst einmal cool in der Reserve und sondiert die Situation, wie es sich für einen solitären Einzelgänger ziemt. Der Hund hingegen, mit seinem extrovertierten Rudel-Naturell, unternimmt auf der Stelle einen stürmischen Annäherungsversuch. Diese Aufdringlichkeit wird von der Katze durch einen »Übersetzungsfehler« als feindselige Überschreitung der Intimsphäre (»Fluchtdistanz«) interpretiert. Auch sonst hagelt es leicht Mißverständnisse, weil die gleichen nonverbalen Botschaften im Hündischen und im Kätzischen eine andere Bedeutung tragen. Katzen, dezent wie sie einmal sind, stupsen sich zur Begrüßung mit den Nasen. Der Hund fällt hingegen mit der Tür ins Haus und strebt ohne Umschweife mit der Nase auf den Allerwertesten der Katze zu – ein schwerer Fauxpas aus der anderen

Perspektive. Die Katze zeigt zur Warnung die erhobene Pfote, aber das macht den Hund nur noch zudringlicher, denn die erhobene Pfote stellt bei seinesgleichen eine freundliche Geste dar. Der Hund bekommt auch den erregt zuckenden Schwanz der aufgebrachten Katze in den falschen Hals: Schließlich wedeln seine Artgenossen gerade bei freundlich entspannten Begegnungen mit dem Anhang an ihrem Hinterteil. Flieht die Katze schließlich, weil der Klügere ja bekanntlich nachgibt, gibt sie dem »Hetzjäger« Hund damit nur unwillentlich ein fatales Startsignal. Durch einen direkten Frontalangriff einer Katze werden Hunde allerdings in der Regel überrumpelt, weil Katzen schnellere Reaktionszeiten haben und weil ein angreifendes Beutetier einfach nicht in das Schema des Hundes paßt. Katzen sind übrigens genauso frappiert, wenn eine aggressive Ratte eine Attacke wagt. Trotz solcher Handikaps können die beiden antagonistischen Kräfte dennoch ziemlich leicht miteinander »warm« werden und sogar innige Freundschaften schließen. Davon zeugt bereits die Tatsache, daß von den über 5 Millionen Hunden in deutschen Haushalten fast die Hälfte mit anderen Haustieren zusammenlebt, darunter ein großer Teil mit Katzen. Die Verbrüderung klappt natürlich am besten, wenn die beiden »Widersacher« als Jungtiere ins Haus kommen und zusammen aufwachsen, unter solchen Bedingungen können sogar Katzen und Mäuse »gute Kumpel« werden. In den amerikanischen Medien machte vor einiger Zeit die zärtliche Gorilla-Dame Koko Furore, die eine Katze ins Herz geschlossen hatte. Als ihr anhängliches Schoßtier durch ein Unglück ums Leben kam, litt Koko so lange großen Gram, bis man ihr eine neue Katze schenkte.

Übrigens pflegt auch Kater Murr, die umwerfende Romanfigur des E.T.A. Hoffmann, eine innige Jugendfreundschaft mit dem Pudel »Ponto«. An einer Stelle verfaßt Murr sogar eine gelehrte Abhandlung (»Gedanke und Ahnung, oder Kater und Hund«), in der er unter anderm nachweist, daß die »Wörter« der beiden Arten (z. B. »Wau« und »Miau«) den gleichen etymologischen Ursprung haben. Das ist gar nicht so abwegig, denn vor vielen Millionen Jahren waren Hund und Katze eng verwandt – beide gehören zur Oberfamilie der hunde- und katzenartigen Raubtiere. Erst kürzlich machte eine Pfarrersfamilie aus Frankreich einen Umzug in einen 200 Kilometer entfernten Ort. Den Schäferhund nahm sie mit, während die Katze im alten Heim zurückgelassen wurde. Zwei Wochen nach dem Umzug verschwand der Hund – und kehrte nach weiteren sieben Wochen mit der Katze im Schlepptau ins neue Heim zurück.

8 Es gibt vermutlich kein anderes Raubtier in der freien Wildbahn, dem durch Unkenntnis und gezielte Greuelpropaganda so übel mitgespielt wurde wie der europäischen Wildwaldkatze (Felis silvestris). Der ungezähmte Vetter unserer Hauskatze ist deutlich stämmiger und größer als die »milde Sorte« und kann bis zu 13 Kilogramm auf die Waage bringen. Die Wildkatze hat kürzere Beine, kleinere Ohren und eine steilere Stirn als unser Hausgenosse und sticht obendrein durch einen dikken, geringelten Schwanz hervor. Auf den ersten Blick könnte man sie von der Optik des Fells her mit einer grau getigerten Hauskatze verwechseln, doch ist das verwaschene, schwarze Tigermuster der »Wilden« einzigartig.

Felis silvestris bewohnt Gegenden des Waldes, die mit dichtem Gebüsch bewachsen sind, und schlägt ihr Lager auch gerne in Felsspalten und Baumlöchern auf. Der scheue und unnahbare Einzelgänger führt ein überwiegend solitäres Dasein und läßt sich nur für wenige Wochen im Frühling zur Paarung mit seinesgleichen ein. Nach der Zusammenkunft bringt die Wildkatze zwei bis vier am Anfang noch blinde Kätzchen zur Welt. Diese sind für die Haltung beim Menschen völlig ungeeignet: Früher oder später »rasten« die verspielten, süßen Jungen aus und verwandeln sich in wahre Berserker. Die Wildkatzen erfüllen wichtige Aufgaben im Öko-Kreislauf und halten Mäuse und andere schädliche Mitbewohner in Schach.

Die Wildkatze, die über 300 000 Jahre in den Waldgebieten Mitteleuropas die Stellung hielt, ist in den vergangenen Jahrhunderten durch systematische Ausrottung dezimiert worden und zählt heute in Deutschland nur noch ungefähr 1400 Exemplare. Europäische Waidmänner streuten gezielt Desinformationen, wonach die Silvestris sich an Hasen, Rehkitzen und anderen »Lustobjekten« der jagenden Zunft vergreift. Es hieß sogar, das »graue Gespenst« stände mit den Mächten der Finsternis in Kontakt und könnte einem ausgewachsenen Menschen zum Verhängnis werden. Aus Aberglauben ging kaum ein Jäger auf Wildkatzenpirsch, ohne seine Büchse mit Weihwasser »abzusegnen«. Das systematische »Auswildern« der Felis silvestris, also die Wiedereinbürgerung, wie sie an verschiedenen Orten in Europa unternommen wird, kann den Artentod nach Meinung vieler Experten höchstens hinausschieben.

9 Obwohl unsere zahme Hauskatze nach aller Wahrscheinlichkeit durch Züchtung aus ihren afrikanischen Ahnen
hervorgegangen ist, kann sie sich »erfolgreich« mit der
Felis silvestris paaren. Wie die Dinge stehen, kann die
domestizierte Katze sogar mit dem nordamerikanischen
Luchs Nachkommen zeugen. Es existiert schließlich sogar die Möglichkeit, daß der Verpaarung zwischen kleinen Katzen (»Felis«) überhaupt keine Grenzen gesetzt
sind. Zwar sollten laut Lehrbuch bei der Kreuzung zwischen Wild- und Haustyp unfruchtbare Bastarde entstehen; doch einige dieser Bastarde haben sich offensichtlich die Fähigkeit zur Vermehrung bewahrt. In der Tiefe
unserer Wälder treiben sich einige seltsame Mischlinge
herum, und es wäre ein wahres Wunder, wenn die domestizierte Felis nicht ein paar Tropfen wildes europäisches
Blut in ihren Adern hätte. Die »Transfusion« ist mit
größter Wahrscheinlichkeit in den archaischen Wäldern
aus »Grimms Märchen« passiert; das läßt sich zur Zeit
zwar (noch) nicht genau beweisen, aber irgendwann
werden neue forensische Techniken wie der »genetische
Fingerabdruck« Aufschluß geben können. Für die
Hauskatze kann ein »Schäferstündchen« mit einer Wilden allerdings leicht ins Auge gehen. Die verwandelt
sich nämlich nach Beobachtung von Forschern leicht in
eine wütende Kratzbürste, wenn sie einen dekadenten
Napflecker kommen sieht.

10 Der Glaube, daß Katzen ein phantastisches und schier
übersinnliches Heimfindungsvermögen besitzen, sitzt so
tief, daß er in den Zeitungen periodisch und mit immer
neuen Episoden fröhliche Urstände feiert. Beinah jede
Woche ist von einer »gestiefelten Katze« zu lesen, die,

durch ein Mißgeschick an einen entfernten und fremden Ort verschlagen, mit traumtänzerischer Sicherheit nach Haus getippelt kommt. Bei den Amerikanern mit ihrem Hang zum »Road Movie« kann der Trip auch schon mal von Küste zu Küste führen. Bei Lichte betrachtet müssen allerdings zwei grundverschiedene Arten unterschieden werden. Die konventionelle Variante, bei der die Katze aus der Fremde den Weg heim findet, kann im Prinzip noch ohne »PSI« erklärt werden. Vielleicht hat die Katze ein akustisches »Hörbild« von den Geräuschen der Heimat im Hinterkopf, an das sie sich Schritt für Schritt herantastet. Oder sie orientiert sich am Stand der Sonne, wie die Reisenden in alten Zeiten. Vielleicht besitzen Katzen – wie Wale – sogar einen magnetischen Sinn, der ihnen wie ein Kompaß die Navigation im Raum erlaubt.

An einen übersinnlichen Hintergrund lassen jedoch die Fälle denken, in denen eine (zurückgelassene) Katze ihrem Herrchen über weite Strecken an einen neuen und bis dato völlig unbekannten Aufenthaltsort folgt. Diese Variante ist wohl selbst mit den ausgefallensten Sinnesleistungen nicht zu erklären und wird von vielen dem »Psi-trailing«, einer extrasensorischen »Gabe«, zugeordnet. Der amerikanische Parapsychologe J. B. Rhine hat vor ein paar Jahrzehnten alle dokumentierten Fälle gesammelt und ausgewertet. Die größten Schlagzeilen machte die Katze eines New Yorker Tierarztes, der von New York nach Kalifornien umzog. Mehrere Monate später verlangte der – in New York zurückgelassene – Vierbeiner energisch Einlaß im neuen Domizil – und belegte dann ohne Umschweife seinen alten Stammplatz, einen bequemen Sessel, mit Beschlag.

Es bleibt jedem selbst überlassen, welchen Reim er sich auf solche mysteriösen Expeditionen machen will. Desmond Morris, der britische »Katzenpapst«, hält es für langweilig und unfruchtbar, wenn man das Staunen über die Wunder und Geheimnisse der Natur mit einer parapsychologischen Erklärung »abspeist« und damit die Neugier und den suchenden Geist im Keime erstickt. Aber die Katze gibt dem Menschen seit der Zeit am Nil ein einzigartiges Rätsel auf, das jedes »Medium« auf zwei Beinen in den Schatten stellt.

11 Obwohl der »blinde Uhrmacher« – die Evolution – mit den Augen der Katze eines seiner größten Meisterwerke geschaffen hat, läßt die Farbtüchtigkeit dieser phantastischen »Stecher« doch sehr zu wünschen übrig. Die wie bei einem (menschenähnlichen) Primaten frontal nach vorne gerichteten Sehorgane, die schon auf den ältesten gemalten Zeugnissen der Menschheit ihren ästhetischen Reiz entfalten, sind im Verhältnis zur Schädelgröße überdimensioniert, so daß sie eine hohe Lichtausbeute erreichen. Zusätzlich ist der Augenhintergrund mit dem spiegelartigen »Tapetum« ausgekleidet, das die »verbrauchten« Lichtstrahlen zurückwirft. Durch diesen »Restlichtverstärker« werden die reflektierenden Katzenaugen zu potenten Nachtsichtgeräten, die schon einige Generäle für die nächtliche Kriegsführung einsetzen wollten.

Die lichtempfindliche Schicht des Auges, die Netzhaut (Retina), setzt sich aus zwei Arten von »Photozellen«, den »Stäbchen« und »Zäpfchen«, zusammen. Die Stäbchen, die bei weitem in der Überzahl sind, reagieren sehr sensibel auf Hell-dunkel-Unterschiede und sind vornehmlich in der äußeren Zone der Retina angesiedelt. Die für Farbe und scharfe Nah-Sicht zuständigen Zäpfchen, die nur bei Tageslicht funktionieren, konzentrieren sich dagegen auf das Zentrum der Netzhaut, die beim Menschen kreisförmige Sehgrube (Fovea). Die kätzische Fovea, die nur spärlich mit Zäpfchen gepflastert ist, besitzt dagegen die Form eines waagerechten Striches. Katzen haben daher »Argusaugen« für Mäuse, die quer über die Bildfläche flanieren, während sie die Buchstaben einer Zeitung schlecht fixieren könnten. Außerdem können sie ihre Linsen nur schlecht in den »Makrobereich« verstellen, der die nahen Details erfaßt. Katzen sind daher gelegentlich desorientiert, wenn sich das Objekt des Interesses unmittelbar vor ihrer Visage befindet.

Wegen der dünnen Besiedelung mit den Color-Zäpfchen war man lang davon überzeugt, daß Katzenaugen die Welt nur schwarzweiß wahrnehmen können. In der Zwischenzeit hat sich jedoch gezeigt, daß man ihnen mit viel Mühe die Unterscheidung zwischen einigen Grundfarben antrainieren kann. Mit der Zeit gelingt es ihnen zum Beispiel, Rot und Blau sowie Weiß auseinanderzuhalten. Doch insgesamt spielt die Buntheit bei ihnen nur eine untergeordnete Rolle: In der Nacht sind sowieso alle Mäuse grau. Allerdings haben amerikanische Forscher vor kurzem entdeckt, daß Hauskatzen bei der Geburt noch eine »latente« Anlage zum Farbensehen haben. Die »Spanische Wildkatze«, die wie viele andere archaische Verwandte unserer Hauskatze ihre Beute in der glühenden Mittagssonne jagt, hat etwa doppelt so viele Zäpfchen im »Sehschlitz« und ist daher voll farbtüchtig. Die domestizierte Katze, deren Urahnen sich irgendwann auf die nächtliche Futtersuche in der Nähe menschlicher

Ansiedlungen besannen, besitzt zu Beginn ihres Lebens die gleiche farbtüchtige Fovea. Doch diese Color-Ausrüstung wird sehr rasch durch ein genetisches Programm »ausradiert«. Wahrscheinlich hat dieser »Spuk« im Katzenauge nur deshalb Bestand, weil er irgendwann von Nutzen sein könnte, wenn die Katze auf ihren »alten« Lebensstil zurückfallen sollte.

GOLDMANN

THE NOBLE LADIES OF CRIME

Sie wissen bestens Bescheid über die dunklen Labyrinthe der menschlichen Seele. Über die gut getarnten Obsessionen. Über Gier, Lust und Angst, die immer wieder tödlich an die Oberfläche dringen. Die feinen Damen lassen morden …

Deborah Crombie,
Alles wird gut   42666

Deborah Crombie,
Das Hotel im Moor   42618

Elizabeth George,
Mein ist die Rache   42798

Sue Grafton,
Stille Wasser   43358

Goldmann · Der Taschenbuch-Verlag